HISTOIRE NATURELLE

DES

POISSONS

PAR

LACÉPÈDE

BAR-LE-DUC

CONTANT-LAGUERRE, ÉDITEUR

1878

BIBLIOTHÈQUE

DES

CHEFS-D'ŒUVRE

IMPRIMERIE
CONTANT-LAGUERRE

BAR - LE - DUC

HISTOIRE NATURELLE

DES

POISSONS

PAR

LACÉPÈDE

BAR-LE-DUC

CONTANT-LAGUERRE, ÉDITEUR

1878

PRÉFACE GÉNÉRALE

DE

LA BIBLIOTHÈQUE DES CHEFS-D'OEUVRE.

OTRE siècle a ses partisans et ses détracteurs. Les uns l'exaltent outre mesure, les autres le dépriment avec excès. La vérité ne se trouvant jamais dans l'exagération, il ne convient de se laisser entraîner par aucun de ces deux partis. Ce dix-neuvième siècle, si intéressant et si tourmenté, montre des gloires et des hontes, des grandeurs et des faiblesses, de la vitalité et des plaies. Cela peut se dire, il est vrai, de toutes les époques dont l'histoire nous entretient. Aussi avouons-nous que ce mélange d'éléments opposés se présente aujourd'hui avec un caractère particulier qui distingue notre temps et qui justifie les préoccupations passionnées dont il est l'objet. Décadence ou transition, voilà le mot de cette énigme, l'explication de ce chaos.

Mais décadence ou transition n'autorisent ni un pessimisme oisif ni un aveugle optimisme : *Les nations sont guérissables ;*

si l'homme ne peut arrêter brusquement le cours d'un torrent, il lui est possible de créer des canaux de dérivation qui en amortissent la fougue et le transforment en courant paisible et bienfaisant. Quand les murs craquent de toutes parts, quand les pierres sont disjointes, le ciment tombé, les fonde ments ébranlés, c'est une insigne folie de vouloir empêcher la ruine imminente; ce serait sagesse de prévenir cette dislocation, tandis qu'il en est temps, et d'opposer un travail opportun d'entretien et de réparation aux ravages de la vétusté. Alors l'édifice, en se revêtant des signes augustes de la durée, garderait la beauté et la solidité de sa jeunesse.

Supposé que le mot de l'énigme contemporaine soit décadence, il n'en faut pas conclure que nous sommes en présence d'une fatalité inexorable et que, sous sa main de fer, le seul parti à prendre soit de courber silencieusement la tête.

Supposez, au contraire, que le monde est emporté dans une voie de transition qui va le conduire à de nouvelles et brillantes destinées, ce n'est pas une raison d'assister dans l'inertie à ce mouvement universel. N'y a-t-il pas là des ardeurs et des élans pour lesquels une direction est nécessaire, trop susceptibles par eux-mêmes de s'égarer dans une fausse route et de se porter au mal et à l'abîme?

Voilà les pensées qui ont inspiré le dessein de la *Bibliothèque des Chefs-d'œuvre* et qui présideront à sa composition.

Notre siècle aime l'instruction et la lecture : c'est une de ses gloires; il se laisse servir l'élément intellectuel par une littérature avilie et sceptique, c'est-à-dire, en d'autres termes, qu'il livre son intelligence et son cœur au plus funeste des poisons : c'est son malheur et sa honte.

A cette société malade, mais aussi, nous persistons à le croire, pourvue des ressources d'une abondante vitalité, nous osons apporter notre modeste contingent d'efforts, pour substituer la nourriture saine, vigoureuse, aux substances vénéneuses ou frelatées.

Pendant les trois derniers siècles et au commencement de celui-ci, la France a produit d'innombrables chefs-d'œuvre, dignes de captiver les générations présentes, de leur offrir un idéal, de les éclairer dans le chemin de la vérité et du bonheur. Il faut y ajouter ces grandes œuvres enfantées chez d'autres peuples, mais regardées à bon droit comme le patrimoine de toutes les époques et de tous les pays, parce qu'elles honorent et représentent l'esprit humain dans ce qu'il a de meilleur. Telle est la source où nous puiserons.

Un jour on découvrit à Herculanum, dans cette ville ensevelie par une éruption du Vésuve en l'an 79 de l'ère chrétienne, des espèces de rouleaux noirs rangés avec symétrie. C'était une bibliothèque antique, composée de dix-huit cents volumes. Le P. Antonio Pioggi imagina une machine pour dérouler et fixer sur des membranes transparentes ces rouleaux calcinés et friables que le moindre contact réduisait en poudre. Admirable invention, malheureusement suivie d'une déception amère! On s'attendait à retrouver quelques monuments perdus des illustres génies de Rome et de la Grèce; on ne déchiffra que des œuvres médiocres, productions d'auteurs justement oubliés. La bibliothèque d'Herculanum avait été composée à la triste image de la société romaine du moment : c'était une bibliothèque de la décadence. On peut en dire autant de beaucoup de bibliothèques de nos jours, où vous chercheriez inutilement les noms de Bossuet, de Fénelon, de Corneille, de Racine, de La Bruyère, de Buffon, de Châteaubriand. Les livres alignés sur leurs rayons doivent un retentissement de quelques semaines aux caprices d'un goût affaibli qu'ils ont contribué à corrompre et que leurs successeurs achèveront de gâter.

Notre *Bibliothèque* sera tout à fait le contraire de celles-là : le remède en face du mal.

Nous attribuerons le premier rang aux écrivains qui se sont faits, pendant toute leur carrière, les serviteurs de la foi religieuse, de la vertu et du patriotisme. Des autres nous prendrons seulement les pages où resplendissent ces grandes choses et qui peuvent réparer, dans une certaine mesure, la déplorable influence d'autres écrits.

Il est des œuvres qui, sous un air léger et badin, entretiennent le ressort délié de l'esprit français, et perpétuent ses bonnes traditions, heureux mélange de sel gaulois, d'urbanité et d'atticisme. Nous ne les exclurons pas.

Religion, philosophie, morale, histoire, éloquence, poésie, gaieté saine et charmante, ces richesses variées se trouvent dans le trésor de notre littérature. A quoi notre siècle s'est-il avisé de donner la préférence?

Tout ce qui pourrait troubler le cœur ou blesser la délicatesse des âmes sera impitoyablement effacé. On doit cette marque de respect à tous les lecteurs, mais surtout à la jeunesse.

L'intégrité des principes, la fermeté des convictions, la rectitude des idées sont aussi des biens également nécessaires et délicats. Nous avons la résolution de ne pas laisser passer une ligne qui puisse y porter atteinte. Plus on affecte aujourd'hui d'en faire bon marché, plus nous voulons montrer combien il importe de les sauvegarder.

Cette œuvre, pour atteindre son but, réclame le concours de ceux qui lisent et de ceux qui dirigent les autres dans leurs études ou leurs lectures.

Nous espérons que notre appel sera entendu des pères et mères de famille; des supérieurs de communautés, de colléges, de pensionnats; des instituteurs, des directeurs de bibliothèques paroissiales ou communales, de cercles, d'associations.

Notre programme, relativement au choix des ouvrages, se résume dans ce mot spirituel et sensé : *Ne lisez pas de bons livres, n'en lisez que..... d'excellents.* Mais cela ne suffit point. Aujourd'hui on veut de beaux livres. Nous nous efforcerons de donner satisfaction à ce noble goût : le plus grand soin présidera à l'exécution typographique de nos volumes, et nous voulons qu'ils méritent, par leur élégance, d'être donnés en cadeaux dans les familles et distribués en prix dans toutes les écoles.

AVIS AU LECTEUR.

CE serait un vide dans notre collection si nous n'avions pas un volume sur les animaux qui peuplent les eaux des rivières, des fleuves ou de l'Océan. Outre l'intérêt qu'ils offrent à la plus légitime curiosité par la singularité de leur structure, par leurs mœurs, et par leur rôle dans l'alimentation, ils ont fourni à Lacépède le sujet de savantes recherches et de descriptions pittoresques. Néanmoins nous ne pouvions songer à suivre, dans ses dernières ramifications, la nomenclature de l'illustre naturaliste. Cette liste interminable et ses dis-

tinctions minutieuses auraient rebuté qui-
conque ne s'est pas voué, par spécialité, à la
culture de ce coin de l'histoire naturelle. Pour
nous borner à l'instruction que l'on désire
communément, nous avons élagué les détails
ennuyeux, et nous avons cherché à composer
une galerie de tableaux animés et intéres-
sants.

D'abord, les *généralités* qui nous initient
aux grands phénomènes du monde aquatique;
ensuite, parmi les *poissons cartilagineux ou
osseux*, les espèces les plus célèbres par leur
grandeur ou leur excentricité, et les plus po-
pulaires par la pêche, le commerce ou le voisinage de leur séjour.

GÉNÉRALITÉS

DISCOURS

SUR

LA NATURE DES POISSONS.

Voulons-nous savoir ce que l'art, qui n'est que la Nature réagissant sur elle-même par la force du génie de son plus bel ouvrage, peut introduire de nouveau dans les relations qui lient l'homme civilisé avec tous les animaux : nous ne trouverons aucune classe de ces êtres vivants plus digne de nos soins et de notre examen que celle des poissons. Diversité de familles, grand nombre d'espèces, prodigieuse fécondité des individus, facile multiplication sous tous les climats, utilité variée de toutes les parties, dans quelle classe rencontrerions-nous et tous ces titres à l'attention, et une nourriture plus abondante pour l'homme, et une ressource moins destructive des autres ressources, et une matière, plus réclamée par l'industrie, et des préparations plus répandues par le commerce? Quels sont les animaux dont la recherche peut employer tant de bras utiles, accoutumer de si bonne heure à braver la violence des tempêtes, produire tant d'habiles et d'intrépides navigateurs, et créer ainsi pour une grande nation les éléments de sa force pendant la guerre, et de sa prospérité pendant la paix?

Quels motifs pour étudier l'histoire de ces remarquables et si nombreux habitants des eaux!

Transportons-nous donc sur les rivages des mers, sur les bords du principal empire de ces animaux trop peu connus encore. Choisissons, pour les mieux voir, pour mieux observer leurs mouvements, pour mieux juger de leurs habitudes, ces plages, pour ainsi dire, privilégiées, où une température plus douce, où la réunion de plusieurs mers, où le voisinage des grands fleuves, où une sorte de mélange des eaux douces et des eaux salées, où des abris plus commodes, où des aliments plus convenables ou plus multipliés, attirent un plus grand nombre de poissons : mais plutôt ne nous contentons pas de considérations trop limitées, d'un spectacle trop resserré; n'oublions pas que nous devons présenter les résultats généraux nés de la réunion de toutes les observations particulières; élevons-nous par la pensée et assez haut au-dessus de toutes les mers, pour en saisir plus facilement l'ensemble, pour en apercevoir à la fois un plus grand nombre d'habitants; voyons le globe, tournant sous nos pieds, nous présenter successivement toute sa surface inondée, nous montrer les êtres à sang rouge qui vivent au milieu du fluide aqueux qui l'environne; et pour qu'aucun de ces êtres n'échappe, en quelque sorte, à notre examen, pénétrons ensuite jusque dans les profondeurs de l'Océan, parcourons ses abîmes, et suivons, jusque dans ses retraites les plus obscures, les animaux que nous voulons soumettre à notre examen.

Mais si nous ne craignions pas de demander trop d'audace, nous dirions : Ce n'est pas assez de nous étendre dans l'espace : il faut encore remonter dans le temps; il faut encore nous transporter à l'origine des êtres; il faut voir ce qu'ont été dans les âges antérieurs les espèces, les familles que nous allons décrire; il faut juger de cet état primordial par les vestiges qui en restent, par les monuments contemporains qui sont encore debout; il faut montrer les changements successifs par lesquels ont passé toutes les formes, tous les organes, toutes les forces que nous allons comparer : il faut annoncer ceux qui les attendent encore : la Nature, en effet, immense dans sa durée comme dans son étendue, ne se compose-t-elle pas de tous les moments de l'existence, comme de tous les points de l'espace qui renferme ses produits?

Dirigeons donc notre vue vers ce fluide qui couvre une si grande partie de la terre : il sera, si je puis parler ainsi, nouveau pour le naturaliste qui n'aura encore choisi pour objet de ses méditations que les animaux qui vivent sur la surface sèche du globe, ou s'élèvent dans l'atmosphère.

Deux fluides sont les seuls dans le sein desquels il ait été permis aux êtres organisés de vivre, de croître et de se reproduire : celui qui compose l'atmosphère, et celui qui remplit les mers et les rivières. Les quadrupèdes, les oiseaux, les reptiles, ne peuvent conserver leur vie que par le moyen du premier; le second est nécessaire à tous les genres de poissons. Mais il y a bien plus d'analogie, bien plus de rapports conservateurs entre l'eau et les poissons qu'entre l'air et les oiseaux ou les quadrupèdes. Combien de fois, dans le cours de cette histoire, ne serons-nous pas convaincus de cette vérité! Et voilà pourquoi, indépendamment de toute autre cause, les poissons sont de tous les animaux à sang rouge ceux qui présentent dans leurs espèces le plus grand nombre d'individus, dans leurs couleurs l'éclat le plus vif, et dans leur vie la plus longue durée.

Fécondité, beauté, existence très-prolongée, tels sont les trois attributs remarquables des principaux habitants des eaux : aussi l'ancienne mythologie grecque, peut-être plus éclairée qu'on ne l'a pensé sur les principes de ses inventions, toujours si riante dans ses images, a-t-elle représenté Vénus sortant du sein des ondes au milieu de poissons resplendissants d'or et d'azur, qu'elle lui avait consacrés. Et que l'on ne soit pas étonné de cette allégorie instructive autant que gracieuse : il paraît que les anciens Grecs avaient observé les poissons beaucoup plus qu'ils n'avaient étudié les autres animaux; ils les connaissaient mieux; ils les préféraient, pour leur table, même à la plupart des oiseaux les plus recherchés. Ils ont transmis cet examen de choix, cette connaissance particulière, et cette sorte de prédilection, non-seulement aux Grecs modernes, qui les ont conservés longtemps, mais encore aux Romains, chez lesquels on les remarquait, lors même que la servitude la plus dure, la corruption la plus vile, et le luxe le plus insensé, pesaient sur la tête dégradée du peuple qui avait conquis le monde; ils devaient les avoir reçus des antiques nations de l'Orient, parmi lesquelles ils subsistent encore : la proximité de plusieurs côtes et la nature des mers qui baignaient leurs rivages, les leur auraient d'ailleurs inspirés; et on dirait que ces goûts, plus liés qu'on ne le croirait avec les progrès de la civilisation, n'ont entièrement disparu en Europe et en Asie que dans ces contrées malheureuses où les hordes barbares de sauvages chasseurs sortis de forêts septentrionales purent dompter par le nombre, en même temps que par la force, les habitudes, les idées et les affections des vaincus.

Mais, en contemplant tout l'espace occupé par ce fluide au milieu duquel se meuvent les poissons, quelle étendue nos regards n'ont-ils pas à parcourir! Quelle immensité, depuis l'équateur jusqu'aux deux pôles de la terre, depuis la surface de l'Océan jusqu'à ses plus grandes profondeurs! Et indépendamment des vastes mers, combien de fleuves, de rivières, de ruisseaux, de fontaines, et, d'un autre côté, de lacs, de marais, d'étangs, de viviers, de mares même, qui renferment une quantité plus ou moins considérable des animaux que nous voulons examiner! Tous ces lacs, tous ces fleuves, toutes ces rivières, réunis à l'antique Océan, comme autant de parties d'un même tout, présentent autour du globe une surface bien plus étendue que les continents qu'ils arrosent, et déjà bien plus connue que ces mêmes continents, dont l'intérieur n'a répondu à la voix d'aucun observateur, pendant que des vaisseaux conduits par le génie et le courage ont sillonné toutes les plaines des mers non envahies par les glaces polaires.

De tous les animaux à sang rouge, les poissons sont donc ceux dont le domaine est le moins circonscrit. Mais que cette immensité, bien loin d'effrayer notre imagination, l'anime et l'encourage. Et qui peut le mieux élever nos pensées, vivifier notre intelligence, rendre le génie attentif, et le tenir dans cette sorte de contemplation religieuse si propre à l'intuition de la vérité, que le spectacle si grand et si varié que présente le système des innombrables habitations des poissons? D'un côté, des mers sans bornes, et immobiles dans un calme profond; de l'autre, les ondes livrées à toutes les agitations des courants et des marées; ici, les rayons ardents du soleil réfléchis sous toutes les couleurs par les eaux enflammées des mers équatoriales; là, des brumes épaisses reposant silencieusement sur des monts de glaces flottants au milieu des longues nuits hyperboréennes : tantôt la mer tranquille, doublant le nombre des étoiles pendant des nuits plus douces et sous un ciel plus serein; tantôt des nuages amoncelés, précédés par de noires ténèbres, précipités par la tempête, et lançant leurs foudres redoublés contre les énormes montagnes d'eau soulevées par les vents : plus loin, et sur les continents, des torrents furieux roulant de cataractes en cataractes; ou l'eau limpide d'une rivière argentée, amenée mollement, le long d'un rivage fleuri, vers un lac paisible que la lune éclaire de sa lumière blanchâtre.

Ce domaine, dont les bornes sont si reculées, n'a été cependant accordé qu'aux poissons considérés comme ne formant qu'une seule classe. Si on les examine groupe par groupe, on verra que presque toutes les familles parmi ces animaux paraissent préférer chacune un espace particulier plus ou moins étendu. Au premier coup d'œil, on ne voit pas aisément comment les eaux peuvent présenter assez de diversité pour que les différents genres, et même quelquefois les différentes espèces de poissons, soient retenus par une sorte d'attrait particulier dans une plage plutôt que dans une autre. Que l'on considère, cependant, que l'eau des mers, quoique bien moins inégalement échauffée aux différentes latitudes que l'air de l'atmosphère, offre des températures très-variées, surtout auprès des rivages qui la bordent, et dont les uns, brûlés par un soleil très-voisin, réfléchissent une chaleur ardente, pendant que d'autres sont couverts de neiges, de frimas et de glaces; que l'on se souvienne que les lacs, les fleuves et les rivières sont soumis à de bien plus grandes inégalités de chaleur et de froid; que l'on apprenne qu'il est de vastes réservoirs naturels auprès des sommets des plus hautes montagnes, et à plus de deux mille mètres au-dessus du niveau de la mer, où des poissons remontent par les rivières qui en découlent, et où ces mêmes animaux vivent, se multiplient et prospèrent; que l'on pense que les eaux de presque tous les lacs, des rivières et des fleuves, sont très-douces et légères, et celles des mers, salées et pesantes : que l'on ajoute, en ne faisant plus d'attention à cette division de l'Océan et des fleuves, que les unes sont claires et limpides, pendant que les autres sont sales et limoneuses; que celles-ci sont entièrement calmes, tran-quilles, et, pour ainsi dire, immobiles, tandis que celles-là sont agitées par des courants, bouleversées par des marées, précipitées en cascades, lancées en torrents, ou du moins entraînées avec des vitesses plus ou moins rapides et plus ou moins constantes : que l'on évalue ensuite tous les degrés que l'on peut compter dans la rapidité, dans la pureté, dans la douceur et dans la chaleur des eaux; et qu'accablé sous le nombre infini de produits que peuvent donner toutes les combinaisons dont ces quatre séries de nuances sont suscep-tibles, on ne demande plus comment les mers et les conti-nents peuvent fournir aux poissons des habitations très-variées, et un très-grand nombre de séjours de choix.

Mais ne descendons pas encore vers les espèces particu-lières des animaux que nous voulons connaître : continuons de jeter les yeux sur la classe entière; exposons la forme générale qui lui appartient, et auparavant voyons quelle est son essence, et déterminons les caractères qui la distinguent de toutes les autres classes d'êtres vivants.

On s'apercevra aisément, en parcourant cette histoire, qu'il ne faut pas, avec quelques naturalistes, faire consister le caractère distinctif de la classe des poissons dans la pré-sence d'écailles plus ou moins nombreuses, ni même dans celle de nageoires plus ou moins étendues, puisque nous

verrons de véritables poissons paraître n'être absolument
revêtus d'aucune écaille, et d'autres être entièrement dénués
de nageoires. Il ne faut pas non plus chercher cette marque
caractéristique dans la forme des organes de la circulation,
que nous trouverons, dans quelques poissons, semblables à
ceux que nous avons observés dans d'autres classes que celle
de ces derniers animaux. Nous nous sommes assurés, d'un
autre côté, par un très-grand nombre de recherches et
d'examens, qu'il était impossible d'indiquer un moyen facile
à saisir, invariable, propre à tous les individus, et appli-
cable à toutes les époques de leur vie, de séparer la classe
des poissons des autres êtres organisés, en n'employant
qu'un signe unique, en n'ayant recours, en quelque sorte,
qu'à un point de la conformation de ces animaux. Mais voici
la marque constante et des plus aisées à distinguer, que la
Nature a empreinte sur tous les véritables poissons; voici,
pour ainsi dire, le sceau de leur essence. La rougeur plus
ou moins vive du sang des poissons empêche, dans tous les
temps et dans tous les lieux, de les confondre avec les insectes, les vers, et tous les êtres vivants auxquels le nom
d'*animaux à sang blanc* a été donné. Il ne faut donc plus que
réunir à ce caractère un second signe aussi sensible, aussi
permanent, d'après lequel on puisse, dans toutes les circonstances, tracer d'une main sûre une ligne de démarcation
entre les objets actuels de notre étude, et les reptiles, les
quadrupèdes ovipares, les oiseaux, les quadrupèdes vivipares, et l'homme, qui tous ont reçu un sang plus ou moins
rouge, comme les poissons. Il faut surtout que cette seconde
marque caractéristique sépare ces derniers d'avec les cétacés,
que l'on a si souvent confondus avec eux, et qui néanmoins
sont compris parmi les animaux à mamelles, au milieu ou à
la suite des quadrupèdes vivipares, avec lesquels ils sont
réunis par les liens les plus étroits. Or l'homme, les animaux
à mamelles, les oiseaux, les quadrupèdes ovipares, les serpents, ne peuvent vivre, au moins pendant longtemps, qu'au
milieu de l'air de l'atmosphère, et ne respirent que par de
véritables poumons, tandis que les poissons ont un organe
respiratoire auquel le nom de *branchie* a été donné, dont la

forme et la nature sont très-différentes de celles des poumons, et qui ne peuvent servir, au moins longtemps, que dans l'eau, à entretenir la vie de l'animal. Nous ne donnerons donc le nom de *poisson* qu'aux êtres organisés qui ont le sang rouge et respirent par des branchies. Otez-leur un de ces deux caractères, et vous n'aurez plus un poisson sous les yeux ; privez-les, par exemple, de sang rouge, et vous pourrez considérer une sépie, ou quelque autre espèce de ver, à laquelle des branchies ont été données. Rendez-leur ce sang coloré, mais remplacez leurs branchies par des poumons ; et quelque habitude de vivre au milieu des eaux que vous présentent alors les objets de votre examen, vous pourrez les reléguer parmi les phoques, les lamantins, ou les cétacés ; mais vous ne pourrez, en aucune manière, les inscrire parmi les animaux auxquels cette histoire est consacrée.

Le poisson est donc un animal dont le sang est rouge, et qui respire au milieu de l'eau par le moyen de branchies.

Tout le monde connaît sa forme générale ; tout le monde sait qu'elle est le plus souvent allongée, et que l'on distingue l'ensemble de son corps en trois parties : la tête, le corps proprement dit, et la queue qui commence à l'ouverture de l'anus.

Parmi les parties extérieures qu'il peut présenter, il en est que nous devons, dans ce moment, considérer avec le plus d'attention, soit parce qu'on les voit sur presque tous les animaux de la classe que nous avons sous les yeux, soit parce qu'on ne les trouve que sur un très-petit nombre d'autres êtres vivants et à sang rouge, soit enfin parce que de leur présence et de leur forme dépendent beaucoup la rapidité des mouvements, la force de la natation, et la direction de la route du poisson : ces parties remarquables sont les nageoires.

On ne doit, à la rigueur, donner ce nom de *nageoires* qu'à des organes composés d'une membrane plus ou moins large, haute et épaisse, et soutenue par de petits cylindres plus ou moins mobiles, plus ou moins nombreux, et auxquels on a attaché le nom de *rayons*, parce qu'ils paraissent quelquefois disposés comme des rayons autour d'un centre. Cependant il est des espèces de poissons sur lesquelles des rayons sans membrane, ou des membranes sans rayons, ont reçu, avec raison, et par conséquent doivent conserver la dénomination de *nageoires*, à cause de leur position sur l'animal, et de l'usage que ce dernier peut en faire.

Mais ces rayons peuvent être de différente nature : les uns sont durs et comme osseux; les autres sont flexibles, et ont presque tous les caractères de véritables cartilages.

Examinons les rayons que l'on a désignés par le nom d'*osseux*.

Il faut les distinguer en deux sortes. Plusieurs sont solides, allongés, un peu coniques, terminés par une pointe piquante; ils semblent formés d'une seule pièce : leur structure, si peu composée, nous a déterminés à les appeler *rayons simples*, en leur conservant cependant le nom d'*aiguillons* qui leur a été donné par plusieurs naturalistes, à cause de leur terminaison en piquant fort et délié. Les autres rayons osseux, au lieu d'être aussi simples dans leur construction, sont composés de plusieurs petites pièces placées les unes au-dessus des autres; ils sont véritablement *articulés*, et nous les nommerons ainsi.

Deux de ces pièces sont de petits cylindres assez courts, et ressemblent, en miniature, à ces tronçons de colonnes que l'on nomme *tambours*, et dont on se sert pour construire les hautes colonnes des vastes édifices. Non-seulement les rayons articulés présentent une suite plus ou moins allongée de ces tronçons ou petits cylindres, mais à mesure que l'on considère une portion de ces rayons plus éloignée du corps de l'animal, ou, ce qui est la même chose, de la base de la nageoire, on les voit se diviser en deux; chacune de ces deux branches se sépare en deux branches plus petites, lesquelles forment aussi chacune deux rameaux; et cette sorte de division, de ramification et d'épanouissement, qui, pour tous les rayons, se fait dans le même plan, et représente comme un éventail, s'étend quelquefois à un bien plus grand nombre de séparations et de bifurcations successives.

Ces articulations, qui constituent l'essence d'un très-grand nombre de rayons osseux, se retrouvent et se montrent de la même manière dans les cartilagineux; mais pour en bien voir les dispositions, il faut regarder ces rayons cartilagineux contre le jour, à cause d'une espèce de couche de nature cartilagineuse et transparente, dans laquelle elles sont comme enveloppées (1). Au reste, tous les rayons tant osseux que cartilagineux, tant simples qu'articulés, sont plus ou moins transparents, excepté quelques rayons osseux simples et très-forts que nous remarquerons sur quelques espèces de poissons, et qui sont le plus souvent entièrement opaques.

Nous avons déjà dit qu'il y avait des poissons dénués de nageoires; les autres en présentent un nombre plus ou moins grand, suivant le genre dont ils font partie, ou l'espèce à lequelle ils appartiennent. Les uns en ont une de chaque côté de la poitrine; et d'autres, à la vérité très-peu nombreux, ne montrent pas ces nageoires pectorales, qui ne paraissent jamais qu'au nombre de deux, et que l'on a comparées, à cause de leur position et de leurs usages, aux extrémités antérieures de plusieurs animaux, aux bras de l'homme, aux pattes de devant des quadrupèdes, ou aux ailes des oiseaux.

Plusieurs groupes de poissons n'ont aucune nageoire au-dessous de leur corps proprement dit; les autres en ont, au contraire, une ou deux situées ou sous la gorge, ou sous la poitrine, ou sous le ventre. Ce sont ces nageoires inférieures que l'on a considérées comme les analogues des pieds de l'homme, ou des pattes de derrière des quadrupèdes.

On voit quelquefois la partie supérieure du corps et de la queue des poissons absolument sans nageoires; d'autres fois on compte une ou deux, ou même trois nageoires dorsales; l'extrémité de la queue peut montrer une nageoire plus ou moins étendue, ou n'en présenter aucune; et enfin le dessous de la queue peut être dénué ou garni d'une ou de deux nageoires, auxquelles on a donné le nom de *nageoires de l'anus*

---

(1) On peut reconnaître particulièrement cette disposition dans les rayons des nageoires pectorales de la *raie batis,* de la *raie bouclée,* et d'autres poissons du même genre.

Un poisson peut donc avoir depuis une jusqu'à dix nageoires, ou organes de mouvements extérieurs et plus ou
moins puissants.

Pour achever de donner une idée nette de la forme extérieure des poissons, nous devons ajouter que ces animaux
sont recouverts par une peau qui, communément, revêt toute
leur surface. Cette peau est molle et visqueuse ; et quelque
épaisseur qu'elle puisse avoir, elle est d'autant plus flexible
et d'autant plus enduite d'une matière gluante qui la pénètre
profondément, qu'elle paraît soutenir moins d'écailles, ou
être garnie d'écailles plus petites.

Ces dernières productions ne sont pas particulières aux
animaux dont cet ouvrage doit renfermer l'histoire : le *pan-
golin* et le *phatagin* parmi les quadrupèdes à mamelles, presque tous les quadrupèdes ovipares, et presque tous les serpents, en sont revêtus, et cette sorte de tégument établit un
rapport d'autant plus remarquable entre la classe des poissons
et le plus grand nombre des autres animaux à sang rouge,
que presque aucune espèce de poisson n'en est vraisemblablement dépourvue. A la vérité, il est quelques espèces parmi
les objets de notre examen, sur lesquelles l'attention la plus
soutenue, l'œil le plus exercé, et même le microscope, ne,
peuvent faire distinguer aucune écaille pendant que l'animal
est encore en vie, et que sa peau est imbibée de cette mucosité gluante qui est plus ou moins abondante sur tous les
poissons ; mais lorsque l'animal est mort et que sa peau a été
naturellement ou artificiellement desséchée, il n'est peut-être
aucune espèce de poisson de laquelle on ne pût, avec un peu
de soin, détacher de très-petites écailles qui se sépareraient
comme une poussière brillante, et tomberaient comme un
amas de très-petites lames dures, diaphanes et éclatantes. Au
reste, nous avons plusieurs fois, et sur plusieurs poissons
que l'on aurait pu regarder comme absolument sans écailles,
répété avec succès ce procédé, qui, même dans plusieurs contrées, est employé dans des arts très-répandus, ainsi qu'on
pourra le voir dans la suite de cette histoire.

La forme des écailles des poissons est très-diversifiée. Quelquefois la matière qui les compose s'étend en pointe, et se

façonne en aiguillon; d'autres fois elle se tuméfie, pour ainsi dire, se conglomère, et se durcit en callosités, ou s'élève en gros tubercules : mais le plus souvent elle s'étend en lames unies ou relevées par une arête. Ces lames, qui portent, avec raison, le nom d'écailles proprement dites, sont ou rondes, ou ovales, ou hexagones; une partie de leur circonférence est quelquefois finement dentelée : sur quelques espèces, elles sont clair-semées et très-séparées les unes des autres; sur d'autres espèces elles se touchent; sur d'autres encore, elles se recouvrent comme les ardoises placées sur nos toits. Elles communiquent au corps de l'animal par de petits vaisseaux dont nous montrerons bientôt l'usage; mais d'ailleurs elles sont attachées à la peau par une partie plus ou moins grande de leur contour. Et remarquons un rapport bien digne d'être observé : sur un grand nombre de poissons qui vivent au milieu de la haute mer, et qui, ne s'approchant que rarement des rivages, ne sont exposés qu'à des frottements passagers, les écailles sont retenues par une moindre portion de leur circonférence; elles sont plus attachées, et recouvertes en partie par l'épiderme, dans plusieurs des poissons qui fréquentent les côtes, et que l'on a nommés *littoraux;* et elles sont plus attachées encore, et recouvertes en entier par ce même épiderme, dans presque tous ceux qui habitent dans la vase, et y creusent avec effort des asiles assez profonds.

Réunissez à ces écailles les callosités, les tubercules, les aiguillons dont les poissons peuvent être hérissés; réunissez-y surtout des espèces de boucliers solides, et des croûtes osseuses, sous lesquelles ces animaux ont souvent une portion considérable de leur corps à l'abri, et qui les rapprochent, par de nouvelles conformités, de la famille des tortues, et vous aurez sous les yeux les différentes ressources que la Nature a accordées aux poissons pour les défendre contre leurs nombreux ennemis, les diverses armes qui les protégent contre les poursuites multipliées auxquelles ils sont exposés. Mais ils n'ont pas reçu uniquement la conformation qui leur était nécessaire pour se garantir des dangers qui les menacent; il leur a été aussi départi de vrais moyens d'attaque, de véritables armes offensives, souvent même d'autant plus redoutables pour l'homme et les plus favorisés des animaux, qu'elles peuvent être réunies à un corps d'un très-grand volume, et mises en mouvement par une grande puissance.

Parmi ces armes dangereuses, jetons d'abord les yeux sur les dents des poissons. Elles sont, en général, fortes et nombreuses. Mais elles présentent différentes formes : les unes sont un peu coniques ou comprimées, allongées, cependant pointues, quelquefois dentelées sur les bords et souvent recourbées ; les autres sont comprimées, et terminées à leur extrémité par une lame tranchante ; d'autres enfin sont presque demi-sphériques, ou même presque entièrement aplaties contre leur base. C'est de leurs différentes formes, et non pas de leur position et de leur insertion dans tel ou tel os des mâchoires, qu'il faut tirer les divers noms que l'on peut donner aux dents des poissons, et que l'on doit conclure les usages auxquels elles peuvent servir. Nous nommerons, en conséquence, *dents molaires*, celles qui, étant demi-sphériques ou très-aplaties, peuvent facilement concasser, écraser, broyer les corps sur lesquels elles agissent ; nous donnerons le nom d'*incisives* aux dents comprimées dont le côté opposé aux racines présente une sorte de lame avec laquelle l'animal peut aisément couper, trancher et diviser, comme l'homme et plusieurs quadrupèdes vivipares divisent, tranchent et coupent avec leurs dents de devant ; et nous emploierons la dénomination de *laniaires* pour celles qui, allongées, pointues et souvent recourbées, accrochent, retiennent et déchirent la proie de l'animal. Ces dernières sont celles que l'on voit le plus fréquemment dans la bouche des poissons : il n'y a même qu'un très-petit nombre d'espèces qui en présentent de molaires ou d'incisives. Au reste, ces trois sortes de dents incisives, molaires, ou laniaires, sont revêtues d'un émail assez épais dans presque tous les animaux dont nous publions l'histoire : elles diffèrent peu d'ailleurs les unes des autres par la forme de leurs racines, et par leur structure intérieure, qui en général est plus simple que celle des dents des quadrupèdes à mamelles. Dans les laniaires, par exemple, cette structure ne présente souvent qu'une suite de cônes plus ou moins réguliers, emboîtés les uns dans les autres, et dont le plus intérieur renferme une assez grande cavité, au moins dans les dents qui doivent être remplacées par des dents nouvelles, et que ces dernières, logées dans cette même cavité, poussent en dehors en se développant.

Mais ces trois sortes de dents peuvent êtres distribuées dans plusieurs divisions, d'après leur manière d'être attachées et la place qu'elles occupent ; et par là elles sont encore plus séparées de celles de presque tous les animaux à sang rouge.

En effet, les unes sont retenues presque immobiles dans des alvéoles osseux ou du moins très-durs ; les autres ne sont maintenues par leurs racines que dans des capsules membraneuses, qui leur permettent de se relever et de s'abaisser dans différentes directions, à la volonté de l'animal, et d'être ainsi employées avec avantage, ou tenues couchées et en réserve pour de plus grands efforts.

D'un autre côté, les mâchoires des poissons ne sont pas les seules parties de leur bouche qui puissent être armées de dents : leur palais peut en être hérissé ; leur gosier peut aussi en être garni ; et leur langue même, presque toujours attachée, dans la plus grande partie de sa circonférence, par une membrane qui la lie aux portions de la bouche les plus voisines, peut être plus adhérente encore à ces mêmes portions, et montrer sur sa surface des rangs nombreux et serrés de dents fortes et acérées.

Ces dents mobiles ou immobiles, de la langue, du gosier, du palais et des mâchoires, ces instruments plus ou moins meurtriers, peuvent exister séparément, ou paraître plusieurs ensemble, ou être tous réunis dans le même poisson. Et toutes les combinaisons que leurs différents mélanges peuvent produire, et qu'il faut multiplier par tous les degrés de grandeur et de force, par toutes les formes extérieures et intérieures, par tous les nombres, ainsi que par toutes les rangées qu'ils peuvent présenter, ne doivent-elles pas produire une très-grande variété parmi les moyens d'attaque accordés aux poissons ?

Ces armes offensives, quelque multipliées et quelque dangereuses qu'elles puissent être, ne sont cependant pas les

seules que la Nature leur ait données : quelques-uns ont reçu
des piquants longs, forts et mobiles, avec lesquels ils peuvent
assaillir vivement et blesser profondément leurs ennemis ; et
tous ont été pourvus d'une queue plus ou moins déliée, mue
par des muscles puissants, et qui, lors même qu'elle est dénuée d'aiguillons et de rayons de nageoires, peut être assez
rapidement agitée pour frapper une proie par des coups violents et redoublés.

Mais, avant de chercher à peindre les habitudes remarquables des poissons, examinons encore un moment les premières causes des phénomènes que nous devrons exposer.
Occupons-nous encore de la forme de ces animaux ; et en
continuant de renvoyer l'examen des détails qu'ils pourront
nous offrir aux articles particuliers de cet ouvrage, jetons un
coup d'œil général sur leur conformation intérieure.

A la suite d'un gosier quelquefois armé de dents propres à
retenir et déchirer une proie encore en vie, et souvent assez
extensible pour recevoir des aliments volumineux, le canal
intestinal, qui y prend son origine et se termine à l'anus,
s'élargit et reçoit le nom d'*estomac*. Ce viscère, situé dans le
sens de la longueur de l'animal, varie dans les différentes
espèces par sa figure, sa grandeur, l'épaisseur des membranes qui le composent, le nombre et la profondeur des plis
que ces membranes forment ; il est même quelques poissons
dans lesquels un étranglement très-marqué le divise en deux
portions assez distinctes pour qu'on ait dit qu'ils avaient deux
estomacs, et il en est aussi dans lesquels sa contexture, au
lieu d'être membraneuse, est véritablement musculeuse.

L'estomac communique par une ouverture avec l'intestin
proprement dit ; mais, entre ces deux portions du canal intestinal, on voit, dans le plus grand nombre de poissons, des
appendices ou tuyaux membraneux, cylindriques, creux,
ouverts uniquement du côté du canal intestinal, et ayant beaucoup de ressemblance avec le cœcum de l'homme et des quadrupèdes à mamelles. Ces appendices sont quelquefois longs
et d'un plus petit diamètre que l'intestin, et d'autres fois
assez gros et très-courts. On en compte, suivant les espèces
que l'on a sous les yeux, depuis un jusqu'à plus de cent.

L'intestin s'étend presque en droite ligne dans plusieurs poissons, et particulièrement dans ceux dont le corps est très-allongé, il revient vers l'estomac, et se replie ensuite vers l'anus, dans le plus grand nombre des autres poissons; et, dans quelques-uns de ces derniers animaux, il présente plusieurs circonvolutions, et est alors plus long que la tête, le corps et la queue, considérés ensemble.

On a fait plusieurs observations sur la manière dont s'opère la digestion dans ce tube intestinal ; on a particulièrement voulu savoir quel degré de température résultait de cette opération, et l'on s'est assuré qu'elle ne produisait aucune augmentation sensible de chaleur. Les aliments, qui doivent subir, dans l'intérieur des poissons, les altérations nécessaires pour être changés d'abord en chyme, et ensuite en chyle, ne sont donc soumis à aucun agent dont la force soit aidée par un surcroît de chaleur. D'un autre côté, l'estomac du plus grand nombre de ces animaux est composé de membranes trop minces pour que la nourriture qu'ils avalent soit broyée, triturée et divisée au point d'être très-facilement décomposée ; il n'est donc pas surprenant que les sucs digestifs des poissons soient, en général, très-abondants et très-actifs. Aussi ont-ils, avec une raie souvent triangulaire, quelquefois allongée, toujours d'une couleur obscure, et avec une vésicule du fiel assez grande, un foie très-volumineux, tantôt simple, et tantôt divisé en deux ou trois lobes, et qui, dans quelques-uns des animaux dont nous traitons, est aussi long que l'abdomen.

Cette quantité et cette force des sucs digestifs sont surtout nécessaires dans les poissons qui ne présentent presque aucune sinuosité dans leur intestin, presque aucun appendice auprès du pylore, presque aucune dent dans leur gueule, et qui, ne pouvant ni couper, ni déchirer, ni concasser les substances alimentaires, ni compenser le peu de division de ces substances par un séjour plus long de ces mêmes matières nutritives dans un estomac garni de petits cœcums, ou dans un intestin très-sinueux et par conséquent très-prolongé, n'ont leurs aliments exposés à la puissance des agents de la digestion, que dans l'état et pendant le temps le moins propre aux altérations que ces aliments doivent éprouver. Ce serait donc toujours en raison inverse du nombre des dents, des appendices de l'estomac, et des circonvolutions de l'intestin, que devrait être, tout égal d'ailleurs, le volume du foie, si l'abondance des sucs digestifs ne pouvait être suppléée par un accroissement de leur activité. Quelquefois cet accroissement d'énergie est aidé ou remplacé par une faculté particulière accordée à l'animal. Par exemple, le brochet et les autres ésoces, que l'on doit regarder comme les animaux de proie les plus funestes à un très-grand nombre de poissons, et qui, consommant une grande quantité d'aliments, n'ont cependant reçu ni appendice de l'estomac, ni intestin très-contourné, ni foie des plus volumineux, jouissent d'une faculté que l'on a depuis longtemps observée dans d'autres animaux rapaces, et surtout dans les oiseaux de proie les plus sanguinaires; ils peuvent rejeter facilement par leur gueule les différentes substances qu'ils ne pourraient digérer qu'en les retenant très-longtemps dans des appendices ou des intestins plusieurs fois repliés qui leur manquent, ou en les attaquant par des sucs plus abondants ou plus puissants que ceux qui leur ont été départis.

Nous n'avons pas besoin de dire que, de l'organisation qui donne ou qui refuse cette faculté de rejeter, de la quantité et du pouvoir des sucs digestifs, de la forme et des sinuosités du canal intestinal, dépendent peut-être, autant que de la nature des substances avalées par l'animal, la couleur et les autres qualités des excréments des poissons; mais nous devons ajouter que ces produits de la digestion ne sortent du corps que très-ramollis, parce qu'indépendamment d'autre raison, ils sont toujours mêlés, vers l'extrémité de l'intestin, avec une quantité d'urine d'autant plus grande, qu'avant d'arriver à la vessie destinée à la réunir, elle est filtrée et préparée dans des reins très-volumineux, placés presque immédiatement au-dessous de l'épine du dos, divisés en deux dans quelques poissons, et assez étendus dans presque tous pour égaler l'abdomen en longueur. Cette dernière sécrétion est cependant un peu moins liquide dans les poissons que dans les autres animaux; et n'a-t-elle pas cette consistance un peu plus grande parce qu'elle participe plus ou moins de la nature huileuse que nous remarquerons dans toutes les parties des animaux dont nous publions l'histoire?

Maintenant ne pourrait-on pas considérer un moment la totalité du corps des poissons comme une sorte de long tuyau, aussi peu uniforme dans sa cavité intérieure que dans ses parties externes? Le canal intestinal, dont les membranes se réunissent, à ses deux extrémités, avec les téguments de l'extérieur du corps, représenterait la cavité allongée et tortueuse de cette espèce de tube. Et que l'on ne pense pas que ce point de vue fût sans utilité. Ne pourrait-il pas servir, en effet, à mettre dans une sorte d'évidence ce grand rapport de conformation qui lie tous les êtres animés, ce modèle simple et unique d'après lequel l'existence des êtres vivants a été plus ou moins diversifiée par la puissance créatrice? Et dans ce long tube, dans lequel nous transformons, pour ainsi dire, le corps du poisson, n'aperçoit-on pas à l'instant ces longs tuyaux qui composent la plus grande partie de l'organisation des animaux les plus simples, d'un grand nombre de polybes?

Nous avons jeté les yeux sur la surface extérieure et sur la surface interne de ce tube animé qui représente, un instant, pour nous le corps des poissons. Mais les parois de ce tuyau ont une épaisseur ; c'est dans cette épaisseur qu'il faut pénétrer; c'est là qu'il faut chercher les sources de la vie.

Dans les poissons, comme dans les autres animaux, les véritables sucs nourriciers sont pompés au travers des pores dont les membranes de l'intestin sont criblées. Ce chyle est attiré et reçu par une portion de ce système de vaisseaux remarquables, disséminés dans toutes les parties de l'animal, liés par des glandes propres à élaborer le liquide substantiel qu'ils transmettent, et qui ont reçu le nom de *vaisseaux lactés* ou de *vaisseaux lymphatiques*, suivant leur position, ou, pour mieux dire, suivant la nature du liquide alimentaire qui les parcourt.

Les bornes de ce discours et le but de cet ouvrage ne nous permettent pas d'exposer dans tous ses détails l'ensemble de ces vaisseaux absorbants, soit qu'ils contiennent une sorte de lait que l'on nomme *chyle*, où qu'ils renferment une lymphe nourricière ; nous ne pouvons pas montrer ces canaux sinueux qui pénètrent jusques à toutes les cavités, se répandent auprès de tous les organes, arrivent à un si grand nombre de points de la surface, sucent, pour ainsi dire, partout les fluides surabondants auxquels ils atteignent, se réunissent, se séparent, se divisent, font parvenir, jusqu'aux glandes qu'ils paraissent composer par leurs circonvolutions, les sucs hétérogènes qu'ils ont aspirés, les y modifient par le mélange, les y vivifient par de nouvelles combinaisons, les y élaborent par le temps, les portent enfin convenablement préparés jusqu'à deux réceptacles, et les poussent, par un orifice garni de valvules, jusque dans la veine cave, presque à l'endroit où ce dernier conduit ramène vers le cœur le sang qui a servi à l'entretien des différentes parties du corps de l'animal. Nous pouvons dire seulement que cette organisation, cette distribution et ces effets si dignes de l'attention du physiologiste, sont très-analogues, dans les poissons, aux phénomènes et aux conformations de ce genre que l'on remarque dans les autres animaux à sang rouge. Les vaisseaux absorbants sont même plus sensibles dans les poissons ; et c'est principalement aux observations dont ces organes ont été l'objet, dans les animaux dont nous recherchons la nature, qu'il faut rapporter une grande partie des progrès que l'on a faits assez récemment dans la connaissance des vaisseaux lymphatiques ou lactés, et des glandes conglobées des autres animaux.

Le sang des poissons ne sort donc de la veine cave, pour entrer dans le cœur, qu'après avoir reçu des vaisseaux absorbants les différents sucs qui seuls peuvent donner à ce fluide la faculté de nourrir les diverses parties du corps qu'il arrose : mais il n'a pas encore acquis toutes les qualités qui lui sont nécessaires pour entretenir la vie ; il faut qu'il aille encore dans les organes respiratoires recevoir un des éléments essentiels de son essence. Quelle est cependant la route qu'il suit pour se porter à ces organes, et pour se distribuer ensuite dans les différentes parties du corps? Quelle est la composition de ces mêmes organes? Montrons rapidement ces deux grands objets.

Le cœur, principal instrument de la circulation, presque toujours contenu dans une membrane très-mince que l'on nomme *péricarde*, et variant quelquefois dans sa figure, suivant l'espèce que l'on examine, ne renferme que deux cavités : un ventricule, dont les parois sont très-épaisses, ridées, et souvent parsemée de petits trous ; et une oreillette beaucoup plus grande, placée sur le devant de la partie gauche du ventricule, avec lequel elle communique par un orifice garni de deux valvules (1). C'est à cette oreillette qu'arrive le sang avant qu'il soit transmis au ventricule ; et il y parvient par un ample réceptale qui constitue véritablement la veine cave, ou du moins l'extrémité de cette veine ; que l'on a nommé *sinus veineux*, qui est placé à la partie postérieure de l'oreillette, et qui y aboutit par un trou, au bout duquel deux valvules sont attachées.

Le sang, en sortant du ventricule, entre par un orifice que deux autres valvules ouvrent et forment, dans un sac artériel ou très-grande cavité que l'on pourrait presque comparer à un second ventricule, qui se resserre lorsque le cœur se dilate, et s'épanouit au contraire lorsque le cœur est comprimé, dont les pulsations peuvent être très-sensibles, et qui, diminuant de diamètre, forme une véritable artère, à laquelle le nom d'*aorte* a été appliqué. Cette artère est cependant l'analogue de celle que l'on a nommée *pulmonaire* dans l'homme, dans les quadrupèdes à mamelles, et dans d'autres animaux à sang rouge. Elle conduit, en effet, le sang aux branchies, qui, dans les poissons, remplacent les poumons proprement dits ; et pour le répandre au milieu des diverses portions de ces branchies dans l'état de division nécessaire, elle se sépare d'abord en deux troncs, dont l'un va vers les branchies de droite, et l'autre vers les branchies de gauche. L'un et l'autre de ces deux troncs se partagent

(1) Toutes les fois que nous emploierons dans cet ouvrage les mots *antérieur, inférieur, postérieur, supérieur*, etc., nous supposerons le poisson dans sa position la plus naturelle, c'est-à-dire, dans la situation horizontale.

en autant de branches qu'il y a de branchies de chaque côté, et il n'est aucune de ces branches qui n'envoie à chacune des lames que l'on voit dans une branchie un rameau qui se divise, très-près de la surface de ces mêmes lames, en un très-grand nombre de ramifications, dont les extrémités disparaissent à cause de leur ténuité.

Ces nombreuses ramifications correspondent à des ramifications analogues, mais veineuses, qui, se réunissant successivement en rameaux et en branches, portent le sang réparé, et, pour ainsi dire, revivifié par les branchies, dans un tronc unique, lequel, s'avançant vers la queue le long de l'épine du dos, fait les fonctions de la grande artère, nommée *aorte descendante* dans l'homme et dans les quadrupèdes, et distribue dans presque toutes les parties du corps le fluide nécessaire à leur nutrition.

La veine qui part de la branchie la plus antérieure ne se réunit cependant avec celle qui tire son origine de la branchie la plus voisine, qu'après avoir conduit le sang vers le cerveau et les principaux organes des sens; mais il est bien plus important encore d'observer, que les veines qui prennent leur naissance dans les branchies, non-seulement transmettent le sang qu'elles contiennent au vaisseau principal dont nous venons de parler, mais encore qu'elles se déchargent dans un autre tronc qui se rend directement dans le grand réceptacle par lequel la veine cave est formée ou terminée.

Ce second tronc, que nous venons d'indiquer, doit être considéré comme représentant la veine pulmonaire, laquelle, ainsi que tout le monde le sait, conduit le sang des poumons dans le cœur de l'homme, des quadrupèdes, des oiseaux et des reptiles. Une partie du fluide ranimé dans les branchies des poissons va donc au cœur de ces derniers animaux, sans avoir circulé de nouveau par les artères et les veines; elle repasse donc par les branchies, avant de se répandre dans les différents organes qu'elle doit arroser et nourrir, et peut-être même va-t-elle plus d'une fois, avant de parvenir aux portions du corps qu'elle est destinée à entretenir, chercher dans ces branchies une nouvelle quantité de principes réparateurs.

Au reste, le sang parcourt les routes que nous venons de tracer avec plus de lenteur qu'il ne circule dans la plupart des animaux plus rapprochés de l'homme que les poissons. Son mouvement serait bien plus retardé encore, s'il n'était dû qu'aux impulsions que le cœur donne, et qui se décomposent et s'anéantissent, au moins en grande partie, au milieu des nombreux circuits des vaisseaux sanguins, et s'il n'était pas aussi produit par la force des muscles qui environnent les artères et les veines.

Mais quels sont donc ces organes particuliers que nous nommons *branchies* (1), et par quelle puissance le sang en reçoit-il le principe de la vie?

Ils sont bien plus variés que les organes respiratoires des animaux que l'on a regardés comme plus parfaits. Ils peuvent différer, en effet, les uns des autres, suivant la famille de poissons que l'on examine, non-seulement par leur forme, mais encore par le nombre et par les dimensions de leurs parties. Dans quelques espèces, ils consistent dans des poches ou bourses composées de membranes plissées, sur la surface desquelles s'étendent les ramifications artérielles et veineuses dont j'ai déjà parlé; et jusqu'à présent on a compté, de chaque côté de la tête, six ou sept de ces poches ridées et à grande superficie (2).

Mais le plus souvent les branchies sont formées par plusieurs arcs solides et d'une courbure plus ou moins considérable. Chacun de ces arcs appartient à une branchie particulière.

Le long de la partie convexe, on voit quelquefois un seul rang, mais le plus communément deux rangées de petites lames plus ou moins solides et flexibles, et dont la figure varie suivant le genre et quelquefois suivant l'espèce. Ces lames sont d'ailleurs un peu convexes d'un côté, et un peu

(1) Ces organes ont été aussi appelés *ouïes;* mais nous avons supprimé cette dernière dénomination comme impropre, partant d'une fausse supposition, et pouvant faire naître des erreurs, ou au moins des équivoques et de l'obscurité.

(2) Il y a sept branchies de chaque côté dans les péromizons, et six dans les gastrobranches.

concaves du côté opposé, appliquées l'une contre l'autre, attachées à l'arc, liées ensemble, recouvertes par des membranes de diverses épaisseurs ordinairement garnies de petits poils plus ou moins apparents et plus nombreux sur la face convexe que sur la face concave, et revêtues, sur leurs surfaces, de ces ramifications artérielles et veineuses si multipliées, que nous avons déjà décrites.

La partie concave de l'arc ne présente pas de lames; mais elle montre ou des protubérances courtes et unies, ou des tubérosités rudes et arrondies, ou des tubercules allongés, ou des rayons, ou de véritables aiguillons assez courts.

Tous les arcs sont élastiques et garnis vers leurs extrémités de muscles qui peuvent, suivant le besoin de l'animal, augmenter momentanément leur courbure, ou leur imprimer d'autres mouvements.

Leur nombre, ou, ce qui est la même chose, le nombre des branchies, est de quatre de chaque côté dans presque tous les poissons : quelques-uns cependant n'en ont que trois à droite et trois à gauche (1); d'autres en ont cinq (2). On connaît une espèce de squale qui en a six, une seconde espèce de la même famille qui en présente sept; et ainsi on doit dire que l'on peut compter en tout, dans les animaux que nous observons, depuis six jusqu'à quatorze branchies : peut-être néanmoins y a-t-il des poissons qui n'ont qu'une ou deux branchies de chaque côté de la tête.

Nous devons faire remarquer encore que les proportions des dimensions des branchies avec celles des autres parties du corps ne sont pas les mêmes dans toutes les familles de poissons; ces organes sont moins étendus dans ceux qui vivent habituellement au fond des mers ou des rivières, à demi enfoncés dans le sable ou dans la vase, que dans ceux qui parcourent en nageant de grands espaces, et s'approchent souvent de la surface des eaux.

Au reste, quels que soient la forme, le nombre et la grandeur des branchies, elles sont placées, de chaque côté de

(1) Les tétrodons.
(2) Les raies et la plupart des squales.

la tête, dans une cavité qui n'est qu'une prolongation de l'intérieur de la gueule ; ou, si elles ne sont composées que de poches plissées, chacune de ces bourses communique par un ou deux orifices avec ce même intérieur, pendant qu'elle s'ouvre à l'extérieur par un autre orifice. Mais, comme nous décrirons en détail (1) les légères différences que la contexture de ces organes apporte dans l'arrivée du fluide nécessaire à la respiration des poissons, ne nous occupons maintenant que des branchies qui appartiennent au plus grand nombre de ces animaux, et qui consistent principalement dans des arcs solides et dans une ou deux rangées de petites lames.

Souvent l'eau entre par la bouche, pour parvenir jusqu'à la cavité qui, de chaque côté de la tête, renferme les branchies ; et lorsqu'elle a servi à la respiration, et qu'elle doit être remplacée par un nouveau fluide, elle s'échappe par un orifice latéral, auquel on a donné le nom d'*ouverture branchiale* (2). Dans quelques espèces, dans les pétromyzons, dans les raies, et dans plusieurs squales, l'eau surabondante peut aussi sortir des deux cavités et de la gueule par un ou deux petits tuyaux ou évents, qui, du fond de la bouche, parviennent à l'extérieur du corps vers le derrière de la tête. D'autres fois l'eau douce ou salée est introduite par les ouvertures branchiales, et passent par les évents ou par la bouche lorsqu'elle est repoussée en dehors ; ou si elle pénètre par les évents elle trouve une issue derrière le trou de la gueule, ou dans une des branchiales.

L'issue branchiale de chaque côté du corps n'est ouverte ou fermée dans certaines espèces que par la dilatation ou la compression que l'animal peut faire subir aux muscles qui environnent cet orifice, mais communément elle est garnie d'un opercule ou d'une membrane et le plus souvent de tous les deux à la fois.

---

(1) Dans l'article du *pétromyzon lamproie.*

(2) Dans le plus grand nombre de poissons, il n'y a qu'une ouverture branchiale de chaque côté de la tête : mais, dans les raies et dans presque tous les squales, il y en a cinq à droite, et cinq à gauche ; il y en a six dans une espèce particulière de squale, et sept dans une autre espèce de la même famille, ainsi que dans tous les pétromyzons.

L'opercule est plus ou moins solide, composé d'une ou de plusieurs pièces, ordinairement garni de petites écailles, quelquefois hérissé de pointes ou armé d'aiguillons; la membrane, placée en tout ou en partie sous l'opercule, est presque toujours soutenue, comme une nageoire, par des rayons simples qui varient en nombre suivant les espèces ou les familles, et, mus par des muscles particuliers, peuvent, en s'écartant ou en se rapprochant les uns des autres, déployer ou plisser la membrane. Lorsque le poisson veut fermer son ouverture branchiale, il abat son opercule, il étend au-dessous sa membrane, il applique exactement et fortement contre les bords de l'orifice les portions de la circonférence de la membrane ou de l'opercule qui ne tiennent pas à son corps; il a, pour ainsi dire, à sa disposition, une porte un peu flexible et un ample rideau, pour clore la cavité de ses branchies.

Mais nous avons assez exposé de routes, montré de formes, développé d'organisations, il est temps de faire mouvoir les ressorts que nous avons décrits. Que les forces que nous avons indiquées agissent sous nos yeux; remplaçons la matière inerte par la matière productive, la substance passive par l'être actif, le corps seulement organisé, par le corps en mouvement; que le poisson reçoive le souffle de la vie, qu'il respire.

En quoi consiste cependant cet acte si important, si involontaire, si fréquemment renouvelé, auquel on a donné le nom de *respiration*?

Dans les poissons, dans les animaux à branchies, de même que dans ceux qui ont reçu des poumons, il n'est, cet acte, que l'absorption d'une quantité plus ou moins grande de ce gaz oxygène qui fait partie de l'air atmosphérique, et qui se retrouve jusque dans les plus grandes profondeurs de la mer. C'est ce gaz oxygène qui, en se combinant dans les branchies avec le sang des poissons, le colore par son union avec les principes que ce fluide lui présente, et lui donne, par la chaleur qui se dégage, le degré de température qui doit appartenir à ce liquide : et comme, ainsi que tout le monde le sait, les corps ne brûlent que par l'absorption de ce même oxygène, la respiration des poissons, semblable à celle des

animaux à poumons, n'est donc qu'une combustion plus ou
moins lente ; et même au milieu des eaux, nous voyons se
réaliser cette belle et philosophique fiction de la poésie ancienne, qui, du souffle vital qui anime les êtres, faisait une
sorte de flamme secrète plus ou moins fugitive.

L'oxygène, amené par l'eau sur les surfaces si multipliées,
et par conséquent si agissantes, que présentent les branchies,
peut aisément parvenir jusqu'au sang contenu dans les nombreuses ramifications artérielles et veineuses que nous avons
déjà fait connaître. Cet élément de la vie peut, en effet, pénétrer facilement au travers des membranes qui composent ou
recouvrent ces petits vaisseaux sanguins ; il peut passer au
travers de pores trop petits pour les globules du sang. On ne
peut plus en douter depuis que l'on connaît l'expérience par
laquelle Priestley a prouvé que du sang renfermé dans une
vessie couverte même avec de la graisse n'en était pas moins
altéré dans sa couleur par l'air de l'atmosphère, dont l'oxygène fait partie ; et l'on a su de plus par Monro, que lorsqu'on injecte, avec une force modérée, de l'huile de térében-
thine colorée par du vermillon, dans l'artère branchiale de
plusieurs poissons, et particulièrement d'une raie récemment
morte, une portion de l'huile rougie transsude au travers des
membranes qui composent les branchies, et ne les déchire pas.

Mais cet oxygène qui s'introduit jusque dans les petits
vaisseaux des branchies, dans quel fluide les poissons peu-
vent-ils le puiser ? Est-ce une quantité plus ou moins considérable d'air atmosphérique disséminé dans l'eau, et répandu
jusque dans les abîmes les plus profonds de l'Océan, qui
contient tout l'oxygène qu'exige le sang des poissons pour
être revivifié ? ou pourrait-on croire que l'eau, parmi les éléments de laquelle on compte l'oxygène, est décomposée par la
grande force d'affinité que doit exercer sur les principes de
ce fluide un sang très-divisé et répandu sur les surfaces multipliées des branchies ? Cette question est importante ; elle est
liée avec les progrès de la physique animale : nous ne termi-
nerons pas ce discours sans chercher à jeter quelque jour sur
ce sujet, dont nous nous sommes occupé les premiers, et que
nous avons discuté dans nos cours publics, dès l'an III ; con-

tinuons cependant, quelle que soit la source d'où découle cet oxygène, d'exposer les phénomènes relatifs à la respiration des poissons.

Pendant l'opération que nous examinons, le sang de ces animaux non-seulement se combine avec le gaz qui lui donne la couleur et la vie, mais encore se dégage, par une double décomposition, des principes qui l'altèrent. Ces deux effets paraissant, au premier coup d'œil, pouvoir être produits au milieu de l'atmosphère aussi bien que dans le sein des eaux, on ne voit pas tout d'un coup pourquoi, en général, les poissons ne vivent dans l'air que pendant un temps assez court, quoique ce dernier fluide puisse arriver plus facilement jusque sur leurs branchies, et leur fournir bien plus d'oxygène qu'ils n'ont besoin d'en recevoir. On peut cependant donner plusieurs raisons de ce fait remarquable. Premièrement, on peut dire que l'atmosphère, en leur abandonnant de l'oxygène avec plus de promptitude ou en plus grande quantité que l'eau, est pour leurs branchies ce que l'oxygène très-pur est pour les poumons de l'homme, des quadrupèdes, des oiseaux et des reptiles ; l'action vitale est trop augmentée au milieu de l'air, la combustion trop précipitée, l'animal, pour ainsi dire, consumé. Secondement, les vaisseaux artériels et veineux, disséminés sur les surfaces branchiales, n'étant pas contenus dans l'atmosphère par la pression d'un fluide aussi pesant que l'eau, cèdent à l'action du sang devenue beaucoup plus vive, se déchirent, produisent la destruction d'un des organes essentiels des poissons, causent bientôt leur mort ; et voilà pourquoi, lorsque ces animaux périssent pour avoir été pendant longtemps hors de l'eau des mers ou des rivières, on voit leurs branchies ensanglantées. Troisièmement enfin, l'air, en desséchant tout le corps des poissons, et particulièrement le principal siége de leur respiration, diminué et même anéantit cette humidité, cette onctuosité, cette souplesse dont ils jouissent dans l'eau, arrête le jeu de plusieurs ressorts, hâte la rupture de plusieurs vaisseaux et particulièrement de ceux qui appartiennent aux branchies. Aussi verrons-nous dans le cours de cet ouvrage, que la plupart des procédés employés pour conserver dans l'air des poissons en vie se réduisent à les pénétrer d'une humidité abondante, et à préserver surtout de toute dessiccation l'intérieur de la bouche, et par conséquent les branchies ; et, d'un autre côté, nous remarquerons que l'on parvient à faire vivre plus longtemps hors de l'eau ceux de ces animaux dont les organes respiratoires sont le plus à l'abri sous un opercule et une membrane qui s'appliquent exactement contre les bords de l'ouverture branchiale, ou ceux qui sont pourvus, et, pour ainsi dire, imbibés d'une plus grande quantité de matière visqueuse.

Cette explication paraîtra avoir un nouveau degré de force si l'on fait attention à un autre phénomène plus important encore pour le physicien. Les branchies ne sont pas, à la rigueur, le seul organe par lequel les poissons respirent : partout où leur sang est très-divisé, et très-rapproché de l'eau, il peut, par son affinité, tirer directement de ce fluide, ou de l'air que cette même eau contient, l'oxygène qui lui est nécessaire. Or non-seulement les téguments de poissons sont perpétuellement environnés d'eau, mais ce même liquide arrose souvent l'intérieur de leur canal intestinal, y séjourne même ; et comme ce canal est entouré d'une très-grande quantité de vaisseaux sanguins, il doit s'opérer dans sa longue cavité, ainsi qu'à la surface extérieure de l'animal, une absorption plus ou moins fréquente d'oxygène, un dégagement plus ou moins grand de principes corrupteurs du sang. Le poisson respire donc et par ses branchies, et par sa peau, et par son tube intestinal : et le voilà lié, par une nouvelle ressemblance, avec des animaux plus parfaits.

Au reste, de quelque manière que le sang obtienne l'oxygène, c'est lorsqu'il a été combiné avec ce gaz, qu'ayant reçu d'ailleurs des vaisseaux absorbant les principes de la nutrition, il jouit de ses qualités dans toute leur plénitude. C'est après cette union que, circulant avec la vitesse qui lui convient dans toutes les parties du corps, il entretient, répare, produit, anime, vivifie. C'est alors que, par exemple, les muscles doivent à ce fluide leur accroissement, leurs principes conservateurs, et le maintien de l'irritabilité qui les caractérise.

Ces organes intérieurs de mouvement ne présentent, dans

les poissons, qu'un très-petit nombre de différences générales et sensibles, avec ceux des autres animaux à sang rouge.
Leurs tendons s'insèrent, à la vérité, dans la peau; ce qu'on
ne voit ni dans l'homme, ni dans la plupart des quadrupèdes :
mais on retrouve la même disposition non-seulement dans les
serpents qui sont revêtus d'écailles, mais encore dans le porc-
épic et dans le hérisson, qui sont couverts de piquants. On
peut cependant distinguer les muscles des poissons par la
forme des fibres qui les composent, et par le degré de leur
irritabilité. En effet, ils peuvent se séparer encore plus facilement que les muscles des animaux plus composés, en fibres
très-déliées; et comme ces fibrilles, quelque ténues qu'elles
soient, paraissent toujours aplaties et non cylindriques, on
peut dire qu'elles se prêtent moins à la division que l'on veut
subir dans un sens que dans un autre, puisqu'elles conservent
toujours deux diamètres inégaux; ce que l'on n'a pas remarqué dans les muscles de l'homme, des quadrupèdes, des oiseaux, ni des reptiles.

De plus, l'irritabilité des muscles des poissons paraît plus
grande que celle des autres animaux à sang rouge; ils cèdent
plus aisément à des stimulants égaux. Et que l'on n'en soit
pas étonné : les fibres musculaires contiennent deux principes, une matière terreuse, et une matière glutineuse. L'irritabilité paraît dépendre de la quantité de cette dernière substance; elle est d'autant plus vive que cette matière glutineuse
est plus abondante, ainsi qu'on peut s'en convaincre en observant les phénomènes que présentent les polypes, d'autres
zoophytes, et en général tous les jeunes animaux. Mais parmi
les animaux à sang rouge, en est-il dans lesquels ce gluten
soit plus répandu que dans les poissons? Sous quelque forme
que se présente cette substance dont la présence sépare les
êtres organisés d'avec la matière brute, sous quelque modification qu'elle soit, pour ainsi dire, déguisée, elle se montre
dans les poissons en quantité bien plus considérable que dans
les animaux plus parfaits; et voilà pourquoi leur tissu cellulaire contient plus de cette graisse huileuse que tout le monde
connaît; et voilà pourquoi encore toutes les parties de leur
corps sont pénétrées d'une huile que l'on retrouve particu-

lièrement dans leur foie, et qui est assez abondante dans certaines espèces de poissons, pour que l'industrie et le commerce l'emploient avec avantage à satisfaire plusieurs besoins de l'homme.

C'est aussi de cette huile, dont l'intérieur même des poissons est abreuvé, que dépend la transparence plus ou moins grande que présentent ces animaux dans des portions de leur corps souvent assez étendues, et même quelquefois un peu épaisses. Ne sait-on pas, en effet, que, pour donner à une matière ce degré d'homogénéité qui laisse passer assez de lumière pour produire la transparence, il suffit de parvenir à l'imprégner d'une huile quelconque? et ne le voit-on pas tous les jours dans les papiers huilés avec lesquels on est souvent forcé de chercher à remplacer le verre?

Un autre phénomène très-digne d'attention doit être rapporté à cette huile, que l'art sait si bien, et depuis si longtemps, extraire du corps des poissons; c'est leur phosphorescence. En effet, non-seulement leurs cadavres peuvent, comme tous les animaux et tous les végétaux qui se décomposent, répandre, par une suite de leur altération et des diverses combinaisons que leurs principes éprouvent, une lueur blanchâtre que tout le monde connaît; non-seulement ils peuvent pendant leur vie, et particulièrement dans les contrées torrides, se pénétrer pendant le jour d'une vive lumière solaire qu'ils laissent échapper pendant la nuit, qui les revêt d'un éclat très-brillant, et en quelque sorte d'une couche de feu, et qui a été si bien observée dans le Sénégal par M. Adanson; mais encore ils tirent de cette matière huileuse, qui s'insinue dans toutes leurs parties, et qui est un de leurs éléments, la faculté de paraître revêtus, indépendamment de tel ou tel temps et de telle ou telle température, d'une lumière qui, dans les endroits où ils sont réunis en très-grand nombre, n'ajoute pas peu au magnifique spectacle que présente la mer lorsque les différentes causes qui peuvent en rendre la surface phosphorique agissent ensemble et se déploient avec force. Ils augmentent d'autant plus la beauté de cette immense illumination que la poésie a métamorphosée en appareil de fête pour les divinités des eaux, que leur clarté paraît de très-loin, et qu'on l'aperçoit très-bien lors même qu'ils sont à d'assez grandes profondeurs. Nous tenons d'un de nos plus savants confrères, M. Borda, que des poissons nageant à plus de sept mètres au-dessous de la surface d'une mer calme, ont été vus très-phosphoriques.

Cette huile ne donne pas uniquement un vain éclat aux poissons; elle les maintient au milieu de l'eau contre l'action altérante de ce fluide. Mais, indépendamment de cette huile conservatrice, une substance visqueuse, analogue à cette matière huileuse, mais qui en diffère par plusieurs caractères et par conséquent par la nature ou du moins par la proportion des principes qui la composent, est élaborée dans des vaisseaux particuliers, transportée sous les téguments extérieurs, et répandue à la surface du corps par plusieurs ouvertures. Le nombre, la position, la forme de ces ouvertures, de ces canaux déférents, de ces organes sécréteurs, varient suivant les espèces; mais, dans presque tous les poissons, cette humeur gluante suinte particulièrement par des orifices distribués sur différentes parties de la tête, et par d'autres orifices situés le long du corps et de la queue, placés de chaque côté, et dont l'ensemble a reçu le nom de *ligne latérale,* cette ligne est plus sensible, lorsque le poisson est revêtu d'écailles facilement visibles, parce qu'elle se compose alors, non-seulement des pores excréteurs que nous venons d'indiquer, mais encore d'un canal formé d'autant de petits tuyaux qu'il y a d'écailles sur ces orifices, et creusé dans l'épaisseur de ces mêmes écailles. Elle varie d'ailleurs avec les espèces, non-seulement par le nombre, et depuis un jusqu'à trois de chaque côté, mais encore par sa longueur, sa direction, sa courbure, ses interruptions; et les piquants dont elle peut être hérissée.

Cette substance visqueuse, souvent renouvelée, enduit tout l'extérieur du poisson, empêche l'eau de filtrer au travers des téguments, et donne au corps, qu'elle rend plus souple, la faculté de glisser plus facilement au milieu des eaux, que cette sorte de vernis repousse, pour ainsi dire.

L'huile animale qui, vraisemblablement, est le principe élaboré pour la production de cette humeur gluante, agit donc directement ou indirectement, et à l'extérieur et à l'intérieur des poissons ; leurs parties même les plus compactes et les plus dures portent l'empreinte de sa nature, et on retrouve son influence, et même son essence, jusque dans la charpente solide sur laquelle s'appuient toutes les parties molles que nous venons d'examiner.

Cette charpente, plus ou moins compacte, peut être cartilagineuse ou véritablement osseuse. Les pièces qui la composent présentent, dans leur formation et dans leur développement, le même phénomène que celles qui appartiennent au squelette des animaux plus parfaits que les poissons ; leurs couches intérieures sont les premières produites, les premières réparées, les premières sur lesquelles agissent les différentes causes d'accroissement. Mais lorsque ces pièces sont cartilagineuses, elles diffèrent beaucoup d'ailleurs des os des quadrupèdes, des oiseaux et de l'homme. Enduites d'une mucosité qui n'est qu'une manière d'être de l'huile animale si abondante dans les poissons, elles ont des cellules, et n'ont pas de cavité proprement dite : elles ne contiennent pas cette substance particulière que l'on a nommée *moëlle osseuse* dans l'homme, les quadrupèdes et les oiseaux : elles offrent l'assemblage de différentes lames.

Lorsqu'elles sont osseuses, elles se rapprochent davantage, par leur contexture, des os de l'homme, des oiseaux et des quadrupèdes. Mais nous devons renvoyer au discours sur les parties solides des poissons tout ce que nous avons à dire encore de la charpente de ces derniers animaux : c'est dans ce discours particulier que nous ferons connaître en détail la forme d'une portion de leur squelette, qui, réunie avec la tête, constitue la principale base sur laquelle reposent toutes les parties de leur corps. Cette base, qui s'étend jusqu'à l'extrémité de la queue, consiste dans une longue suite de vertèbres qui, par leur nature cartilagineuse ou osseuse, séparent tous les poissons en deux grandes sous-classes ; celle des cartilagineux, et celle des osseux. Nous montrerons, dans le discours que nous venons d'annoncer, la figure de ces vertèbres, leur organisation, les trois conduits longitudinaux qu'elles présentent ; la gouttière supérieure, qui re-

çoit la moëlle épinière ou dorsale; le tuyau intérieur, alternativement large et resserré, qui contient une substance
gélatineuse que l'on a souvent confondue avec la moëlle épinière; et la gouttière inférieure, qui met à l'abri quelques
uns des vaisseaux sanguins dont nous avons déjà parlé. Nous
tâcherons de faire observer les couches, dont le nombre augmente dans ces vertèbres à mesure que l'animal croît; les
nuances remarquables, et, entre autres, la couleur verte
qui les distinguent dans quelques espèces. Nous verrons ces
vertèbres, d'abord très-simples dans les cartilagineux, paraître ensuite dénuées de côtes, mais avec des apophyses
ou éminences plus ou moins saillantes et plus ou moins nombreuses, à mesure qu'elles appartiendront à des espèces plus
voisines des osseux, et être enfin, dans ces mêmes osseux,
garnies d'apophyses presque toujours liées avec des côtes,
et quelquefois même servant de soutien à des côtes doubles.
Nous examinerons les parties solides de la tête, et particulièrement les pièces des mâchoires; celles qu'on a comparées
à des omoplates et à des clavicules; celles qui, dans quelques
poissons auxquels nous avons conservé le nom de *silures,*
représentent un véritable sternum; les os ou autres corps
durs que l'on a nommés *ailerons,* et qui retiennent les rayons
des nageoires; ceux qui remplacent les os connus dans
l'homme et des quadrupèdes sous la dénomination d'os *du
bassin,* et qui, attachés aux nageoires inférieures, sont placés d'autant plus près ou d'autant plus loin du museau, que
l'on a sous les yeux tel ou tel ordre des animaux que nous
voulons étudier. C'est alors enfin que nous nous convaincrons
aisément que les différentes portions de la charpente varient
beaucoup plus dans les poissons que dans les autres animaux
à sang rouge, par leur nombre, leur forme, leur place, leurs
proportions et leur couleur.

Hâtons cependant la marche de nos pensées.

Dans ce moment, le poisson respire devant nous; son sang
circule, sa substance répare ses pertes; il vit. Il ne peut plus
être confondu avec les masses inertes de la matière brute;
mais rien ne le sépare de l'insensible végétal : il n'a pas encore cette force intérieure, cet attribut puissant et fécond que

l'animal seul possède ; trop rapproché d'un simple automate,
il n'est animé qu'à demi. Complétons ses facultés ; éveillons
tous ses organes ; pénétrons-le de ce fluide subtil, de cet
agent merveilleux, dont l'antique et créatrice mythologie fit
une émanation du feu sacré ravi dans le ciel par l'audacieux
Prométhée : il n'a reçu que la vie ; donnons-lui le sentiment.

Voyons donc et la source et le degré de cette sensibilité
départie aux êtres devenus les objets de notre attention particulière ; ou, ce qui est la même chose, observons l'ensemble
de leur système nerveux.

Le cerveau, la première origine des nerfs, et par conséquent des organes du sentiment, est très-petit dans les
poissons, relativement à l'étendue de leur tête : il est divisé
en plusieurs lobes ; mais le nombre, la grandeur de ces lobes,
et leurs séparations, diminuent à mesure que l'on s'éloigne
des cartilagineux, particulièrement des raies et des squales,
et qu'en parcourant les espèces d'osseux dont le corps très-
allongé ressemble, par sa forme extérieure, à celui d'un serpent, ainsi que celles dont la figure est plus ou moins conique,
on arrive aux familles de ces mêmes osseux qui, telles que les
pleuronectes, présentent le plus grand aplatissement.

Communément la partie intérieure du cerveau est un peu
brune, pendant que l'extérieure ou la corticale est blanche et
grasse. La moëlle épinière, qui part de cet organe, et de
laquelle dérivent tous les nerfs qui n'émanent pas directement
du cerveau, s'étend le long de la colonne vertébrale jusqu'à
l'extrémité de la queue ; mais nous avons déjà dit qu'au lieu
de pénétrer dans l'intérieur des vertèbres, elle en parcourt le
dessus, en traversant la base des éminences pointues, ou
apophyses supérieures, que présentent ces mêmes vertèbres.
Il n'est donc pas surprenant que, dans les espèces de poissons
dont ces apophyses sont un peu éloignées les unes des autres
à cause de la longueur des vertèbres, la moëlle épinière ne
soit mise à l'abri sur plusieurs points de la colonne dorsale,
que par des muscles, la peau et des écailles.

Mais l'énergie du système nerveux n'est pas uniquement le
produit du cerveau ; elle dépend aussi de la moëlle épinière ;
elle réside même dans chaque nerf, et elle en émane d'autant

plus que l'on est plus loin de l'homme et des animaux très-
composés, et plus près par conséquent des insectes et des
vers, dont les différents organes paraissent plus indépendants
les uns des autres dans leur jeu et dans leur existence.

Les nerfs des poissons sont aussi grands à proportion que
ceux des animaux à mamelles, quoiqu'ils proviennent d'un
cerveau beaucoup plus petit.

Tâchons cependant d'avancer vers notre but de la manière
la plus prompte et la plus sûre, et examinons les organes
particuliers dans lesquels les extrémités de ces nerfs s'épa-
nouissent, qui reçoivent l'action des objets extérieurs, et qui,
faisant éprouver au poisson toutes les sensations analogues à
sa nature, complètent l'exercice de cette faculté, si digne des
recherches du philosophe, à laquelle on a donné le nom de
sensibilité.

Ces organes particuliers sont les sens. Le premier qui se
présente à nous est l'odorat. Le siége en est très-étendu,
double, et situé entre les yeux et le bout du museau, à une
distance plus ou moins grande de cette extrémité. Les nerfs
qui y aboutissent partent immédiatement du cerveau, forment
ce qu'on a nommé la première paire de nerfs, sont très-épais,
et se distribuent, dans les deux siéges de l'odorat, en un très-
grand nombre de ramifications, qui, multipliant les surfaces
de la substance sensitive, la rendent susceptible d'être ébran-
lée par de très-faibles impressions. Ces ramifications se répandent sur des membranes très-nombreuses, placées sur
deux rangs dans la plupart des cartilagineux, particulièrement dans les raies, disposées en rayons dans les osseux, et
garnissant l'intérieur des deux cavités qui renferment le véritable organe de l'odorat. C'est dans ces cavités que l'eau
pénètre pour faire parvenir les particules odorantes dont elle
est chargée, jusqu'à l'épanouissement des nerfs olfactifs; elle
y arrive, selon les espèces, par une ou deux ouvertures longues, rondes ou ovales; elle y circule, et en est expulsée pour
faire place à une eau nouvelle, par les contractions que l'animal peut faire subir à chacun de ces deux organes.

Nous venons de dire que les yeux sont situés au-delà mais
assez près des narines. Leur conformation ressemble beau-

coup à celle des yeux de l'homme, des quadrupèdes, des
oiseaux et des reptiles ; mais voici les différences qu'ils présentent. Ils ne sont garantis ni par des paupières ni par aucune membrane clignotante ; cette humeur que l'on nomme
aqueuse, et qui remplit l'intervalle situé entre la cornée et
le cristallin, y est moins abondante que dans les animaux
plus parfaits ; l'humeur vitrée, qui occupe le fond de l'intérieur de l'organe, est moins épaisse que dans les oiseaux,
les quadrupèdes et l'homme ; le cristallin est plus convexe,
plus voisin de la forme entièrement sphérique, plus dense,
pénétré, comme toutes les parties des poissons : d'une substance huileuse, et par conséquent plus inflammable.

Les vaisseaux sanguins qui aboutissent à l'organe de la
vue sont d'ailleurs plus nombreux, ou d'un plus grand diamètre, dans les poissons que dans la plupart des autres animaux à sang rouge ; et voilà pourquoi le sang s'y porte avec
plus de force, lorsque son cours ordinaire est troublé par les
diverses agitations que l'animal peut ressentir.

Au reste, les yeux ne présentent pas à l'extérieur la même
forme, et ne sont pas situés de même dans toutes les espèces
de poissons. Dans les unes ils sont très-petits, et dans les
autres assez grands ; dans celles-ci presque plats, dans celles-
là très-convexes ; dans le plus grand nombre de ces espèces
presque ronds ; dans quelques-unes, allongés ; tantôt très-
rapprochés et placés sur le sommet de la tête, tantôt très-
écartés et occupant les faces latérales de cette même partie,
tantôt encore très-voisins et appartenant au même côté de
l'animal ; quelquefois disposés de manière à recevoir tous les
deux des rayons de lumière réfléchis par le même objet, et
d'autres fois ne pouvant chacun embrasser qu'un champ particulier. De plus, ils sont, dans certains poissons, recouverts
en partie, et mis comme en sûreté, par une petite saillie que
forment les téguments de la tête ; et, dans d'autres, la peau
s'étend sur la totalité de ces organes, qui ne peuvent plus
être aperçus que comme au travers d'un voile plus ou moins
épais. La prunelle enfin n'est pas toujours ronde ou ovale ;
mais on la voit quelquefois terminée par un angle du côté
du museau.

A la suite du sens de la vue, celui de l'ouïe se présente à notre examen. Les sciences naturelles sont maintenant trop avancées pour que nous puissions employer même un moment à réfuter l'opinion de ceux qui ont pensé que les poissons n'entendaient pas. Nous n'annoncerons donc pas comme autant de preuves de la faculté d'entendre dont jouissent ces animaux, les faits que nous indiquerons en parlant de leur instinct; nous ne dirons pas que, dans tous les temps et dans tous les pays, on a su qu'on ne pouvait employer avec succès certaines manières de pêcher qu'en observant le silence le plus profond; nous n'ajouterons pas, pour réunir des autorités à des raisonnements fondés sur l'observation, que plusieurs auteurs anciens attribuaient cette faculté aux poissons, et que particulièrement Aristote paraît devoir être compté parmi ces anciens naturalistes : mais nous allons faire connaître la forme de l'organe de l'ouïe dans les animaux dont nous voulons soumettre toutes les qualités à nos recherches.

Dès 1673, Nicolas Stenon de Copenhague a vu cet organe et en a indiqué les principales parties; ce n'est cependant que depuis les travaux des anatomistes récents, Geoffroy le père, Vicq-d'Azyr, Camper, Monro, et Scarpa, que nous en connaissons bien la construction.

Dans presque aucun des animaux qui vivent habituellement dans l'eau, et qui reçoivent les impressions sonores par l'intermédiaire d'un fluide plus dense que celui de l'atmosphère, on ne voit ni ouverture extérieure pour l'organe de l'ouïe, ni oreille externe, ni canal auditif extérieur, ni membrane du tympan, ni cavité du même nom, ni passage aboutissant à l'intérieur de la bouche et connu sous le nom de *trompe d'Eustache*, ni osselets auditifs correspondants à ceux que l'on a nommés *enclume*, *marteau*, ou *étrier*, ni limaçon, ni communication intérieure désignée par la dénomination de *fenêtre ronde*. Ces parties manquent, en effet, non-seulement dans les poissons, mais encore dans les salamandres aquatiques ou à queue plate, dans un grand nombre de serpents (1), dans les crabes, et dans d'autres animaux

(1) Les serpents ont cependant un os que l'on pourrait comparer à un des

à sang blanc, tels que les sépies, qui ont un organe de l'ouïe, et qui habitent au milieu des eaux. Mais les poissons n'en ont pas moins reçu, ainsi que les serpents dont nous venons de parler, un instrument auditif, composé de plusieurs parties très-remarquables, très-grandes et très-distinctes. Pour mieux faire connaître ces diverses portions, examinons-les d'abord dans les poissons cartilagineux. On voit premièrement, dans l'oreille de plusieurs de ces derniers animaux, une ouverture formée par une membrane tendue et élastique, ou par une petite plaque cartilagineuse et semblable ou très-analogue à celle qu'on nomme *fenêtre ovale* dans les quadrupèdes et dans l'homme. On aperçoit ensuite un vestibule qui se trouve dans tous les cartilagineux, et que remplit une liqueur plus ou moins aqueuse; et auprès se montrent également, dans tous ces poissons, trois canaux composés d'une membrane transparente et cependant ferme et épaisse, que l'on a nommés *demi-circulaires*, quoiqu'ils forment presque un cercle, et qui ont les plus grands rapports avec les trois canaux membraneux que l'on découvre dans l'homme et dans les quadrupèdes. Ces tuyaux demi-circulaires, renfermés dans une cavité qui n'est qu'une continuation du vestibule, et qu'ils divisent de manière à produire une sorte de labyrinthe, sont plus grands à proportion que ceux des quadrupèdes et de l'homme; contenus souvent en partie dans des canaux cartilagineux que l'on voit surtout dans les raies, et remplis d'une humeur particulière, ils s'élargissent en espèce d'ampoules, qui reçoivent la pulpe dilatée des ramifications acoustiques, et doivent être comprises parmi les véritables siéges de l'ouïe.

Indépendamment des trois canaux, le vestibule contient trois petits sacs inégaux en volume, composés d'une membrane mince, mais ferme et élastique, remplis d'une sorte de gelée ou de lymphe épaissie, contenant chacun un ou deux petits corps cartilagineux, tapissés de ramifications nerveuses très-déliées, et pouvant être considérés comme autant de siéges de sensations sonores.

osselets auditifs, et qui s'étend depuis la mâchoire supérieure jusqu'à l'ouverture intérieure appelée *fenêtre ovale*.

Les poissons osseux et quelques cartilagineux, tels que la *lophie baudroie*, n'ont point de fenêtre ovale; mais leurs canaux demi-circulaires sont plus étendus, plus larges et plus réunis les uns aux autres. Ils n'ont qu'un sac membraneux, au lieu de trois : mais cette espèce de poche, qui renferme un ou deux corps durs d'une matière osseuse ou crétacée, est plus grande, plus remplie de substance gélatineuse; et d'ailleurs, dans la cavité par laquelle les trois canaux demi-circulaires communiquent ensemble, on trouve le plus souvent un petit corps semblable à ceux que contiennent les petits sacs.

Il y a donc dans l'oreille des poissons, ainsi que dans celle de l'homme, des quadrupèdes, des oiseaux et des reptiles, plusieurs siéges de l'ouïe. Ces divers siéges n'étant cependant que des émanations d'un rameau de la cinquième paire de nerfs, lequel, dans les animaux dont nous exposons l'histoire, est le véritable nerf acoustique, ils ne doivent produire qu'une sensation à la fois, lorsqu'ils sont ébranlés en même temps, au moins s'ils ne sont pas altérés dans leurs proportions, ou dérangés dans leur action, par une cause constante ou accidentelle.

Au reste, l'organe de l'ouïe, considéré dans son ensemble, est double dans tous les poissons, comme celui de la vue. Les deux oreilles sont contenues dans la cavité du crâne, dont elles occupent de chaque côté l'angle le plus éloigné du museau; et comme elles ne sont séparées que par une membrane de la portion de cette cavité qui renferme le cerveau, les impressions sonores ne peuvent-elles pas être communiquées très-aisément à ces deux organes par les parties solides de la tête, par les portions dures qui les avoisinent, et par le liquide que l'on trouve dans l'intérieur de ses parties solides?

Il nous reste à parler un moment du goût et du toucher des poissons. La langue de ces animaux étant le plus souvent presque entièrement immobile, et leur palais présentant fréquemment, ainsi que leur langue, des rangées très-serrées et très-nombreuses de dents, on ne peut pas supposer que leur goût soit très-délicat; mais il est remplacé par leur odorat, dans lequel on peut le considérer en quelque sorte comme transporté.

Il n'en est pas de même pour le toucher. Dans presque tous les poissons, le dessous du ventre, et surtout l'extrémité du museau, paraissent en être deux siéges assez sensibles. Ces deux organes ne doivent, à la vérité, recevoir des corps extérieurs que des impressions très-peu complètes, parce que les poissons ne peuvent appliquer leur ventre ou leur museau qu'à quelques parties de la surface des corps qu'ils touchent : mais ces mêmes organes font éprouver à l'animal des sensations très-vives, et l'avertissent fortement de la présence d'un objet étranger. D'ailleurs ceux des poissons dont le corps allongé ressemble beaucoup par sa forme à celui des serpents, et dont la peau ne présente aucune écaille facilement visible, peuvent, comme les reptiles, entourer par plusieurs anneaux les objets dont ils s'approchent ; et alors non-seulement l'impression communiquée par une plus grande surface est plus fortement ressentie, mais les sensations sont plus distinctes, et peuvent être rapportées à un objet plutôt qu'à un autre. On doit donc dire que les poissons ont reçu un sens du toucher beaucoup moins imparfait qu'on n'a pu être tenté de le croire ; il faut même ajouter qu'il n'est, en quelque sorte, aucune partie de leur corps qui ne paraisse très-sensible à tout attouchement ; voilà pourquoi ils s'élancent avec tant de rapidité lorsqu'ils rencontrent un corps étranger qui les effraie ; et quel est celui qui n'a pas vu ces animaux se dérober ainsi, avec la promptitude de l'éclair, à la main qui commençait à les atteindre ?

Mais il ne suffit pas, pour connaître le degré de sensibilité qui a été accordé à un animal, d'examiner chacun de ses sens en particulier : il faut encore les comparer les uns avec les autres, il faut encore les ranger suivant l'ordre que leur assigne le plus ou le moins de vivacité que chacun de ses sens peut offrir. Plaçons donc les sens des poissons dans un nouveau point de vue ; et que leur rang soit marqué par leur activité.

Il n'est personne qui, d'après ce que nous venons de dire, ne voie sans peine que l'odorat est le premier des sens des

poissons. Tout le prouve, et la conformation de l'organe de ce
sens, et les faits sans nombre consignés en partie dans cette
histoire, rapportés par plusieurs voyageurs, et qui ne laissent
aucun doute sur les distances immenses que franchissent les
poissons attirés par les émanations odorantes de la proie qu'ils
recherchent, ou repoussés par celles des ennemis qu'ils redoutent. Le siége de cet odorat est le véritable œil des poissons ; il les dirige au milieu des ténèbres les plus épaisses,
malgré les vagues les plus agitées, dans le sein des eaux les
plus troubles, les moins perméables aux rayons de la lumière.
Nous savons, il est vrai, que des objets de quelques pouces
de diamètre placés sur des fonds blancs, à trente ou trente-
cinq brasses de profondeur, peuvent être aperçus facilement
dans la mer ; mais il faut pour cela que l'eau soit très-calme :
et qu'est-ce qu'une trentaine de brasses, en comparaison des
gouffres immenses de l'Océan, de ces vastes abîmes que les
poissons parcourent, et dans le sein desquels presque aucun
rayon solaire ne peut parvenir, surtout lorsque les ondes
cèdent à l'impétuosité des vents, et à toutes les causes puissantes qui peuvent, en les bouleversant, les mêler avec tant
de substances opaques? Si l'odorat des poissons était donc
moins parfait, ce ne serait que dans un petit nombre de circonstances qu'ils pourraient rechercher leurs aliments, échapper aux dangers qui les menacent, parcourir un espace d'eau
un peu étendu : et combien leurs habitudes seraient par conséquent différentes de celles que nous allons bientôt faire
connaître !

Cette supériorité de l'odorat est un nouveau rapport qui
rapproche les poissons non-seulement de la classe des quadrupèdes, mais encore de celle des oiseaux. On sait, en effet,
maintenant que plusieurs familles de ces derniers animaux
ont un odorat très-sensible ; et il est à remarquer que cet odorat plus exquis se trouve principalement dans les oiseaux
d'eau et dans ceux de rivage.

Que l'on ne croie pas néanmoins que le sens de la vue soit
très-faible dans les poissons. A la vérité, leurs yeux n'ont ni
paupières, ni membrane clignotante ; et par conséquent ces
animaux n'ont pas reçu ce double et grand moyen qui a été

départi aux oiseaux et à quelques autres êtres animés, de tempérer l'éclat trop vif de la lumière, d'en diminuer les rayons comme par un voile, et de préserver à volonté leur organe de ces exercices trop violents ou trop répétés qui ont bientôt affaibli et même détruit le sens le plus actif. Nous devons penser, en effet, et nous tirerons souvent des conséquences assez étendues de ce principe, nous devons penser, dis-je, que le siége d'un sens, quelque parfaite que soit sa composition, ne parvient à toute l'activité dont son organisation est susceptible, que lorsque, par des alternatives plus ou moins fréquentes, il est vivement ébranlé par un très-grand nombre d'impressions qui développent toute sa force, et préservé ensuite de l'action des corps étrangers, qui le priverait d'un repos nécessaire à sa conservation. Ces alternatives, produites, dans plusieurs animaux dont les yeux sont très-bons, par une membrane clignotante et des paupières ouvertes ou fermées à volonté, ne peuvent pas être dues à la même cause dans les poissons ; et peut-être, d'un autre côté, contestera-t-on qu'au moins dans toutes les espèces de ces animaux, l'iris puisse se dilater ou se resserrer, et par conséquent diminuer ou agrandir l'ouverture dont il est percé, et que l'on nomme *prunelle,* et qui introduit la lumière dans l'œil, quoique l'inspection de la contexture de cet iris puisse le faire considérer comme composé de vaisseaux susceptibles de s'allonger ou de se raccourcir. On n'oubliera pas non plus de dire que la vision doit être moins nette dans l'œil du poisson que dans celui des animaux plus parfaits, parce que, l'eau étant plus dense que l'air de l'atmosphère, la réfraction, et par conséquent la réunion que peuvent subir les rayons de la lumière en passant de l'eau dans l'œil du poisson, doivent être moins considérables que celles que ces rayons éprouvent en entrant de l'air dans l'œil des quadrupèdes ou des oiseaux; car personne n'ignore que la réfraction de la lumière, et la réunion ou l'image qui en dépend, est proportionnée à la différence de densité entre l'œil et le fluide qui l'environne. Mais voici ce que l'on doit répondre.

Le cristallin des poissons est beaucoup plus convexe que celui des oiseaux, des quadrupèdes et de l'homme : il est presque sphérique : les rayons émanés des objets et qui tombent sur ce cristallin forment donc avec sa surface un angle plus aigu : ils sont donc, tout égal d'ailleurs, plus détournés de leur route, plus réfractés, plus réunis dans une image ; car cette déviation à laquelle le nom de *réfraction* a été donné est d'autant plus grande que l'angle d'incidence est plus petit. D'ailleurs le cristallin des poissons est, par sa nature, plus dense que celui des animaux plus parfaits ; son essence augmente donc la réfraction. De plus, on sait maintenant que plus une substance transparente est inflammable, et plus elle réfracte la lumière avec force. Le cristallin des poissons, imprégné d'une matière huileuse, est plus combustible que presque tous les autres cristallins ; il doit donc, par cela seul, accroître la déviation de la lumière.

Ajoutons que, dans plusieurs espèces de poissons, l'œil peut être retiré à volonté dans le fond de l'orbite, caché même en partie sous le bord de l'ouverture par laquelle on peut l'apercevoir, garanti dans cette circonstance par cette sorte de paupière immobile ; et ne manquons pas surtout de faire remarquer que les poissons, pouvant s'enfoncer avec promptitude jusque dans les plus grandes profondeurs des mers et des rivières, vont chercher dans l'épaisseur des eaux un abri contre une lumière trop vive, et se réfugient, quand ils le veulent, jusqu'à cette distance de la surface des fleuves et de l'Océan où les rayons du soleil ne peuvent pas pénétrer.

Nous devons avouer néanmoins qu'il est certaines espèces, particulièrement parmi les poissons serpentiformes, dont les yeux sont constamment voilés par une membrane immobile, assez épaisse pour que le sens de la vue soit plus faible dans ces animaux que celui de l'ouïe, et même que celui du toucher : mais, en général, voici dans quel ordre la Nature a donné aux poissons les sources de leur sensibilité : l'odorat, la vue, l'ouïe, le toucher et le goût. Quatre de ces sources, et surtout les deux premières, sont assez abondantes. Cependant le jeu de l'organe respiratoire des poissons leur communique trop peu de chaleur, celle qui leur est propre est trop faible ; leurs muscles l'emportent trop par leur force sur celle de leurs nerfs ; plusieurs autres causes, que nous exposerons dans la suite, combattent par une puissance trop grande les effets de leurs sens, pour que leur sensibilité soit aussi vive que l'on pourrait être tenté de le croire d'après la grandeur, la dissémination, la division de leur système nerveux (1). Il en est sans doute de ce système dans les poissons comme dans les autres animaux; son énergie augmente avec sa division, parce que sa vertu dépend du fluide qu'il recèle, et qui, très-voisin du feu électrique par sa nature, agit, comme ce dernier fluide, en raison de l'accroissement de surface que produit une grande division, mais cette cause d'activité est assez contre-balancée par les forces dirigées en sens contraire que nous venons d'indiquer pour que le résultat de toutes les facultés des poissons, qui constitue le véritable degré de leur animalité, les place, ainsi que nous l'avons annoncé au commencement de ce discours, à une distance à peu près égale de ces deux termes de la sensibilité, c'est-à-dire, de l'homme et du dernier des animaux. C'est donc avec une vivacité moyenne entre celle qui appartient à l'homme et celle qui existe dans l'animal qui en diffère le plus, que s'exécutent dans le poisson ce jeu des organes des sens qui reçoivent et transmettent au cerveau les impressions des objets extérieurs, et celui du cerveau, qui, agissant par les nerfs sur les muscles, produit tous les mouvements volontaires dont les diverses parties du corps peuvent être susceptibles.

Mais ce corps des poissons est presque toujours paré des plus belles couleurs. Nous pouvons maintenant exposer comment se produisent ces nuances si éclatantes, si admirablement contrastées, souvent distribuées avec tant de symétrie, et quelquefois si fugitives. Ou ces teintes si vives et si agréables résident dans les téguments plus ou moins mous et dans le corps même des poissons, indépendamment des écailles qui peuvent recouvrir l'animal; ou elles sont le produit de la modification que la lumière éprouve en passant au travers des écailles transparentes; ou il faut les rapporter uniquement à

_____

(1) Les fibres de la rétine, c'est-à-dire, les plus petits rameaux du nerf optique, sont, dans plusieurs poissons, 1,166,400 fois plus déliés qu'un cheveu.

ces écailles transparentes ou opaques. Examinons ces trois circonstances.

Les parties molles des poissons peuvent par elles-mêmes présenter toutes les couleurs. Suivant que les ramifications artérielles qui serpentent au milieu des muscles et qui s'approchent de la surface extérieure, sont plus ou moins nombreuses et plus ou moins sensibles, les parties molles de l'animal sont blanches ou rouges. Les différents sucs nourriciers qui circulent dans les vaisseaux absorbants, ou qui s'insinuent dans le tissu cellulaire, peuvent donner à ces mêmes parties molles la couleur jaune ou verdâtre que plusieurs de ces liquides présentent le plus souvent. Les veines disséminées dans ces mêmes portions peuvent leur faire présenter toutes les nuances de bleu, de violet et de pourpre; ces nuances de bleu et de violet, mêlées avec celles de jaune, ne doivent-elles pas faire paraître tous les degrés du vert? et dès lors les sept couleurs du spectre solaire ne peuvent-elles pas décorer le corps des poissons, être disséminées en taches, en bandes, en raies, en petits points, suivant la place qu'occupent les matières qui les font naître, montrer toutes les dégradations dont elles sont susceptibles selon l'intensité de la cause qui les produit, et présenter toutes ces apparences sans le concours d'aucune écaille.

Si des lames très-transparentes, et, pour ainsi dire, sans couleur, sont étendues au-dessus de ces teintes, elles n'en changent pas la nature; elles ajoutent seulement, comme par une sorte de vernis léger, à leur vivacité; elles leur donnent l'éclat brillant des métaux polis, lorsqu'elles sont dorées ou argentées; et si elles ont d'autres nuances qui leur soient propres, ces nuances se mêlent nécessairement avec celles que l'on aperçoit au travers de ces plaques diaphanes, et il en résulte de nouvelles couleurs, ou une vivacité nouvelle pour les teintes conservées. C'est par la réunion de toutes ces causes que sont produites ces couleurs admirables que l'on remarque sur le plus grand nombre de poissons. Aucune classe d'animaux n'a été aussi favorisée à cet égard; aucune n'a reçu une parure plus élégante, plus variée, plus riche : et que ceux qui ont vu, par exemple, des *zées*, des *chéto-*

dons, des *spares*, nager près de la surface d'une eau tranquille et réfléchir les rayons d'un soleil brillant, disent si jamais l'éclat des plumes du paon et du colibri, la vivacité du diamant, la splendeur de l'or, le reflet des pierres précieuses, ont été mêlés à plus de feu, et ont renvoyé à l'œil de l'observateur des images plus parfaites de cet arc merveilleusement coloré dont l'astre du jour fait souvent le plus bel ornement des cieux.

Les couleurs, cependant, qui appartiennent en propre aux plaques transparentes ou opaques, n'offrent pas toujours une seule nuance sur chaque écaille considérée en particulier : chacune de ces lames peut avoir des bandes, des taches ou des rayons disposés sur un fond très-différent ; et en cherchant à concevoir la manière dont ces nuances sont produites ou maintenues sur des écailles dont la substance s'altère, et dont, par conséquent, la matière se renouvelle à chaque instant, nous rencontrons quelques difficultés que nous devons d'autant plus chercher à lever, qu'en les écartant nous exposerons des vérités utiles aux progrès des sciences physiques.

Les écailles, soit que les molécules qui les composent s'étendent en lames minces, se ramassent en plaques épaisses, se groupent en tubercules, s'élèvent en aiguillons, et que, plus ou moins mélangées avec d'autres molécules, elles arrêtent ou laissent passer facilement la lumière, ont toujours les plus grands rapports avec les cheveux de l'homme, les poils, la corne, les ongles des quadrupèdes, les piquants du hérisson et du porc-épic, et les plumes des oiseaux. La matière qui les produit, apportée à la surface du corps ou par des ramifications artérielles, ou par des vaisseaux excréteurs plus ou moins liés avec le système général des vaisseaux absorbants, est toujours très-rapprochée, et par son origine, et par son essence, et par sa contexture, des poils, des ongles, des piquants et des plumes. D'habiles physiologistes ont déjà montré les grandes ressemblances des cheveux, des ongles, des cornes, des piquants et des plumes, avec les poils. En comparant avec ces mêmes poils les écailles des poissons, nous trouverons la même analogie. Retenues par de petits vaisseaux, attachées aux téguments comme les poils, elles

sont de même très-peu corruptibles; exposées au feu, elles
répandent également une odeur empyreumatique. Si l'on a
trouvé quelquefois dans l'épiploon et dans d'autres parties
intérieures de quelques quadrupèdes, des espèces de touffes,
des rudiments de poils, réunis et conglomérés, on voit autour
du péritoine, de la vessie natatoire et des intestins des *argen-*
tines, des *ésoces*, et d'autres poissons, des éléments d'écailles
très-distincts, une sorte de poussière argentée, un grand
nombre de petites lames brillantes et qui ne diffèrent presque
que par la grandeur des véritables écailles qu'elles sont destinées à former. Des fibres, ou des séries de molécules, composent les écailles ainsi que les poils; et enfin, pour ne pas
négliger au moins tous les petits traits, de même que, dans
l'homme et dans les quadrupèdes, on ne voit pas de poils sur
la paume des mains ni des pieds, on ne rencontre presque
jamais d'écailles sur les nageoires, et on n'en trouve jamais
sur celles que l'on a comparées aux mains de l'homme, à ses
pieds, ou aux pattes des quadrupèdes.

Lors donc que ces lames si semblables aux poils sont attachées à la peau par toute leur circonférence, on conçoit aisément comment, appliquées contre le corps de l'animal par
toute leur surface inférieure, elles peuvent communiquer dans
les divers points de cette surface avec des vaisseaux semblables ou différents par leur diamètre, leur figure, leur nature et leur force, recevoir par conséquent dans ces mêmes
points des molécules différentes ou semblables, et présenter
ensuite une seule couleur, ou offrir plusieurs nuances arran-
gées symétriquement, ou disséminées sans ordre. On conçoit
encore comment, lorsque les écailles ne tiennent aux téguments que par une partie de leur contour, elles peuvent être
peintes d'une couleur quelconque, suivant que les molécules
qui leur arrivent par l'endroit où elles touchent à la peau
réfléchissent tel ou tel rayon, et absorbent les autres. Mais
comme, dans la seconde supposition où une partie de la circonférence des plaques est libre, et qui est réalisée plus souvent que la première, on ne peut pas admettre autant de
sources réparatrices que de points dans la surface de la lame,
on ne voit pas de quelle manière cette écaille peut paraître

peinte de plusieurs couleurs répandues presque toujours avec
beaucoup d'ordre. On admettra bien, à la vérité, que lorsque
ces nuances seront dispersées en rayons et que ces rayons
partiront de l'endroit où l'écaille est, pour ainsi dire, collée
à la peau, il y aura dans cet endroit plusieurs vaisseaux différents l'un de l'autre; que chaque vaisseau, en quelque
sorte, fournira des molécules de nature dissemblable, et que
la matière jaillissant de chacun de ces tuyaux produira, en
s'étendant, un rayon d'une couleur qui contrastera plus ou
moins avec celle des rayons voisins. Mais lorsque les couleurs
présenteront une autre distribution; lorsque, par exemple, on
verra, sur l'écaille, des taches répandues comme des gouttes
de pluie, ou rapprochées de manière à former des portions
de cercle dont les ouvertures des vaisseaux seront le centre,
comment pourra-t-on comprendre que naissent ces régula-
rités?

Nous ne croyons pas avoir besoin de dire que l'explication
que nous allons donner peut s'appliquer, avec de légers changements, aux poils, aux cornes, aux plumes. Quoi qu'il en
soit cependant, voici ce que la Nature nous paraît avoir déterminé.

En montrant la manière dont peuvent paraître des taches,
nous exposerons la formation des portions de cercle colorées. En effet, il suffit que ces taches soient toutes à une
égale distance des sources des molécules, qu'elles soient placées autour de ces sources, et qu'elles soient si nombreuses
qu'elles se touchent l'une l'autre, pour qu'il y ait à l'instant
une portion de cercle colorée. Il y aura un second arc, si
d'autres taches sont situées d'une manière analogue plus près
ou plus loin des vaisseaux nourriciers; et l'on peut en supposer plusieurs formés de même. Nous n'avons donc besoin
que de savoir comment un jet de matière, sorti d'un vaisseau
déférent, peut, dans son cours, montrer plusieurs taches plus
ou moins égales en grandeur, plus ou moins semblables en
nuance.

Ne considérons donc qu'un de ces rayons que l'on distingue
aisément lorsqu'on regarde une écaille contre le jour, et qui,
par le nombre de ses stries transversales, donne celui des

accroissements ou des réparations successifs qu'il a éprouvés ;
réduisons les différents exemples que l'on pourrait citer à un
de ceux où l'on ne trouve que deux nuances placées alternativement : l'origine de ces deux nuances étant bien entendue,
il ne resterait aucun doute sur celle des nuances plus nombreuses que l'on rencontrerait dans le même jet.

Supposons que ces deux nuances soient le vert et le jaune ;
c'est-à-dire, ayons sous les yeux un rayon vert deux fois
taché de jaune, ou, ce qui est la même chose, un rayon d'a-
bord vert, ensuite jaune, de nouveau vert, et enfin jaune à
son extrémité. Les vaisseaux nourriciers qui ont produit ce
jet ont d'abord fourni une matière jaune par une suite de leur
volume, de leur figure, de leur nature, de leur affinité : mais
pourrait-on croire que, lors de la première formation de l'é-
caille, ou à toutes les époques de ses accroissements et de
son entretien, le volume, la figure, la nature ou l'affinité
des vaisseaux déférents, ont pu changer de manière à ne
donner que des molécules vertes après en avoir laissé jaillir
de jaunes? pourrait-on ajouter que ces vaisseaux éprouvent
ensuite de nouveaux changements pour ne laisser échapper
que des molécules jaunes? et enfin admettra-t-on de nouvelles
altérations semblables aux secondes, et qui ne permettent
plus aux vaisseaux de laisser sortir que des molécules modifiées pour réfléchir des rayons verts? N'ayons pas recours à
des métamorphoses si dénuées de preuves et même de vraisemblance. Nous savons que, dans les corps organisés, les
couleurs particulières et différentes du blanc ne peuvent naître
que par la présence de la lumière, qui se combine avec les
principes de ces corps. Nous le voyons dans les plantes, qui
blanchissent lorsque la lumière ne les éclaire pas; nous le
voyons dans les quadrupèdes, dans les oiseaux, dans les
reptiles, dont la partie inférieure du corps, comme la moins
directement exposée aux rayons du soleil, est toujours distinguée par les teintes les plus pâles; nous le voyons dans
les poissons, dont les surfaces les plus garanties de la lumière
sont dénuées des riches couleurs départies à ces animaux; et
nous pouvons le remarquer même, au moins le plus souvent,
dans chaque écaille en particulier. Lorsqu'en effet les écailles

se recouvrent comme les ardoises placées sur les toits, la portion de la lame inférieure, cachée par la supérieure, n'est pas peinte des nuances dont le reste de la plaque est variée, et on voit seulement quelquefois, sur la surface de cette portion voilée, des agglomérations informes et brillantes formées par ces molécules argentées, cette poussière éclatante, ces petites paillettes, ces vrais rudiments des écailles, que nous avons vus dans l'intérieur des poissons, et qui, portés et répandus à la surface, peuvent se trouver entre deux lames, gênés et même bizarrement arrêtés dans leur cours. La nature, la grandeur et la figure des molécules écailleuses ne suffisent donc pas pour que telle ou telle couleur soit produite; il faut encore qu'elles se combinent plus ou moins intimement avec une quantité plus ou moins grande de fluide lumineux. Cette combinaison doit varier à mesure que les molécules s'altèrent; mais plus ces molécules s'éloignent des vaisseaux déférents, plus elles se rapprochent de la circonférence de l'écaille, plus elles s'écartent du principe de la vie, et plus elles perdent de l'influence de cette force animale et conservatrice, sans laquelle elles doivent bientôt se dessécher, se déformer, se décomposer, se séparer même du corps du poisson. Dans l'exemple que nous avons choisi, les molécules placées à l'origine du rayon et non encore altérées ont la nature, le volume, la figure, la masse, la quantité de fluide lumineux convenable pour donner la couleur verte; moins voisines des vaisseaux réparateurs, elles sont dénaturées au point nécessaire pour réfléchir les rayons jaunes; une décomposition plus avancée introduit dans leur figure, dans leur pesanteur, dans leur grandeur, dans leur combinaison, des rapports tels, que la couleur verte doit paraître une seconde fois; et enfin des changements plus intimes ramènent le jaune à l'extrémité de la série. Quelqu'un ignore-t-il, en effet, que plusieurs causes réunies peuvent produire les mêmes effets que plusieurs autres causes agissant ensemble et très-différentes, pourvu que dans ces deux groupes la dissemblance des combinaisons compense les différences de la nature? et d'un autre côté, ne remarque-t-on pas aisément qu'au lieu d'admettre sans vraisemblance des changements rapides dans des vaisseaux nourriciers, dans des organes essentiels, nous n'en exigeons que dans des molécules expulsées, et qui, à chaque instant, perdent de leur propriété en étant privées de quelques-unes de leurs qualités animales ou organiques?

De quelque manière et dans quelque partie du corps de l'animal que soit élaborée la matière propre à former ou entretenir les écailles, nous n'avons pas besoin de dire que ses principes doivent être modifiés par la nature des aliments que le poisson préfère. On peut remarquer particulièrement que presque tous les poissons qui se nourrissent des animaux à coquilles présentent des couleurs très-variées et très-éclatantes. Et comment des êtres organisés, tels que les testacées, dont les sucs teignent d'une manière très-vive et très-diversifiée l'enveloppe solide qu'ils forment, ne conserveraient-ils pas assez de leurs propriétés pour colorer d'une manière très-brillante les rudiments écailleux dont leurs produits composent la base?

L'on conclura aussi très-aisément de tout ce que nous venons d'exposer, que, dans toutes les plages où une quantité de lumière plus abondante pourra pénétrer dans le sein des eaux, les poissons se montreront parés d'un plus grand nombre de riches nuances. Et en effet, ceux qui resplendissent comme les métaux les plus polis, ou les gemmes les plus précieuses, se trouvent particulièrement dans ces mers renfermées entre les deux tropiques, et dont la surface est si fréquemment inondée des rayons d'un soleil régnant sans nuage au-dessus de ces contrées équatoriales, et pouvant, sans contrainte, y remplir l'atmosphère de sa vive splendeur. On les rencontre aussi, ces poissons décorés avec tant de magnificence, au milieu de ces mers polaires où des montagnes de glace, et des neiges éternelles durcies par le froid, réfléchissent, multiplient par des milliers de surfaces et rendent éblouissante la lumière que la lune et les aurores boréales répandent pendant les longues nuits des zones glaciales, et celle qu'y verse le soleil pendant les longs jours de ces plages hyperboréennes.

Si ces poissons qui habitent au milieu ou au-dessous de masses congelées, mais fréquemment illuminées et resplen-

dissantes, l'emportent par la variété et la beauté de leurs
couleurs sur ceux des zones tempérées, ils cèdent cependant
en richesse de parure à ceux qui vivent dans les eaux échauffées de la zone torride. Dans ces pays, dont l'atmosphère est
brûlante, la chaleur ne doit-elle pas donner une nouvelle
activité à la lumière, accroître la force attractive de ce fluide,
faciliter ses combinaisons avec la matière des écailles, et
donner ainsi naissance à des nuances bien plus éclatantes et
bien plus diversifiées? Aussi, dans ces climats où tout porte
l'empreinte de la puissance solaire, voit-on quelques espèces
de poissons montrer jusque sur la portion découverte de la
membrane de leurs branchies, des éléments d'écailles luisantes, une sorte de poussière argentée.

Mais ce n'est qu'au milieu des ondes douces ou salées que
les poissons peuvent présenter leur décoration élégante ou
superbe. Ce n'est qu'au milieu du fluide le plus analogue à
leur nature, que, jouissant de toutes leurs facultés, ils animent leurs couleurs par tous les mouvements intérieurs que
leurs ressorts peuvent produire. Ce n'est qu'au milieu de l'eau
qu'indépendamment du vernis huileux et transparent élaboré
dans leurs organes, leurs nuances sont embellies par un
second vernis que forment les couches de liquide au travers
desquelles on les aperçoit.

Lorsque ces animaux sont hors de ce fluide, leurs forces
diminuent, leur vie s'affaiblit, leurs mouvements se ralen-
tissent, leurs couleurs se fanent, le suc visqueux se des-
sèche; les écailles n'étant plus ramollies par cette substance
huileuse, ni humectées par l'eau, s'altèrent; les vaisseaux
destinés à les réparer s'obstruent, et les nuances dues aux
écailles ou au corps même de l'animal changent et souvent
disparaissent, sans qu'aucune nouvelle teinte indique la place
qu'elles occupaient.

Pendant que le poisson jouit, au milieu du fluide qu'il
préfère, de toute l'activité dont il peut être doué, ses teintes
offrent aussi quelquefois des changements fréquents et rapides, soit dans leurs nuances, soit dans leur ton, soit dans
l'espace sur lequel elles sont étendues. Des mouvements violents, des sentiments plus ou moins puissants, tels que la

crainte ou la colère, des sensations soudaines de froid ou de chaud, peuvent faire naître ces altérations de couleur, très-analogues à celles que nous avons remarquées dans le caméléon ainsi que dans plusieurs autres animaux ; mais il est aisé de voir que ces changements ne peuvent avoir lieu que dans les teintes produites, en tout ou en partie, par le sang et les autres liquides susceptibles d'être pressés ou ralentis dans leur cours.

Maintenant nous avons exposé les formes extérieures et les organes intérieurs du poisson ; il se montre dans toute sa puissance et dans toute sa beauté. Il existe devant nous, il respire, il vit, il est sensible. Qu'il obéisse aux impulsions de la Nature, qu'il déploie toutes ses forces, qu'il s'offre dans toutes ses habitudes.

C'est vers le milieu ou la fin du printemps que les ovaires des femelles commencent à se remplir d'œufs encore presque imperceptibles. Ces organes sont au nombre de deux dans le plus grand nombre de poissons, et réduits à un seul dans les autres. Les œufs qu'ils renferment croissent ; et dans la plus grande partie des familles dont nous faisons l'histoire, leur volume est très-petit ; leur figure presque ronde, et leur nombre si immense, qu'il est plusieurs espèces de poissons, et particulièrement des *gades*, dont une seule femelle contient plus de neuf millions d'œufs (1).

Ces œufs, en grossissant, compriment chaque jour davantage les parties intérieures de la femelle, et la surchargent d'un poids qui s'accroît successivement. Cette pression et ce poids produisent bientôt une gêne, une sorte de malaise et même de douleur, qui doivent nécessairement être suivis de réactions involontaires venant d'organes intérieurs froissés et resserrés, et d'efforts spontanés que l'animal doit souvent

---

(1) Comme ces œufs sont tous à peu près égaux quand ils sont arrivés au même degré de développement, et qu'ils sont également rapprochés les uns des autres, on peut en savoir facilement le nombre, en pesant la totalité d'un ovaire, en pesant ensuite une petite portion de cet organe, en comptant les œufs renfermés dans cette petite portion, et en multipliant le nombre trouvé par cette dernière opération, autant de fois que le poids de la petite portion est contenu dans celui de l'ovaire.

répéter pour se débarrasser d'un très-grand nombre de petits
corps qui le font souffrir. Lorsque ces œufs sont assez gros
pour être presque *mûrs*, ils exercent une action si vive et
sont devenus si lourds, que la femelle est contrainte de se
soustraire à leur pesanteur et aux effets de leur volume.

Ils sont alors plus que jamais des corps, pour ainsi dire,
étrangers à l'animal; ils se détachent même facilement les
uns des autres : aussi arrive-t-il souvent que si l'on tient
une femelle près de pondre dans une situation verticale et
la tête en haut, les œufs sont entraînés par leur propre poids,
coulent d'eux-mêmes, sortent par l'anus, et du moins on n'a
besoin d'aider leur chute que par un léger frottement qu'on
fait éprouver au ventre de la femelle, en allant de la tête
vers la queue.

C'est ce frottement dont les poissons se procurent le secours, lorsque la sortie de leurs œufs n'est pas assez déter-
minée par leurs efforts intérieurs. On voit les femelles froisser
plusieurs fois leur ventre contre les bas-fonds, les graviers,
et les divers corps durs qui peuvent être à leur portée.

A cette époque voisine du frai, dans ce temps où les ovaires
sont remplis, dans ces moments d'embarras et de contrainte,
il n'est pas surprenant que les poissons aient une partie de
leurs forces enchaînées, et quelques-unes de leurs facultés
émoussées. Voilà pourquoi il est alors plus aisé de les prendre, parce qu'ils ne peuvent opposer à leurs ennemis que
moins de ruse, d'adresse et de courage; et voilà pourquoi
encore ceux qui habitent la haute mer s'approchent des rivages ou remontent les grands fleuves, et ceux qui vivent
habituellement au milieu des eaux douces s'élèvent vers les
sources des rivières et des ruisseaux, ou descendent au contraire vers les côtes maritimes. Tous cherchent des abris
plus sûrs; et d'ailleurs tous veulent trouver une température
plus analogue à leur organisation, une nourriture plus abondante ou plus convenable, une eau d'une qualité plus adaptée
à leur nature et à leur état, des fonds commodes contre lesquels ils puissent frotter la partie inférieure de leur corps de
la manière la plus favorable à la sortie des œufs, sans trop
s'éloigner de la douce chaleur de la surface des rivières ou

des plages voisines des rivages marins, et sans trop se dérober à l'influence de la lumière, qui leur est si souvent agréable et utile.

Sans les résultats de tous ces besoins qui agissent presque toujours ensemble, il éclorait un bien plus petit nombre de poissons. Les œufs de ces animaux ne peuvent, en effet, se développer que lorsqu'ils sont exposés à tel ou tel degré de chaleur, à telle ou telle quantité de rayons solaires, que lorsqu'ils peuvent être aisément retenus par les aspérités ou la nature du terrain contre des flots trop agités ou des courants trop rapides; et d'ailleurs on peut s'assurer, pour un très-grand nombre d'espèces, que si des matières altérées et trop actives s'attachent à ces œufs, et n'en sont pas assez promptement séparées par le mouvement des eaux, ces mêmes œufs se corrompent et pourrissent, quoique fécondés depuis plusieurs jours.

L'on dirait que plusieurs femelles, particulièrement celles du genre des *salmones*, sont conduites par leur instinct à préserver leurs œufs de cette décomposition, en ne les déposant que dans des endroits où ils y sont moins exposés. On les voit, en effet, se frotter à plusieurs reprises et en différents sens contre le fond de l'eau, y préparer une place assez grande, en écarter les substances molles, grasses et onctueuses, n'y laisser que du gravier ou des cailloux bien nettoyés par leurs mouvements, et ne faire tomber leurs œufs que dans cette espèce de nid. Mais, au lieu de nous presser d'admettre dans ces animaux une tendresse maternelle très-vive et très-prévoyante, croyons que leur propre besoin les détermine à l'opération dont nous venons de parler, et que ce n'est que pour se débarrasser plus facilement et plus complètement du poids qui les blesse, qu'elles passent et repassent plusieurs fois sur le fond qu'elles préfèrent, et entraînent, par leurs divers frottements, la vase et les autres matières propres à décomposer les œufs.

Ils peuvent cependant, ces œufs, résister plus longtemps que presque toutes les autres parties animales et molles à la corruption et à la pourriture. Un habile observateur a, en effet, remarqué que quatre ou cinq jours de séjour dans le corps d'une femelle morte ne suffisaient pas pour que leur altération commençât. Il a pris les œufs mûrs d'une truite morte depuis quatre jours et déjà puante; il en a obtenu de jeunes truites très-bien conformées. Mais, quoi qu'il en soit, à peine les femelles se sont-elles débarrassées du poids qui les tourmentait, que quelques-unes dévorent une partie des œufs qu'elles viennent de pondre, et c'est ce qui a donné lieu à l'opinion de ceux qui ont cru que certaines femelles de poisson avaient un assez grand soin de leurs œufs pour les couver dans leur gueule. Le plus grand nombre de femelles abandonnent cependant leurs œufs dès le moment qu'elles en sont délivrées : moins contraintes dans leurs facultés, plus libres dans leurs mouvements, elles vont, par de nouvelles chasses, réparer leurs pertes et ranimer leurs forces.

C'est alors que les mâles arrivent près des œufs laissés sur le sable ou le gravier : ils accourent de très-loin, attirés par leur odeur. Ils s'en nourrissent cependant quelquefois, au lieu de chercher à leur donner la vie ; mais le plus souvent ils passent et repassent au-dessus de ces petits corps organisés, ils laissent échapper de leurs laites pressées le suc actif qui va porter le mouvement dans ces œufs encore inanimés.

Nous n'avons pas besoin de réfuter l'erreur dans laquelle sont tombés plusieurs naturalistes très-estimables, et particulièrement Rondelet, qui ont cru que l'eau seule pouvait engendrer des poissons, parce qu'on en a trouvé dans des pièces d'eau où l'on n'en avait jeté aucun, où l'on n'avait porté aucun œuf, et qui n'avait de communication ni avec la mer, ni avec aucun lac ou étang, ni avec aucune rivière. Nous devons cependant, afin d'expliquer ce fait observé plus d'une fois, faire faire attention à la facilité avec laquelle des oiseaux d'eau peuvent transporter du frai de poisson, sur les membranes de leurs pattes, dans les pièces isolées dont nous venons de parler.

Mais si nous venons de faire l'histoire de la fécondation des œufs dans le plus grand nombre de poissons, il est quelques espèces de ces animaux parmi les osseux, et surtout parmi les cartilagineux, qui présentent des phénomènes différents dans leur reproduction.

Les femelles des *raies*, des *squales*, de quelques *blennies*, de quelques *silures*, ne pondent pas leurs œufs : et les petits arrivent tout formés à la lumière.

Dans quelques autres poissons, tels que les *syngnathes* et le *silure ascite,* les œufs sont à peine développés qu'ils sortent du corps de la mère ; mais nous verrons, dans la suite de cet ouvrage, qu'ils demeurent attachés sous le ventre ou sous la queue de la femelle, jusqu'au moment où ils éclosent.

Le temps qui s'écoule depuis le moment où les œufs sont déposés par la femelle, jusqu'à celui où les petits viennent à la lumière, varie suivant les espèces ; mais il ne paraît pas qu'il augmente toujours avec leur grandeur. Il est quelquefois de quarante et même de cinquante jours, et d'autres fois il n'est que de huit ou de neuf. Lorsque c'est au bout de neuf jours que le poisson doit éclore, on voit, dès le second jour, un petit point animé entre le jaune et le blanc. On peut s'en assurer d'autant plus aisément, que tous les œufs de poisson sont membraneux, et qu'ils sont clairs et transparents, lorsqu'ils ont été pénétrés par la liqueur laiteuse. Au troisième jour, on distingue le cœur qui bat, le corps qui est attaché au jaune, et la queue qui est libre. C'est vers le sixième jour que l'on aperçoit au travers des portions molles de l'embryon, qui sont très-diaphanes, la colonne vertébrale, ce point d'appui des parties solides, et les côtes qui y sont réunies. Au septième jour, on remarque deux points noirs qui sont les yeux : le défaut de place oblige le fœtus à tenir sa queue repliée ; mais il s'agite avec vivacité, et tourne sur lui-même en entraînant le jaune qui est attaché à son ventre, et en montrant ses nageoires pectorales, qui sont formées les premières. Enfin, le neuvième jour, un effort de la queue déchire la membrane de l'œuf parvenu alors à son plus haut point d'extension et de maturité. L'animal sort la queue la première, dégage sa tête, respire par le moyen d'une eau qui peut parvenir jusqu'à ses branchies sans traverser aucune membrane, et, animé par un sang dont le mouvement est à l'instant augmenté de près d'un tiers (1), il croît dans les premières

(1) On compte soixante pulsations par minute dans un poisson éclos, et quarante dans ceux qui sont encore renfermés dans l'œuf.

heures qui succèdent à ce nouvel état, presque autant que pendant les quinze ou vingt jours qui les suivent. Dans plusieurs espèces, le poisson éclos conserve une partie du jaune dans une poche que forme la partie inférieure de son ventre. Il tire pendant plusieurs jours une partie de sa subsistance de cette matière, qui bientôt s'épuise; et à mesure qu'elle diminue, la bourse qui la contient s'affaisse, s'atténue et disparaît. L'animal grandit ensuite avec plus ou moins de vitesse, selon la famille à laquelle il appartient; et lorsqu'il est parvenu au dernier terme de son développement, il peut montrer une longueur de plus de dix mètres. En comparant le poids, le volume et la figure de ces individus de dix mètres de longueur, avec ceux qu'ils ont dû présenter lors de la sortie de l'œuf, on trouvera que, dans les poissons, la nature augmente quelquefois la matière plus de seize mille fois, et la dimension la plus étendue plus de cent fois.

Au reste, le nombre des grands poissons est bien plus considérable dans la mer que dans les fleuves et les rivières; et l'on peut observer d'ailleurs que presque toujours, et surtout dans les espèces féroces, les femelles, comme celles des oiseaux de proie, avec lesquels nous avons déjà vu que les poissons carnassiers ont une analogie très-marquée, sont plus grandes que les mâles.

Quelque étendu que soit le volume des animaux que nous examinons, ils nagent presque tous avec une très-grande facilité. Ils ont, en effet, reçu plusieurs organes particuliers propres à les faire changer rapidement de place au milieu de l'eau qu'ils habitent. Leurs mouvements dans ce fluide peuvent se réduire à l'action de monter ou de descendre, et à celle de s'avancer dans un plan horizontal, ou se composent de ces deux actions. Examinons d'abord comment ils s'élèvent ou s'enfoncent dans le sein des eaux. Presque tous les poissons, excepté ceux qui ont le corps très-plat, comme les *raies* et les *pleuronectes*, ont un organe intérieur situé dans la partie la plus haute de l'abdomen, occupant le plus souvent toute la longueur de cette cavité, fréquemment attaché à la colonne vertébrale, et auquel nous conservons le nom de *vessie natatoire*. Cette vessie est membraneuse et varie beaucoup dans sa forme, suivant les espèces de poissons dans lesquelles on l'observe. Elle est toujours allongée : mais tantôt ses deux extrémités sont pointues, et tantôt arrondies ; et tantôt la partie antérieure se divise en deux prolongations : quelquefois elle est partagée transversalement en deux lobes creux qui communiquent ensemble, quelquefois ces deux lobes sont placés longitudinalement à côté l'un de l'autre ; il est même des poissons dans lesquels elle présente trois et jusqu'à quatre cavités. Elle communique avec la partie antérieure, et quelquefois, mais rarement, avec la partie postérieure de l'estomac, par un petit tuyau nommé *canal pneumatique*, qui aboutit au milieu ou à l'extrémité de la vessie, la plus voisine de la tête lorsque cet organe est simple, mais qui s'attache au lobe postérieur lorsqu'il y a deux lobes placés l'un devant l'autre. Ce conduit varie dans ses dimensions, ainsi que dans ses sinuosités. Il transmet à la vessie natatoire, que l'on a aussi nommée *vessie aérienne*, un gaz quelconque, qui la gonfle, l'étend, la rend beaucoup plus légère que l'eau, et donne au poisson la faculté de s'élever au milieu de ce liquide. Lorsqu'au contraire l'animal veut descendre, il comprime sa vessie natatoire par le moyen des muscles qui environnent cet organe ; le gaz qu'elle contient s'échappe par le conduit pneumatique, parvient à l'estomac, sort du corps par la gueule, par les ouvertures branchiales, ou par l'anus ; et la pesanteur des parties solides ou molles du poisson entraîne l'animal plus ou moins rapidement au fond de l'eau.

Cet effet de la vessie natatoire sur l'ascension et la descente des poissons ne peut pas être révoqué en doute, puisque indépendamment d'autre raison, et ainsi qu'Artedi l'a annoncé, il n'est personne qui ne puisse éprouver que lorsqu'on perce avec adresse et par le moyen d'une aiguille convenable, la vessie aérienne d'un poisson vivant, il ne peut plus s'élever au milieu de l'eau, à moins qu'il n'appartienne à ces espèces qui ont reçu des muscles assez forts et des nageoires assez étendues pour se passer, dans leurs mouvements de tout autre secours. Il est même des contrées dans lesquelles l'art de la pêche a été très-cultivé, et où on se sert depuis longtemps de cette altération de la vessie natatoire pour empêcher des poissons qu'on veut garder en vie dans de grands baquets, de s'approcher de la surface de l'eau, et de s'élancer ensuite par dessus les bords de leur sorte de réservoir.

Mais quel est le gaz qui s'introduit dans la vessie natatoire? Notre savant et célèbre confrère M. Fourcroy a trouvé de l'azote dans l'organe aérien d'une carpe; d'un autre côté, le docteur Priestley s'est assuré que la vessie natatoire de plusieurs poissons contenait, dans le moment où il l'a examinée, de l'oxygène mêlé avec une quantité plus ou moins considérable d'un autre gaz, dont il n'a pas déterminé la nature. On lit dans les *Annales de chimie*, publiées en Angleterre par le docteur Dunkan, que le docteur Francis Rigby Brodbelt, de la Jamaïque, n'a reconnu dans la vessie d'un *xiphias espadon* que de l'oxygène très-pur; et enfin celle de quelques *tanches*, que j'ai examinée, renfermait du gaz hydrogène. Il est donc vraisemblable que, suivant les circonstances dans lesquelles on observera la vessie aérienne des poissons, pendant que leur corps n'aura encore éprouvé aucune altération, ou leur cadavre étant déjà très-corrompu, leur estomac étant vide ou rempli d'aliments plus ou moins décomposés, leurs facultés n'étant retenues par aucun obstable ou étant affaiblies par la maladie, on trouvera, dans leur organe natatoire, des gaz de différente nature. Ne pourrait-on pas dire cependant que le plus souvent cet organe se remplit de gaz hydrogène? Ne pourrait-on pas supposer que l'eau, décomposée dans les branchies, fournit au sang l'oxygène nécessaire à ce fluide; que lorsque l'animal n'a pas besoin de gonfler sa vessie aérienne, le second principe de l'eau, l'hydrogène, rendu libre par sa séparation d'avec l'oxygène, se dissipe par les ouvertures branchiales et par celle de la bouche, ou se combine avec différentes parties du corps des poissons, dont l'analyse a donné en effet beaucoup de ce gaz, et que lorsqu'au contraire le poisson veut étendre l'organe qui doit l'élever, ce gaz hydrogène, au lieu de se dissiper ou de se combiner, se précipite par le canal pneumatique que les muscles ne resserrent plus, et va remplir une vessie qui n'est plus comprimée, et qui est située dans la partie supérieure du corps? Sans cette décomposition de l'eau, comment concevoir que le poisson, qui dans une minute gonfle et resserre plusieurs fois sa vessie, trouve à l'instant, à la portée de cet organe, la quantité de gaz qu'il aspire et rejette? Comment même pourra-t-il avoir à sa disposition, dans les profondeurs immenses qu'il parcourt, et dans des couches d'eau éloignées quelquefois de l'atmosphère de plus de six mille mètres, une quantité d'oxygène suffisante pour sa respiration? Doit-on croire que leur estomac peut être rempli de matières alimentaires qui, en se dénaturant, fournissent à la vessie aérienne le gaz qui la dégonfle, lorsqu'elle n'est jamais si fréquemment ni si complètement étendue que dans les instants où cet estomac est vide, et où la faim qui presse l'animal l'oblige a s'élever, à s'abaisser avec promptitude, à faire avec rapidité de longues courses, à se livrer à de pénibles recherches? Cette décomposition, dont la chimie moderne nous indique maintenant tant d'exemples, est-elle plus difficile à admettre dans des êtres à sang froid à la vérité, mais très-actifs et assez sensibles, tels que les poissons, que dans les parties des plantes, qui séparent également l'hydrogène et l'oxygène contenus dans l'eau ou dans l'humidité de l'air? Les forces animales ne rendent-elles pas toutes les décompositions plus faciles, même avec une chaleur beaucôup moindre? Ne peut-on pas démontrer d'ailleurs que la vessie natatoire ne diminue par sa dilatation la pesanteur spécifique de l'animal, qu'autant qu'elle est remplie d'un fluide beaucoup plus léger que ceux que renferment les autres cavités contenues dans le corps du poisson, cavités qui se resserrent à mesure que celle de la vessie s'agrandit, ou qu'autant que l'agrandissement momentané de cet organe d'ascension produit une augmentation de volume dans la totalité du corps de l'animal? Peut-on assurer que cet accroissement dans le volume total a toujours lieu? Le gaz hydrogène, en séjournant dans la vessie natatoire ou dans d'autres parties de l'intérieur du poisson, ne peut-il pas, selon les circonstances, se combiner de manière à perdre sa nature, à n'être plus reconnaissable, et, par exemple, à produire de l'eau? Ce fait ne serait-il pas une réponse aux objections les plus fortes contre la décomposition de l'eau, opérée par les branchies des poissons? Si ces animaux périssent dans de l'eau au-dessus de laquelle on fait le vide, ne doit-on pas rapporter ce phénomène à des déchirements intérieurs et à la soustraction violente des différents gaz que leur corps peut renfermer? Quelque opinion qu'on adopte sur la décomposition de l'eau, dans l'organe respiratoire des poissons, peut-on expliquer ce qu'ils éprouvent dans les vases placés sous le récipient d'une machine pneumatique, autrement que par des soustractions de gaz ou d'autres fluides qui, plus légers que l'eau, sont déterminés, sous ce récipient vide d'air, à se précipiter, pour ainsi dire, à la surface d'un liquide qui n'est plus aussi comprimé (1)? Lorsqu'on est obligé de briser la croûte de glace qui recouvre un étang, afin de préserver de la mort les poissons qui nagent au-dessous, n'est-ce pas plutôt pour débarrasser l'eau renfermée dans laquelle ils vivent, de tous les miasmes produits par leurs propres émanations, ou par le séjour d'animaux ou de végétaux corrompus, que pour leur rendre l'air atmosphérique dont ils n'ont aucun besoin? N'est-ce pas pour une raison analogue qu'on est obligé de renouveler de temps en temps, et surtout pendant les grandes chaleurs, l'eau des vases dans lesquels on garde de ces animaux? Et enfin, l'hypothèse que nous indiquons n'a-t-elle pas été pressentie par J. Mayow, ce chimiste anglais de la fin du dix-septième siècle, qui a deviné, pour ainsi dire, plusieurs des brillantes découvertes de la chimie moderne, ainsi que l'a fait observer, dans un Mémoire lu il y a près de deux ans à l'Institut national de France, le citoyen Fourcroy, l'un de ceux qui ont le plus contribué à fonder et à étendre la nouvelle théorie chimique?

Mais n'insistons pas davantage sur de pures conjectures; contentons-nous d'avoir indiqué aux chimistes et aux physi-

(1) Un poisson renfermé dans le vide pendant plusieurs heures paraît d'abord environné de bulles, particulièrement auprès de la bouche et des branchies; il nage ensuite renversé sur le dos, et le ventre gonflé; il est enfin immobile et raide : mais, mis dans de l'eau nouvellement exposée à l'air, il reprend ses forces; son ventre cependant reste retiré, et ce n'est qu'au bout de quelques heures qu'il peut nager et se tenir sur son ventre.

ciens un beau sujet de travail, et ne donnons une grande
place dans le tableau dont nous nous occupons, qu'aux traits
dont nous croirons être sûrs de la fidélité.

Plusieurs espèces de poissons, telles que les balistes et les
tétrodons, jouissent d'une seconde propriété très-remarquable,
qui leur donne une grande facilité pour s'élever et s'abaisser
au milieu du fluide qu'ils préfèrent : ils peuvent, à leur volonté et avec une rapidité assez grande, gonfler la partie
inférieure de leur ventre, y introduire un gaz plus léger que
l'eau, et donner ainsi à leur ensemble un accroissement de
volume, qui diminue leur pesanteur spécifique. Il en est de
cette faculté comme de celle de dilater la vessie natatoire ;
toutes les deux sont bien plus utiles aux poissons au milieu
des mers qu'au milieu des fleuves et des rivières, parce que
l'eau des mers étant salée, et par conséquent plus pesante que
l'eau des rivières et des fleuves qui est douce, les animaux
que nous examinons peuvent avec moins d'efforts se donner,
lorsqu'ils nagent dans la mer, une légèreté égale ou supérieure à celle du fluide dans lequel ils sont plongés.

Il ne suffit cependant pas aux poissons de monter et de
descendre ; il faut encore qu'ils puissent exécuter des mouvements vers tous les points de l'horizon, afin qu'en combinant
ces mouvements avec leurs ascensions et leurs descentes, ils
s'avancent dans toutes sortes de directions perpendiculaires,
inclinées ou parallèles à la surface des eaux. C'est principalement à leur queue qu'ils doivent la faculté de se mouvoir
ainsi dans tous les sens ; c'est cette partie de leur corps, que
nous avons vue s'agiter même dans l'œuf, en déchirer l'enveloppe et en sortir la première, qui, selon qu'elle est plus ou
moins longue, plus ou moins libre, plus ou moins animée par
des muscles puissants, pousse en avant avec plus ou moins de
force le corps entier de l'animal. Que l'on regarde un poisson
s'élancer au milieu de l'eau, on le verra frapper vivement ce
fluide, en portant rapidement sa queue à droite et à gauche.
Cette partie, qui se meut sur la portion postérieure du corps,
comme sur un pivot, rencontre obliquement les couches latérales du fluide contre lesquelles elle agit ; elle laisse d'ailleurs
si peu d'intervalle entre les coups qu'elle donne d'un côté et

de l'autre, que l'effet de ses impulsions successives équivaut à celui de deux actions simultanées ; et dès lors il n'est aucun physicien qui ne voie que le corps, pressé entre les deux réactions obliques de l'eau, doit s'échapper par la diagonale de ces deux forces, qui se confond avec la direction du corps et de la tête du poisson. Il est évident que plus la queue est aplatie par les côtés, plus elle tend à écarter l'eau par une grande surface, et plus elle est repoussée avec vivacité, et contraint l'animal à s'avancer avec promptitude. Voilà pourquoi plus la nageoire qui termine la queue et qui est placée verticalement présente une grande étendue, et plus elle accroît la puissance d'un levier qu'elle allonge et dont elle augmente les points de contact. Voilà pourquoi encore toutes les fois que j'ai divisé un genre de poissons en plusieurs sous-genres, j'ai cru attacher à ces groupes secondaires des caractères non-seulement faciles à saisir, mais encore importants à considérer par leurs liaisons avec les habitudes de l'animal, en distinguant ces familles subordonnées par la forme de la nageoire de la queue, ou très-avancée en pointe, ou arrondie, ou rectiligne, ou creusée en demi-cercle, ou profondément échancrée en fourche.

C'est en se servant avec adresse de cet organe puissant, en variant l'action de cette queue presque toujours si mobile, en accroissant sa vitesse par toutes leurs forces, ou en tempérant sa rapidité, en la portant d'un côté plus vivement que d'un autre, en la repliant jusque vers la tête et en la débandant ensuite comme un ressort violent, surtout lorsqu'ils nagent en partie au-dessus de la surface de l'eau, que les poissons accélèrent, retardent leur mouvement, changent leur direction, se tournent, se retournent, se précipitent, s'élèvent, s'élancent au-dessus du fluide auquel ils appartiennent, franchissent de hautes cataractes, et sautent jusqu'à plusieurs mètres de hauteurs.

La queue de ces animaux, cet instrument redoutable d'attaque ou de défense, est donc aussi non-seulement le premier gouvernail, mais encore la principale rame des poissons ; ils en aident l'action par leurs nageoires pectorales. Ces dernières nageoires, s'étendant ou se resserrant à mesure que les rayons

qui les soutiennent s'écartent ou se rapprochent, pouvant
d'ailleurs être mue sous différentes inclinaisons et avec des
vitesses très-inégales, servent aux poissons non-seulement
pour hâter leur mouvement progressif, mais encore pour le
modifier, pour tourner à droite ou à gauche, et même pour
aller en arrière lorsqu'elles se déploient en repoussant l'eau
antérieure, et qu'elles se replient au contraire en frappant
l'eau opposée à cette dernière. En tout, le jeu et l'effet de ces
nageoires pectorales sont très-semblables à ceux des pieds
palmés des oies, des canards, et des autres oiseaux d'eau; et
il en est de même de ceux des nageoires inférieures, dont
l'action est cependant ordinairement moins grande que celle
des nageoires pectorales, parce qu'elles présentent presque
toujours une surface moins étendue.

A l'égard des nageoires de l'anus, l'un de leurs principaux
usages est d'abaisser le centre de gravité de l'animal, et de le
maintenir d'une manière plus stable dans la position qui lui
convient le mieux.

Lorsqu'elles s'étendent jusque vers la nageoire caudale,
elles augmentent la surface de la queue, et par conséquent
elles concourent à la vitesse de la natation ; elles peuvent
aussi changer sa direction, en se déployant ou en se repliant
alternativement en tout ou en partie, et en mettant ainsi une
inégalité plus ou moins grande entre l'impulsion communiquée à droite, et celle qui est reçue à gauche.

Si les nageoires dorsales règnent au-dessus de la queue,
elles influent, comme celles de l'anus, sur la route que suit
l'animal et sur la rapidité de ses mouvements; elles peuvent
aussi, par leurs diverses ondulations et par les différents plans
inclinés qu'elles présentent à l'eau et avec lesquels elles frappent ce fluide, augmenter les moyens qu'a le poisson pour
suivre telle ou telle direction; elles doivent encore, lorsque
le poisson est exposé à des courants qui le prennent en travers, contre-balancer quelquefois l'effet des nageoires de l'a-
nus, et contribuer à conserver l'équilibre de l'animal : mais le
plus souvent elles ne tendraient qu'à détruire cet équilibre, et
à renverser le poisson, si ce dernier ne pouvait pas, en mou-
vant séparément chaque rayon de ces nageoires, les rabaisser

et même les coucher sur son dos dans leur totalité, ou dans celles de leurs portions qui lui offrent le plus d'obstacles.

Je n'ai pas besoin de faire remarquer comment le jeu de la queue et des nageoires, qui fait avancer les poissons, peut les porter en haut ou en bas, indépendamment de tout gonflement du corps et de toute dilatation de la vessie natatoire, lorsqu'au moment de leur départ leur corps est incliné, et leur tête élevée au-dessus du plan horizontal, ou abaissée au-dessous de ce même plan. On verra, avec la même facilité, que ceux de ces animaux qui ont le corps très-déprimé de haut en bas, tels que les raies et les pleuronectes, peuvent, tout égal d'ailleurs, lutter pendant plus de temps et avec plus d'avantage contre un courant rapide, pour peu qu'ils tiennent la partie antérieure de leur corps un peu élevée, parce qu'alors ils présentent à l'eau un plan incliné que ce fluide tend à soulever ; ce qui permet à l'animal de n'employer presque aucun effort pour se soutenir à telle ou telle hauteur, mais de réunir toutes ses forces pour accroître son mouvement progressif (1). Et enfin on observera également sans peine que si le principe le plus actif de la natation est dans la queue, c'est dans la trop grande longueur de la tête, et dans les prolongations qui l'étendent en avant, que se trouvent les principaux obstacles à la vitesse ; c'est dans les parties antérieures qu'est la cause retardatrice ; dans les postérieures est au contraire la puissance accélératrice ; et le rapport de cette cause et de cette puissance détermine la rapidité de la natation des poissons.

De cette même proportion dépend par conséquent la facilité plus ou moins grande avec laquelle ils peuvent chercher l'aliment qui leur convient. Quelques-uns se contentent, au moins souvent, de plantes marines, et particulièrement d'algues ; d'autres vont chercher dans la vase les débris des corps organisés, et c'est de ceux-ci que l'on a dit qu'ils vivaient de limon ; il en est encore qui ont un goût très-vif pour des graines et d'autres parties de végétaux terrestres ou fluvia-

---

(1) Il est à remarquer que ces poissons très-aplatis manquent de vessie natatoire.

tiles : mais le plus grand nombre de poissons préfèrent des
vers marins, de rivière ou de terre, des insectes aquatiques,
des œufs pondus par leurs femelles, de jeunes individus de
leur classe, et en général tous les animaux qu'ils peuvent
rencontrer au milieu des eaux, saisir et dévorer sans éprouver une résistance trop dangereuse.

Les poissons peuvent avaler, dans un espace de temps très-
court, une très-grande quantité de nourriture ; mais ils peuvent aussi vivre sans manger pendant un très-grand nombre
de jours, même pendant plusieurs mois, et quelquefois pendant plus d'un an. Nous ne répéterons pas ici ce que nous
avons déjà dit sur les causes d'un phénomène semblable, en
traitant des quadrupèdes ovipares et des serpents, qui quelquefois sont aussi plus d'un an sans prendre de nourriture.
Les poissons dont les vaisseaux sanguins, ainsi que ceux des
reptiles et des quadrupèdes ovipares, sont parcourus par un
fluide très-peu échauffé, et dont le corps est recouvert d'é-
cailles, ou de téguments visqueux et huilés, doivent habituellement perdre trop peu de leur substance pour avoir besoin
de réparations très-copieuses et très-fréquentes : mais non-
seulement ils vivent et jouissent de leur vivacité ordinaire
malgré une abstinence très-prolongée, mais ces longs jeûnes
ne les empêchent pas de se développer, de croître, et de produire dans leur tissu cellulaire cette matière onctueuse à laquelle le nom de *graisse* a été donné. On conçoit très-aisément comment il suffit à un animal de ne pas laisser échapper
beaucoup de substance, pour ne pas diminuer très-sensiblement dans son volume ou dans ses forces, quoiqu'il ne reçoive
cependant qu'une quantité extrêmement petite de matière
nouvelle : mais qu'il s'étende, qu'il grossisse, qu'il présente
des dimensions plus grandes et une masse plus pesante, quoique n'ayant pris depuis un très-long temps aucun aliment,
quoique n'ayant introduit depuis plus d'un an dans son corps
aucune substance réparatrice et nutritive, on ne peut le comprendre. Il faut donc qu'une matière véritablement alimentaire maintienne et accroisse la substance et les forces des
poissons pendant le temps plus ou moins long où l'on est
assuré qu'ils ne prennent d'ailleurs aucune portion de leur

nourriture ordinaire; cette matière les touche, les environne, les pénètre sans cesse. Il n'est en effet aucun physicien qui ne sache maintenant combien l'eau est nourrissante lorsqu'elle a subi certaines combinaisons; et les phénomènes de la panification, si bien développés par les chimistes modernes, en sont surtout une très-grande preuve. Mais c'est au milieu de cette eau que les poissons sont continuellement plongés; elle baigne toute leur surface; elle parcourt leur canal intestinal; elle remplit plusieurs de leurs cavités; et, pompée par les vaisseaux absorbants, ne peut-elle pas éprouver, dans les glandes qui réunissent le système de ces vaisseaux, ou dans d'autres de leurs organes intérieurs, des combinaisons et décompositions telles, qu'elle devienne une véritable substance nutritive et augmentative de celle des poissons? Voilà pourquoi nous voyons des carpes suspendues hors de l'eau, et auxquelles on ne donne aucune nourriture, vivre longtemps et même s'engraisser d'une manière très-remarquable, si on les arrose fréquemment, et si on les entoure de mousse ou d'autres végétaux qui conservent une humidité abondante sur toute la surface de ces animaux.

Le fluide dans lequel les poissons sont plongés peut donc non-seulement les préserver de cette sensation douloureuse que l'on a nommée *soif*, qui provient de la sécheresse de la bouche et du canal alimentaire, et qui par conséquent ne doit jamais exister au milieu des eaux, mais encore entretenir leur vie, réparer leurs pertes, accroître leur substance; et les voilà liés, par de nouveaux rapports, avec les végétaux. Il ne peut cependant pas les délivrer, au moins totalement, du tourment de la faim : cet aiguillon pressant agite surtout les grandes espèces, qui ont besoin d'aliments plus copieux, plus actifs et plus souvent renouvelés; et telle est la cause irrésistible qui maintient dans un état de guerre perpétuel la nombreuse classe des poissons, les fait continuellement passer de l'attaque à la défense et de la défense à l'attaque, les rend tour à tour tyrans et victimes, et convertit en champ de carnage la vaste étendue des mers et des rivières.

Nous avons déjà compté les armes offensives et défensives que la Nature a départies à ces animaux, presque tous condamnés à d'éternels combats. Quelques-uns d'entre eux ont reçu, pour attendre ou repousser leur ennemi, une faculté remarquable : nous l'observerons dans la *raie torpille*, dans un *tétrodon*, dans un *gymnote*, dans un *silure*. Nous les verrons atteindre au loin par une puissance invisible, frapper avec la rapidité de l'éclair, mettre en mouvement ce feu électrique qui, excité par l'art du physicien, brille, éclate, brise ou renverse dans nos laboratoires, et qui, condensé par la Nature, resplendit dans les nuages et lance la foudre dans les airs. Cette force merveilleuse et soudaine, nous la verrons se manifester par l'action de ces poissons privilégiés, comme dans tous les phénomènes connus depuis longtemps sous le nom d'*électriques*, parcourir avec vitesse tous les corps conducteurs d'électricité, s'arrêter devant ceux qui n'ont pas reçu cette qualité conductrice, faire jaillir des étincelles (1), produire de violentes commotions, et donner une mort imprévue à des victimes éloignées. Transmise par les nerfs, anéantie par la soustraction du cerveau, quoique l'animal conserve encore ses facultés vitales, subsistant pendant quelque temps malgré le retranchement du cœur, nous ne serons pas étonnés de savoir qu'elle appartient à des poissons à un degré que l'on n'a point observé encore dans les autres êtres organisés, lorsque nous réfléchirons que ces animaux sont imprégnés d'une grande quantité de matière huileuse, très-analogue aux résines et aux substances dont le frottement fait naître tous les phénomènes de l'électricité.

On a écrit que plusieurs espèces de poissons avaient reçu, à la place de la vertu électrique, la funeste propriété de renfermer un poison actif. Cependant, avec quelque soin que nous ayons examiné ces espèces, nous n'avons trouvé ni dans leurs dents, ni dans leurs aiguillons, aucune cavité, aucune

---

(1) Depuis l'impression de l'article de la *torpille,* nous avons appris, par un nouvel ouvrage de M. Galvani, que les espérances que nous avons exposées dans l'histoire de cette raie, sont déjà réalisées; que le gymnote électrique n'est pas le seul poisson qui fasse naître des étincelles visibles, et que, par le moyen d'un microscope, on en a distingué de produites par l'électricité d'une torpille. Consultez les *Mémoires de Galvani* adressés à Spallanzani, et imprimés à Bologne en 1797.

conformation analogues à celles que l'on remarque, par exemple, dans les dents de la couleuvre vipère, et qui sont propres à faire pénétrer une liqueur délétère jusqu'aux vaisseaux sanguins d'un animal blessé; nous n'avons vu auprès de ces àiguillons ni de ces dents aucune poche, aucun organe contenant un suc particulier et vénéneux; nous n'avons pu découvrir dans les autres parties du corps aucun réservoir de matière corrosive, de substance dangereuse; et nous nous sommes assuré, ainsi qu'on pourra s'en convaincre dans le cours de cette histoire, que les accidents graves produits par la morsure des poissons, ou par l'action de leurs piquants, ne doivent être rapportés qu'à la nature des plaies faites par ces pointes ou par les dents de ces animaux. On ne peut pas douter cependant que, dans certaines contrées, particulièrement dans celles qui sont très-voisines de la zone torride, dans la saison des chaleurs, ou dans d'autres circonstances de temps et de lieu, plusieurs des animaux que nous étudions ne renferment souvent au moment où on les prend, une quantité assez considérable d'aliments vénéneux et même mortels pour l'homme, ainsi que plusieurs oiseaux ou quadrupèdes, et cependant très-peu nuisibles ou innocents pour des animaux à sang froid, imprégnés d'huile, remplis de sucs digestifs d'une qualité particulière, et organisés comme les poissons. Cette nourriture redoutable pour l'homme peut consister, par exemple, en fruits du mancellier, ou d'autres végétaux, et en débris de plusieurs vers marins, dont les observateurs connaissent depuis longtemps l'activité malfaisante des sucs. Si des poissons ainsi remplis de substances dangereuses sont préparés sans précaution, s'ils ne sont pas vidés avec le plus grand soin, ils doivent produire les effets les plus funestes sur l'homme, les oiseaux ou les quadrupèdes qui en mangent. On peut même ajouter qu'une longue habitude de ces aliments vénéneux peut dénaturer un poisson, au point de faire partager à ses muscles, à ses sucs, à presque toutes ses parties, les propriétés redoutables de la nourriture qu'il aura préférée et de le rendre capable de donner la mort à ceux qui mangeraient de sa chair, quand bien même ses intestins auraient été nettoyés avec la plus grande attention. Mais il est

aisé de voir que le poisson n'appartient jamais aux poissons
par une suite de leur nature ; que si quelques individus le recèlent, ce n'est qu'une matière étrangère que renferme leur
intérieur pendant des instants souvent très-courts ; que si la
substance de ces individus en est pénétrée, ils ont subi une
altération profonde ; et il est à remarquer, en conséquence,
que lorsqu'on parcourt le vaste ensemble des êtres organisés,
que l'on commence par l'homme, et que, dans ce long
examen, on observe d'abord les animaux qui vivent dans
l'atmosphère, on n'aperçoit pas de qualités vénéneuses avant
d'être parvenu à ceux dont le sang est froid. Parmi les animaux qui ne respirent qu'au milieu des eaux, la limite en deçà
de laquelle on ne rencontre pas d'armes ni de liqueurs empoisonnées, est encore plus reculée, et l'on ne voit d'êtres
vénéneux par eux-mêmes que lorsqu'on a passé au-delà de
ceux dont le sang est rouge.

Continuons cependant de faire connaître tous les moyens
d'attaque et de défense accordés aux poissons. Indépendamment de quelques manœuvres particulières que de petites
espèces mettent en usage contre des insectes qu'elles ne peuvent pas attirer jusqu'à elles, presque tous les poissons emploient avec constance et avec une sorte d'habileté les ressources de la ruse ; il n'en est presque aucun qui ne tende
des embûches à un être plus faible ou moins attentif. Nous
verrons particulièrement ceux dont la tête est garnie de petits
filaments déliés et nommés *barbillons*, se cacher souvent dans
la vase, sous les saillies des rochers, au milieu des plantes
marines, ne laisser dépasser que ces barbillons qu'ils agitent
et qui ressemblent alors à de petits vers ; tâcher de séduire
par ces appâts les animaux marins ou fluviatiles qu'ils ne
pourraient atteindre en nageant qu'en s'exposant à de trop
longues fatigues ; les attendre avec patience, et les saisir avec
promptitude au moment de leur approche (1). D'autres, ou

(1) Les *acipensères* qui ont plusieurs barbillons peuvent se tenir d'autant
plus aisément cachés en partie sous des algues ou de la vase, que je viens
de voir dans l'*esturgeon*, et que l'on trouvera vraisemblablement dans tous
les autres acipensères, deux évents analogues à celui des *pétromizons*, ainsi
qu'à ceux des *raies* et des *squales*. Chacun de ces deux évents consiste dans

avec leur bouche, ou avec leur queue, ou avec leurs nageoires inférieures rapprochées en disque, ou avec un organe particulier situé au-dessus de leur tête, s'attachent aux rochers, aux bois flottants, aux vaisseaux, aux poissons plus gros qu'eux, et indépendamment de plusieurs causes qui les maintiennent dans cette position, y sont retenus par le désir d'un approvisionnement plus facile, ou d'une garantie plus sûre. D'autres encore, tels que les *anguilles*, se ménagent dans des cavités qu'ils creusent, dans des terriers qu'ils forment avec précaution, et dont les issues sont pratiquées avec une sorte de soin, bien moins un abri contre le froid des hivers, qu'un rempart contre des ennemis plus forts ou mieux armés. Ils les évitent aussi quelquefois ces ennemis dangereux, en employant la faculté de ramper que leur donne leur corps très-allongé et serpentiforme, en s'élançant hors de l'eau et en allant chercher pendant quelques instants, loin de ce fluide, non-seulement une nourriture qui leur plaît, et qu'ils y trouvent en plus grande abondance que dans la mer ou dans les fleuves, mais encore un asile plus sûr que toutes les retraites aquatiques. Ceux-ci, enfin, qui ont reçu des nageoires pectorales très-étendues, très-mobiles, et composées de rayons faciles à rapprocher ou à écarter, s'élancent dans l'atmosphère pour échapper à une poursuite funeste, frappent l'air par une grande surface, avec beaucoup de rapidité, et par un déploiement d'instrument ou une vitesse d'action moindres dans un sens que dans un autre, se soutiennent pendant quelques moments au-dessus des eaux, et ne retombent dans leur fluide natal qu'après avoir parcouru une courbe assez longue. Il est des plages où ils fuient ainsi en troupe et

---

un petit canal un peu demi-circulaire, placé au-devant de l'opercule des branchies, et situé de telle sorte, que son orifice externe est très-près du bord supérieur de l'opercule, et que son ouverture interne est dans la partie antérieure et supérieure de la cavité branchiale, auprès de l'angle formé par le cartilage sur lequel l'opercule est attaché. Ces évents de l'esturgeon ont été observés, par M. Cuvier et par moi, sur un individu d'environ deux mètres de longueur, dans lequel on a pu aussi distinguer aisément de petites côtes cartilagineuses. **Par ce double caractère, l'esturgeon lie de plus près les raies et les squales avec les osseux.**

où ils brillent d'une lumière phosphorique assez sensible, lorsque c'est au milieu de l'obscurité des nuits qu'ils s'efforcent de se dérober à la mort. Ils représentent alors, par leur grand nombre, une sorte de nuage enflammé, ou, pour mieux dire, de pluie de feu ; et l'on dirait que ceux qui, lors de l'origine des mythologies, ont inventé le pouvoir magique des anciennes enchanteresses, et ont placé le palais et l'empire de ces redoutables magiciennes dans le sein ou auprès des ondes, connaissaient et ces légions lumineuses de poissons volants, et cet éclat phosphorique de presque tous les poissons, et cette espèce de foudre que lancent les poissons électriques.

Ce n'est donc pas seulement dans le fond des eaux, mais sur la terre et au milieu de l'air, que quelques poissons peuvent trouver quelques moments de sûreté. Mais que cette garantie est passagère, quand tous les moyens de défense sont inférieurs à ceux d'attaque ! quelle dévastation s'opère à chaque instant dans les mers et dans les fleuves ! combien d'embryons anéantis, d'individus dévorés ! et combien d'espèces disparaîtraient, si presque toutes n'avaient reçu la plus grande fécondité, si une seule femelle, pouvant donner la vie à plusieurs millions d'individus, ne suffisait pas pour réparer d'immenses destructions ! Cette fécondité si remarquable commence dans les femelles lorsqu'elles sont encore très-jeunes ; elle s'accroît avec leurs années, elle dure pendant la plus grande partie d'une vie qui peut être très-étendue ; et si l'on ne compare pas ensemble des poissons qui viennent au jour d'une manière différente, c'est-à-dire, ceux qui éclosent dans le ventre de la femelle, et ceux qui sortent d'un œuf pondu, on verra que la Nature a établi, relativement à ces animaux, une loi bien différente de celle à laquelle elle a soumis les quadrupèdes, et que les plus grandes espèces sont celles dans lesquelles on compte le plus grand nombre d'œufs. La Nature a donc placé de grandes sources de reproductions où elle a allumé la guerre la plus constante et la plus cruelle ; mais l'équilibre nécessaire entre le pouvoir qui conserve, et la force consommatrice qui n'en est que la réaction, ne pourrait pas subsister, si la nature, qui le maintient, négligeait, pour ainsi dire, la plus courte durée ou la plus petite quantité. Ce n'est que par cet emploi de tous les instants et de tous les efforts qu'elle met de l'égalité entre les plus petites et les plus grandes puissances : et n'est-ce pas là le secret de cette supériorité d'action à laquelle l'art de l'homme ne peut atteindre que lorsqu'il a le temps à son commandement !

Cependant ce n'est pas uniquement par des courses très-limitées que les poissons parviennent à se procurer leur proie, ou à se dérober à leurs ennemis. Ils franchissent souvent de très-grands intervalles ; ils entreprennent de grands voyages ; et, conduits par la crainte, ou excités par des appétits vagues, entraînés de proche en proche par le besoin d'une nourriture plus abondante ou plus substantielle, chassés par les tempêtes, transportés par les courants, attirés par une température plus convenable, ils traversent des mers immenses ; ils vont d'un continent à un autre, et parcourent dans tous les sens la vaste étendue d'eau au milieu de laquelle la Nature les a placés. Ces grandes migrations, ces fréquents changements, ne présentent pas plus de régularité que les causes fortuites qui les produisent ; ils ne sont soumis à aucun ordre, ils n'appartiennent point à l'espèce ; ce ne sont que des actes individuels. Il n'en est pas de même de ce concours périodique vers les rivages des mers, qui précède le temps de la ponte et de la fécondation des œufs. Il n'en est pas de même non plus de ces ascensions régulières exécutées chaque année avec tant de précision, qui peuplent, pendant plus d'une saison, les fleuves, les rivières, les lacs et les ruisseaux les plus élevés sur le globe, de tant de poissons attachés à l'onde amère pendant d'autres saisons, et qui dépendent non-seulement des causes que nous avons énumérées plus haut, mais encore de ce besoin si impérieux pour tous les animaux, d'exercer leurs facultés dans toute leur plénitude, de ce mobile si puissant de tant d'actions des êtres sensibles, qui imprime à un si grand nombre de poissons le désir de nager dans une eau plus légère, de lutter contre des courants, de surmonter de fortes résistances, de rencontrer des obstacles difficiles à écarter, de se jouer, pour ainsi dire, avec les torrents et les cataractes, de trouver un aliment moins ordinaire dans la substance d'une eau moins salée, et peut-être de jouir d'autres sensations nouvelles. Il n'en est pas encore de même de ces rétrogradations, de ces voyages en sens inverse, de ces descentes qui, de l'origine des ruisseaux, des lacs, des rivières et des fleuves, se propagent vers les côtes maritimes, et rendent à l'Océan tous les individus que l'eau douce et courante avait attirés. Ces longues allées et venues, cette affluence vers les rivages, cette retraite vers la haute mer, sont les gestes de l'espèce entière. Tous les individus réunis par la même conformation, soumis aux mêmes causes, présentent les mêmes phénomènes. Il faut néanmoins se bien garder de comprendre parmi ces voyages périodiques, constatés dans tous les temps et dans tous les lieux, de prétendues migrations régulières, indépendantes de celles que nous venons d'indiquer, et que l'on a supposées dans quelques espèces de poissons, particulièrement dans les *maquereaux* et dans les *harengs*. On fait arriver ces animaux en colonnes pressées, en légions rangées, pour ainsi dire, en ordre de bataille, en troupes conduites par des chefs. On les a fait partir des mers glaciales de notre hémisphère à des temps déterminés, s'avancer avec un concert toujours soutenu, s'approcher successivement de plusieurs côtes de l'Europe, conserver leur disposition, passer par des détroits, se diviser en plusieurs bandes, changer de direction, se porter vers l'Ouest, tourner encore et revenir vers le Nord, toujours avec le même arrangement, et, pour ainsi dire, avec la même fidélité. On a ajouté à cette narration; on en a embelli les détails; on en a tiré des conséquences multipliées : et cependant on pourra voir dans les ouvrages de Bloch, dans ceux d'un très-bon observateur de Rouen, M. Noël, et dans les articles de cette histoire relatifs à ces poissons, combien de faits très-constants prouvent que lorsqu'on a réduit à leur juste valeur les récits merveilleux dont nous venons de donner une idée, on ne trouve dans les *maquereaux* et dans les *harengs* que des animaux qui vivent, pendant la plus grande partie de l'année, dans les profondeurs de la haute mer, et qui, dans d'autres

saisons, se rapprochent, comme presque tous les autres
poissons pélagiens, des rivages les plus voisins et les plus
analogues à leurs besoins et à leurs désirs.

Au reste, tous ces voyages périodiques ou fortuits, tous ces
déplacements réguliers, toutes ces courses irrégulières, peuvent être exécutés par les poissons avec une vitesse très-
grande et très-longtemps prolongée. On a vu de ces animaux
s'attacher, pour ainsi dire, à des vaisseaux destinés à traverser de vastes mers, les accompagner, par exemple, d'Amérique en Europe, les suivre avec constance malgré la violence
du vent qui poussait les bâtiments, ne pas les perdre de vue,
souvent les précéder en se jouant, revenir vers les embarcations, aller en sens contraire, se retourner, les atteindre, les
dépasser de nouveau, et, regagnant, après de courts repos, le
temps qu'ils avaient, pour ainsi dire, perdu dans cette sorte
de halte, arriver avec les navigateurs sur les côtes européennes. En réunissant ces faits à ceux qui ont été observés
dans les fleuves d'un cours très-long et très-rapide, nous nous
sommes assuré, ainsi que nous l'exposerons dans l'histoire
des *saumons*, que les poissons peuvent présenter une vitesse
telle, que, dans une eau tranquille, ils parcourent deux cent
quatre-vingt-huit hectomètres par heure, huit mètres par seconde, c'est-à-dire, un espace douze fois plus grand que celui
sur lequel les eaux de la Seine s'étendent dans le même
temps, et presque égal à celui qu'un renne fait franchir à un
traîneau également dans une seconde.

Pouvant se mouvoir avec une grande rapidité, comment
les poissons ne vogueraient-ils pas à de grandes distances,
lorsqu'en quelque sorte aucun obstacle ne se présente à eux?
En effet, ils ne sont point arrêtés dans leurs migrations,
comme les quadrupèdes, par des forêts impénétrables, de
hautes montagnes, des déserts brûlants ; et comme les oiseaux, par le froid de l'atmosphère au-dessus des cimes congelées des monts les plus élevés : ils trouvent, dans presque
toutes les portions des mers, et une nourriture abondante,
et une température à peu près égale. Et quelle est la barrière
qui pourrait s'opposer à leur course au milieu d'un fluide qui
leur résiste à peine, et se divise si facilement à leur approche.

D'ailleurs, non-seulement ils n'éprouvent pas, dans le sein des ondes, de frottement pénible, mais toutes leurs parties étant de très-peu moins légères que l'eau, et surtout que l'eau salée, les portions supérieures de leur corps, soutenues par le liquide dans lequel ils sont plongés, n'exercent pas une très-grande pression sur les inférieures, et l'animal n'est pas contraint d'employer une grande force pour contrebalancer les effets d'une pesanteur peu considérable.

Les poissons ont cependant besoin de se livrer de temps en temps au repos et même au sommeil. Lorsque, dans le moment où ils commencent à s'endormir, leur vessie natatoire est très-gonflée et remplie d'un gaz très-léger, ils peuvent être soutenus à différentes hauteurs par leur seule légèreté, glisser sans efforts entre deux couches de fluide, et ne pas cesser d'être plongés dans un sommeil paisible, que ne trouble pas un mouvement très-doux et indépendant de leur volonté. Leurs muscles sont néanmoins si irritables, qu'ils ne dorment profondément que lorsqu'ils reposent sur un fond stable, que la nuit règne, ou qu'éloignés de la surface des eaux, et cachés dans une retraite obscure, ils ne reçoivent presque aucun rayon de lumière dans des yeux qu'aucune paupière ne garantit, qu'aucune membrane clignotante ne voile, et qui par conséquent sont toujours ouverts.

Maintenant, si nous portons notre vue en arrière, et si nous comparons les résultats de toutes les observations que nous venons de réunir, et dont on trouvera les détails et les preuves dans la suite de cette histoire, nous admettrons dans les poissons un instinct qui, en s'affaiblissant dans les osseux dont le corps est très-aplati, s'anime au contraire dans ceux qui ont un corps serpentiforme, s'accroît encore dans presque tous les cartilagineux, et peut-être paraîtra, dans presque toutes les espèces, bien plus vif et bien plus étendu qu'on ne l'aurait pensé. On en sera plus convaincu, lorsqu'on aura reconnu qu'avec très-peu de soins on peut les apprivoiser, les rendre familiers. Ce fait, bien connu des anciens, a été très-souvent vérifié dans les temps modernes. Il y a, par exemple, bien plus d'un siècle que l'on sait que des poissons nourris dans des bassins d'un jardin de Paris, désigné par la dénomination de *Jardin des Tuileries*, accouraient lorsqu'on les appelait, et particulièrement lorsqu'on prononçait le nom qu'on leur avait donné. Ceux à qui l'éducation des poissons n'est pas étrangère, n'ignorent pas que, dans les étangs d'une grande partie de l'Allemagne, on accoutume les truites, les carpes et les tanches à se rassembler au son d'une cloche, et à venir prendre la nourriture qu'on leur destine. On a même observé assez souvent ces habitudes, pour savoir que les espèces qui ne se contentent pas de débris d'animaux ou de végétaux trouvés dans la fange, ni même de petits vers, ou d'insectes aquatiques, s'apprivoisent plus promptement, et s'attachent, pour ainsi dire, davantage à la main qui les nourrit, parce que, dans les bassins où on les renferme, elles ont plus besoin d'assistance pour ne pas manquer de l'aliment qui leur est nécessaire.

A la vérité, leur organisation ne leur permet de faire entendre aucune voix; ils ne peuvent proférer aucun cri, ils n'ont reçu aucun véritable instrument sonore; et s'il est quelques-uns de ces animaux dans lesquels la crainte ou la surprise produisent une sorte de bruit, ce n'est qu'un bruissement assez sourd, un sifflement imparfait, occasionné par les gaz qui sortent avec vitesse de leur corps subitement comprimé, et qui froissent avec plus ou moins de force les bords des ouvertures par lesquelles ils s'échappent. On ne peut pas croire non plus que, ne formant ensemble aucune véritable société, ne s'entr'aidant point dans leurs besoins ordinaires, ne chassant presque jamais avec concert, ne se recherchant en quelque sorte que pour se nuire, vivant dans un état perpétuel de guerre, ne s'occupant que d'attaquer ou de se défendre, et ne devant avertir ni leur proie de leur approche ni leur ennemi de leur fuite, ils aient ce langage imparfait, cette sorte de pantomime que l'on remarque dans un grand nombre d'animaux, et qui naît du besoin de se communiquer des sensations très-variées. Le sens de l'ouïe et celui de la vue sont donc à peine pour eux ceux de la discipline. De plus, nous avons vu que leur cerveau était petit, que leurs nerfs étaient gros; et l'intelligence paraît être en raison de la grandeur du cerveau, relativement au diamètre des nerfs. Le sens du goût

est aussi très-émoussé dans ces animaux ; mais c'est celui de
la brutalité. Le sens du toucher, qui n'est pas très-obtus dans
les poissons, est au contraire celui des sensations précises.
La vue est celui de l'activité, et leurs yeux ont été organisés
d'une manière très-analogue au fluide qu'ils habitent. Et enfin,
leur odorat est exquis.

Mais, pour jouir de cet instinct dans toute son étendue, il
faut que rien n'affaiblisse les facultés dont il est le résultat.
Elles s'émoussent cependant, ces facultés, lorsque la température des eaux qu'ils habitent devient trop froide, et que le peu
de chaleur que leur respiration et leurs organes intérieurs font
naître n'est point suffisamment aidé par une chaleur étrangère. Les poissons qui vivent dans la mer ne sont point exposés à ce froid engourdissement, à moins qu'ils ne s'approchent trop de certaines côtes dans la saison où les glaces les
ont envahies. Ils trouvent presque à toutes les latitudes, et en
s'élevant ou s'abaissant plus ou moins dans l'Océan, un degré
de chaleur qui ne descend guère au-dessous de celui qui est
indiqué par douze sur le thermomètre dit de *Réaumur*. Mais
dans les fleuves, dans les rivières, dans les lacs, dont les
eaux de plusieurs, surtout en Suisse, font constamment descendre le thermomètre, suivant l'habile observateur Saussure, au moins jusqu'à quatre ou cinq degrés au-dessus de
zéro, les poissons sont soumis à presque toute l'influence des
hivers, particulièrement auprès de pôles. Ils ne peuvent que
difficilement se soustraire à cette torpeur, à ce sommeil profond dont nous avons tâché d'exposer les causes, la nature et
les effets, en traitant des quadrupèdes ovipares et des serpents. C'est en vain qu'à mesure que le froid pénètre dans
leurs retraites, ils cherchent les endroits les plus abrités, les
plus éloignés d'une surface qui commence à se geler, qu'ils
creusent quelquefois des trous dans la terre, dans le sable,
dans la vase, qu'ils s'y réunissent plusieurs, qu'ils s'y amoncellent, qu'ils s'y pressent ; ils y succombent aux effets d'une
trop grande diminution de chaleur ; et s'ils ne sont pas plongés
dans un engourdissement complet, ils montrent au moins un
de ces degrés d'affaiblissement de forces que l'on peut compter depuis la diminution des mouvements extérieurs jusqu'à

une très-grande torpeur. Pendant ce long sommeil d'hiver, ils perdent d'autant moins de leur substance, que leur engourdissement est plus profond ; et plusieurs fois on s'est assuré qu'ils n'avaient dissipé qu'environ le dixième de leur poids.

Cet effet remarquable du froid, cette sorte de maladie périodique, n'est pas la seule à laquelle la Nature ait condamné les poissons. Plusieurs espèces de ces animaux peuvent, sans doute, vivre dans des eaux thermales échauffées à un degré assez élevé, quoique cependant je pense qu'il faut modérer beaucoup les résultats des observations que l'on a faites à ce sujet ; mais en général les poissons périssent, ou éprouvent un état de malaise très-considérable, lorsqu'ils sont exposés à une chaleur très-vive et surtout très-soudaine. Ils sont tourmentés par des insectes et des vers de plusieurs espèces qui se logent dans leurs intestins, ou qui s'attachent à leurs branchies. Une mauvaise nourriture les incommode. Une eau trop froide, provenue d'une fonte de neige trop rapide, une eau trop peu souvent renouvelée et trop imprégnée de miasmes nuisibles, ou trop chargée de molécules putrides, ne fournissant à leur sang que des principes insuffisants ou funestes, et aux autres parties de leur corps, qu'un aliment trop peu analogue à leur nature, leur donne différents maux très-souvent mortels, qui se manifestent par des pustules ou par des excroissances. Des ulcères peuvent aussi être produits dans leur foie et dans plusieurs autres de leurs organes intérieurs ; et enfin une longue vieillesse les rend sujets à des altérations et à des dérangements nombreux et quelquefois délétères.

Malgré ces diverses maladies qui les menacent, malgré les accidents graves et fréquents auxquels les exposent la place qu'occupe leur moëlle épinière, et la nature du canal qu'elle parcourt, ces animaux vivent pendant un très-grand nombre d'années, lorsqu'ils ne succombent pas sous la dent d'un ennemi, ou ne tombent pas dans les filets de l'homme. Des observations exactes prouvent, en effet, que leur vie peut s'étendre au-delà de deux siècles ; plusieurs renseignements portent même à croire qu'on a vu des poissons âgés de près de trois cents ans. Et comment les poissons ne seraient-ils pas

à l'abri de plusieurs causes de mort naturelles ou accidentelles? comment leur vie ne serait-elle pas plus longue que
celle de tous les autres animaux ? Ne pouvant pas connaître
l'alternative de l'humidité et de la sécheresse, délivrés le plus
souvent des passages subits de la chaleur vive à un froid rigoureux, perpétuellement entourés d'un fluide ramollissant,
pénétrés d'une huile abondante, composés de portions légères
et peu compactes, réduits à un sang peu échauffé, faiblement
animés par quelques-uns de leurs sens, soutenus par l'eau au
milieu de presque tous leurs mouvements, changeant de place
sans beaucoup d'efforts, peu agités dans leur intérieur, peu
froissés à l'extérieur, en tout peu fatigués, peu usés, peu
altérés, ne doivent-ils pas conserver très-longtemps une
grande souplesse dans leurs parties, et n'éprouver que très-
tard cette rigidité des fibres, cet endurcissement des solides,
cette obstruction des canaux, que suit toujours la cessation de
la vie? D'ailleurs, plusieurs de leurs organes, plus indépendants les uns des autres que ceux des animaux à sang chaud,
moins intimement liés avec des centres communs, plus ressemblants par là à ceux des végétaux, peuvent être plus
profondément altérés, plus gravement blessés et plus complé-
tement détruits, sans que ces accidents leur donnent la mort
Plusieurs de leurs parties peuvent même être reproduites
lorsqu'elles ont été emportées, et c'est un nouveau trait de
ressemblance qu'ils ont avec les quadrupèdes ovipares et avec
les serpents.

Notre confrère Broussonnet a montré que, dans quelque
sens qu'on coupe une nageoire, les membranes se réunissent
facilement, et les rayons, ceux même qui sont articulés et
composés de plusieurs pièces, se renouvellent et reparaissent
ce qu'ils étaient, pour peu que la blessure ait laissé une petite
portion de leur origine. Au reste, nous devons faire remarquer que le temps de la reproduction est, pour les différentes
sortes de nageoires, très-inégal, et proportionné, comme celui
de leur premier développement, à l'influence que nous leur
avons assignée sur la natation des poissons : et comment, en
effet, les nageoires les plus nécessaires aux mouvements de
ces animaux, et par conséquent les plus exercées, les plus

agités, ne seraient-elles pas aussi les premières formées et les premières reproduites ?

Lorsqu'on a ouvert le ventre à un poisson pour lui enlever la laite ou l'ovaire, les parties séparées pour cette opération se reprennent avec une grande facilité, quoique la blessure ait été souvent profonde et étendue ; et enfin nous devons dire ici que c'est principalement dans les poissons que l'on doit s'attendre à voir des nerfs coupés se rattacher et se reproduire dans une de leurs parties, ainsi que Cruikshank, de la Société de Londres, les a vus se relier et se régénérer dans des animaux plus parfaits, sur lesquels il a fait de très-belles expériences.

Tout se réunit donc pour faire admettre dans les poissons, ainsi que dans les quadrupèdes ovipares et dans les serpents, une très-grande vitalité ; et voilà pourquoi il n'est aucun de leurs muscles qui, de même que ceux de ces deux dernières classes d'animaux, ne soit encore irritable quoique séparé de leur corps, et longtemps après qu'ils ont perdu la vie.

DISCOURS SUR LA PÊCHE,

SUR LA CONNAISSANCE DES POISSONS FOSSILES,

ET SUR QUELQUES ATTRIBUTS GÉNÉRAUX DES POISSONS.

ORSQUE Buffon, il y a plus de soixante ans, conçut le projet d'écrire l'histoire de la Nature, il se plaça au-dessus du globe, à un point si élevé que toutes les petites différences des êtres disparurent pour lui : il n'aperçut que des groupes ; il ne fut frappé que par de grandes masses ; l'espace même sur lequel il dominait perdit, par la distance, de son immensité.

D'un autre côté, son génie lui fit franchir les siècles. Sa vue s'étendit dans le passé ; elle perça dans l'avenir. Les âges se rassemblèrent devant lui ; le temps s'agrandit à ses yeux à mesure que l'espace se rétrécissait ; et le sentiment de l'immortalité lui fit oublier les bornes de sa vie.

Il crut donc devoir tout embrasser dans son vaste plan. Il se souvint que le naturaliste de Rome avait écrit l'*Histoire du*

monde ; que celui de la Grèce avait donné celle des animaux :
il compara ses forces à celles d'Aristote et de Pline, son siècle
à ceux d'Alexandre et de Trajan, la nation française à la nation grecque et à la romaine ; et il voulut être l'historien de
la Nature entière. Au moment de cette conception hardie il ne
se souvint pas que du temps des Grecs et des Romains le
monde connu n'était en quelque sorte que cette partie de l'ancien continent dont les eaux coulent vers la Méditerranée, et
que cette petite mer intérieure était pour eux l'Océan.

En méditant sa sublime entreprise il résolut donc de soumettre à son examen les trois règnes de la Nature, et, rejetant toute limite, d'interroger sur chacun le passé, le présent,
et l'avenir.

Cependant les années s'écoulèrent. Il avait déjà présenté,
dans de magnifiques tableaux, les nobles résultats de ses travaux assidus sur la structure de la terre, l'ouvrage de la mer,
l'origine des planètes, les premiers temps du monde. Aidé
par les savantes recherches de l'un de ces pères de la science
dont la mémoire sera toujours vénérée, éclairé par les avis de
l'illustre Daubenton, il avait gravé sur le bronze l'image de
l'homme et des quadrupèdes. Il peignit les oiseaux, lorsque,
descendant chaque jour davantage des hauts points de vue
qu'il avait d'abord choisis, découvrant des dissemblances que
l'éloignement lui avait dérobées, reconnaissant des intervalles
où tout lui avait paru ne former qu'un ensemble, apercevant
des milliers de nuances, de dégradations, et de manières
d'être, où il n'avait entrevu que de l'uniformité, et contraint
de compter des myriades d'objets au lieu d'un nombre très-
limité de groupes principaux, il fut frappé de l'énorme dis-
proportion qu'il trouva entre l'infinité des sujets de ses méditations et le peu de jours qui lui étaient réservés. Les Bou-
gainville, les Cook abordaient les parties encore inconnues de
la terre ; d'habiles naturalistes, parcourant les continents et
les îles, lui adressaient de toutes parts de nouveaux dénom-
brements des productions de la Nature : tout se multipliait
autour de lui, excepté le temps. Il voulut hâter ses pas, et,
se débarrassant sur son digne ami, Guénaud de Montbelliard,
du soin d'achever une portion de cette admirable galerie où

toutes les tribus des oiseaux sont si bien représentées, il continua sa course avec une nouvelle ardeur.

Mais il voyait approcher le terme de sa vie, et celui de ses glorieux travaux s'éloignait chaque jour davantage; il réfléchit de nouveau sur l'ensemble de ses projets. Il médita avec plus d'attention sur la nature des objets dont il n'avait pas encore présenté l'image : il vit bientôt que la grandeur de ses cadres ne pourrait pas longtemps convenir aux sujets de ses peintures; que la multitude innombrable de ceux dont il lui restait à dessiner les traits s'opposerait invinciblement à ce que chacun de ces sujets remplit une place distincte comme chacun des oiseaux, des quadrupèdes, et même des minéraux, dont il s'était occupé. Il décida qu'il chercherait une manière nouvelle pour parler des mollusques, des insectes, des vers, et des végétaux. Il ne considéra plus l'histoire que l'on pourrait en faire que comme un ouvrage distinct et séparé du sien.

Se renfermant, relativement aux animaux, dans l'exposition de l'homme et des mammifères, des oiseaux, des quadrupèdes ovipares, des serpents et des poissons, il confondit les limites de son plan avec celles qui séparent des mollusques, des insectes et des vers, les légions remarquables des animaux vertébrés et à sang rouge, lesquelles par leur conformation, leurs mouvements, leurs affections, leurs habitudes, leur grandeur, leur puissance, et leur instinct, jouent les premiers rôles sur la scène du monde, et ne le cèdent qu'à l'homme, qui leur commande par le droit de son intelligence dominatrice, et que la Nature leur a donné pour roi.

L'Histoire des poissons devait donc terminer, dans cette vue nouvelle, l'*Histoire naturelle* dont il avait enrichi son siècle et la postérité.

Il venait de planer de nouveau sur les temps écoulés, de marquer les époques de la Nature, et de représenter dans sept grands tableaux les sept grands changements que la force irrésistible de la puissance créatrice lui paraissait avoir fait subir au globe de la terre; il allait écrire l'Histoire des Cétacés, pour compléter celle des Mammifères, lorsqu'il se sentit frappé à mort par les coups d'une maladie terrible.

Il ne compta plus devant lui qu'un petit nombre d'instants ; il ne se réserva pour le complément de sa gloire que l'Histoire des Cétacés ; et, daignant nous associer à ses travaux immortels, content d'avoir le premier tracé le plan le plus vaste, d'en avoir exécuté d'une manière admirable les principales parties, d'avoir particulièrement soumis à son génie les habitants de la terre et des airs, il nous chargea de dénombrer et de décrire ceux des rivages et des eaux.

A peine eut-il disposé en notre faveur de ce noble héritage, qu'il entra dans l'immortalité.

Nous n'avions encore publié que l'Histoire des Quadrupèdes ovipares ; depuis nous avons donné celle des Serpents ; et aujourd'hui nous sommes près de finir celle des Poissons.

Avant de cesser de parler de ces habitants des fleuves et des mers aux amis des sciences naturelles, achevons d'indiquer ceux de leurs traits généraux qui méritent le plus l'attention de l'observateur.

Et d'abord, pour achever de faire connaître leur instinct, parcourons d'un coup d'œil rapide tous les piéges que l'art de l'homme sur la surface entière du globe tend à leur faiblesse, à leur inexpérience, à leur audace, à leur voracité.

La pêche a précédé la culture des champs, elle est contemporaine de la chasse. Mais il y a cette différence entre la chasse et la pêche, que cette dernière convient aux peuples les plus civilisés, et que, bien loin de s'opposer aux progrès de l'agriculture, du commerce et de l'industrie, elle en multiplie les heureux résultats.

Si, dans l'enfance des sociétés, la pêche procure à des hommes encore à demi sauvages une nourriture suffisante et salubre, si elles les accoutume à ne pas redouter l'inconstance de l'onde, si elle les rend navigateurs, elle donne aux peuples policés d'abondantes moissons pour les besoins du pauvre, des tributs variés pour le luxe du riche, des préparations recherchées pour le commerce lointain, des engrais fécondants pour les champs peu fertiles ; elle force à traverser les mers, à braver les glaces du pôle, à supporter les feux de l'équateur, à lutter contre les tempêtes ; elle lance sur l'Océan des forêts de mâts ; elle crée les marins expérimentés, les commerçants audacieux, les guerriers intrépides.

Mère de la navigation, elle s'accroît avec ce chef-d'œuvre de l'intelligence humaine. A mesure que les sciences perfectionnent l'art admirable de construire et de diriger les vaisseaux, elle multiplie ses instruments, elle étend ses filets, elle invente de nouveaux moyens de succès, elle s'attache un plus grand nombre d'hommes, elle pénètre dans les profondeurs des abîmes, elle arrache aux asiles les plus secrets, elle poursuit jusqu'aux extrémités du globe les objets de sa constante recherche : et voilà pourquoi ce n'est que depuis un petit nombre de siècles que l'homme a développé, sur tous les fleuves et sur toutes les mers, ce grand art de concerter ses plans, de réunir ses efforts, de diversifier ses attaques, de diviser ses travaux, de combiner ses opérations, de disposer du temps, de franchir les distances, et d'atteindre sa proie en maîtrisant, pour ainsi dire, les saisons, les climats, les vents déchaînés, et les ondes bouleversées.

Mais si, au lieu de suivre l'ordre chronologique des progrès de l'art de la pêche, nous voulons nous représenter ce qu'il est, nous examinerons sous des points de vue généraux ses instruments, son théâtre, ses principaux objets.

Nous pouvons diviser en quatre classes les instruments ou les moyens qu'il emploie : premièrement, ceux qui attirent les poissons par des appâts trompeurs, et les retiennent par des crochets funestes; deuxièmement, ceux avec lesquels on les surprend, les saisit et les enlève, ou avec lesquels on va au-devant de leurs légions, on les cerne, on les resserre, on les presse, on les renferme dans une enceinte dont il leur est impossible de s'échapper, ou ceux avec lesquels on attend que les courants, les marées, leurs besoins, leur natation dirigée par une sorte de rivage artificiel, les entraînent dans un espace étroit, dont l'entrée est facile et toute sortie interdite; troisièmement, les couleurs qui les blessent, les lueurs qui les trompent, les feux qui les éblouissent, les préparations qui les énervent, les odeurs qui les enivrent, les bruits qui les effraient, les traits qui les percent, les animaux exercés et dociles qui se précipitent sur eux et ne leur laissent la ressource ni de la résistance, ni de la fuite; quatrièmement, enfin, les instruments qui se composent de deux ou de plusieurs de ceux que l'on vient de voir distribués dans les classes précédentes.

Parmi les instruments de la première classe, le plus simple est cette ligne flexible au bout de laquelle un fil léger soutient un frêle hameçon caché sous un ver, sous une boulette artificielle, sous un petit fragment de substance organisée, ou sous toute autre amorce dont la forme ou l'odeur frappe l'œil ou l'odorat du poisson trop jeune, ou trop inexpérimenté, ou trop dénué d'instinct, ou trop entraîné par un appétit vorace, pour n'être pas facilement séduit. Quels souvenirs touchants cette ligne peut rappeler! Elle retrace à l'enfance ses jeux; à l'âge mûr ses loisirs; à la vieillesse ses distractions; au cœur sensible le ruisseau voisin du toit paternel; au voyageur le repos occupé des peuplades dont il a envié la douce quiétude; au philosophe l'origine de l'art.

Et bientôt l'imagination franchit les espaces et les temps elle se transporte au moment et sur les rives où ce roseau léger fait place à ces lignes flottantes ou à ces lignes de fond si longues, si ramifiées, soutenues ou enfoncées avec tant de précautions, ramenées ou relevées avec tant de soins, hérissées de tant de *haims* ou de crochets, et répandant sur un si grand espace un danger inévitable.

Dans la seconde classe paraissent les filets, soit ceux que la main d'un seul homme peut placer, soutenir, manier, avancer, déployer, jeter, replier, retirer, ou qu'on traîne, comme les *dragues* et *ganguys*, après en avoir fait des *manches*, des *poches* et des *sacs*; soit ceux qui, présentant une grande étendue, élevés à la surface de l'eau par des corps légers et flottants, maintenus dans la position la plus convenable par des poids attachés aux rangées les plus basses de leurs mailles, simples ou composés, formés d'une seule nappe ou de plusieurs réseaux parallèles, assez prolongés pour atteindre jusqu'au fond des rivières profondes, et assez longs pour barrer la largeur d'un grand fleuve, ou déployant leurs extrémités de manière à renfermer un grand espace maritime, composant une seule enceinte, ou repliés en plusieurs parcs, développés comme une immense digue, ou contournés en prisons sinueuses, sont conduits, attachés, surveillés et ramenés par une entente remarquable, par un concert soutenu, par des combinaisons habilement conçues d'un grand nombre d'hommes réunis.

A la seconde classe appartiennent encore ces asiles trompeurs faits de jonc ou d'osier, ces nasses perfides dans lesquelles le poisson égaré par la crainte, ou entraîné par le besoin, ou conduit sans précaution par le courant auquel il s'est livré, et croyant trouver une retraite semblable à celle que lui ont donnée plus d'une fois les grottes de ces rivages hospitaliers, pénètre facilement en écartant des branches rapprochées, qui ne lui présentent, lorsqu'il veut entrer, que des tiges dociles, mais qui, lui offrant lorsqu'il veut sortir des pointes enlacées, le retiennent dans une captivité que la mort seule termine.

Parmi les moyens de la troisième classe doivent être compris ces feux que l'on allumait dès le temps de Belon sur les rivages de la Propontide pour favoriser le succès des pêches de nuit; ces planches blanchâtres, vernies et luisantes, placées sur les bords de bateaux pêcheurs de la Chine, et qui, réfléchissant les rayons argentins de la lune, imitant la surface tranquille et lumineuse d'un lac, et trompant facilement par cette image les poissons qui se plaisent à s'élancer hors de l'eau, les séduisent au point qu'ils sautent d'eux-mêmes dans la barque, et, pour ainsi dire, dans la main du pêcheur en embuscade et caché; ces *fouènes* dont on perce les coryphènes chrysurus et tant d'autres osseux; ces tridents avec lesquels on harponne les redoutables habitants de la mer; ces cormorans apprivoisés dont les Chinois se servent depuis si longtemps dans leur pêche, qui saisissent avec tant d'adresse le poisson, et qu'un anneau placé autour de leur cou contraint de céder à leurs maîtres une proie presque intacte.

Les grandes pêches, si remarquables par le temps qu'elles demandent, les préparatifs qu'elles exigent, les arts qu'elles emploient, les précautions qu'elles commandent, le grand nombre de bras qu'elles mettent en mouvement, et qui donnent au commerce la morue des grands bancs, le hareng des mers boréales, le thon de la Méditerranée, et les acipensères

de la Caspienne, nous offrent de grands exemples de ces
moyens composés que l'on peut regarder comme formant une
quatrième classe.

Et tous ces moyens si variés sur quel immense théâtre ne
sont-ils pas employés par l'art perfectionné de la pêche?

Si du sommet des Cordillières, des Pyrénées, des Alpes,
de l'Atlas, des hautes montagnes de l'Asie, de toutes les
énormes chaînes de monts qui dominent sur la partie sèche
du globe, nous descendons par la pensée vers les rivages des
mers, en nous abandonnant, pour ainsi dire, au cours des
eaux qui se précipitent de ces hauteurs dans les bassins qu'entourent ces antiques montagnes, sur quel ruisseau, sur
quelle rivière, sur quel lac, sur quel fleuve ne verrons-nous
pas la ligne ou le filet assurer au pêcheur attentif la récompense de ses soins et de sa peine?

Et lorsque, parvenus à l'Océan, nous nous élèverons encore
par la pensée au-dessus de sa surface pour en embrasser un
hémisphère d'un seul coup d'œil, nous verrons depuis un
pôle jusqu'à l'autre de nombreuses escadres voguer pour les
progrès de l'industrie, l'accroissement de la population, la
force de la marine protectrice des grands États, la prospérité
générale et la renommée des empires. Ah! dans cette moisson
de bonheur et de gloire, puisse ma nation recueillir une part
digne d'elle! puisse-t-elle ne jamais oublier que la Nature en
l'entourant de mers, en faisant couler sur son territoire tant
de fleuves fécondants, en la plaçant au centre des climats les
plus favorisés par ses douces et vives influences, lui a com-
mandé dans tous les genres les plus nobles succès!

Quels prix attendent, en effet, au bout de la carrière le
pêcheur intrépide! Combien d'objets peuvent être ceux de sa
recherche, depuis les énormes poissons de dix mètres de longueur jusqu'à ceux qui par leur petitesse échappent aux
mailles les plus serrées; depuis le féroce squale, dont on
redoute encore la queue gigantesque ou la dent meurtrière
lors même qu'on est parvenu à l'entourer de chaînes pesantes, jusqu'à ces abdominaux transparents et mous qu'aucun aiguillon ne défend; depuis ces poissons rares et délicats
que le luxe paie au poids de l'or, jusqu'à ces gades, ces clu-

pées et ces cyprins si abondants, et nourriture si nécessaire
de la multitude peu fortunée ; depuis les argentines et les
ables, dont les admirables écailles donnent à la beauté opu-
lente les perles artificielles rivales de celles que la Nature fait
croître dans l'Orient, jusqu'aux espèces dont le grand volume, profondément pénétré d'un fluide abondant et visqueux, fournit cette huile qui accélère le mouvement de tant
de machines, assoupit tant de substances, et entretient dans
l'humble cabane du pauvre cette lampe sans laquelle le travail, suspendu par de trop longues nuits, ne pourrait plus
alimenter sa nombreuse famille ; depuis les poissons que l'on
ne peut consommer que très-près des parages où ils ont été
pris, jusqu'à ceux que des précautions bien entendues et des
préparations soignées conservent pendant plusieurs années
et permettent de transporter au centre des plus grands continents : depuis les salmones, dont les arêtes sont abandon-
nées dans les pays disgraciés au chien fidèle où à la vache
nourricière, jusqu'à ces gastérostées qui, répandus par myriades dans les sillons, s'y décomposent en engrais fertile ;
et enfin depuis la raie, dont la peau préparée donne cette
garniture agréable et utile connue sous le nom de *beau galuchat*, jusqu'aux acipensères, et à tant d'autres poissons
dont les membranes, séparées avec attention de toute matière
étrangère, se convertissent en cette colle qui, dans certaines
circonstances, peut remplacer les lames de verre, et que les
arts réclament du commerce dans tous les temps et dans tous
les lieux !

Mais, quelque prodigieux que doive paraître le nombre
des poissons que l'homme enlève aux fleuves et aux mers,
des millions de millions de ces animaux échappent à sa vue,
à ses instruments, à sa constance. Plusieurs de ces derniers
périssent victimes des habitants des eaux dont la force l'em-
porte sur la leur ; ils sont dévorés, engloutis, anéantis, pour
ainsi dire, ou plutôt décomposés de manière qu'il ne reste aucune trace de leur existence. Plusieurs autres cependant succombent isolément à la maladie, à la vieillesse, à des accidents
particuliers, ou meurent par troupes, empoisonnés, étouffés,
ou écrasés par les suites d'un grand bouleversement. Il arrive

quelquefois, dans ces dernières circonstances, qu'avant de
subir une altération très-marquée, leurs cadavres sont saisis
par des dépôts terreux qui les enveloppent, les recouvrent,
se durcissent, et, préservant leurs corps de tout contact
avec les éléments destructeurs, en font en quelque sorte des
momies naturelles, et les conservent pendant des siècles. Les
parties solides des poissons, et notamment les squelettes de
poissons osseux, sont plus facilement préservés de toute
décomposition par ces couches tutélaires ; et d'ailleurs ils ont
pu résister à la corruption pendant un temps bien plus long
que les autres parties de ces animaux avant le moment où ils
ont été incrustés, pour ainsi dire, dans une substance conservatrice. Ces squelettes reposent au milieu de ces sédiments
épais comme autant de témoins des révolutions éprouvées
par le fond des rivières ou des mers. Les couches qui les
renferment sont comme autant de tables sur lesquelles la Nature a écrit une partie de l'histoire du globe. Des hasards
heureux qui donnent la facilité de pénétrer jusque dans l'intérieur de la croûte de la terre, ou la main du temps qui
l'entr'ouvre et en écarte les différentes portions, font découvrir de ces tables précieuses. On connaît, par exemple, celles
que l'on a trouvées au mont Bolca, près de Vérone, non loin
du lac de Constance, et dans plusieurs autres endroits de
l'ancien et du nouveau continent. Mais en vain aurait-on
sous les yeux ces inscriptions si importantes si l'on ignorait
la langue dans laquelle elles sont écrites, si l'on ne connaissait pas le sens des signes dont elles sont composées.

Ces signes sont les formes des différentes parties qui peuvent entrer dans la charpente des poissons. C'est en effet par
la comparaison de ces formes avec celles du squelette des
poissons encore vivants dans l'eau douce ou dans l'eau salée,
et répandus sur une grande portion de la surface de la terre,
ou relégués dans des climats déterminés, que l'on pourra
voir sur ces tables antiques si l'espèce dont on examinera la
dépouille subsiste encore ou doit être présumée éteinte ; si
elle a varié dans ses attributs, ou maintenu ses propriétés ;
si elle a été exposée à des changements lents, ou brusquement attaquée par une catastrophe soudaine ; si les feux des

volcans ont joint leur violence à la puissance des inondations ;
si la température du globe a changé dans l'endroit où les
individus dont on observera les os ou les cartilages ont été en-
terrés sous des tas pesants ; ou de quelles contrées lointaines
ces individus conservés pendant tant d'années ont été entraînés par un bouleversement général jusqu'au lieu où ils
ont été abandonnés par les courants et recouverts par des
monceaux de substances ramollies.

Achevons donc d'exposer tout ce qu'il est important de
savoir sur la conformation des parties solides des poissons ;
servons ainsi ceux qui se destinent à l'étude si instructive des
poissons fossiles ; tâchons de faire pour l'histoire de la Nature
ce que font pour l'histoire civile ceux qui enseignent à bien
connaître la matière, et l'âge, et le sens des diverses médailles.

Le squelette des poissons cartilagineux, beaucoup plus
simple que la charpente des poissons osseux, a été trop souvent l'objet de notre examen, soit dans le Discours qui est à
la tête de cette Histoire, soit dans les articles particuliers de
cet ouvrage, pour que nous ne devions pas nous borner aujourd'hui à nous occuper des parties solides des poissons
osseux. Nous n'entrerons même pas dans la considération de
tous les détails relatifs à ces parties solides et osseuses. Nous
éviterons de répéter ce que nous avons déjà dit en plusieurs
endroits. Mais, pour avoir une idée plus complète de cette
charpente, nous l'observerons dans les poissons du second,
du troisième et du quatrième ordre de la seconde sous-classe,
comme dans ceux qui présentent le plus grand nombre des
parties et des formes qui appartiennent aux animaux dont
nous écrivons l'histoire.

Et cependant, pour donner plus de précision à notre pensée
et à son expression, au lieu de nous contenter d'établir des
principes généraux sur la conformation du squelette des
jugulaires et des thoracins de la première division des osseux,
c'est-à-dire des animaux du second et du troisième ordre de
cette sous-classe, faisons connaître dans chacun de ces ordres
la charpente d'une espèce remarquable.

Observons d'abord, parmi les jugulaires, l'*uranoscope rat*,
et disons ce qui compose son squelette.

Chaque côté de la mâchoire inférieure est formé de trois os ; ces deux côtés sont réunis par un cartilage, et garnis d'un seul rang de dents grandes, pointues, et séparées l'une de l'autre.

La mâchoire supérieure est plus arrondie et beaucoup moins avancée que celle de dessous ; les deux côtés de cette mâchoire d'en haut sont hérissés de plusieurs rangs de dents petites, presque égales, et crochues.

Un os triangulaire et allongé règne au-dessus et un peu en arrière de chacun des côtés de la mâchoire supérieure.

L'os du palais présente plusieurs rangées de dents crochues et petites. Il se divise en deux branches qui imitent une seconde mâchoire supérieure. Il se réunit aux os auxquels les opercules sont attachés.

A la base de l'os du palais, on voit deux éminences un peu lenticulaires garnies de plusieurs dents courtes et courbées en arrière. Ces deux éminences touchent les os qui soutiennent les arcs des branchies.

Les orbites sont placées sur le sommet de la tête de chaque côté d'une faussette qui reçoit deux branches horizontales de la mâchoire supérieure.

La partie supérieure de la tête est d'ailleurs d'une seule pièce dans les individus qui ont atteint un certain degré de développement.

Les arcs des trois branchies extérieures sont composés de deux pièces. Ceux de la droite se réunissent en formant un angle aigu avec ceux de la gauche dans l'intérieur de la mâchoire inférieure.

Au-dessus du sommet de cet angle aigu on aperçoit deux lames osseuses, triangulaires, réunies par devant, transparentes dans leur milieu, étroites vers leurs extrémités ; inclinées et étendues jusqu'au-dessous des opercules.

Ces lames soutiennent les rayons de la membrane branchiale, qui sont simples, sans articulation, et au nombre de cinq ou six de chaque côté.

Chaque opercule est de deux pièces : la première montre quatre pointes vers le bas ; et la seconde en présente une.

L'opercule bat sur la clavicule.

La clavicule s'étend obliquement depuis la partie supérieure et postérieure de la seconde pièce de l'opercule jusqu'au-dessous des os qui soutiennent les arcs osseux des branchies. Elle s'y réunit sous un angle aigu avec la clavicule du côté opposé, à peu près au-dessous du bord antérieur de la mâchoire supérieure.

Le bout postérieur de la clavicule se termine par une épine longue, forte, sillonnée, et tournée vers la queue.

A la base de cette épine, la clavicule s'attache à la partie postérieure du crâne par deux osselets.

On remarque derrière la clavicule deux pièces, l'une placée en bas et presque droite, l'autre située en arrière et courbée.

Ces deux pièces, dont la séparation disparaît avec l'âge de l'individu, forment avec la clavicule une sorte de triangle curviligne.

Une lame cartilagineuse, transparente, et dans le haut de laquelle on voit un trou de la grandeur de l'orbite, occupe le milieu de ce triangle, dont la pièce courbée soutient la nageoire pectorale.

La base des nageoires jugulaires est placée presque au-dessous des yeux.

Les ailerons de ces nageoires, très-minces et transparents, se réunissent de manière à représenter une sorte de *nacelle* placée obliquement de haut en bas et d'avant en arrière. Cette *nacelle* a sa concavité tournée du côté de la tête, et sa *proue* touche à l'angle formé près du museau par la réunion des arcs osseux des branchies.

Faisons attention à cette position des ailerons : elle est un des caractères les plus distinctifs des ordres de poissons jugulaires.

La *poupe* de cette même *nacelle*, à laquelle les nageoires jugulaires sont attachées, offre une épine forte, sillonnée, presque semblable à celle des clavicules, et dont l'extrémité aboutit auprès de l'angle produit par la réunion de ces deux derniers os.

Le derrière de la tête montre une lame mince et tranchante, et cette lame est découpée de manière à finir par une pointe qui s'attache à l'apophyse supérieure de la première vertèbre.

Cette vertèbre et la seconde sont dénuées de côtes. Les neuf vertèbres suivantes ont chacune une côte double de chaque côté.

Sur la troisième, quatrième et cinquième vertèbre, chaque côte double est placée au-dessus de l'apophyse transverse, et à une distance d'autant plus grande de cette apophyse qu'elle est plus près de la tête.

Les douzième, treizième, quatorzième, quinzième et seizième vertèbres n'ont que des apophyses transverses extrêmement petites : mais elles offrent une apophyse inférieure, et, quoiqu'elles soient situées au-delà de l'anus, chacun de leurs côtés est garni d'une côte simple, plus courte, à la vérité, que les côtes doubles.

La dix-septième vertèbre et les suivantes, jusqu'à la dernière, qui est la vingt-cinquième, n'ont ni côtes, ni apophyses transverses.

Maintenant, ayons sous nos yeux le squelette des poissons *thoracins*.

Voici celui de la *scorpène horrible*.

Trois os forment chacun des côtés de la mâchoire inférieure. Ces côtés sont réunis par un cartilage, et garnis de dents très-petites, aiguës, et rapprochées.

La mâchoire supérieure, beaucoup moins avancée que celle d'en bas, plus arrondie que cette dernière, est d'ailleurs hérissée de dents semblables à celles de la mâchoire inférieure.

Dans l'angle formé par chacune des deux branches de la mâchoire d'en haut et le côté qui lui correspond, on découvre un petit os lenticulaire ou à peu près.

Ces deux branches, inclinées en arrière et vers le bas, pénètrent jusqu'à une cavité arrondie creusée dans l'os frontal, et dont le haut des parois est bizarrement plissé.

Un os allongé et triangulaire est appliqué au-dessus et un peu en arrière de chaque côté de la mâchoire supérieure. Il aboutit au petit os lenticulaire dont nous venons de parler.

L'os du palais se divise en deux branches qui ressemblent à une seconde mâchoire supérieure que la première entourerait.

Ces branches ne sont cependant garnies d'aucune dent : chacune se réunit à l'os latéral auquel l'opercule est attaché.

A la base de l'os du palais paraissent deux éminences osseuses, ovales, presque lenticulaires, hérissées de dents petites et recourbées en arrière. Ces éminences touchent les os qui s'unissent aux arcs des branchies.

L'orbite est placée près du sommet de la tête auprès de la fossette du milieu, et ses bords relevés diminuent le champ de la vue.

L'os de la pommette, un peu triangulaire et très-plissé, présente plusieurs crêtes. Son angle le plus aigu aboutit à un petit os placé entre l'orbite et l'os triangulaire et latéral de la mâchoire supérieure.

Ce petit os représente une étoile à cinq ou six rayons relevés en arête.

La partie supérieure et postérieure de la tête est rehaussée par deux crêtes hautes et plissées, placées obliquement, et qui forment trois cavités, l'une postérieure et les autres latérales.

Les arcs des trois branchies extérieures d'un côté se réunissent, dans l'intérieur de la mâchoire d'en bas, avec les arcs analogues de l'autre côté. Deux pièces composent chacun de ces arcs.

Au-dessous du sommet de l'angle aigu que forment ces six arcs, on voit deux lames osseuses qui se séparent et s'étendent jusqu'aux opercules. Un os *hyoïde*, échancré de chaque côté, est placé au-dessus de l'endroit où ces lames sont jointes; et un osselet aplati, découpé en losange et presque vertical, est situé au-dessous de ce même endroit.

Ces lames soutiennent les rayons de la membrane des branchies. Ces rayons sont au nombre de cinq ou six, et leur contexture n'offre pas d'articulation.

Deux pièces forment chaque opercule. On compte cinq pointes sur la première et trois sur la seconde.

L'opercule bat sur la clavicule; qui se réunit avec la clavicule opposée au-dessous des os qui soutiennent les arcs des branchies, et à peu près au-dessous du bord antérieur de la mâchoire supérieure.

Un os terminé par une petite épine, une apophyse aplatie et un peu arrondie, et un os aplati et plissé, font communiquer la clavicule avec la partie postérieure et latérale du crâne.

Au-dessous et au-delà de la clavicule, on trouve une pièce étroite, et ensuite une autre pièce large, mince, un peu arrondie, qui montre dans son milieu plusieurs parties ovales, vides, ou très-transparentes et cartilagineuses, et qui sert à maintenir la nageoire pectorale.

Mais voici le caractère le plus distinctif des thoracins.

La base des nageoires thoracines est placée au-dessous de la partie postérieure du crâne.

Leurs ailerons sont très-minces et transparents. La *nacelle* que forme leur réunion est placée obliquement de haut en bas, et d'avant en arrière.

La *proue de la nacelle* est bien moins avancée que dans les poissons jugulaires.

Au lieu de toucher à l'angle formé par la réunion des arcs des branchies, elle aboutit seulement à l'angle que produit la jonction des deux clavicules.

Les apophyses supérieures de l'épine du dos sont très-élevées.

Les cinq premières vertèbres n'ont que des apophyses transverses à peine sensibles ; les autres vertèbres n'en offrent point. Mais dès la sixième vertèbre les apophyses inférieures vont en s'allongeant jusqu'auprès de la nageoire de l'anus. Aussi des neuf côtes que l'on voit de chaque côté, chacune des quatre dernières est-elle attachée à l'extrémité de l'apophyse inférieure qui lui correspond et qui est double.

Avant de cesser de nous occuper de la charpente des thoracins, indiquons une articulation d'une nature particulière qui avait échappé à tous ceux qui avaient traité de l'ostéologie, et que nous avions découverte et exposée dans nos cours publics au Muséum national d'histoire naturelle, dès l'année 1794.

On peut la nommer *articulation à chaînette.*

Elle est en effet composée de deux anneaux osseux et complets dont l'un joue dans l'autre, comme l'anneau d'une chaîne se meut dans l'anneau voisin qui le retient.

Il est aisé à tous ceux qui se sont occupés d'ostéologie de voir que, par une suite de cette construction, l'anneau qui se remue dans l'autre a dû se développer d'une manière particulière qui peut jeter un nouveau jour sur la question générale de l'accroissement des pièces osseuses.

Cette articulation appartient à des os d'un décimètre ou environ de longueur que l'on a remarqués depuis longtemps dans plusieurs grandes collections d'histoire naturelle, qui ont un rapport très-vague avec une tête aplatie, un peu arrondie, et terminée par un bec long et courbé, et qui ont souvent reçu le nom d'*os de la joue d'un grand poisson*.

Nous avons trouvé que ces os n'étaient que de grands ailerons propres à soutenir les premiers rayons, les rayons aiguillonnés de la nageoire de l'anus dans plusieurs thoracins, et notamment dans quelques *chétodons*, dans quelques *acanthinions*, et dans quelques *acanthures*.

La portion inférieure de l'aileron qui montre une articulation à chaînette est grande, très-comprimée, arrondie par le bas, par le devant et par le haut. Cette portion un peu sphéroïdale se termine, dans le haut de son côté postérieur, par une apophyse deux fois plus longue que le sphéroïde aplati, très-déliée, très-étroite, convexe par devant, un peu aplatie par derrière, comprimée à son extrémité, et qui s'élève presque verticalement.

Le sphéroïde aplati et irrégulier présente des sillons et des arêtes qui convergent vers la partie la plus basse; et c'est dans cette partie la plus basse, située presque au-dessous de la longue apophyse, que l'on découvre deux véritables anneaux.

Chacun de ces anneaux retient un des deux premiers rayons aiguillonnés de la nageoire de l'anus, dont la base percée forme elle-même un autre anneau engagé dans l'un de ceux du sphéroïde aplati.

Cependant que nous reste-t-il à dire au sujet du squelette des poissons?

Dans plusieurs de ces animaux, comme dans l'*anarhique*

loup, qui est *apode*, et dans l'*ésoce brochet*, qui est *abdominal,* le devant du crâne n'est qu'un espace vide par lequel passent les nerfs olfactifs (1).

Dans d'autres poissons, tels que les raies et les squales, ces mêmes nerfs sortent de l'intérieur du crâne par deux trous éloignés l'un de l'autre.

Les fosses nasales des *raies*, des *squales*, des *trigles*, et de plusieurs autres poissons, sont osseuses ; celles de beaucoup d'autres sont en partie osseuses et en partie membraneuses.

Le bord inférieur de l'orbite, au lieu d'être composé d'une seule pièce, est formé dans quelques poissons par plusieurs osselets articulés les uns avec les autres, ou suspendus par des ligaments.

Le tubercule placé au-dessous du trou occipital, et par lequel l'occiput s'attache à la colonne vertébrale dans le plus grand nombre de poissons, s'articule avec cette colonne par le moyen de cartilages, et par des surfaces telles que le mouvement de la tête sur l'épine dorsale est extrêmement borné dans tous les sens.

Chaque vertèbre de poisson présente, du côté de la tête et du côté de la queue, une cavité conique, qui se réunit avec celle de la vertèbre voisine.

Il résulte de cette forme et de cette position que la colonne dorsale renferme une suite de cavités dont la figure ressemble à celle de deux cônes opposés par leur base.

Ces cavités communiquent les unes avec les autres par un très-petit trou placé au sommet de chaque cône, au moins dans un grand nombre d'espèces. Leur série forme alors ce tuyau alternativement large et resserré dont nous avons parlé dans le premier Discours de cette Histoire.

Les apophyses épineuses supérieures et inférieures sont très-longues dans les poissons très-comprimés, comme les *chétodons*, les *zées*, les *pleuronectes*.

---

(1) Tout le monde sait combien notre savant collègue et excellent ami M. Cuvier a répandu de lumières nouvelles sur les organes intérieurs des poissons, et particulièrement sur les parties solides de ces animaux. Que l'on consulte ses *Leçons d'anatomie comparée.*

La dernière vertèbre de la queue est le plus souvent triangulaire, très-comprimée, et s'attache à la caudale par des facettes articulaires dont le nombre correspond à celui des rayons de cette nageoire.

La cavité abdominale est communément terminée par l'apophyse inférieure de la première vertèbre de la queue. Cette apophyse est souvent remarquable par ses formes presque toujours très-grandes, et quelquefois terminée par un aiguillon qui paraît en dehors.

Dans les abdominaux, les ailerons des nageoires ventrales, que l'on a nommés *os du bassin*, ne s'articulent avec aucune portion de la charpente osseuse de la tête, ni des clavicules, ni de l'épine du dos.

Ils sont, ou séparés l'un de l'autre et maintenus par des ligaments, ou soudés et quelquefois épineux par devant, comme dans quelques *silures;* ou réunis en une seule pièce échancrée par derrière, comme dans les *loricaires;* ou larges, triangulaires, et écartés par leur extrémité postérieure qui soutient la ventrale, comme dans l'*ésoce brochet;* ou très-petits et rapprochés, comme dans la *clupée hareng;* ou allongés et contigus par derrière, comme dans le *cyprin carpe.*

Craignons cependant de fatiguer l'attention de ceux qui cultivent l'histoire naturelle, et poursuivons notre route vers le but auquel nous tendons depuis si longtemps, et que maintenant nous sommes près d'atteindre.

En cherchant dans le premier Discours de cet ouvrage à réunir dans un seul tableau les traits généraux qui appartiennent à tous les poissons, nous avons été obligés de laisser quelques-uns de ces traits faiblement prononcés : tâchons de leur donner plus de force et de vivacité.

On peut se souvenir que nous avons exposé dans ce Discours quelques conjectures sur la respiration des poissons. Nous y avons dit qu'il n'était pas invraisemblable de supposer que les branchies des poissons décomposent l'eau, comme les poumons des mammifères et des oiseaux décomposent l'air.

Nous avons ajouté que, lors de cette décomposition, l'*oxygène*, l'un des deux éléments de l'eau, se combinait avec le sang des poissons pour entretenir les qualités et la circulation

de ce fluide, et que l'autre élément, le gaz inflammable ou
hydrogène, s'échappait dans l'eau et ensuite dans l'atmosphère,
ou, dans certaines circonstances, parvenait par l'œsophage et
l'estomac jusqu'à la vessie natatoire, la gonflait, et, augmen-
tant la légèreté spécifique de l'animal, facilitait sa natation.
Nous avons parlé, à l'appui de cette opinion, du gaz inflammable que nous avions trouvé dans la vessie natatoire de
quelques *tanches*.

Une conséquence de cette conjecture est que les poissons
doivent vivre dans l'eau qui contient le moins d'air atmosphérique répandu entre ses molécules.

M. Buniva, président du conseil supérieur de santé à Tu-
rin, vient de publier un mémoire dans lequel il rapporte des
expériences qui prouvent la vérité de cette conséquence.

Ce savant physicien annonce que des *cyprins tanches*, et
par conséquent des individus de l'espèce de poissons dont la
vessie natatoire nous a présenté de l'hydrogène, ont été mis
dans une eau que l'on avait fait bouillir pendant une demi-
heure et qui s'était refroidie sans contact avec l'air atmosphérique, et qu'ils y ont vécu aussi bien que dans de l'eau du Pô
bien aérée.

Cette faculté qu'ont les branchies de décomposer l'eau rend
plus probable la vertu que nous avons attribuée à plusieurs
autres organes intérieurs des poissons, et par le moyen de
laquelle ces animaux peuvent altérer ce fluide, le décomposer,
se l'assimiler, et s'en nourrir.

Ces derniers faits sont d'ailleurs prouvés par l'expérience.
On sait que l'on peut faire vivre pendant longtemps des individus de plusieurs espèces de poissons en les tenant dans des
vases dont on renouvelle l'eau avant que des exhalaisons mal-
faisantes l'aient corrompue, et cependant sans leur donner
aucun autre aliment.

A la vérité, M. Buniva nous apprend, dans son mémoire,
que ces animalcules si difficiles à voir même avec une loupe,
que l'on nomme *infusoires*, et qui pullulent dans presque
toutes les eaux, servent à la nourriture des poissons. Mais les
faits suivants, dont nous devons la connaissance à cet habile
naturaliste, ne prouvent-ils pas l'action directe et immédiate

de l'eau sur les organes digestifs et sur la nutrition des espèces dont nous achevons d'écrire l'histoire?

Une dissolution de certaines substances salines dans l'eau qui renferme des poissons altère et détruit les couleurs brillantes de ces animaux.

Et de plus, une quantité de soufre mise dans quarante-huit fois son poids d'une eau assez imprégnée de gaz funestes pour faire périr des poissons, conserve leur vie en neutralisant ces gaz.

Nous avons vu aussi dans le premier Discours, que les poissons supportaient sans mourir le froid des contrées polaires, qu'ils s'y engourdissaient sous la glace, qu'ils y passaient l'hiver dans une torpeur profonde, et qu'au retour du printemps ils étaient rappelés à la vie par la douce influence de la chaleur du soleil, après que la fonte des glaces avait ouvert leur prison. Quelque violent que soit le froid, ils peuvent résister à ses effets, pourvu qu'il ne se fasse sentir que par degrés, qu'il ne s'accroisse que lentement, et qu'il n'arrive que par des nuances très-nombreuses à toute son intensité.

Mais M. Buniva nous dit, dans son important mémoire, qu'un refroidissement subit et violent, tel que celui qu'on opère par un mélange de glace et de muriate calcaire, donne la mort aux poissons qui en éprouvent l'attaque forte et soudaine.

C'est une grande preuve des suites funestes que tout changement brusque doit avoir dans les corps organisés. En effet, la chaleur naturelle des poissons, bien loin de s'élever à plus de trente degrés, comme celle de l'homme, des mammifères, et des oiseaux, n'est que de deux ou trois degrés au-dessus de celui de la congélation. Lorsqu'un poisson est exposé subitement à un refroidissement très-grand, la température de ses organes intérieurs parcourt, pour arriver à un froid extrême, une échelle bien plus courte que celle qu'est forcée de parcourir la température d'un mammifère ou d'un oiseau placé dans les mêmes circonstances; et cependant il ne peut résister aux modifications qu'il ressent, il succombe sous l'action précipitée qu'il éprouve; il est détruit, pour ainsi dire, en même temps qu'attaqué.

Quand l'homme écoutera-t-il donc les leçons que la Nature lui donne de tous côtés? Quand ses passions lui permettront-elles de voir qu'en tout les commotions rapides, renversent, brisent, anéantissent, et que les mouvements ordonnés, les accélérations graduées, les changements amenés par de longues séries de variations insensibles, sont les seuls qui produisent, développent, perfectionnent et fécondent?

Nous avons eu sous les yeux de grands exemples de cette importante vérité dans tout le cours de cet ouvrage.

Soit que nous ayions examiné les propriétés dont jouissent les différentes espèces de poissons (1), et que, pour mieux les connaître, nous ayons comparé ces qualités aux attributs des oiseaux, soit qu'abandonnant le présent, et nous élançant dans l'avenir et dans le passé, nous ayions porté un œil curieux sur les modifications que ces espèces ont subies, et sur celles qu'elles subiront encore, nous avons toujours vu la Nature nuancer son action ainsi que ses ouvrages, user de la durée comme du premier instrument de sa puissance, ne pas laisser plus d'intervalle entre les actes successifs de sa force créatrice qu'entre les admirables produits de cette force souveraine, graduer les temps comme les choses, et appliquer ainsi à toutes les manifestations de son pouvoir, comme à tous les modes de la matière, le signe éclatant de son essence merveilleuse.

Mais il est temps de terminer ce Discours : peut-être est-ce le dernier que j'adresse aux amis des sciences naturelles. Trente ans j'ai travaillé pour leurs progrès. Le coup affreux qui m'a frappé lorsque la mort m'a enlevé une épouse accomplie a marqué près de moi la fin de ma carrière. Tant que je serai condamné à supporter un malheur sans espoir, je m'efforcerai de consacrer quelque monument à la science; mais le fardeau de la vie pèsera trop sur ma tête infortunée pour ne pas amener bientôt la fin de ma douleur. Des naturalistes plus favorisés que moi peindront d'une manière digne de la Nature les immenses tableaux et les grandes catastrophes dont je n'ai pu donner qu'une faible idée. Qu'ils daignent se souvenir que ma voix aura prédit leurs succès immortels, et qu'ils chérissent ma mémoire !

(1) *Discours sur la nature des poissons.*

DES EFFETS

DE L'ART DE L'HOMME

SUR LA NATURE DES POISSONS.

C'EST un beau spectacle que celui de l'intelligence humaine, disposant des forces de la Nature, les divisant, les réunissant, les combinant, les dirigeant à son gré, et par l'usage habile que l'expérience et l'observation lui en ont appris, modifiant les substances, transformant les êtres, et rivalisant, pour ainsi dire, avec la puissance créatrice.

L'amour-propre, l'intérêt, le sentiment et la raison applaudissent surtout à ce noble spectacle, lorsqu'il nous montre le génie de l'homme exerçant son empire, non-seulement sur la matière brute qui ne lui résiste que par sa masse, ou ne lui oppose que ce pouvoir des affinités qu'il lui suffit de connaître pour le maîtriser, mais encore sur la matière organisée et vive, sur les corps animés, sur les êtres sensibles, sur les propriétés des espèces, sur ces attributs intérieurs, ces facultés secrètes, ces qualités profondes qu'il domine, sans même parvenir à dévoiler leur essence.

De quelques êtres organisés et vivants que l'on veuille dessiner l'image, on voit presque toujours sur quelques-uns de leurs traits l'empreinte de l'art de l'homme.

Sans doute l'histoire de son industrie n'est pas celle de la Nature ; mais comment ne pas en écrire quelques pages, lorsque le récit de ses procédés nous montre jusqu'à quel point la Nature peut être contrainte à agir sur elle-même, et que cette puissance admirable de l'homme s'applique à des objets d'une haute importance pour le bonheur public et pour la félicité privée ?

Parmi ces objets si dignes de l'attention de l'économe privé et de l'économe public, comptons, avec les sages de l'antiquité, ou, pour mieux dire, avec ceux de tous les siècles qui ont le plus réuni l'amour de l'humanité à la connaissance des productions de la Nature, la possession des poissons les plus analogues aux besoins de l'homme.

Deux grands moyens peuvent procurer ces poissons que l'on a toujours recherchés, mais auxquels, dans certains siècles et dans certaines contrées, on a attaché un si grand prix.

Le premier de ces moyens, résultat remarquable du perfectionnement de la navigation, multipliant chaque jour le nombre des marins audacieux, et accroissant les progrès de l'admirable industrie sans laquelle il n'aurait pas existé, obtiendra toujours les plus grands encouragements des chefs des nations éclairées : il consiste dans ces grandes pêches auxquelles des hommes entreprenants et expérimentés vont se livrer sur des mers lointaines et orageuses.

Mais l'usage de ce moyen, limité par les vents, les courants et les frimas, et troublé fréquemment par les innombrables accidents de l'atmosphère et des mers, exige sans cesse une association constante, prévoyante et puissante, une réunion difficile d'instruments variés, une sorte d'alliance entre un grand nombre d'hommes que l'on ne peut rencontrer que très-rarement et rapprocher qu'avec peine. Il ne donne à nos ateliers qu'une partie des produits que l'on pourrait retirer des animaux poursuivis dans ces pêches éloignées et fameuses, et ne procure pour la nourriture de l'homme que des préparations peu substantielles, peu agréables, ou peu salubres.

Le second moyen convient à tous les temps, à tous les

lieux, à tous les hommes. Il ne demande que peu de précautions, que peu d'efforts, que peu d'instants, que peu de dépenses. Il ne commande aucune absence du séjour que l'on affectionne, aucune interruption de ses habitudes, aucune suspension de ses affaires; il se montre avec l'apparence d'un amusement varié, d'une distraction agréable, d'un jeu plutôt que d'un travail; et cette apparence n'est pas trompeuse. Il doit plaire à tous les âges; il ne peut être étranger à aucune condition. Il se compose des soins par lesquels on parvient aisément à transporter dans les eaux que l'on veut rendre fertiles les poissons que nos goûts ou nos besoins réclament, à les y acclimater, à les y conserver, à les y multiplier, à les y améliorer.

Nous traiterons des grandes pêches dans un Discours particulier (1).

Occupons-nous dans celui-ci de cet ensemble de soins qui nous rappelle ceux que les Xénophon, les Oppien, les Varron, les Ovide, les Columelle, les Ausone, se plaisaient à proposer aux deux peuples les plus illustres de l'antiquité, que la sagesse de leurs préceptes, le charme de leur éloquence, la beauté de leur poésie et l'autorité de leur renommée inspiraient avec tant de facilité aux Grecs et aux Romains, et qui étaient en très-grand honneur chez ces vainqueurs de l'Asie et de l'Europe, que la gloire avait couronnés de tant de lauriers.

L'homme d'État doit les encourager, comme une seconde agriculture : l'homme des champs doit les adopter, comme une nouvelle source de richesses et de plaisirs.

En rendant en effet les eaux plus productives que la terre, en répandant les semences d'une abondante et utile récolte, dans tous les lacs, dans les rivières, dans les ruisseaux, dans tous les endroits que la plus faible source arrose, ou qui conservent sur leur surface le produit des rosées et des pluies, ces soins que nous allons tâcher d'indiquer n'augmenteraient-ils pas beaucoup cette surface fertile et nourricière du globe, de laquelle nous tirons nos véritables trésors? et l'accroisse-

_____

(1) La nature du sujet nous a fait placer le *Discours sur la pêche* avant celui-ci.

ment que nous devrons à ces procédés simples et peu nombreux ne sera-t-il pas d'autant plus considérable, que ces eaux
dans lesquelles on portera, entretiendra et multipliera le mouvement et la vie, offriront une profondeur bien plus grande
que la couche sèche fécondée par la charrue, et à laquelle nous
confions les graines des végétaux précieux?

Et dans ces moments de loisirs, lorsque l'ami de la Nature
et des champs portera ses espérances, ses souvenirs, ses
douces rêveries, sa mélancolie même, sur les rives des lacs,
des ruisseaux ou des fontaines, et que, mollement étendu sur
une herbe fleurie, à l'ombre d'arbres élevés et touffus, il goû-
tera cette sorte d'extase, cette quiétude touchante, cette volupté
du repos, cet abandon de toute idée trop forte, cette absence
de toute affection trop vive, dont le charme est si grand pour
une âme sensible, n'éprouvera-t-il pas une jouissance d'autant
plus douce qu'il aura sous ses yeux, au lieu d'une onde sté-
rile, déserte, inanimée, des eaux vivifiées, pour ainsi dire,
et embellies par la légèreté des formes, la vivacité des couleurs, la variété des jeux, la rapidité des évolutions?

Voyons donc comment on peut transporter, acclimater, multiplier, perfectionner les poissons; ou, ce qui est la même
chose, montrons comment l'art modifie leur nature.

Tâchons d'éclairer la route élevée du physiologiste par les
lumières de l'expérience, et de diriger l'expérience par les
vues du physiologiste.

Disons d'abord comment on transporte les poissons d'une
eau dans une autre.

De toutes les saisons, la plus favorable au transport de ces
animaux est l'hiver, à moins que le froid ne soit très-rigou-
reux. Le printemps et l'automne le sont beaucoup moins que
la saison des frimas; mais il faut toujours les préférer à l'été.
La chaleur aurait bientôt fait périr des individus accoutumés
à une température assez douce; et d'ailleurs ils ne résiste-
raient pas à l'influence funeste des orages qui règnent si fréquemment pendant l'été.

C'est en effet un beau sujet d'observation pour le physicien,
que l'action de l'électricité de l'atmosphère sur les habitants
des eaux; action à laquelle ils sont soumis non-seulement lors-

qu'on les force à changer de séjour, mais encore lorsqu'ils vivent indépendants dans de larges fleuves, ou dans des lacs immenses, dont la profondeur ne peut les dérober à la puissance de ce feu électrique.

Il ne faut exposer au danger du transport que des poissons assez forts pour résister à la fatigue, à la contrainte, et aux autres inconvénients de leur voyage. A un an, ces animaux seraient encore trop jeunes; l'âge le plus convenable pour les faire passer d'une eau dans une autre, est celui de trois ou quatre ans.

On ne remplira pas entièrement d'eau les tonneaux dans lesquels on les renfermera. Sans cette précaution, les poissons, montant avec rapidité vers la surface de l'eau, blesseraient leur tête contre la partie supérieure du vaisseau dans lequel ils seront placés. Ces tonneaux devront d'ailleurs présenter un assez grand espace. Bloch, qui a écrit des observations très-utiles sur l'art d'élever les animaux dont nous nous occupons, demande qu'un tonneau destiné à transporter des poissons du poids de cinquante kilogrammes (cent livres, ou à peu près) contienne trois cent vingt litres ou pintes d'eau.

Il est même nécessaire que vers la fin du printemps, ou au commencement de l'automne, c'est-à-dire, lorsque la chaleur est vive au moins pendant plusieurs heures du jour, cette quantité d'eau soit plus grande, et souvent double; et, quelle que soit la température de l'air, il faut qu'il y ait toujours une communication libre entre l'atmosphère et l'intérieur du tonneau, soit pour procurer aux poissons, suivant l'opinion de quelques physiciens, l'air qui peut leur être nécessaire, soit pour laisser échapper les miasmes malfaisants et les gaz funestes qui, ainsi que nous l'avons déjà dit dans cette histoire, se forment en abondance dans tous les endroits où les habitants des eaux sont réunis en très-grand nombre, même lorsque la chaleur n'est pas très-forte, et leur donnent la mort souvent dans un espace de temps extrêmement court.

Mais comme ces soupiraux si nécessaires aux poissons que l'on fait voyager pourraient, s'ils étaient faits sans attention, laisser à l'eau des mouvements trop libres et trop violents qui la feraient jaillir, pousseraient les poissons les uns contre les

autres, les froisseraient et les blesseraient mortellement, il
sera bon de suivre à cet égard, les conseils de Bloch, qui
recommande de prévenir la trop grande agitation de l'eau par
une couronne de paille ou de petites planches minces intro-
duites dans le tonneau ou en adaptant à l'orifice qu'on laisse
ouvert un tuyau un peu long, terminé en pointe, et percé vers
le haut de plusieurs trous qui établissent une communication
suffisante entre l'air extérieur et l'intérieur du vaisseau.

Toutes les fois que la distance le permettra, on emploiera
aussi des bêtes de somme tranquilles, ou même des porteurs
attentifs, plutôt que des voitures exposées à des cahots rudes
et à des secousses brusques et fréquentes.

On prendra encore d'autres précautions, suivant les circonstances dans lesquelles on se trouvera, et les espèces
dont on voudra porter des individus vivants à un assez grand
éloignement de leur premier séjour.

Si l'on veut par exemple, conserver en vie, malgré un long
trajet, des truites, des loches, ou d'autres poissons qui périssent facilement, et qui se plaisent au milieu d'une eau courante, on change souvent celle du tonneau dans lequel on les
renferme, et on ne cesse de communiquer à celle dans laquelle on les tient plongés un mouvement doux, mais sensible, qui subsiste lors même que la voiture qui les porte
s'arrête, et qui, bien inférieur à une agitation dangereuse, représente les courants naturels des rivières ou des ruisseaux.

Pour peu que l'on craigne les effets de la chaleur, on voya-
gera la nuit ; et l'on évitera avec le plus grand soin, en ma-
niant les poissons, de les presser, de les froisser, de les
heurter.

On ne les laissera hors de l'eau que pendant le temps le
plus court possible, surtout lorsqu'un soleil sans nuages
pourrait, en desséchant promptement leurs organes et particulièrement leurs branchies, les faire périr très-promptement.
Cependant, lorsque le temps sera froid, on pourra transporter
des anguilles, des carpes, des brèmes et d'autres poissons
qui vivent assez longtemps hors de l'eau, sans employer ni
tonneau ni voiture, en les enveloppant dans de la neige et
dans des feuilles grandes, épaisses et fraîches, telles que

celles du chou ou de la laitue. Un moyen presque semblable a réussi sur des brèmes que l'on a portées vivantes à plus de dix myriamètres (vingt lieues). On les avait entourées de neige, et on avait mis dans leur bouche un morceau de pain trempé dans de l'eau-de-vie.

C'est avec des précautions analogues que dès le seizième siècle on a répandu, dans plusieurs contrées de l'Europe, des espèces précieuses de poissons, dont on y était privé. C'est en les employant, qu'il paraît que Maschal a introduit la carpe en Angleterre en 1514, que Pierre Oxe l'a donnée au Danemarck en 1550 ; qu'à une époque plus rapprochée on a naturalisé l'*acipensère strelet*, en Suède, ainsi qu'en Poméranie, et qu'on a peuplé de *cyprins dorés* de la Chine les eaux non-seulement de France, mais encore d'Angleterre, de Hollande et d'Allemagne.

Mais il est un procédé par le moyen duquel on parvient à son but avec bien plus de sûreté, de facilité et d'économie, quoique beaucoup plus lentement.

Il consiste à transporter le poisson, non pas développé et parvenu à une taille plus ou moins grande, mais encore dans l'état d'embryon et renfermé dans son œuf. Pour réussir plus aisément, on prend les herbes ou les pierres sur lesquelles les femelles ont déposé leurs œufs, et on les porte dans un vase plein d'eau, jusqu'au lac, à l'étang, à la rivière, ou au bassin que l'on désire de peupler. On apprend facilement à distinguer les œufs fécondés. Ils paraissent toujours plus jaunes, plus clairs, plus diaphanes. On remarque cette différence dès le premier jour de leur fécondation, si l'on se sert d'une loupe ; et dès le troisième ou le quatrième jour on n'a plus besoin de cet instrument pour voir que ceux qui n'ont pas été fécondés deviennent à chaque instant plus troubles, plus opaques, plus ternes : ils perdent tout leur éclat, s'altèrent, se décomposent ; et dans cet état de demi-putréfaction, ils ont été comparés à de petits grains de grêle qui commencent à se fondre.

Pour pouvoir employer ce transport des œufs fécondés d'une eau dans une autre, il faudra s'attacher à connaître dans chaque pays le véritable temps de la ponte de chaque espèce : et comme dans presque toutes les espèces de poissons on compte trois ou quatre époques du frai, les jeunes individus pondant leurs œufs plus tard que les femelles plus avancées en âge, et celles-ci plus tard que d'autres femelles plus âgées encore; que ces époques sont ordinairement séparées par un intervalle de neuf ou dix jours, et que d'ailleurs il s'écoule toujours au moins près de neuf jours entre l'instant de la fécondation et celui où le fœtus brise sa coque et vient à la lumière, on pourra chaque année, pendant un mois ou environ, chercher avec succès des œufs fécondés de l'espèce qu'on voudra introduire dans une eau qui ne l'aura pas encore nourrie.

Si le trajet est long, on change souvent l'eau du vase dans lequel les œufs sont transportés. Cette précaution a paru nécessaire même dans les premiers jours de la ponte, où l'embryon contenu dans l'œuf ne peut être supposé respirer en aucune manière, puisque, dans ces premiers jours, non-seulement le petit animal est renfermé dans ses enveloppes et dans la membrane qui entoure l'œuf, mais encore montre au microscope le cours de son sang, dirigé de manière à circuler sans passer par des branchies qui ne sont ni développées ni visibles. Elle ne sert donc dans ce premier temps qu'à préserver les œufs et les embryons de l'action des gaz ou miasmes qui se produiraient dans une eau que l'on ne renouvellerait pas, et qui, pénétrant au travers de la membrane de l'œuf, agiraient d'une manière funeste sur les nerfs ou sur d'autres organes encore extrêmement délicats des jeunes poissons. La nécessité de ce changement d'eau est donc une nouvelle preuve de ce que nous avons dit dans ce Discours, et dans celui que nous avons publié sur la *Nature des poissons*, au sujet du besoin que l'on a pour conserver ces animaux en vie, d'entretenir une communication très-libre entre l'atmosphère et le fluide dans lequel ils sont plongés.

On favorise le développement de l'œuf et la sortie du fœtus en les plaçant après le transport dans un endroit éclairé par le soleil. On les hâte même par cette attention; et Bloch nous apprend, dans l'*Introduction* que nous avons déjà citée, qu'ayant fait quatre paquets d'herbes chargées d'œufs de la même espèce, ayant exposé le premier au soleil du midi, le second au soleil levant, le troisième au couchant, et ayant fait mettre le quatrième à l'abri du soleil, les œufs du premier paquet furent ouverts par le fœtus deux jours avant ceux du quatrième, et les œufs du second et du troisième un jour plus tôt que ceux du quatrième paquet, que la chaleur du soleil n'avait pas pénétrés.

Cependant les eaux dans lesquelles vivent les poissons peuvent être salées ou douces, troubles ou limpides, chaudes ou froides, tranquilles ou agitées par des courants plus ou moins rapides. Elles doivent toujours présenter ces qualités combinées quatre à quatre, la même eau devant être nécessairement courante ou tranquille, froide ou chaude, claire ou limoneuse, douce ou salée. Mais ces huit modifications réunies quatre à quatre peuvent produire seize combinaisons : l'eau qui nourrit les poissons peut donc offrir seize manières d'être très-différentes l'une de l'autre, et très-faciles à distinguer. Nous en trouverions un nombre immense si nous voulions faire attention à toutes les nuances que chacune de ces modifications peut montrer, et à toutes les combinaisons qui peuvent résulter du mélange de tous ces degrés. Néanmoins ne tenons compte que des seize caractères bien distincts qui peuvent appartenir à l'eau ; et voyons l'influence de la nature des différentes eaux sur la conservation des poissons que l'on veut acclimater.

Il est évident que, si l'on jette les yeux au hasard sur une des seize combinaisons que nous venons d'indiquer, on ne la verra pas séparée des quinze autres par un égal nombre de différences.

Que l'on dépose donc les poissons que l'on viendra de transporter, dans les eaux les plus analogues à celles dans lesquelles ils auront vécu : et lorsqu'on sera embarrassé pour trouver de ces eaux adaptées aux individus que l'on voudra conserver, que l'on préfère de les placer dans des lacs, où ils jouiront à leur volonté des eaux courantes qui s'y jettent ou en sortent, et des eaux paisibles qui y séjournent ; où ils rencontreront des touffes de végétaux aquatiques et des rochers nus, des fonds de sable et des terrains vaseux ; où ils jouiront d'une température douce en s'enfonçant dans les endroits les plus profonds, et où ils pourront se réchauffer aux rayons du soleil, en s'élevant vers la surface.

Que l'on choisisse néanmoins les lacs dont les rives sont unies, plutôt que ceux dont les rivages sont très-hauts ; et si l'on est obligé de se servir de ces lacs à bords très-exhaussés, et où par conséquent les œufs déposés sur des fonds trop éloignés de l'atmosphère ne peuvent pas recevoir l'heureuse influence de la lumière et de la chaleur, qu'on supplée aux côtes basses et aux pentes douces, en faisant construire dans ces lacs et auprès de leurs bords des espèces de parcs ou de viviers en bois, qui présenteront des plans inclinés très-voisins de la surface de l'eau, et que l'on garnira, dans la saison convenable, de branches et de rameaux sur lesquels les femelles puissent frotter leur ventre et se débarrasser de leurs œufs.

Aura-t-on à sa disposition des eaux thermales assez abondantes pour remplir de vastes réservoirs, et y couler constamment en si grand volume, que dans toutes les saisons la chaleur y soit très-sensible; on en profitera pour acclimater des espèces étrangères, utiles par la bonté de leur chair, ou agréables aux yeux par la vivacité de leurs couleurs, la beauté de leurs formes et l'agilité de leurs mouvements, et qui n'auront vécu jusqu'à ce moment que dans les contrées renfermées dans la zone torride ou très-voisine des tropiques.

Lorsque les poissons ne sont pas délicats, ils peuvent néanmoins supporter très-facilement le passage d'une eau à une eau très-différente de la première. On l'a remarqué particulièrement sur l'anguille, et M. de Septfontaines, observateur très-éclairé, que nous avons eu le plaisir de citer très-souvent dans nos ouvrages, nous a écrit, dans le temps, qu'il avait fait transporter des anguilles d'une eau bourbeuse dans le vivier le plus limpide, d'une eau froide dans une eau tempérée, d'une eau tempérée dans une eau froide, d'un vivier très-limpide dans une eau limoneuse, etc.; qu'il avait fait supporter ces transmigrations à plus de trois cents individus; qu'il les y avait soumis dans différentes saisons; qu'il n'en était pas mort la vingtième partie, et que ceux qui avaient péri n'avaient succombé qu'à la fatigue et à la gêne que leur avait fait éprouver un séjour très-long dans des vaisseaux très-étroits.

On pourrait croire, au premier coup d'œil, qu'une des habitudes les plus difficiles à donner aux poissons serait celle de vivre dans l'eau douce après avoir vécu dans l'eau salée, ou celle de n'être entourés que d'eau salée après avoir été continuellement plongés dans de l'eau douce.

Cependant on ne conservera pas longtemps cette opinion, si l'on considère qu'à la vérité l'eau salée, comme plus pesante, soutient davantage le poisson qui nage, et dès lors lui donne, tout égal d'ailleurs, plus d'agilité et de vitesse dans ses mouvements; mais que lorsqu'elle se décompose dans les branchies pour entretenir par son oxygène la circulation du sang, ou seulement dans le canal intestinal pour servir par son hydrogène à la nourriture de l'animal, le sel dont elle est imprégnée n'altère ni l'un ni l'autre produit de cette décomposition. L'oxygène et l'hydrogène retirés de l'eau salée, ou obtenus par le moyen de l'eau douce, offrent les mêmes propriétés, produisent les mêmes effets. Si le poisson est plus gêné dans ses mouvements au milieu d'un lac d'eau douce que dans le sein de l'Océan, il tire de l'eau de la mer et de celle du lac la même nourriture; et il peut, au milieu de l'eau douce, n'être privé que de cette sorte de modification qu'impriment la substance saline et peut-être une matière particulière bitumineuse ou de toute autre nature, contenues dans l'eau de l'Océan, et qui, l'environnant sans cesse lorsqu'il vit dans la mer, peuvent traverser ses téguments, pénétrer sa masse, et s'identifier avec ses organes.

De plus, un très-grand nombre de poissons ne passent-ils pas la moitié de l'année dans l'Océan, et l'autre moitié dans les rivières ainsi que dans les fleuves? et ces poissons voyageurs ne paraissent-ils pas avoir absolument la même organisation que ceux qui, plus sédentaires, n'abandonnent dans aucune saison les rivières ou la mer?

Quant à la température, les eaux, au moins les eaux profondes, présentent presque la même, dans quelque contrée qu'on les examine. D'ailleurs les animaux s'accoutument beaucoup plus aisément qu'on ne le croit à des températures très-différentes de celle à laquelle la Nature les avait soumis. Ils s'y habituent même lorsque, vivant dans une très-grande indépendance, ils pourraient trouver, dans des contrées plus chaudes ou plus froides que leur nouveau séjour, une sûreté aussi grande, un espace aussi libre, une habitation aussi adaptée à leur organisation, une nourriture aussi abondante. Nous en avons un exemple frappant dans l'espèce du cheval. Lors de la découverte de l'Amérique méridionale, plusieurs individus de cette espèce, amenés dans cette partie du nouveau continent, furent abandonnés, ou s'échappèrent dans des contrées inhabitées voisines du rivage sur lequel on les avait débarqués : ils s'y multiplièrent, et de leur postérité sont descendues des troupes très-nombreuses de chevaux sauvages, qui se sont répandus à des distances très-considérables de la mer, se sont très-éloignés de la ligne équinoxiale, sont parvenus très-près de l'extrémité australe de l'Amérique, y occupent de vastes déserts, n'y ont perdu aucun de leurs attributs, ont été plutôt améliorés qu'altérés par leur nouvelle manière de vivre, y sont exposés à un froid assez rigoureux pour qu'ils soient souvent obligés de chercher leur nourriture sous la neige qu'ils écartent avec leurs pieds ; et néanmoins on ne peut guère disconvenir que le cheval ne soit originaire du climat brûlant de l'Arabie.

Il n'y a que les animaux nés dans les environs des cercles polaires, qui ont dès leurs premières années supporté le poids des hivers les plus rigoureux, et dont la nature, modifiée par les frimas, non-seulement dans eux, mais encore dans plusieurs des générations qui les ont précédés, est devenue, pour ainsi dire, analogue à tous les effets d'un froid extrême, qui ne paraissent pas pouvoir résister à une température très-différente de celle à laquelle ils ont toujours été exposés. Il semble que la raréfaction produite dans les solides et dans les liquides par une grande élévation dans la température, est pour les animaux un changement bien plus dangereux que l'accroissement de ton, d'irritabilité et de force, que les solides peuvent recevoir de l'augmentation du froid ; et voilà pourquoi on n'a pas encore pu parvenir à faire vivre pendant longtemps dans le climat tempéré de la France les rennes qu'on y avait amenés des contrées boréales de l'Europe.

On doit donc, tout égal d'ailleurs, essayer de transporter les poissons du Midi dans les lacs ou les rivières du Nord, plutôt que ceux des contrées septentrionales dans les eaux du Midi. Lors même que les rivières ou les lacs, dans lesquels on aura transporté les poissons méridionaux, seront situés de manière à avoir leur surface glacée pendant une partie plus ou moins longue de l'année, ces animaux pourront y vivre. Ils se tiendront dans le fond de leurs habitations pendant que l'hiver régnera; et si, dans cette retraite profonde, ils manquent d'une communication suffisante avec l'air de l'atmosphère, ou si la gelée, pénétrant trop avant, leur fait subir son influence, descend jusqu'à eux et les saisit. Ils tomberont dans cette torpeur plus ou moins prolongée, qui conservera leur existence en en ralentissant les principaux ressorts. Combien d'individus et même combien d'espèces cet engourdissement remarquable ne préserve-t-il pas de la destruction en concentrant la vie dans l'intérieur de l'animal, en l'éloignant de la surface où elle serait trop fortement attaquée, en la renfermant, pour ainsi dire, dans une enveloppe qui ne conserve de la vitalité que ce qu'il faut pour ne pas éprouver de grandes décompositions, et en la réduisant, en quelque sorte, à une circulation si lente et si limitée, qu'elle peut être indépendante des objets extérieurs! S'il ne répare pas comme le sommeil journalier, des organes usés par la fatigue, il maintient ses organes; s'il ne donne pas de nouvelles forces, il garantit de l'anéantissement; s'il ne ranime pas le souffle de la vie, il brise les traits de la mort. Quelles que soient la cause, la force ou la durée du sommeil, il est donc toujours un grand bienfait de la Nature; et pendant qu'il charme les ennuis de l'être pensant et sensible, non-seulement il guérit ou suspend les douleurs, mais il prévient et écarte les maux de l'animal, qui, réduit à un instinct borné, n'existe que dans le présent, ne rappelle aucun souvenir, et ne conçoit aucun espoir.

La qualité et l'abondance de la nourriture, ces grandes causes des migrations volontaires de tous les animaux qui

quittent leur pays, sont aussi les objets auxquels on doit
faire le plus d'attention, lorsqu'on cherche à conserver des
animaux en vie dans un autre séjour que leur pays natal,
et par conséquent lorsqu'on veut acclimater des espèces de
poisson.

L'aliment auquel le poisson que l'on vient de dépayser est
le plus habitué, est celui qu'il faudra lui procurer; il retrou-
vera sa patrie partout où il aura sa nourriture familière. Par
le moyen d'herbes, de feuilles, d'amas de végétaux, de fu-
miers de toute sorte, on donnera un aliment très-convenable
aux espèces qui se nourrissent de débris de corps organisés;
on cherchera, on rassemblera des larves et des vers pour
celles qui les préfèrent; et lorsqu'on aura transporté des brochets ou d'autres poissons voraces, il faudra mettre dans les
eaux qui les auront reçus ceux dont ils aiment à faire leur
proie, qui se plaisent dans les mêmes habitations que ces
animaux carnassiers, ou qui sont peu recherchés par les
pêcheurs, comme des éperlans, des cyprins goujons, des
cyprins pibèles, des cyprins bordelières, etc.

On trouvera un grand nombre d'espèces remarquables par
leur beauté, par leur grandeur et par le goût exquis de leur
chair, qui manquent aux eaux douces de notre patrie, et
qu'on pourrait aisément acclimater en France, avec les précautions ou par les moyens que nous venons d'indiquer, ou
en employant des procédés analogues à ceux que nous venons
de décrire, et qu'on préférerait d'après la longueur du trajet,
la nature du voyage, le climat que les poissons auraient
quitté, la saison que l'on aurait été obligé de choisir, et plusieurs autres circonstances. De ce nombre seraient, par exemple, le *centropome sandat* de la Prusse, l'*holocentre post*
des contrées septentrionales de l'Allemagne; et on ne devrait
même pas être effrayé par la grandeur de la distance, surtout
lorsque le transport pourrait avoir lieu par mer, ou par des
rivières, ou des canaux. On peut en effet, lorsqu'on navigue
sur l'Océan, sur des canaux ou sur des fleuves, attacher à
l'arrière du bâtiment une sorte de vaisseau, ou, pour mieux
dire, de grande caisse, que l'on rend assez pesante pour
qu'elle soit presque entièrement plongée dans l'eau, et dont

les parois sont percées de manière que les poissons qui y sont renfermés reçoivent tout le fluide qui leur est nécessaire, et communiquent avec l'atmosphère de la manière la plus avantageuse, sans pouvoir s'échapper et sans avoir rien à craindre de la dent des squales ou des autres animaux aquatiques et féroces. Nous indiquons donc à la suite du *post* et du *sandat*, et entre plusieurs autres que les bornes de ce Discours ne nous permettent pas de rappeler ici, l'*osphronème goramy*, déjà apporté de la Chine à l'Ile de France, le *bodian aya* des lacs du Brésil, et l'*holocentre sogo* des grandes Indes, de l'Afrique et des Antilles.

Quand on n'aura pas une eau courante à donner à ces poissons arrivés d'une terre étrangère, et principalement lorsque ces nouveaux hôtes auront vécu, jusqu'à leur migration, dans des fleuves ou des rivières, on compensera le renouvellement perpétuel du fluide environnant que le courant procure, par une grande étendue donnée à l'habitation. Ici, comme dans plusieurs autres phénomènes, un grand volume en repos tiendra lieu d'un petit volume en mouvement; et dans un espace de temps déterminé, l'animal jouira de la même quantité de molécules de fluide, différentes de celles dont il aura déjà reçu l'influence.

Sans cette précaution, les poissons que l'on voudrait acclimater éprouveraient les mêmes accidents que ceux de nos contrées que l'on enlève aux petites rivières, et particulièrement à la partie de ces rivières la plus voisine de la source, et qu'on veut conserver dans des vaisseaux ou même dans des bassins très-étroits. On est obligé de renouveler très-souvent l'eau qui les entoure; sans cela les diverses émanations de leurs corps, et l'effet nécessaire du rapprochement d'une grande quantité de substances animales, vicient l'eau, la corrompent par la production de gaz que l'on voit s'élever en petites bulles, et la rendent si funeste pour eux, qu'ils périssent s'ils ne viennent pas à la surface chercher le voisinage de l'atmosphère, et respirer, pour ainsi dire, des couches de fluide plus pures.

Ces faits sont conformes à de belles expériences faites par mon confrère M. Sylvestre le fils, et à celles qui furent dans

le temps communiquées à Buffon par une note que ce grand
naturaliste me remit quelques années après, et qui avaient
été tentées sur des *gades lotes*, des *cottes chabots*, des *cyprins
goujons*, et d'autres *cyprins*, tels que des *gardons*, des *vé-
rons* et des *vandoises*.

Les poissons que l'on veut acclimater sont plus exposés
que les anciens habitants des eaux dans lesquelles on les a
placés, non-seulement aux altérations dont nous venons de
parler, mais encore à toutes les maladies auxquelles leurs
diverses tribus sont sujettes.

Ces maladies assaillent ces tribus aquatiques, même lorsque
les individus sont encore renfermés dans l'œuf. On a observé
que des embryons de saumon, de truite et de beaucoup d'autres espèces, périssaient lorsque des substances grasses, onctueuses, et celles que l'on désigne par le nom de *saletés* et
d'*ordures*, s'attachaient à l'enveloppe qui les contenait, et
qu'une eau courante ne nettoyait pas promptement cette membrane.

On suppléera facilement à cette eau courante par une attention soutenue et divers petits moyens que les circonstances
suggéreront.

Lorsque les poissons sont vieux, ils éprouvent souvent
une altération particulière qui se manifeste à la surface de
l'animal : les canaux destinés à entretenir ou renouveler les
écailles s'obstruent ou se déforment, les organes qui filtrent
la substance nourricière et réparatrice de ces lames s'oblitèrent
ou se dérangent; les écailles changent dans leurs dimensions;
la matière qui les compose n'a plus les mêmes propriétés;
elles ne sont plus ni aussi luisantes, ni aussi transparentes,
ni aussi colorées; elles sont clair-semées sur la peau de l'animal vieilli; elles se détachent avec facilité; elles ne sont
pas remplacées par de nouvelles lames, ou elles cèdent la
place, en tombant, à des excroissances difformes, produites
par une matière écailleuse de mauvaise qualité, mélangée
avec des éléments hétérogènes, et mal élaborés dans des parties sans force, et dans des tuyaux qui ont perdu leur première figure. Cette altération est sans remède : il n'y a rien
à opposer aux effets nécessaires d'un âge très-avancé. Si

dans les poissons, comme dans les autres animaux, l'art peut reculer l'époque de la décomposition des fluides, de l'affaiblissement des solides, de la diminution de la vitalité, il ne peut pas détruire l'influence de ces grands changements, lorsqu'ils ont été opérés. S'il peut retarder la rapidité du cours de la vie, il ne peut pas la faire remonter à sa source.

Mais les maux irréparables de la vieillesse ne sont pas à craindre pour les poissons que l'on cherche à acclimater : dans la plupart des espèces de ces animaux, ils ne se font sentir qu'après des siècles, et l'éducation des individus que l'on transporte d'un pays dans un autre est terminée longtemps avant la fin de ces nombreuses années. Leurs habitudes sont d'autant plus modifiées, leur nature est d'autant plus changée, avant qu'ils approchent du terme de leur existence, qu'on a commencé d'agir sur eux pendant qu'ils étaient encore très-jeunes.

C'est d'autres maladie que celles de la décrépitude qu'il faut chercher à préserver ou à guérir les poissons que l'on élève. Et maintenant nous agrandissons le sujet de nos pensées ; et tout ce que nous allons dire doit s'appliquer non-seulement aux poissons que l'on veut acclimater dans telle ou telle contrée, mais encore à tous ceux que la Nature fait naître sans le secours de l'art.

Ces maladies qui rendent les poissons languissants et les conduisent à la mort, proviennent quelquefois de la mauvaise qualité des plantes aquatiques ou des autres végétaux qui croissent près des bords des fleuves ou des lacs, et dont les feuilles, les fleurs ou les fruits sont saisis par l'animal qui se dresse, pour ainsi dire, sur la rive, ou tombent dans l'eau, y flottent, et vont ensuite former au fond du lac ou de la rivière un sédiment de débris de corps organisés. Ces plantes peuvent être, dans certaines saisons de l'année, viciées au point de ne fournir qu'une substance malsaine, non-seulement aux poissons qui en mangent, mais encore à ceux qui dévorent les petits animaux dont elles ont composé la nourriture. On prévient ou on arrête les suites funestes de la décomposition de ces végétaux en détruisant ces plantes auprès des rives de l'habitation des poissons, et en les remplaçant par des herbes ou des fruits choisis que l'on jette dans l'eau peuplée de ces animaux.

La plus terrible des maladies des poissons est celle qu'il faut rapporter aux miasmes produits dans le fluide qui les environne.

C'est à ces miasmes qu'il faut attribuer la mortalité qui régna parmi ces animaux dans les grands et nombreux étangs des environs de Bourg, chef-lieu du département de l'Ain, lors de l'hiver rigoureux de la fin de 1788 et du commencement de 1789, et dont l'estimable Varenne de Feuille donna une notice très-bien faite dans le *Journal de Physique* de novembre 1789. Dès le 26 novembre 1788, suivant ce très-bon observateur, la surface des étangs fut profondément gelée; la glace ne fondit que vers la fin de janvier. Dans le moment du dégel, les rives des étangs furent couvertes d'une quantité prodigieuse de cadavres de poissons, rejetés par les eaux. Parmi ces animaux morts, on compta beaucoup plus de carpes que de perches, de brochets et de tanches. Les étangs *blancs*, c'est-à-dire, ceux dont les eaux reposaient sur un sol dur, ferme et argileux, n'offrirent qu'un petit nombre de signes de cette mortalité; ceux qu'on avait récemment réparés et nettoyés montrèrent aussi sur leurs bords très-peu de victimes : mais presque tous les poissons enfermés dans des étangs vaseux, encombrés de joncs ou de roseaux, et surchargés de débris de végétaux, périrent pendant la gelée. Ce qui prouve évidemment que la mort de ces derniers animaux n'a pas été l'effet du défaut de l'air de l'atmosphère, comme le penseraient plusieurs physiciens, et qu'elle ne doit être rapportée qu'à la production de gaz délétères qui n'ont pas pu s'échapper au travers de la croûte de glace, c'est que la gelée a été aussi forte à la superficie des étangs *blancs* et des étangs nouvellement nettoyés, qu'à celle des étangs vaseux. L'air de l'atmosphère n'a pas pu pénétrer plus aisément dans les premiers que dans les derniers ; et cependant les poissons de ces étangs blancs ou récemment réparés ont vécu, parce que le fond de leur séjour, n'étant pas couvert de substances végétales, n'a pas pu produire les gaz funestes qui se sont développés dans les étangs vaseux.

Et ce qui achève, d'un autre côté, de prouver l'opinion que nous exposons à ce sujet, et qui est importante pour la physique des poissons, c'est que des oiseaux de proie, des loups, des chiens et des cochons mangèrent les restes des animaux rejetés après le dégel sur les rivages des étangs remplis de joncs, sans éprouver les inconvénients auxquels ils auraient été exposés s'ils s'étaient nourris d'animaux morts d'une maladie véritablement pestilentielle.

Ce sont encore ces gaz malfaisants que nous devons regarder comme la véritable origine d'une maladie épizootique qui fit de grands ravages, en 1757, dans les environs de la forêt de Crécy. M. de Chaignebrun, qui a donné dans le temps un très-bon traité sur cette épizootie, rapporte qu'elle se manifesta sur tous les animaux ; qu'elle atteignit les chiens, les poules, et s'étendit jusqu'aux poissons de plusieurs étangs. Il nomme cette maladie *fièvre épidémique contagieuse, inflammatoire, putride et gangréneuse*. Un médecin d'un excellent esprit, dont les connaissances sont très-variées, et qui sera bientôt célèbre par des ouvrages importants, M. Chavassieu-Daudebert, lui donne, dans sa *Nosologie comparée*, le nom de *charbon symptomatique*. Je pense que cette épizootie ne serait pas parvenue jusqu'aux poissons, si elle n'avait pas tiré son origine de gaz délétères. Je crois, avec Aristote, que les poissons revêtus d'écailles, se nourrissant presque toujours de substances lavées par de grands volumes d'eau, respirant par un organe particulier, se servant, pour cet acte de la respiration, de l'oxygène de l'eau bien plus fréquemment que de celui de l'air, et toujours environnés du fluide le plus propre à arrêter la plupart des contagions, ne peuvent pas recevoir de maladie pestilentielle des animaux qui vivent dans l'atmosphère. Mais les poissons des environs de Crécy n'ont pas été à l'abri de l'épizootie, au-dessous des couches d'eau qui les recouvraient, parce qu'en même temps que les marais voisins de la forêt exhalaient les miasmes qui donnaient la mort aux chiens, aux poules, et à d'autres espèces terrestres, le fond des étangs produisait des gaz aussi funestes que ces miasmes. Il n'y a pas eu de communication de maladie ; mais deux causes analogues, agissant en même

temps, l'une sous l'eau, et l'autre dans l'atmosphère, ont
produit des effets semblables.

On peut prévenir presque toutes ces mortalités que causent
des gaz destructeurs, en ne laissant pas, dans le fond des
étangs ou des rivières, des tas de corps organisés qui puissent, en se décomposant, produire des émanations pesti-
lentielles, en les entraînant par de l'eau courante que l'on
introduit dans ces étangs, et par de l'eau très-pure et très-
rapide que l'on conduit dans ces rivières pour en renouveler
le fluide, de la même manière que l'on renouvelle celui des
temples, des salles de spectacle et d'autres grands édifices
par les courants d'air que l'on y dirige, et enfin en brisant
pendant l'hiver les glaces qui se forment sur la surface des
étangs et des rivières, et qui retiendraient les gaz pernicieux
dans l'habitation des poissons.

Il paraît que lorsque la chaleur est très-grande, elle agit
sur les poissons indépendamment des fermentations, des décompositions et des exhalaisons qu'elle peut faire naître. Elle
influe directement sur ces animaux, surtout lorsqu'ils sont
renfermés dans des réservoirs qui ne contiennent qu'un petit
volume d'eau. Elle parvient alors jusqu'au fond du réservoir,
qu'elle pénètre, ainsi que les parois; et, réfléchie ensuite
par ce fond et ces parois très-échauffés, elle attaque de toutes
parts les poissons, qui se trouvent dès lors placés comme
dans un foyer, et elle leur nuit au point de leur donner des
maladies graves. C'est ainsi qu'on a vu des anguilles, mises
pendant l'été dans des bassins trop peu étendus, gagner une
maladie qu'elles se communiquaient, et qui se manifestait
par des taches blanches. On dit qu'on les a guéries par le
moyen du sel, et de la plante nommée *stratioïdes aloïdes*.
Mais, quoi qu'il en soit, il vaut mieux empêcher cette maladie
de naître, en préservant les poissons de l'excès de la chaleur,
en pratiquant dans leur habitation des endroits profonds où
ils puissent trouver un abri contre les feux de l'astre du jour,
en plantant sur une partie du rivage des arbres touffus qui
leur donnent une ombre salutaire.

Et comme il est très-rare que tous les extrêmes ne soient
pas nuisibles, parce qu'ils sont le plus éloignés possible de

la combinaison la plus commune et par conséquent la plus naturelle des forces et des résistances, pendant que les eaux trop échauffées ou trop impures donnent la mort à leurs habitants, celles qui sont trop froides et trop vives les font aussi périr, ou du moins les soumettent à diverses incommodités, et particulièrement les rendent aveugles. Nous trouvons à ce sujet, dans les *Mémoires de l'Académie des Sciences* pour 1748, des observations curieuses du général Montalembert faites sur des brochets ; et le comte d'Achard en adressa d'analogues à Buffon, en 1779, dans une lettre, dont mon illustre ami m'a remis dans le temps un extrait : « Dans une terre » que j'ai en Normandie, dit le comte d'Achard, il existe une » fontaine abondante dans les plus grandes sécheresses. Je » suis parvenu, au moyen de canaux de terre cuite, à amener » ner l'eau de cette source dans trois bassins que j'ai dans » mon parterre. Ces bassins sont murés et pavés à chaux et » à sable : mais on n'y a mis l'eau qu'après qu'ils ont été parfaitement secs. Après les y avoir bien nettoyés et fait écouler » ler la première eau, on y a laissé séjourner celle qui y est » venue depuis, et qui coule continuellement. Dans les deux » premiers bassins, j'ai mis des carpes de la plus grande » beauté, avec des tanches ; dans le troisième, des poissons » de la Chine (des cyprins dorés); tout cela existe depuis » trois ans. Aujourd'hui les carpes, précieuses par leur beauté » et leur grandeur vraiment prodigieuse, sont attaquées d'une » maladie cruelle et dont elles meurent journellement. Elles » se couvrent peu à peu d'un limon, sur tout le corps, et » surtout sur les yeux, où il y a en sus une espèce de taie » blanche qui se forme peu à peu, comme le limon, jusqu'à » l'épaisseur de deux ou trois lignes. Elles perdent d'abord » un œil, puis l'autre, et ensuite crèvent.... Les tanches et » les poissons chinois ne sont pas attaqués de cette maladie. » Est-elle particulière aux carpes? quel en est le remède? » d'où cela peut-il venir? de la vivacité de l'eau, etc. »

Cette dernière conjecture nous paraît très-fondée ; et ce que nous venons de dire devra faire trouver aisément le moyen de garantir ces poissons de cette cécité que la mort suit souvent.

Ces poissons sont aussi quelquefois menacés de périr, parce qu'un de leurs organes les plus essentiels est attaqué. Les branchies par lesquelles ils respirent, et que composent des membranes si délicates et des vaisseaux sanguins si nombreux et si déliés, peuvent être déchirées par des insectes ou des vers aquatiques qui s'y attachent, et dont ils ne peuvent pas se débarrasser. Peut-être, après avoir bien reconnu l'espèce de ces vers ou de ces insectes, parviendra-t-on à trouver un moyen d'en empêcher la multiplication dans les étangs, et dans plusieurs autres habitations des poissons que l'on voudra préserver de ce fléau.

Les poissons, étant presque tous revêtus d'écailles dures et placées en partie les unes au-dessus des autres, ou couverts d'une peau épaisse et visqueuse, ne sont sensibles que dans une très-petite étendue de leur surface. Mais lorsque quelque insecte, ou quelque ver, s'acharne contre la portion de cette surface qui n'est pas défendue, et qu'il s'y place et s'y accroche de manière que le poisson ne peut, en se frottant contre des végétaux, des pierres, du sable, ou de la vase, l'écraser, ou le détacher et le faire tomber, la grandeur, la force, l'agilité, les dents du poisson, ne sont plus qu'un secours inutile. En vain il s'agite, se secoue, se contourne, va, revient, s'échappe, s'enfuit avec la rapidité de l'éclair; il porte toujours avec lui l'ennemi attaché à ses organes; tous ses efforts sont impuissants, et le ver ou l'insecte est pour lui au milieu des flots ce que la mouche du désert est dans les sables brûlants de l'Afrique, non-seulement pour la timide gazelle, mais encore pour le tigre sanguinaire et le fier lion, qu'elle perce, tourmente et poursuit de son dard acéré, malgré leurs bonds violents, leurs mouvements impétueux et leur rugissement terrible.

Mais ce n'est pas assez pour l'intelligence humaine de conserver ce que la Nature produit : que, rivale de cette puissance admirable, elle ajoute à la fécondité ordinaire des espèces, qu'elle multiplie les ouvrages de la Nature.

On a remarqué que, dans presque toutes les espèces de poissons, le nombre des mâles était plus grand et même quelquefois double de celui des femelles; il est évident que l'on favorisera beaucoup la multiplication des individus, si l'on a le soin, lorsqu'on pêchera, de ne garder que les mâles, et de rendre à l'eau les femelles. On distinguera facilement, dans plusieurs espèces, les femelles des mâles. En effet, dans ces espèces, les femelles sont plus grandes que les mâles; et d'ailleurs elles offrent dans les proportions de leurs parties, dans la disposition de leurs couleurs, ou dans la nuance de leurs teintes, des signes distinctifs qu'il faudra tâcher de bien connaître, et que nous ne négligerons jamais d'indiquer en écrivant l'histoire de ces espèces particulières.

Lorsqu'on ne voudra pas rendre à leur séjour natal toutes les femelles que l'on pêchera, on préférera de conserver pour la reproduction les plus longues et les plus grosses, comme pondant une plus grande quantité d'œufs.

De plus, et si des circonstances impérieuses ne s'y opposent pas, que l'on entoure les étangs et les viviers de claies ou des filets qui, dans le temps du frai, retiennent les herbes ou les branches chargées d'œufs, et les empêchent d'être entraînées hors de ces réservoirs par les débordements fréquents à l'époque de la ponte.

Que l'on éloigne, autant qu'on le pourra, les friganes, et les autres insectes aquatiques voraces, qui détruisent les œufs et les poissons qui viennent d'éclore.

Que l'on construise quelquefois dans les viviers différentes enceintes, l'une pour les œufs, et les autres pour les jeunes poissons, que l'on séparera en plusieurs bandes, formées d'après la diversité de leurs âges, et renfermées chacune dans un réservoir particulier.

Il est des viviers et des étangs dans lesquels des poissons très-recherchés, et, par exemple, des truites, vivraient très-bien, et parviendraient à une grosseur considérable : mais le fond de ces étangs étant très-vaseux, c'est en vain que les femelles le frottent avec leur ventre avant d'y déposer leurs œufs; la vase reparaît bientôt, salit les œufs, les altère, les corrompt, et les fœtus périssent avant d'éclore.

On a écrit que les digues par le moyen desquelles on retient les eaux des petites rivières diminuaient la multiplication des poissons dans les contrées arrosées par ces eaux. Cela n'est vrai cependant que pour les poissons qui ont besoin, à certaines époques, de remonter dans les eaux courantes jusqu'à une distance très-grande des lacs ou de la mer, et qui ne peuvent pas, comme les saumons, s'élancer facilement à de grandes hauteurs et franchir l'obstacle que les digues opposent à leur voyage périodique. Les chaussées transversales doivent, au contraire, être très-favorables à la multiplication des poissons sédentaires, qui se plaisent dans des eaux peu agitées. Au-dessus de chaque digue, la rivière forme naturellement une sorte de vivier ou de grand réservoir, dont l'eau tranquille, quoique suffisamment renouvelée, pourra donner à un grand nombre d'individus d'espèces très-utiles le volume de fluide, l'abri, l'aliment et la température le plus convenables.

Quelle est, en effet, la pièce d'eau que l'art ne puisse pas féconder et vivifier!

On a vu quelquefois des poissons remarquables par leur grosseur vivre dans de petites mares. Nous avons déjà dit dans cet ouvrage, que M. de Septfontaines s'était assuré qu'une grande anguille avait passé un temps assez long, sans perdre non-seulement la vie, mais même une partie de sa graisse, dans une fosse qui ne contenait pas une moitié de mètre cube d'eau; et il est des contrées où des cyprins, et particulièrement des carassins, réussissent assez bien dans de petits amas d'eau dormante, pour y donner une nourriture abondante aux habitants de la campagne.

On a bien senti les avantages de cette grande multiplication des poissons utiles dans presque tous les pays où le progrès des lumières a mis l'économie publique en honneur, et où les gouvernements, profitant avec soin de tous les secours des sciences perfectionnées, ont cherché à faire fleurir toutes les branches de l'industrie humaine. C'est principalement dans quelques États du nord de l'Europe, et notamment en Prusse et en Suède, qu'on s'est attaché à augmenter le nombre des individus dans ces espèces précieuses; et comme un gouvernement paternel ne néglige rien de ce qui peut accroître la subsistance du peuple dont le bonheur lui est confié, et que les soins en apparence les plus minutieux prennent un grand caractère dès le moment où ils sont dirigés vers l'utilité publique, on a porté en Suède l'attention pour l'accroissement du nombre des poissons jusqu'à ne pas sonner les clo ches pendant le temps du frai des cyprins brèmes, qui y sont très-recherchés, parce qu'on avait cru s'apercevoir que ces animaux, effrayés par le son de ces cloches, ne se livraient pas d'une manière convenable aux opérations nécessaires à la reproduction de leur espèce. Aussi y a-t-on souvent recueilli de grands fruits de cette vigilance étendue aux plus petits détails, et, par exemple, en 1749, a-t-on pris d'un seul coup de filet, dans un lac voisin de Nordkiæping, cinquante mille brèmes, qui pesaient plus de neuf mille kilogrammes.

Et comment n'aurait-on pas cherché, dans presque tous les temps et dans presque tous les pays civilisés, à multiplier des animaux si nécessaires aux jouissances du riche et aux besoins du pauvre, qu'il serait plus aisé à l'homme de se passer de la classe entière des oiseaux, et d'une grande partie de celle des mammifères, que de la classe des poissons?

En effet, il n'est, pour ainsi dire, aucune espèce de ces habitants des eaux douces ou salées, dont la chair ne soit une nourriture saine et très-souvent copieuse.

Délicate et savoureuse lorsqu'elle est fraîche, cette chair, recherchée avec tant de raison, devient, lorsqu'elle est transformée en *garum*, un assaisonnement piquant; fait les délices des tables somptueuses, même très-loin du rivage où le poisson a été pêché, quand elle a été marinée; peut être transportée à de plus grandes distances, si on a eu le soin de l'imbiber d'une grande quantité de sel; se conserve pendant un temps très-long, après qu'elle a été séchée, et, ainsi préparée, est la nourriture d'un très-grand nombre d'hommes peu fortunés, qui ne soutiennent leur existence que par cet aliment abondant et très-peu cher.

Les œufs de ces mêmes habitants des eaux servent à faire ce *caviar* qui convient au goût de tant de nations; et les nageoires des espèces que l'on croirait les moins propres à satisfaire un goût délicat sont regardées à la Chine et dans d'autres contrées de l'Asie comme un mets des plus exquis (1).

Sur plusieurs rivages peu fertiles, on ne peut compléter la nourriture de plusieurs animaux utiles, et, par exemple, celle des chiens du Kamtschatka que la nécessité force d'atteler à des traîneaux, ou des vaches de Norwége, destinées à fournir une grande quantité de lait, que par le moyen des vertèbres et des arêtes de plusieurs espèces de poissons.

Avec les écailles des animaux dont nous nous occupons, on donne le brillant de la nacre au ciment destiné à couvrir les murs des palais les plus magnifiques, et on revêt des boules légères de verre, de l'éclat argentin des perles les plus belles de l'Orient.

La peau des grandes espèces se métamorphose dans les ateliers en fortes lanières, en couvertures solides et presque imperméables à l'humidité, en garnitures agréables de bijoux donnés au luxe par le goût.

Les vessies natatoires et toutes les membranes des poissons peuvent être facilement converties, dans toutes les contrées, en cette colle précieuse sans laquelle les arts cesseraient de produire le plus grand nombre de leurs ouvrages les plus délicats.

L'huile qu'on retire de ces animaux assouplit, améliore, et conserve dans presque toutes les manufactures, les substances les plus nécessaires aux produits qu'elles doivent fournir; et dans ces contrées boréales où règnent de si longues nuits, entretenant seule la lampe du pauvre, prolongeant son travail au-delà de ces tristes jours qui fuient avec tant de rapidité, et lui donnant tout le temps que peuvent exiger les soins nécessaires à sa subsistance et à celle de sa famille, elle tempère pour lui l'horreur de ces climats ténébreux et gelés, et l'affranchit lui et ceux qui lui sont chers des horreurs plus grandes encore d'une extrême misère.

Que l'on ne soit donc pas étonné que Belon, partageant l'opinion de plusieurs auteurs recommandables, tant anciens que modernes, ait écrit que la Propontide était plus utile par ses poissons, que des champs fertiles et de gras pâturages

(1) *Relation de l'ambassade de lord Macartney à la Chine.*

d'une égale étendue ne pourraient l'être par leurs fourrages et par leurs moissons.

Et douterait-on maintenant de l'influence prodigieuse d'une immense multiplication des poissons sur la population des empires? On doit voir avec facilité comment cette merveilleuse multiplication soutient, par exemple, sur le territoire de la Chine, l'innombrable quantité d'habitants qui y sont, pour ainsi dire, entassés. Et si des temps présents on remonte aux temps anciens, on peut résoudre un grand problème historique : on explique comment l'antique Égypte nourrissait la grande population sans laquelle les admirables et immenses monuments qui ont résisté au ravage de tant de siècles, et subsistent encore sur cette terre célèbre, n'auraient pas pu être élevés, et sans laquelle Sésostris n'aurait conquis ni les bords de l'Euphrate, du Tigre, de l'Indus et du Gange, ni les rives du Pont-Euxin, ni les monts de la Thrace! Nous connaissons l'étendue de l'Égypte : lorsque ses pyramides ont été construites, lorsque ses armées ont soumis une grande partie de l'Asie, elle était bornée presque autant qu'à présent par les déserts stériles qui la circonscrivent à l'orient et à l'occident; et néanmoins nous apprenons de Diodore que dix-sept cents Égyptiens étaient nés le même jour que Sésostris : on doit donc admettre en Égypte, à l'époque de la naissance de ce conquérant fameux, au moins trente-quatre millions d'habitants. Mais quel grand nombre de poissons ne renfermaient pas alors et le fleuve et les canaux et les lacs d'une contrée où l'art de multiplier ces animaux était un des principaux objets de la sollicitude du gouvernement, et des soins de chaque famille? Il est aisé de calculer que le seul lac Myris ou Mœris pouvait nourrir plus de dix-huit cent mille millions de poissons de plus d'un demi-mètre de longueur.

Cependant que l'homme ne se contente pas de transporter à son gré, d'acclimater, de conserver, de multiplier les poissons qu'il préfère ; que l'art prétende à de nouveaux succès ; qu'il se livre à de nouveaux efforts; qu'il tente de remporter sur la Nature des victoires plus brillantes encore ; qu'il perfectionne son ouvrage ; qu'il améliore les individus qu'il se sera soumis.

On sait depuis longtemps que des poissons de la même espèce ne donnent pas dans toutes les eaux une chair également délicate. Plusieurs observations prouvent que, par exemple, dans les mêmes rivières, leur chair est très-saine et très-bonne au-dessus des villes ou des torrents fangeux, et au contraire insalubre et très-mauvaise au-dessous de ces torrents vaseux ou des amas d'immondices, souvent inséparables des villes populeuses. Ces faits ont été remarqués par plusieurs auteurs, notamment par Rondelet. Qu'on profite de ces résultats : qu'on recherche les qualités de l'eau les plus propres à donner un goût agréable ou des propriétés salutaires aux différentes espèces de poissons que l'on sera parvenu à multiplier ou à conserver.

Qu'on n'oublie pas qu'il est des moyens faciles et peu dispendieux d'engraisser promptement plusieurs poissons, et particulièrement plusieurs cyprins. On augmente en très-peu de temps leur graisse, en leur donnant souvent du pain de chènevis, ou des fèves et des pois bouillis, ou du fumier, et notamment de celui de brebis. D'ailleurs une nourriture convenable et abondante développe les poissons avec rapidité, fait jouir beaucoup plus tôt du fruit des soins que l'on a pris de ces animaux, et leur donne la faculté de pondre et de féconder une très-grande quantité d'œufs pendant un très-grand nombre d'années.

On a observé dans tous les temps que le repos et un aliment très-copieux engraissaient beaucoup les animaux. On s'est servi de ce moyen pour quelques poissons ; et on l'a employé d'une manière remarquable pour les carpes : on les a suspendues hors de l'eau, de manière à leur interdire le plus faible mouvement des nageoires, et elles ont été enveloppées dans de la mousse épaisse qu'on a fréquemment arrosée. Par ce procédé, ces cyprins ont été non-seulement réduits à un repos absolu, mais plongés perpétuellement dans une sorte d'humidité ou de fluide aqueux qui, parvenant très-divisé à leur surface, a été facilement pompé, absorbé, décomposé, combiné dans l'intérieur de l'animal, assimilé à une substance, et métamorphosé par conséquent en nourriture très-abondante. Aussi ces carpes maintenues en l'air,

mais retenues au milieu d'une mousse humectée presque
continuellement, ont-elles bientôt acquis une graisse copieuse, et de plus un goût très-agréable.

Dès le temps de Willughby, et même de celui de Gesner,
on savait que l'on pouvait ouvrir le ventre à certains poissons, et surtout au brochet et à quelques autres ésoces, sans
qu'ils en périssent, et même sans qu'ils en parussent longtemps incommodés. Il suffit de séparer les muscles avec
dextérité, de rapprocher les chairs et les téguments avec
adresse, et de les recoudre avec précaution, pour qu'ils puissent plus facilement se réunir. Cette facilité a donné l'idée
d'employer, pour engraisser ces poissons, le même moyen
dont on se sert pour donner un très-grand surcroît de graisse
aux bœufs, aux moutons, aux chapons, aux poulardes, etc.
On a essayé avec beaucoup de succès, d'enlever aux femelles
leurs ovaires, et aux mâles leurs laites. La soustraction de
ces organes, faite avec habileté et avec beaucoup d'attention,
n'a dérangé que pendant un temps très-court la santé des
poissons qui l'ont éprouvée ; et toute la partie de leur substance qui se portait vers leurs laites ou vers leurs ovaires,
et qui y donnait naissance ou à des centaines de milliers
d'œufs, ou à une quantité très-considérable de liqueur fécondante, ne trouvant plus d'organe particulier pour l'élaborer
ni même pour la recevoir, a reflué vers les autres portions
du corps, s'est jetée principalement dans le tissu cellulaire,
et y a produit une graisse non-seulement d'un goût exquis,
mais encore d'un volume extraordinaire.

Considérons maintenant de plus haut ce que peut l'homme
pour l'amélioration des poissons. Tâchons de voir dans toute
son étendue l'influence qu'il peut exercer sur ces animaux par
l'emploi des quatre grands moyens dont on s'est servi, toutes
les fois qu'il a voulu modifier la Nature vivante. Ces quatre
moyens si puissants sont : la nourriture abondante et convenable qu'il a donnée, l'abri qu'il a procuré, la contrainte
qu'il a imposée, le choix qu'il a fait des mâles et des femelles
pour la propagation de l'espèce.

En réunissant ou en employant séparément ces quatre instruments de son pouvoir, l'homme a modifié les poissons

d'une manière bien plus profonde qu'on ne le croirait au premier coup d'œil. En rapprochant un grand nombre de germes, il a resserré dans un espace assez étroit les œufs de ces animaux, pour que plusieurs de ces œufs se soient collés l'un à l'autre, comprimés, pénétrés, entièrement réunis, et pour ainsi dire, identifiés ; et de cette introduction d'un œuf dans un autre, si je puis parler ainsi, il est résulté une confusion si grande de deux fœtus, que l'on a vu éclore des poissons monstrueux, dont les uns avaient deux têtes et deux avant-corps, pendant que d'autres présentaient deux têtes, deux corps et deux queues liés ensemble par le ventre ou par un côté qui appartenait aux deux corps, et attachés même quelquefois par cet organe commun, de manière à représenter une croix.

Mais laissons ces écarts que la Nature, contrainte d'obéir à l'art de l'homme, peut présenter, comme lorsque, indépendante de cet art, elle n'est soumise qu'aux hasards des accidents : les produits de cette sorte d'accouplement extraordinaire ne constituent aucune amélioration ni de l'espèce, ni même de l'individu ; ils ne se perpétuent pas par la génération ; ils n'ont en général qu'une courte existence ; ils sont étrangers à notre sujet.

Examinons des effets bien différents de ces phénomènes, et par leur durée, et par leur essence.

Voici tous les attributs des poissons que la domesticité a déjà pu changer :.

Les couleurs : elles ont été variées et dans leurs nuances et dans leur distribution.

Les écailles : elles ont acquis ou perdu de leur épaisseur et de leur opacité ; leur figure a été altérée ; leur surface étendue ou rétrécie ; leur adhésion à la peau affaiblie ou fortifiée ; leur nombre diminué ou augmenté.

Les dimensions générales : elles ont été agrandies ou rapetissées.

Les proportions des principales parties de la tête, du corps ou de la queue : elles ont montré de nouveaux rapports.

La nageoire dorsale : elle a disparu.

La nageoire de la queue : elle a offert une nouvelle forme,

et de plus elle a été ou doublée ou triplée, comme on a pu le voir, par exemple, en examinant les modifications que le cyprin doré a subies dans les bassins d'Europe, et surtout dans ceux de la Chine, où il est élevé avec soin depuis un grand nombre de siècles.

L'art a donc déjà remanié, pour ainsi dire, non-seulement les téguments des poissons, et même un des plus puissants instruments de leur natation, mais encore presque tous leurs organes, puisqu'il en a changé les proportions ainsi que l'étendue.

C'est par ces grandes modifications qu'il a produit des variétés remarquables. A mesure que l'influence a été forte, que l'impression a été vive, qu'elle a pénétré plus avant, le changement a été plus profond, et par conséquent plus durable. Les variétés sont devenues des races plus ou moins durables ; et lorsque, par la constance des soins de l'homme, elles auront acquis tous les caractères de la stabilité, c'est-à-dire, lorsque toutes les parties de l'animal qui, par une suite de leur dépendance mutuelle, peuvent agir les unes sur les autres, auront reçu une modification proportionnelle, et que par conséquent il n'existera plus de cause intérieure qui tendent à ramener les variétés vers leur état primitif, ces mêmes variétés, au moins si elles sont séparées, par d'assez grandes différences, de la souche dont elles auront été détachées, constitueront de véritables espèces permanentes et distinctes.

C'est alors que l'homme aura réellement exercé une puissance rivale de celle de la Nature, et qu'il aura conquis l'usage d'un mode nouveau et bien important d'améliorer les poissons.

Deux grandes manières de considérer l'univers animé sont dignes de toute l'attention du véritable naturaliste.

D'un côté, on peut voir, dans les temps très-anciens, tous les animaux n'existant encore que dans quelques espèces primitives, qui, par des moyens analogues à ceux que l'art de l'homme peut employer, ont produit, par la force de la nature, des espèces secondaires, lesquelles par elles-mêmes, ou par leur union avec les primitives, ont fait naître des espèces tertiaires, etc. Chaque degré de cet accroissement successif offrant un plus grand nombre d'objets que le degré précédent, les a montrés séparés les uns des autres par des intervalles plus petits, et distingués par des caractères moins sensibles; et c'est ainsi que les produits animés de la création sont parvenus à cette multitude innombrable et à cette admirable variété qui étonnent et enchantent l'observateur.

D'un autre côté, on peut supposer que, dans les premiers âges, toutes les manières d'être ont été employées par la Nature; qu'elle a réalisé toutes les formes, développé tous les organes, mis en jeu toutes les facultés, donné le jour à tous les êtres vivants que l'imagination la plus bizarre peut concevoir; que, dans ce nombre infini d'espèces, celles qui n'avaient reçu que des moyens imparfaits de pourvoir à leur nourriture, à leur conservation, à leur reproduction, sont tombées successivement dans le néant; et que tout s'est réduit enfin à ces espèces majeures, êtres mieux partagés, qui figurent encore sur le globe.

Quelque opinion qu'il faille préférer sur le point du départ de la Nature créatrice, sur cette multiplication croissante, ou sur cette réduction graduelle, l'état actuel des choses ne nous permet pas de ne pas considérer la Nature vivante comme se balançant entre les deux grandes limites que lui opposeraient à une extrémité un petit nombre d'espèces primitives, et à l'autre extrémité l'infinité de toutes les espèces que l'on peut imaginer. Elle tend continuellement vers l'une ou vers l'autre de ces deux limites, sans pouvoir maintenant en approcher, parce qu'elle obéit à des causes qui agissent en sens contraire les unes des autres, et qui, tour à tour victorieuses et vaincues, ne cèdent, lors de quelques époques, que pour reparaître ensuite avec leur première supériorité.

Quel spectacle que celui de ces alternatives! quelle étude que celle de ces phénomènes! quelle recherche que celle de ces causes! quelle histoire que celle de ces époques!

Et pour les bien décrire, ou plutôt pour les connaître dans toute leur étendue, il faut les contempler sous les différents points de vue que donnent trois suppositions, parmi lesquelles le naturaliste doit choisir, lorsqu'il examine l'état passé, présent et futur du globe sur lequel s'opère ce balancement merveilleux.

La température de la terre est-elle constante, comme on l'a cru pendant longtemps? ou la chaleur dont elle est pénétrée va-t-elle en croissant, ainsi que quelques physiciens l'ont pensé? ou cette chaleur décroît-elle chaque jour, comme l'ont écrit de grands naturalistes et de grands géomètres, les Leibnitz, les Buffon, les Laplace?

Présentons la question sous un aspect plus direct. La Nature vivante est-elle toujours animée par la même température? ou la chaleur, ce grand principe de son énergie, diminue-t-elle ou s'accroît-elle à mesure que les siècles augmentent?

Quels sujets sublimes pour la méditation du géologue et du zoologiste! quelle immensité d'objets? quelle noble fierté l'homme devra ressentir, lorsque, après les avoir contemplés, son génie les verra sans nuage, les peindra sans erreur, et, mettant chaque événement à sa place, fera la part et des temps écoulés et des temps qui s'avancent!

POISSONS CARTILAGINEUX.

POISSONS CARTILAGINEUX.

LE PÉTROMYZON LAMPROIE.

N dirait que la puissance créatrice, après avoir, en formant les reptiles, étendu la matière sur une très-grande longueur, après l'avoir contournée en cylindre flexible, l'avoir jetée sur la partie sèche du globe, et l'y avoir condamnée à s'y traîner par des ondulations successives sans le secours de mains, de pieds, ni d'aucun organe semblable, a voulu, en produisant le *pétromyzon*, qu'un être des plus ressemblants au serpent peuplât aussi le sein des mers; qu'allongé de même, qu'arrondi également, qu'aussi souple, qu'aussi privé de toute partie correspondante à des pieds ou à des mains, il ne se mût au milieu des eaux qu'en se pliant en arcs plusieurs fois répétés, et ne pût que ramper au travers des ondes. On croirait que, pour faire naître cet être si analogue, pour donner le jour au pétromyzon, le plonger dans les eaux de l'Océan, et le placer au milieu des rochers recouverts par les flots, elle n'a eu besoin que d'approprier le serpent à un nouveau fluide, que de modifier celui de ses organes qui avait été façonné pour l'atmosphère au milieu de laquelle il devait vivre, que de changer la forme de ses poumons, d'en isoler les cellules, d'en multiplier les surfaces et de lui donner ainsi la faculté d'obtenir de l'eau des mers ou des rivières les principes de force qu'il n'aurait dus qu'à l'air atmosphérique. Aussi l'organe de la respiration des pétromyzons ne se retrouve-t-il dans aucun autre genre de poissons; et presque autant éloigné par sa forme des branchies parfaites que de véritables poumons, il est cependant la principale différence qui sépare ce premier genre des cartilagineux de la classe des serpents.

Observons donc de près le pétromyzon lamproie, et commençons par sa forme extérieure.

Au-devant d'un corps très-long et cylindrique, est une tête étroite et allongée. L'ouverture de la bouche, n'étant contenue par aucune partie dure et solide, ne présente pas toujours le même contour; sa conformation se prête aux différents besoins de l'animal : mais le plus souvent sa forme est ovale; et c'est un peu au-dessous de l'extrémité du museau qu'elle est placée. Les dents un peu crochues, creuses, et maintenues dans de simples cellules charnues, au lieu d'être attachées à des mâchoires osseuses, sont disposées sur plusieurs rangs et s'étendent du centre à la circonférence. Communément ces dents forment vingt rangées, et sont au nombre de cinq ou six dans chacune. Deux autres dents plus grosses sont d'ailleurs placées dans la partie antérieure de la bouche, sept autres sont réunies ensemble dans la partie postérieure; et la langue, qui est courte et échancrée en croissant, est garnie sur ses bords de très-petites dents.

Auprès de chaque œil sont deux rangées de petits trous, l'une de quatre et l'autre de cinq. Ces petites ouvertures paraissent être les orifices des canaux destinés à porter à la surface du corps cette humeur visqueuse, si nécessaire à presque tous les poissons pour entretenir la souplesse de leurs membres, et particulièrement à ceux qui, comme les pétromyzons, ne se meuvent que par ondulations rapidement exécutées.

La peau qui recouvre le corps et la queue, qui est très-courte, ne présente aucune écaille pendant la vie de la lamproie, et est toujours enduite d'une mucosité abondante qui augmente la facilité avec laquelle l'animal échappe à la main qui le presse.

Le pétromyzon lamproie manque, ainsi que nous venons de le voir, de nageoires pectorales et de nageoires ventrales ; il a deux nageoires sur le dos, une nageoire au-delà de l'anus, et une quatrième nageoire arrondie à l'extrémité de la queue : mais ces quatre nageoires sont courtes et assez peu élevées ; et ce n'est presque que par la force des muscles de sa queue et de la partie postérieure de son corps, ainsi que par la faculté qu'il a de se plier promptement dans tous les sens et de serpenter au milieu des eaux, qu'il nage avec constance et avec vitesse.

La couleur générale de la lamproie est verdâtre, quelquefois marbrée de nuances plus ou moins vives ; la nuque présente souvent une tache ronde et blanche ; les nageoires du dos sont orangées, et celle de la queue est bleuâtre.

Derrière chaque œil, et indépendamment des neuf petits trous que nous avons déjà remarqués, on voit sept ouvertures moins petites, disposées en ligne droite comme celles de l'instrument à vent auquel on a donné le nom de *flûte :* ce sont les orifices des branchies ou de l'organe de la respiration. Cet organe n'est point unique de chaque côté du corps, comme dans tous les autres genres de poissons ; il est composé de sept parties qui n'ont l'une avec l'autre aucune communication immédiate. Il consiste, de chaque côté, dans sept bourses ou petits sacs, dont chacun répond, à l'extérieur, à l'une des sept ouvertures dont nous venons de parler, et communique du côté opposé avec l'intérieur de la bouche par un ou deux petits trous. Ces bourses sont inclinées de derrière en avant, relativement à la ligne dorsale de l'animal ; elles sont revêtues d'une membrane plissée, qui augmente beaucoup les points de contact de cet organe avec le fluide qu'il peut contenir ; et la couleur rougeâtre de cette membrane annonce qu'elle est tapissée non-seulement de petits vaisseaux dérivés des artères branchiales, mais encore des premières ramifications des autres vaisseaux, par lesquels le sang revivifié, pour ainsi dire, dans le siége de la respiration, se répand dans toutes les portions du corps qu'il anime à son tour. Ces diverses ramifications sont assez multipliées dans la membrane qui revêt les bourses respiratoires, pour que le sang, réduit à de très-petites molécules, puisse exercer une très-grande force d'affinité sur le fluide contenu dans les quatorze petits sacs, et que toutes les décompositions et les combinaisons nécessaires à la circulation et à la vie puissent y être aussi facilement exécutées que dans des organes beaucoup plus divisés, dans des parties plus adaptées à l'habitation ordinaire des poissons, et dans des branchies telles que celles que nous verrons dans tous les autres genres de ces animaux. Il se pourrait cependant que ces diverses compositions et décompositions ne fussent pas assez promptement opérées par des sacs ou bourses bien plus semblables aux poumons des quadrupèdes, des oiseaux et des reptiles, que les branchies du plus grand nombre de poissons; que les pétromyzons souffrissent lorsqu'ils ne pourraient pas de temps en temps, et quoiqu'à des époques très-éloignées l'une de l'autre, remplacer le fluide des mers et des rivières par celui de l'atmosphère; et cette nécessité s'accorderait avec ce qu'ont dit plusieurs observateurs qui ont supposé dans les pétromyzons une sorte d'obligation de s'approcher quelquefois de la surface des eaux, et d'y respirer pendant quelques moments l'air atmosphérique. On pourrait aussi penser que c'est à cause de la nature de leurs bourses respiratoires, plus analogue à celle des véritables poumons que celle des branchies complètes, que les pétromyzons vivent facilement plusieurs jours hors de l'eau. Mais, quoi qu'il en soit, voici comment l'eau circule dans chacun des quatorze petits sacs de la lamproie.

Lorsqu'une certaine quantité d'eau est entrée par la bouche dans la cavité du palais, elle pénètre dans chaque bourse par les orifices intérieurs de ce petit sac, et elle en sort par l'une des quatorze ouvertures extérieures que nous avons comptées. Il arrive souvent au contraire que l'animal fait entrer l'eau qui lui est nécessaire par l'une des quatorze ouvertures, et la fait sortir de la bourse par les orifices intérieurs qui aboutissent à la cavité du palais. L'eau, parvenue à cette dernière cavité, peut s'échapper par la bouche, ou par un trou ou évent que la lamproie, ainsi que tous les autres pétromyzons, a sur le derrière de la tête. Cet évent, que nous retrouverons double sur la tête de très-grands poissons cartilagineux, sur celle des raies et des squales, est analogue à ceux que présente le dessus de la tête des cétacés, et par lesquels ils font jaillir l'eau de la mer à une grande hauteur, et forment des jets d'eau que l'on peut apercevoir de loin. Les pétromyzons peuvent également, et d'une manière proportionnée à leur grandeur et à leurs forces, lancer par leur évent l'eau surabondante des bourses qui leur tiennent lieu de véritables branchies. Et sans cette issue particulière, qu'ils peuvent ouvrir et fermer à volonté en écartant ou rapprochant les membranes qui en garnissent la circonférence, ils seraient obligés d'interrompre très-souvent une de leurs habitudes les plus constantes, qui leur a fait donner le nom qu'ils portent (1), celle de s'attacher par le moyen de leurs lèvres souples et très-mobiles, et de leur cent ou cent vingt dents fortes et crochues, aux rochers des rivages, aux bas fonds limoneux, aux bois submergés, et à plusieurs autres corps (2). Au reste, il est aisé de voir que c'est en élargissant ou en comprimant leurs bourses branchiales, ainsi qu'en ouvrant ou fermant les orifices de ces bourses, que les pétromyzons rejettent l'eau de leurs organes, ou l'y font pénétrer.

Maintenant, si nous jetons les yeux sur l'intérieur de la lamproie, nous trouverons que les parties les plus solides de son corps ne consistent que dans une suite de vertèbres entièrement dénuées de côtes, dans une sorte de longue corde cartilagineuse et flexible qui renferme la moëlle épinière, et qui, composant l'une des charpentes animales les plus simples, établit un nouveau rapport entre le genre des pétromy-

---

(1) *Pétromyzon* signifie *suce-pierre*.

(2) Les pétromyzons peuvent ainsi s'attacher avec force à différents corps, On a vu une lamproie qui pesait quinze hectogrammes (trois livres) enlever avec sa bouche un poids de six kilogrammes (douze livres ou à peu près).

zons et celui des sépies, et forme ainsi une nouvelle liaison entre la classe des poissons et la nombreuse classe des vers.

Le canal alimentaire s'étend depuis la racine de la langue jusqu'à l'anus presque sans sinuosités, et sans ces appendices ou petits canaux accessoires que nous remarquerons auprès de l'estomac d'un grand nombre de poissons; et cette conformation, qui suppose dans les sucs digestifs de la lamproie une force très-active, leur donne un nouveau trait de ressemblance avec les serpents.

L'oreillette du cœur est très-grosse à proportion de l'étendue du ventricule de ce viscère.

Les ovaires occupent dans les femelles une grande partie de la cavité du ventre, et se terminent par un petit canal cylindrique et saillant hors du corps de l'animal, à l'endroit de l'anus. Les œufs qu'ils renferment sont de la grosseur de graines de pavot, et de couleur d'orange. Leur nombre est très-considérable. C'est pour s'en débarrasser, ou pour les féconder lorsqu'ils ont été pondus, que les lamproies remontent de la mer dans les grands fleuves, et des grands fleuves dans les rivières. Le retour du printemps est ordinairement le moment où elles quittent leurs retraites marines pour exécuter cette espèce de voyage périodique. Mais le temps de leur passage des eaux salées dans les eaux douces est plus ou moins retardé ou avancé suivant les changements qu'éprouve la température des parages qu'elles habitent.

Elles se nourrissent de vers marins ou fluviatiles, de poissons très-jeunes, et, par un appétit contraire à celui d'un grand nombre de poissons, mais qui est analogue à celui des serpents, elles se contentent aisément de chair morte.

Dénuées de fortes mâchoires, de dents meurtrières, d'aiguillons acérés, n'étant garanties ni par des écailles dures, ni par des tubercules solides, ni par un croûte osseuse, elles n'ont point d'armes pour attaquer, et ne peuvent opposer aux ennemis qui les poursuivent que les ressources des faibles, une retraite quelquefois assez constante dans des asiles plus ou moins ignorés, l'agilité des mouvements, et la vitesse de la fuite. Aussi sont-elles fréquemment la proie des grands poissons, tels que l'ésoce brochet et le silure mâle, de quadrupèdes tels que la loutre et le chien barbet, et de l'homme, qui les pêche non-seulement avec les instruments connus sous le nom de *nasse* (1) et de *louve* (2), mais encore avec les grands filets.

Au reste, ce qui conserve un grand nombre de lamproies, malgré les ennemis dont elles sont environnées, c'est que des blessures graves, et même mortelles pour la plupart des poissons, ne sont point dangereuses pour les pétromysons; et même, par une conformité remarquable d'organisation et de facultés avec les serpents, et particulièrement avec la vipère, ils peuvent perdre de très-grandes portions de leur corps sans être à l'instant privés de la vie; et l'on a vu des lamproies à qui il ne restait plus que la tête et la partie antérieure du corps, coller encore leur bouche avec force, et pendant plusieurs heures, à des substances dures qu'on leur présentait.

Elles sont d'autant plus recherchées par les pêcheurs, qu'elles parviennent à une grandeur assez considérable. On en a pris qui pesaient trois kilogrammes (six livres ou environ); et lorsqu'elles pèsent quinze hectogrammes (trois livres ou environ), elles ont déjà un mètre (trois pieds ou à peu près) de longueur. D'ailleurs leur chair, quoiqu'un peu

(1) On nomme ainsi une espèce de panier d'osier ou de jonc, et fait à claire-voie, de manière à laisser passer l'eau et à retenir le poisson. La *nasse* a un ou plusieurs goulets composés de brins d'osier que l'on attache en dedans de telle sorte qu'ils soient inclinés les uns vers les autres. Ces brins d'osier sont assez flexibles pour être écartés par le poisson, qui pénètre ainsi dans la *nasse*; mais lorsqu'il veut en sortir, les osiers présentent leurs pointes réunies qui lui ferment le passage.

(2) On appelle *louve* ou *loup* une espèce de filet en nappe, dont le milieu forme une poche, et que l'on tend verticalement sur trois perches, dont deux soutiennent les extrémités du filet, et dont la troisième plus reculée, maintient le milieu de cet instrument. On oppose le filet au courant de la marée et lorsque le poisson y est engagé, on enlève du sol deux des trois perches, et on amène le filet dans le bateau du pêcheur.

Quelquefois on attache le filet sur deux perches par les extrémités. Deux hommes tenant chacun une de ces perches s'avancent au milieu des eaux de la mer en présentant à la marée montante l'ouverture de leur filet, auquel l'effort de l'eau donne une courbure semblable à celle d'une voile enflée par le vent. Quand il y a des poissons pris dans le filet, ils achèvent de les y envelopper en rapprochant les deux perches l'une de l'autre.

difficile à digérer dans certaines circonstances, est très-délicate lorsqu'elles n'ont pas quitté depuis longtemps les eaux salées ; mais elle devient dure et de mauvais goût lorsqu'elles ont fait un long séjour dans l'eau douce, et que la fin de la saison chaude ou tempérée ramène le temps où elles regagnent leur habitation marine (1), suivies, pour ainsi dire des petits auxquels elles ont donné le jour.

L'on pêche quelquefois un si grand nombre de lamproies, qu'elles ne peuvent pas être promptement consommées dans les endroits voisins des rivages auprès desquels elles ont été prises ; on les conserve alors pour des saisons plus reculées ou des pays plus éloignés auxquels on veut les faire parvenir, en les faisant griller et en les renfermant ensuite dans des barils avec du vinaigre et des épices.

Au reste, presque tous les climats paraissent convenir à la lamproie : on la rencontre dans la mer du Japon, aussi bien que dans celle qui baigne les côtes de l'Amérique méridionale ; elle habite la Méditerranée, et on la trouve dans l'Océan ainsi que dans les fleuves qui s'y jettent, à des latitudes très-éloignées de l'équateur.

LA RAIE BATIS.

LES *raies* sont, comme les pétromyzons, des poissons cartilagineux ; elles ont de même leurs branchies dénuées de membrane et d'opercule. Elles offrent encore d'autres grands rapports avec ces animaux dans leurs habitudes et dans leur conformation ; et cependant quelle différence sépare ces deux genres de poissons ! Les jeunes pétromyzons sortent d'œufs pondus depuis un nombre de jours plus ou moins grand par

---

(1) Suivant Pennant, la ville de Glocester, dans la Grande-Bretagne, est dans l'usage d'envoyer tous les ans, vers les fêtes de Noël, un pâté de lamproies au roi d'Angleterre ; la difficulté de se procurer des pétromyzons pendant l'hiver, saison durant laquelle ils paraissent très-peu fréquemment près des rivages, a vraisemblablement déterminé le choix de la ville de Glocester.

leur mère : les jeunes raies éclosent dans le ventre même de la leur, et naissent toutes formées. Les pétromyzons sont très-féconds ; des milliers d'œufs sont pondus par les femelles, et fécondés par les mâles : les raies ne donnent le jour qu'à un petit à la fois, et n'en produisent, chaque année, qu'un nombre très-peu considérable. Les pétromyzons se rapprochent des couleuvres vipères par leur organe respiratoire ; les raies par leur manière de venir à la lumière. Une seule espèce de pétromyzon ne craint pas les eaux salées, mais ne se retire dans le sein des mers que pendant la saison du froid : toutes les espèces de raies vivent, au contraire, sous tous les climats et dans toutes les saisons, au milieu des ondes de l'Océan ou des mers méditerranées. Qu'il y a donc loin de nos arrangements artificiels au plan sublime de la toute-puissance créatrice ; de celles de nos méthodes dont nous nous sommes le plus efforcés de combiner tous les détails, avec l'immense et admirable ensemble des productions qui composent ou embellissent le globe.

C'est toujours au milieu des mers que les raies font leur séjour ; mais, suivant les différentes époques de l'année, elles changent d'habitation au milieu des flots de l'Océan. Lorsque le temps de la fécondation des œufs est encore éloigné, et par conséquent pendant que la mauvaise saison règne encore, c'est dans les profondeurs des mers qu'elles se cachent, pour ainsi dire. C'est là que, souvent immobiles sur un fond de sable ou de vase, appliquant leur large corps sur le limon du fond des mers, se tenant en embuscade sous les algues et les autres plantes marines, dans les endroits assez voisins de la surface des eaux pour que la lumière du soleil puisse y parvenir et développer les germes de ces végétaux, elles méritent, loin des rivages, l'épithète de *pélagiennes* qui leur a été donnée par plusieurs naturalistes. Elles la méritent encore, cette dénomination de *pélagiennes,* lorsqu'après avoir attendu inutilement dans leur retraite profonde l'arrivée des animaux dont elles se nourrissent, elles se traînent sur cette même vase qui les a quelquefois recouvertes en partie, sillonnent ce limon des mers, et étendent ainsi autour d'elles leurs embûches et leurs recherches. Elles méritent surtout ce nom d'habitants de la haute mer, lorsque, pressées de plus en plus par la faim, ou effrayées par des troupes très-nombreuses d'ennemis dangereux, ou agitées par quelque autre cause puissante, elles s'élèvent vers la surface des ondes, s'éloignent souvent de plus en plus des côtes, et, se livrant, au milieu des régions des tempêtes, à une fuite précipitée; mais le plus fréquemment à une poursuite obstinée et à une chasse terrible pour leur proie, elles affrontent les vents et les vagues en courroux, et, recourbant leur queue, remuant avec force leurs larges nageoires, relevant leur vaste corps au-dessus des ondes, et le laissant retomber de tout son poids, elles font jaillir au loin et avec bruit l'eau salée et écumante. Mais lorsque le temps de donner le jour à leurs petits est ramené par le printemps, ou par le commencement de l'été, les mâles ainsi que les femelles se pressent autour des rochers qui bordent les rivages; et elles pourraient alors être comptées passagèrement parmi les poissons littoraux. Soit qu'elles cherchent ainsi auprès des côtes l'asile, le fond et la nourriture qui leur conviennent le mieux; ou soit qu'elles voguent loin de ces mêmes bords, elles attirent toujours l'attention des observateurs par la grande nappe d'eau qu'elles compriment et repoussent loin d'elles, et par l'espèce de tremblement qu'elles communiquent aux flots qui les environnent. Presque aucun habitant des mers, si on excepte les baleines, les autres cétacés, et quelques pleuronectes, ne présente, en effet, un corps aussi long, aussi large et aussi aplati, une surface aussi plane et aussi étendue. Tenant toujours déployées leurs nageoires pectorales, que l'on a comparées à de grandes ailes, se dirigeant au milieu des eaux par le moyen d'une queue très-longue, très-déliée et très-mobile, poursuivant avec promptitude les poissons qu'elles recherchent, et fendant les eaux pour tomber à l'improviste sur les animaux qu'elles sont près d'atteindre, comme l'oiseau de proie se précipite du haut des airs, il n'est pas surprenant qu'elles aient été assimilées, dans le moment où elles cinglent avec vitesse près de la surface de l'Océan, à un très-grand oiseau, à un aigle puissant, qui, les ailes étendues, parcourt rapidement les diverses régions de l'atmosphère. Les plus forts et les plus grands de presque

tous les poissons, comme l'aigle est le plus grand et le plus
fort des oiseaux, ne paraissant, en chassant les animaux marins plus faibles qu'elles, que céder à une nécessité impérieuse et au besoin de nourrir un corps volumineux, n'immo-
lant pas de victimes à une cruauté inutile, douées d'ailleurs
d'un instinct supérieur à celui des autres poissons osseux ou
cartilagineux, les raies sont en effet les aigles de la mer; l'O-
céan est leur domaine, comme l'air est celui de l'aigle; et,
de même que l'aigle, s'élançant dans les profondeurs de l'atmosphère, va chercher, sur des rochers déserts et sur des
cimes escarpées, le repos après la victoire, et la jouissance
non troublée des fruits d'une chasse laborieuse, elles se plongent, après leurs courses et leurs combats, dans un des
abîmes de la mer, et trouvent dans cette retraite écartée un
asile sûr et la tranquille possession de leurs conquêtes.

Mais examinons de près la *batis*, l'une des plus grandes,
des plus répandues et des plus connues des raies.

L'ensemble du corps de la batis présente un peu la forme
d'une losange. La pointe du museau est placée à l'angle antérieur; les rayons les plus longs de chaque nageoire pectorale
occupent les deux angles latéraux, et l'origine de la queue se
trouve au sommet de l'angle de derrière. Quoique cet ensemble soit très-aplati, on distingue cependant un léger ren-
flement tant dans le côté supérieur que dans le côté inférieur,
qui trace, pour ainsi dire, le contour du corps proprement
dit, c'est-à-dire, des trois cavités de la tête, de la poitrine et
du ventre. Ces trois cavités réunies n'occupent que le milieu
de la losange, depuis l'angle antérieur jusqu'à celui de derrière, et laissent de chaque côté une espèce de triangle moins
épais, qui compose une des nageoires pectorales. La surface
de ces deux nageoires pectorales est plus grande que celle du
corps proprement dit, ou des trois cavités principales; et
quoiqu'elles soient recouvertes d'une peau épaisse, on peut
cependant distinguer assez facilement et même compter avec
précision, surtout vers l'angle latéral de ces larges parties,
un grand nombre de ces rayons cartilagineux, composés et
articulés, dont nous avons exposé la contexture. Ces rayons
partent du corps de l'animal, s'étendent, en divergeant un

peu, jusqu'au bord des nageoires; et les différentes personnes qui ont mangé de la raie batis, et qui ont dû voir et
manier ces longs rayons, ne seront pas peu étonnées d'ap-
prendre qu'ils ont échappé à l'observation de quelques naturalistes, qui ont pensé, en conséquence, qu'il n'y avait pas
de rayons dans les nageoires pectorales de la batis. Aristote
lui-même, qui cependant a bien connu et très-bien exposé les
principales habitudes des raies, ne croyant pas que les côtés
de la batis renfermassent des rayons, ou ne considérant pas
ces rayons comme des caractères distinctifs des nageoires, a
écrit qu'elle n'avait point de nageoires pectorales, et qu'elle
voguait en agitant les parties latérales de son corps.

La tête de la batis terminée par un museau un peu pointu,
est d'ailleurs engagée par derrière dans la cavité de la poitrine. L'ouverture de la bouche, placée dans la partie inférieure de la tête, et même à une distance assez grande de
l'extrémité du museau, est allongée et transversale, et ses
bords sont cartilagineux et garnis de plusieurs rangs de
dents très-aiguës et crochues. La langue est très-courte,
large, et sans aspérités.

Les narines, placées au-devant de la bouche, sont situées
également sur la partie inférieure de la tête. L'ouverture de
cet organe peut être élargie ou rétrécie à la volonté de l'animal, qui d'ailleurs, après avoir diminué le diamètre de cette
ouverture, peut la fermer en totalité par une membrane particulière attachée au côté de l'orifice, le plus voisin du milieu
du museau, et laquelle, s'étendant avec facilité jusqu'au bord
opposé, et s'y collant, pour ainsi dire, peut faire l'office
d'une sorte de soupape, et empêcher que l'eau chargée des
émanations odorantes ne parvienne jusqu'à un organe très-
délicat, dans les moments où la batis n'a pas besoin d'être
avertie de la présence des objets extérieurs, et dans ceux
où son système nerveux serait douloureusement affecté par
une action trop vive et trop constante. Le sens de l'odorat
étant, si l'on peut parler ainsi, le sens de la vue des poissons, et particulièrement de la batis, cette sorte de *paupière*
leur est nécessaire pour soustraire un organe très-sensible à
la fatigue ainsi qu'à la destruction, et pour se livrer au repos

et au sommeil, de même que l'homme et les quadrupèdes ne pourraient, sans la véritable paupière qu'ils étendent souvent au-devant de leurs yeux, ni éviter des veilles trop longues et trop multipliées, ni conserver dans toute sa perfection et sa délicatesse celui de leurs organes dans lequel s'opère la vision.

Au reste, nous avons déjà exposé la conformation de l'organe de l'odorat dans les poissons, non-seulement dans les osseux, mais encore dans les cartilagineux, et particulièrement dans les raies. Nous avons vu que, dans ces derniers animaux, l'intérieur de cet organe était composé de plis membraneux et disposés transversalement des deux côtés d'une sorte de cloison. Ces plis ou membranes aplatis sont garnis, dans la batis, et dans presque toutes les espèces de raies, d'autres membranes plus petites qui les font paraître comme frangés. Il sont d'ailleurs plus hauts que dans presque tous les poissons connus, excepté les squales; et comme la cavité qui renferme ces membranes plus grandes et plus nombreuses, ces surfaces plus larges et plus multipliées, est aussi plus étendue que les cavités analogues dans la plupart des autres poissons osseux et cartilagineux, il n'est pas surprenant que presque toutes les raies, et particulièrement la batis, aient le sens de l'odorat bien plus parfait que celui du plus grand nombre des habitants des mers; et voilà pourquoi elles accourent de très-loin, ou remontent de très-grandes profondeurs, pour dévorer les animaux dont elles sont avides.

L'on se souviendra sans peine de ce que nous avons déjà dit de la forme de l'oreille dans les poissons, et particulièrement dans les raies. Nous n'avons pas besoin de répéter ici que les cartilagineux, et particulièrement la batis, éprouvent la véritable sensation de l'ouïe dans trois petits sacs qui contiennent de petites pierres ou une matière crétacée, et qui font partie de leur oreille intérieure, ainsi que dans les ampoules ou renflements de trois canaux presque circulaires et membraneux, qui y représentent les trois canaux de l'oreille de l'homme, appelés *canaux demi-circulaires*. C'est dans ces diverses portions de l'organe de l'ouïe que s'épanouit le rameau de la cinquième paire de nerfs, qui, dans les poissons, est le vrai nerf acoustique; et ces trois canaux membraneux sont renfermés en partie dans d'autres canaux presque circulaires, comme les premiers, mais cartilagineux, et pouvant mettre à l'abri de plusieurs accidents les canaux bien plus mous autour des ampoules desquels on voit s'épanouir le nerf acoustique.

Les yeux sont situés sur la partie supérieure de la tête, et à peu près à la même distance du museau que l'ouverture de la bouche. Ils sont à demi saillants, et garantis en partie par une continuation de la peau qui recouvre la tête, et qui, s'étendant au-dessus du globe de l'œil, forme comme une sorte de petit toit, et ôterait aux batis la facilité de voir les objets placés verticalement au-dessus d'elles, si elle n'était souple et un peu rétractile vers le milieu du crâne. C'est cette peau, que l'animal peut déployer ou resserrer, et qui a quelque rapport avec la paupière supérieure de l'homme et des quadrupèdes, que quelques auteurs ont appelée *paupière*, et que d'autres ont comparée à la membrane clignotante des oiseaux.

Immédiatement derrière les yeux, mais un peu plus vers les bords de la tête, sont deux trous ou *évents* qui communiquent avec l'intérieur de la bouche. Et comme ces trous sont assez grands, que les tuyaux dont ils sont les orifices sont larges et très-courts, et qu'ils correspondent à peu près à l'ouverture de la bouche, il n'est pas surprenant que lorsqu'on tient une raie batis dans une certaine position, et par exemple contre le jour, on aperçoive même d'un peu loin, et au travers de l'ouverture de la bouche et des évents, les objets placés au-delà de l'animal, qui paraît alors avoir reçu deux grandes blessures, et avoir été percé d'un bord à l'autre.

Ces trous, que l'animal a la faculté d'ouvrir ou de fermer, par le moyen d'une membrane très-extensible, que l'on peut comparer à une paupière, ou, pour mieux dire, à une sorte de soupape, servent à la batis au même usage que l'évent de la lamproie à ce pétromyzon. C'est par ces deux orifices que cette raie admet ou rejette l'eau nécessaire ou surabondante à ses organes respiratoires, lorsqu'elle ne veut pas employer l'ouverture de sa bouche pour porter l'eau de la mer dans ses branchies, ou pour l'en retirer. Mais comme la batis, non

plus que les autres raies, n'a pas l'habitude de s'attacher avec
la bouche aux rochers, aux bois ni à d'autres corps durs, il
faut chercher pourquoi ces deux évents supérieurs, que l'on
retrouve dans les squales, mais que l'on n'aperçoit d'ailleurs
dans aucun genre de poissons, paraissent nécessaires aux
promptes et fréquentes aspirations et expirations aqueuses
sans lesquelles les raies cesseraient de vivre.

Nous allons voir que les ouvertures des branchies des raies
sont situées dans le côté inférieur de leur corps. Ne pourrait-
on pas, en conséquence, supposer que le séjour assez long
que font les raies dans le fond des mers, où elles tiennent la
partie inférieure de leur corps appliquée contre le limon ou le
sable, doit les exposer à avoir, pendant une grande partie de
leur vie, l'ouverture de leur bouche, ou celles du siége de la
respiration collées en quelque sorte contre la vase, de manière
que l'eau de la mer ne puisse y parvenir ou en jaillir qu'avec
peine, et que si celles de ces ouvertures qui peuvent être alors
obstruées n'étaient pas suppléées par les évents placés dans
le côté supérieur des raies, ces animaux ne pourraient pas
faire arriver jusqu'à leurs organes respiratoires l'eau dont ces
organes doivent être périodiquement abreuvés?

Ce siége de la respiration, auquel les évents servent à apporter ou à ôter l'eau de la mer, consiste, de chaque côté,
dans une cavité assez grande qui communique avec celle du
palais, ou, pour mieux dire, qui fait partie de cette dernière,
et qui s'ouvre à l'extérieur, dans le côté inférieur du corps,
par cinq trous ou fentes transversales que l'animal peut fermer et ouvrir en étendant ou retirant les membranes qui revêtent les bords de ces fentes. Ces cinq ouvertures sont situées
au-delà de celle de la bouche, et disposées sur une ligne un
peu courbe, dont la convexité est tournée vers le côté extérieur du corps; de telle sorte que ces deux rangées, dont chacune est de cinq fentes, représentent, avec l'espace qu'elles
renferment au-dessous de la tête, du cou et d'une portion de
la poitrine de l'animal, une sorte de disque ou de plastron un
peu ovale.

Dans chacune de ces cavités latérales de la batis sont les
branchies proprement dites, composées de cinq cartilages un

peu courbés, et garnies de membranes plates très-minces,
très-nombreuses, appliquées l'une contre l'autre et que l'on a
comparées à des feuillets : on compte deux rangées de ces
feuillets ou membranes très-minces et très-aplaties, sur le
bord convexe des quatre premiers cartilages ou branchies, et
un seul rang sur le cinquième ou dernier.

Nous avons déjà vu que ces membranes très-minces contiennent une très-grande quantité de ramifications des vaisseaux sanguins qui aboutissent aux branchies, soit que ces
vaisseaux composent les dernières extrémités de l'artère
branchiale, qui se divise en autant de rameaux qu'il y a de
branchies, et apporte dans ces organes de la respiration le
sang qui a déjà circulé dans tous les corps, et dont les principes ont besoin d'être purifiés et renouvelés; soit que ces
mêmes vaisseaux soient l'origine de ceux qui se répandent
dans toutes les parties du poisson, et y distribuent un sang
dont les éléments ont reçu une nouvelle vie. Ces vaisseaux
sanguins, qui ne sont composés dans les membranes des
branchies que de parois très-minces et facilement perméables
à divers fluides, peuvent exercer, ainsi que nous l'avons
exposé, une action d'autant plus grande sur le fluide qui les
arrose, que la surface présentée par les feuillets des branchies, et sur laquelle ils sont disséminés, est très-grande
dans tous les poissons, à proportion de l'étendue de leur
corps. En effet, les raies ne sont pas les poissons dans lesquels les membranes branchiales offrent la plus grande division, ni par conséquent le plus grand développement; et
cependant un très-habile anatomiste, le professeur Monro
d'Édimbourg a trouvé que la surface de ces feuillets, dans
une raie batis de grandeur médiocre, était égale à celle du
corps humain. Au reste, la partie extérieure de ces branchies,
ou, pour mieux dire, des feuillets qui les composent, au lieu
d'être isolée relativement à la peau, ou au bord de la cavité
qui l'avoisine, comme le sont les branchies du plus grand
nombre de poissons et particulièrement des osseux, est assu-
ettie à cette même peau ou à ce même bord par une membrane très-mince. Mais cette membrane est trop déliée pour
nuire à la respiration et peut tout au plus en modifier les

opérations d'une manière analogue aux habitudes de la batis.

Cette raie a deux nageoires ventrales placées à la suite des nageoires pectorales, auprès et de chaque côté de l'anus, que deux autres nageoires, auxquelles nous donnerons le nom de *nageoires de l'anus*, touchent de plus près, et entourent, pour ainsi dire. Il en est même environné de manière à paraître situé, en quelque sorte, au milieu d'une seule nageoire qu'il aurait divisée en deux par sa position, et que plusieurs naturalistes ont nommée en effet, au singulier, *nageoire de l'anus*. Mais ces nageoires, tant de l'anus que ventrales, au lieu d'être situées perpendiculairement ou très-obliquement, comme dans la plupart des poissons, ont une situation presque entièrement horizontale, et, semblant être à certains égards une continuation des nageoires pectorales, servent à terminer la forme de losange très-aplatie que présente l'ensemble du corps de la batis.

De plus, la nageoire ventrale et celle de l'anus, que l'on voit de chaque côté du corps, ne sont pas véritablement distinctes l'une de l'autre. On reconnaît, au moins le plus souvent, en les étendant, qu'elles ne sont que deux parties d'une même nageoire, que la même membrane les revêt, et que la grandeur des rayons, plus longs communément dans la portion que l'on a nommée *ventrale*, peut seule faire connaître où commence une portion et où finit l'autre. On devrait donc, à la rigueur, ne pas suivre l'usage adopté par les naturalistes qui ont écrit sur les raies, et dire que la batis n'a pas de nageoires de l'anus, mais deux longues nageoires ventrales qui environnent l'anus par leurs extrémités postérieures.

Entre les deux nageoires de l'anus, commence la queue, qui s'étend ordinairement jusqu'à une longueur égale à celle du corps et de la tête. Elle est d'ailleurs presque ronde, très-déliée, très-mobile, et terminée par une pointe qui paraît d'autant plus fine, que la batis n'a point de nageoire caudale comme quelques autres raies, et n'en présente par conséquent aucune au bout de cette pointe. Mais vers la fin de la queue, et sur sa partie supérieure, on voit deux petites nageoires très-séparées l'une de l'autre, et qui doivent être regardées

comme deux véritables nageoires dorsales quoiqu'elles ne
soient pas situées au-dessus du corps proprement dit.

La batis remue avec force et avec vitesse cette queue longue, souple et menue, qui peut se fléchir et se contourner en
différents sens. Elle l'agite comme une sorte de fouet, non-
seulement lorsqu'elle se défend contre ses ennemis, mais
encore lorsqu'elle attaque sa proie. Elle s'en sert particulièrement lorsqu'en embuscade dans le fond de la mer, cachée
presque entièrement dans le limon, et voyant passer autour
d'elle les animaux dont elle cherche à se nourrir, elle ne veut
ni changer sa position, ni se débarrasser de la vase ou des
algues qui la couvrent, ni quitter sa retraite et se livrer à des
mouvements qui pourraient n'être pas assez prompts, surtout
lorsqu'elle veut diriger ses armes contre les poissons les plus
agiles. Elle emploie alors sa queue; et, la fléchissant avec
promptitude, elle atteint sa victime et la frappe souvent à
mort. Elle lui fait du moins des blessures d'autant plus dangereuses, que cette queue, mue par des muscles puissants,
présente de chaque côté et auprès de sa racine un piquant
droit et fort, et que d'ailleurs elle est garnie, dans sa partie
supérieure, d'une rangée d'aiguillons crochus. Chacun de ces
aiguillons, qui sont assez grands, est attaché à une petite
plaque cartilagineuse, arrondie, ordinairement concave du côté
du crochet, et un peu convexe de l'autre, et qui, placée au-
dessous de la peau, est maintenue par ce tégument et retient
l'aiguillon. Au reste, l'on voit autour des yeux plusieurs
aiguillons de même forme, mais beaucoup plus petits.

La peau qui revêt et la tête, et le corps, et la queue, est
forte, tenace et enduite d'une humeur gluante qui en entretient
la souplesse, et la rend plus propre à résister sans altération
aux attaques des ennemis des raies, et aux effets du fluide au
milieu duquel vivent les batis. Ce suc visqueux est fourni par
des canaux placés assez près des téguments, et distribués sur
chaque côté du corps et surtout de la tête. Ces canaux s'ouvrent à la surface par des trous plus ou moins sensibles, et
l'on en peut trouver une description très-détaillée et très-bien
faite dans le bel ouvrage du professeur Monro sur les poissons.

La couleur générale de la batis est, sur ce côté supérieur, d'un gris cendré, semé de taches noirâtres, sinueuses, irrégulières, les unes grandes, les autres petites, et toutes d'une teinte plus ou moins faible : le côté inférieur est blanc, et présente plusieurs rangées de points noirâtres.

Les batis, ainsi que toutes les raies, ont en général leurs muscles beaucoup plus puissants que ceux des autres poissons ; c'est surtout dans la partie antérieure de leur corps que l'on peut observer cette supériorité de forces musculaires, et voilà pourquoi elles ont la faculté d'imprimer à leur museau différents mouvements exécutés souvent avec beaucoup de promptitude.

Mais non-seulement le museau de la batis est plus mobile que celui de plusieurs poissons osseux ou cartilagineux, il est encore le siége d'un sentiment assez délicat. Nous avons vu que, dans les poissons, un rameau de la cinquième paire de nerfs était le véritable nerf acoustique. Une petite branche de ce rameau pénètre de chaque côté dans l'intérieur de la narine, et s'étend ensuite jusqu'à l'extrémité du museau, qui, dès lors doué d'une plus grande sensibilité, et pouvant d'ailleurs par sa mobilité s'appliquer, plus facilement que d'autres membres de la batis, à la surface des corps dont elle s'approche, doit être pour cet animal un des principaux siéges du sens du toucher. Aussi, lorsque les batis veulent reconnaître les objets avec plus de certitude, et s'assurer de leur nature avec plus de précision, en approchent-elles leur museau, non-seulement parce que sa partie inférieure contient l'organe de l'odorat, mais encore parce qu'il est l'un des principaux et peut-être le plus actif d'un des organes du toucher.

Cependant une considération d'une plus haute importance et d'une bien plus grande étendue dans ses conséquences, se présente ici à notre réflexion. Ce toucher plus parfait dont la sensation est produite dans la batis par une petite branche de la cinquième paire de nerfs, cinquième paire dont à la vérité un rameau est le nerf acoustique des poissons, mais qui dans l'homme et dans les quadrupèdes est destinée à s'épanouir dans le siége du goût, ne pourrait-il pas être regardé par ceux qui savent distinguer la véritable nature des objets d'avec leurs accessoires accidentels, ne pourrait-il pas, dis-je, être considéré comme une espèce de supplément au sens du goût de la batis? Quoi qu'il en soit de cette conjecture, l'on peut voir évidemment que la partie antérieure de la tête de la batis, non-seulement présente l'organe de l'ouïe, celui de l'odorat, et un des siéges principaux de celui du toucher, mais encore nous montre ces trois organes intimement liés par ces rameaux du nerf acoustique, qui parviennent jusque dans les narines, et vont ensuite être un siége de sensations délicates à l'extrémité du museau. Ne résulte-t-il pas de cette distribution du nerf acoustique, que non-seulement les trois sens de l'ouïe, de l'odorat et du toucher, très-rapprochés par une sorte de juxtaposition dans la partie antérieure de la tête, peuvent être facilement ébranlés à la fois par la présence d'un objet extérieur dont ils doivent dès lors donner à l'animal une sensation générale bien plus étendue, bien plus vive et bien plus distincte, mais encore que, réunis par les rameaux de la cinquième paire qui vont de l'un à l'autre, et les enchaînant ainsi par des cordes sensibles, ils doivent recevoir souvent un mouvement indirect d'un objet qui, sans cette communication nerveuse, n'aurait agi que sur un ou deux des trois sens, et tenir de cette commotion intérieure la faculté de transmettre à la batis un sentiment plus fort, et même de céder à des impressions extérieures dont l'effet aurait été nul sans cette espèce d'agitation interne due au rameau du nerf acoustique? Maintenant, si l'on rappelle les réflexions profondes et philosophiques faites par Buffon dans l'histoire de l'éléphant, au sujet de la réunion d'un odorat exquis et d'un toucher délicat à l'extrémité de la trompe de ce grand animal, très-digne d'attention par la supériorité de son instinct; si l'on se souvient des raisons qu'il a exposées pour établir un rapport nécessaire entre l'intelligence de l'éléphant et la proximité de ses organes du toucher et de l'odorat, ne devra-t-on pas penser que la batis et les autres raies, qui présentent assez près l'un de l'autre non-seulement les siéges de l'odorat et du toucher, mais encore celui de l'ouïe, et dont un rameau de nerfs lie et réunit intimement tous ces organes, doivent avoir un instinct très-remarquable dans la classe des poissons? De plus, nous venons de voir que l'odorat de la batis, ainsi que des autres raies, était bien plus actif que celui de la plupart des habitants de la mer ; nous savons, d'un autre côté, que le sens le plus délicat des poissons, et celui qui doit influer avec le plus de force et de constance sur leurs affections, ainsi que sur leurs habitudes, est celui de l'odorat ; et nous devons conclure de cette dernière vérité, que le poisson dans lequel l'organe de l'odorat est le plus sensible doit, tout égal d'ailleurs, présenter le plus grand nombre de traits d'une sorte d'intelligence. En réunissant toutes ces vues, on croira donc devoir attribuer à la batis, et aux autres raies conformées de même, une assez grande supériorité d'instinct; et en effet, toutes les observations prouvent qu'elles l'emportent par les procédés de leur chasse, l'habileté dans la fuite, la finesse dans les embuscades, la vivacité dans plusieurs affections, et une sorte d'adresse dans d'autres habitudes, sur presque toutes les espèces connues de poissons et particulièrement de poissons osseux.

Mais continuons l'examen des différentes portions du corps de la batis.

Les parties solides que l'on trouve dans l'intérieur du corps, et qui en forment comme la charpente, ne sont ni en très-grand nombre, ni très-diversifiées dans leur conformation.

Elles consistent premièrement dans une suite de vertèbres cartilagineuses qui s'étendent depuis le derrière de la tête jusqu'à l'extrémité de la queue. Ces vertèbres sont cylindriques, concaves à un bout, convexes à l'autre, emboîtées l'une dans l'autre, et cependant mobiles, et d'ailleurs flexibles ainsi qu'élastiques par leur nature, de telle sorte qu'elles se prêtent avec facilité, surtout dans la queue, aux divers mouvements que l'animal veut exécuter. Ces vertèbres sont garnies d'éminences ou apophyses supérieures et latérales, assez serrées contre les apophyses analogues des vertèbres voisines. Comme c'est dans l'intérieur des bases des apophyses supérieures qu'est située la moëlle épinière, elle est garantie de beaucoup de blessures dans des éminences cartilagineuses ainsi pressées l'une contre l'autre ; et voilà

une des causes qui rendent la vie de la batis plus indépendante d'un grand nombre d'accidents que celle de plusieurs
autres espèces de poissons.

On voit aussi un diaphragme cartilagineux, fort, et présentant quatre branches courbées, deux vers la partie antérieure du corps, et deux vers la postérieure. De ces deux arcs
ou demi-cercles, l'un embrasse et défend une partie de la
poitrine, l'autre enveloppe et maintient une portion du ventre
de la batis.

On découvre enfin dans l'intérieur du corps un cartilage
transversal assez gros, placé en deçà et très-près de l'anus,
et qui, servant à maintenir la cavité du bas-ventre, ainsi qu'à
retenir les nageoires ventrales, doit être, à cause de sa position et de ses usages, comparé aux os du bassin de l'homme
et des quadrupèdes. Ce qui ajoute à cette analogie, c'est
qu'on trouve de chaque côté à l'extrémité de ce grand cartilage transversal, un cartilage assez long et assez gros, articulé
par un bout avec le premier, et par l'autre bout avec un troisième cartilage moins long et moins gros que le second. Ces
second et troisième cartilages font partie de la nageoire que
l'on regarde comme faisant l'office d'un des pieds du poisson.
Attachés l'un au bout de l'autre, ils forment, dans cette disposition, le premier et le plus long des rayons de la nageoire :
mais ils ne présentent pas la contexture que nous avons
remarquée dans les vrais rayons cartilagineux ; ils ne se divisent pas en rameaux ; ils ne sont pas composés de petits
cylindres placés les uns au-dessus des autres : ils sont de
véritables cartilages; et ce qui me paraît très-digne d'attention dans ceux des poissons qui se rapprochent le plus des
quadrupèdes ovipares, et particulièrement des tortues, on
pourrait à la rigueur, et surtout en considérant la manière
dont ils s'inclinent l'un sur l'autre, trouver d'assez grands
rapports entre ces deux cartilages, et le fémur et le tibia de
l'homme et des quadrupèdes vivipares.

L'estomac est long, large et plissé; le canal intestinal court
et arqué. Le foie, gros et divisé en trois lobes, fournit une
huile blanche et fine; il y a une sorte de pancréas et une rate
rougeâtre. Cette réunion d'une rate, d'un pancréas, et d'un

foie huileux et volumineux, est une nouvelle preuve de l'existence de cette vertu très-dissolvante que nous avons reconnue
dans les différents sucs digestifs des poissons; vertu très-
active, utile à plusieurs de ces animaux pour corriger les
effets de la brièveté du canal alimentaire, et nécessaire à tous
pour compenser les suites de la température ordinaire de leur
sang, dont la chaleur naturelle est très-peu élevée.

Le corps de la batis renferme trois cavités, que nous retrouverons en tout ou en partie dans un assez grand nombre de
poissons, et que nous devons observer un moment avec
quelque attention. L'une est située dans la partie antérieure
du crâne, au-devant du cerveau; la seconde est contenue
dans le péricarde; et la troisième occupe les deux côtés de
l'abdomen. Cette dernière cavité communique à l'extérieur
par deux trous placés l'un à droite et l'autre à gauche vers
l'extrémité du rectum; et ces trous sont fermés par une espèce
de valvule que l'animal fait jouer à volonté.

On trouve ordinairement dans ces cavités, et particulièrement dans la troisième, une eau salée, mais qui renferme le
plus souvent beaucoup moins de sel marin ou de muriate de
soude que l'eau de la mer n'en tient communément en dissolution. Cette eau salée, qui remplit la cavité de l'abdomen,
peut être produite dans plusieurs circonstances par l'eau de
la mer qui pénètre par les trous à valvule dont nous venons
de parler, et qui se mêle dans la cavité avec une liqueur
moins chargée de sel, filtrée par les organes et les vaisseaux
que le ventre renferme. Nous pouvons aussi considérer cette
eau que l'on observe dans la cavité de l'abdomen, ainsi que
celle que présentent les cavités du crâne et du péricarde,
comme de l'eau de mer, transmise au travers des enveloppes
des organes et des vaisseaux voisins, ou de la peau et des
muscles de l'animal, et qui a perdu dans ce passage au milieu
de ces sortes de cribles, et par une suite des affinités auxquelles elle peut avoir été soumise, une partie du sel qu'elle
tenait en dissolution. Il est aisé de voir que cette eau, à demi
dessalée au moment où elle parvient à l'une des trois cavités,
peut ensuite se répandre dans les vaisseaux et les organes qui
l'avoisinent, en suintant, pour ainsi dire, par les petits pores

dont sont criblées les membranes qui composent ces organes
et ces vaisseaux; mais voilà tout ce que l'état actuel des
observations faites sur les raies, et particulièrement sur la
batis, nous permet de conjecturer relativement à l'usage de
ces trois cavités de l'abdomen, du péricarde et du crâne, et
de cette eau un peu salée qui imprègne presque tout l'intérieur des poissons marins dont nous nous occupons, de même
que l'air pénètre dans presque toutes les parties des oiseaux
dont l'atmosphère est le vrai séjour.

Nous ne devons pas répéter ce que nous avons déjà dit
sur la nature et la distribution des vaisseaux lymphatiques
des poissons, et particulièrement des raies; mais nous devons
ajouter à l'exposition des parties principales de la batis,
que les ovaires sont cylindriques dans les femelles de cette
espèce : les deux canaux par lesquels les œufs s'avancent
vers l'anus à mesure qu'ils grossissent, sont le plus souvent
jaunes; et leur diamètre est d'autant plus grand qu'il est
plus voisin de l'ouverture commune par laquelle les deux
canaux communiquent avec l'extrémité du rectum.

Ces œufs ont une forme singulière, très-différente de celle
de presque tous les autres œufs connus, et particulièrement
des œufs de presque tous les poissons osseux ou cartilagineux. Ils représentent des espèces de bourses ou de poches
composées d'une membrane forte et demi-transparente, qua-
drangulaires, presque carrées, assez semblables à un *coussin*,
ainsi que l'ont écrit Aristote et plusieurs autres auteurs, un
peu aplati s, et terminées dans chacun de leurs quatre coins
par un petit appendice assez court que l'on pourrait comparer
aux cordons de la bourse. Ces petits appendices un peu cylindriques et très-déliés sont souvent recourbés l'un vers l'autre;
ceux d'un bout sont plus longs que ceux de l'autre bout;
et la poche à laquelle ils sont attachés a communément six
ou neuf centimètres (deux ou trois pouces ou environ) de
largeur, sur une longueur à peu près égale.

Il n'est pas surprenant que ceux qui n'ont observé que
superficiellement des œufs d'une forme aussi extraordinaire,
qui ne les ont pas ouverts, et qui n'ont pas vu dans leur intérieur un fœtus de raie, n'aient pas regardé ces poches ou

bourses comme des œufs de poissons, qu'ils les aient considérées comme des productions marines particulières, qu'ils aient cru même devoir les décrire comme une espèce d'animal. Et ce qui prouve que cette opinion assez naturelle a été pendant longtemps très-répandue, c'est que l'on a donné un nom particulier à ces œufs, et que plusieurs auteurs ont appelé une poche ou *coque* de raie *mus marinus* (rat marin) (1).

Ces œufs ne sont pas en très-grand nombre dans le corps des femelles, et ils ne s'y développent pas tous à la fois. Ceux qui sont placés le plus près de l'ouverture de l'ovaire sont les premiers formés au point de pouvoir être fécondés ; lorsqu'ils sont devenus, par cette espèce de maturité, assez pesants pour gêner la mère et l'avertir, pour ainsi dire, que le temps de donner le jour à des petits approche, elle s'avance ordinairement vers les rivages, et y cherche, ou des aliments particuliers, ou des asiles plus convenables, ou des eaux d'une température plus analogue à son état.

Cependant les coques fécondées achèvent de grossir ; et les œufs moins avancés, recevant aussi de nouveaux degrés d'accroissement, deviennent chaque jour plus propres à remplacer ceux qui vont éclore, et à être fécondés à leur tour.

Lorsqu'enfin les fœtus renfermés dans les coques sont parvenus au degré de force et de grandeur qui leur est nécessaire pour sortir de leur enveloppe, ils la déchirent dans le ventre même de leur mère, et parviennent à la lumière tout formés, comme les petits de plusieurs serpents et de plusieurs quadrupèdes rampants qui n'en sont pas moins ovipares.

D'autres œufs, devenus maintenant trop gros pour pouvoir demeurer dans le fond des ovaires, sont, pour ainsi dire, chassés par un organe qu'ils compriment ; et, repoussés vers l'extrémité la plus large de ce même organe, ils y remplacent

---

(1) Les Grecs modernes, les Turcs, et quelques autres Orientaux regardent, dit-on, la fumée qui s'élève d'œufs de batis et d'autres raies jetés sur des charbons, et qui parvient, par le moyen de certaines précautions, dans la bouche et dans le nez, comme un très-bon remède contre les fièvres intermittentes.

les coques qui viennent d'éclore, et dont l'enveloppe déchirée
est rejetée par l'anus à la suite de la jeune raie.

Il arrive quelquefois que les œufs non fécondés grossissent
trop promptement pour pouvoir demeurer aussi longtemps
qu'à l'ordinaire dans la portion antérieure des ovaires. Pous-
sés alors contre les coques déjà fécondés, ils les pressent,
et accélèrent leur sortie ; et lorsque leur action est secondée
par d'autres causes, il arrive que la batis mère est obligée
de se débarrasser des œufs fécondés, avant que les fœtus en
soient sortis. D'autres circonstances analogues peuvent produire des accidents semblables ; et alors les jeunes raies éclosent comme presque tous les autres poissons, c'est-à-dire,
hors du ventre de la femelle : les coques, dont elles doivent
se dégager, peuvent même être pondues plusieurs jours
avant que le fœtus ait assez de force pour déchirer l'enveloppe qui le renferme ; et, pendant ce temps plus ou moins
long, il se nourrit, comme s'il était encore dans le ventre
de sa mère, de la substance alimentaire contenue dans son
œuf, dont l'intérieur présente un jaune et un blanc très-distincts l'un de l'autre.

L'on n'a pas assez observé les raies batis pour savoir dans
quelle proportion elles croissent relativement à la durée de
leur développement, ni pendant combien de temps elles continuent de grandir : mais il est bien prouvé par les relations
d'un très-grand nombre de voyageurs dignes de foi, qu'elles
parviennent à une grandeur assez considérable pour peser
plus de dix myriagrammes (deux cents livres ou environ) (1),
et pour que leur chair suffise à rassasier plus de cent personnes. Les plus grandes sont celles qui s'approchent le moins
des rivages habités, même dans le temps où le besoin de
pondre, ou celui de féconder les œufs, les entraîne vers les

_____

(1) On peut voir dans Labat et dans d'autres voyageurs ce qu'ils disent
des raies de quatre mètres (environ douze pieds) de longueur ; mais des
observations récentes et assez multipliées attribuent aux batis une longueur
plus étendue. On peut voir aussi dans l'*Histoire naturelle de la France équinoxiale,* par Barrère, la description du mouvement communiqué aux eaux de
la mer par les grandes raies, et dont nous avons parlé au commencement de
cet article.

côtes de la mer ; l'on dirait que la difficulté de cacher leur grande surface et d'échapper à leurs nombreux ennemis dans des parages trop fréquentés, les tient éloignées de ces plages : mais, quoi qu'il en soit, elles satisfont le désir, qui les presse dans le printemps, de s'approcher des rivages, en s'avançant vers les bords écartés d'îles très-peu peuplées, ou de portions de continent presque désertes. C'est sur ces côtes, où les navigateurs peuvent être contraints par la tempête de chercher un asile, et où tant de secours leur sont refusés par la Nature, qu'ils doivent trouver avec plaisir ces grands animaux, dont un très-petit nombre suffit pour réparer, par un aliment aussi sain qu'agréable, les forces de l'équipage d'un des plus gros vaisseaux.

Mais ce n'est pas seulement dans des moments de détresse que la batis est recherchée : sa chair blanche et délicate est regardée, dans toutes les circonstances, comme un mets excellent. A la vérité, lorsque cette raie vient d'être prise, elle a souvent un goût et une odeur qui déplaisent ; mais lorsqu'elle a été conservée pendant quelques jours, et surtout lorsqu'elle a été transportée à d'assez grandes distances, cette odeur et ce goût se dissipent, et sont remplacés par un goût très-agréable. Sa chair est surtout très-bonne à manger au printemps et en été ; et si elle devient dure vers l'automne, elle reprend pendant l'hiver les qualités qu'elle avait perdues.

On pêche un très-grand nombre de batis sur plusieurs côtes ; et il est même des rivages où on en prend une si grande quantité, qu'on les y prépare pour les envoyer au loin, comme la morue et d'autres poissons sont préparés à Terre-Neuve ou dans d'autres endroits. Dans plusieurs pays du Nord, et particulièrement dans le Holstein et dans le Schleswig, on les fait sécher à l'air, et on les envoie ainsi desséchées dans plusieurs contrées de l'Europe, et particulièrement de l'Allemagne..

LA RAIE TORPILLE.

La forme, les habitudes et une propriété remarquable de ce poisson, l'ont rendu depuis longtemps l'objet de l'attention des physiciens. Le vulgaire l'a admiré, redouté, métamorphosé dans un animal doué d'un pouvoir presque surnaturel; et la réputation de ses qualités vraies ou fausses s'est tellement répandue, même parmi les classes les moins instruites des différentes nations, que son nom est devenu populaire, et la nature de sa force le sujet de plusieurs adages. La tête de la *torpille* est beaucoup moins distinguée du corps proprement dit et des nageoires pectorales, que celle de presque toutes les autres raies; et l'ensemble de son corps, si on en retranchait la queue, ressemblerait assez bien à un cercle, ou pour mieux dire, à un ovale dont on aurait supprimé un segment vers le milieu du bord antérieur. L'ouverture supérieure de ses évents est ordinairement entourée d'une membrane plissée, qui fait paraître cet orifice comme dentelé. Autour de la partie supérieure de son corps et auprès de l'épine dorsale, on voit une assez grande quantité de petits trous d'où suinte une liqueur muqueuse, plus ou moins abondante dans tous les poissons, et qui ne sont que les ouvertures des canaux ou vaisseaux particuliers destinés à transmettre ce suc visqueux aux différentes portions de la surface de l'animal. Deux nageoires nommées *dorsales* sont placées sur la queue; et l'extrémité de cette partie est garnie d'une nageoire divisée, pour ainsi dire, par cette même extrémité, en deux lobes dont le supérieur est le plus grand.

, La torpille est blanche par dessous; mais la couleur de son côté supérieur varie suivant l'âge, le sexe et le climat. Quelquefois cette couleur est d'un brun cendré, et quelquefois elle est rougeâtre; quelques individus présentent une seule nuance, et d'autres ont un très-grand nombre de taches. Le plus souvent on en voit sur le dos cinq très-grandes, rondes, disposées comme aux cinq angles d'un pentagone, ordinairement d'un bleu foncé, entourées tantôt d'un cercle noir, tantôt d'un cercle blanc, tantôt de ces deux cercles placés l'un dans l'autre ou ne montrant aucun cercle coloré. Ces grandes taches ont assez de rapports avec celles que l'on observe sur le *miralet* : on les a comparées à des yeux ; elles ont fait donner à l'animal l'épithète d'*œillé* : et c'est leur absence, ou des variations dans leurs nuances et dans la disposition de leurs couleurs, qui ont fait penser à quelques naturalistes que l'on devait compter quatre espèces différentes de torpilles, ou du moins quatre races constantes dans cette espèce de raie.

L'odorat de la torpille semble être beaucoup moins parfait que celui de la plupart des raies et de plusieurs autres poissons cartilagineux ; aussi sa sensibilité paraît-elle beaucoup moindre : elle nage avec moins de vitesse ; elle s'agite avec moins d'impétuosité ; elle fuit plus difficilement ; elle poursuit plus faiblement ; elle combat avec moins d'ardeur ; et, avertie de bien moins loin de la présence de sa proie ou de celle de son ennemi, on dirait qu'elle est bien plus exposée à être prise par les pêcheurs, ou à succomber à la faim, ou à périr sous la dent meurtrière de très-gros poissons.

Elle ne parvient pas non plus à une grandeur aussi considérable que la batis et quelques autres raies ; on n'en trouve que très-rarement et qu'un bien petit nombre d'un poids supérieur à vingt-cinq kilogrammes (cinquante livres ou environ) (1) ; et ses muscles paraissent bien moins forts à proportion que ceux de la batis.

Ses dents sont très-courtes ; la surface de son corps ne présente aucun piquant ni aiguillon. Petite, faible, indolente, sans armes, elle serait donc livrée sans défense aux voraces habitants des mers dont elle peuple les profondeurs ou dont elle habite les bords : mais indépendamment du soin qu'elle a de se tenir presque toujours cachée sous le sable ou sous la vase, soit lorsque la belle saison l'attire vers les côtes, soit

---

(1) M. Walsh, membre du parlement d'Angleterre et de la Société de Londres, prit, dans la baie de Tors, une torpille qui avait quatre pieds de long, deux pieds et demi de large, et quatre pouces et demi dans sa plus grande épaisseur. Elle pesait cinquante-trois livres.

lorsque le froid l'éloigne des rivages, et la repousse dans les abîmes de la haute mer, elle a reçu de la Nature une faculté particulière bien supérieure à la force des dents, des dards, et des autres armes dont elle aurait pu être pourvue ; elle possède la puissance remarquable et redoutable de lancer, pour ainsi dire, la foudre ; elle accumule dans son corps et en fait jaillir le fluide électrique avec la rapidité de l'éclair ; elle imprime une commotion soudaine et paralysante au bras le plus robuste qui s'avance pour la saisir, à l'animal le plus terrible qui veut la dévorer ; elle engourdit pour des instants assez longs les poissons les plus agiles dont elle cherche à se nourrir ; elle frappe quelquefois ses coups invisibles à une distance assez grande ; et par cette action prompte, et qu'elle peut souvent renouveler, annulant les mouvements de ceux qui l'attaquent et de ceux qui se défendent contre ses efforts, on croirait la voir réaliser au fond des eaux une partie de ces prodiges que la poésie et la fable ont attribués aux fameuses enchanteresses dont elles avaient placé l'empire au milieu des flots, ou près des rivages.

Mais quel est donc, dans la torpille, l'organe dans lequel réside cette électricité particulière ? et comment s'exerce ce pouvoir que nous n'avons encore vu départi à aucun des animaux que l'on trouve sur l'échelle des êtres, lorsqu'on en descend les degrés depuis l'homme jusqu'au genre des raies ?

De chaque côté du crâne et des branchies, est un organe particulier qui s'étend communément depuis le bout du museau jusqu'à ce cartilage demi-circulaire qui fait partie du diaphragme, et qui sépare la cavité de la poitrine de celle de l'abdomen. Cet organe aboutit d'ailleurs, par son côté extérieur, presque à l'origine de la nageoire pectorale. Il occupe donc un espace d'autant plus grand, relativement au volume de l'animal, qu'il remplit tout l'intérieur compris entre la peau de la partie supérieure de la torpille et celle de la partie inférieure. On doit voir aisément que la plus grande épaisseur de chacun des deux organes est dans le bord qui est tourné vers le centre et vers la ligne dorsale du poisson, et qui suit dans son contour toutes les sinuosités de la tête et des branchies, contre lesquelles il s'applique. Chaque organe est attaché aux parties qui l'environnent par une membrane cellulaire dont le tissus est serré, et par des fibres tendineuses, courtes, fortes et droites, qui vont depuis le bord extérieur jusqu'au cartilage demi-circulaire du diaphragme.

Sous la peau qui revêt la partie supérieure de chaque organe électrique, on voit une espèce de bande étendue sur tout l'organe, composée de fibres prolongées dans le sens de la longueur du corps, et qui, excepté ses bords, se confond dans presque toute sa surface supérieure, avec le tissu cellulaire de la peau.

Immédiatement au-dessous de cette bande, on en découvre une seconde de même nature que la première, et dont le bord intérieur se mêle avec celui de la bande supérieure, mais dont les fibres sont situées dans le sens de la largeur de la torpille.

Cette bande inférieure se continue dans l'organe proprement dit par un très-grand nombre de prolongements membraneux qui y forment des prismes verticaux à plusieurs pans, ou, pour mieux dire, des tubes creux, perpendiculaires à la surface du poisson, et dont la hauteur varie et diminue à mesure qu'ils s'éloignent du centre de l'animal ou de la ligne dorsale. Ordinairement la hauteur des plus longs tuyaux égale six vingtièmes de la longueur totale de l'organe : celle des plus petits en égale un vingtième; et leur diamètre, presque le même dans tous, est aussi d'un vingtième, ou à peu près.

Les formes des différents tuyaux ne sont pas toutes semblables. Les uns sont hexagones, d'autres pentagones, et d'autres carrés : quelques-uns sont réguliers; mais le plus grand nombre est d'une figure irrégulière.

Les prolongations membraneuses qui composent les pans de ces prismes sont très-déliées, assez transparentes, étroitement unies l'une à l'autre par un réseau lâche de fibres tendineuses qui passent obliquement et transversalement entre les tuyaux; et ces tubes sont d'ailleurs attachés ensemble par des fibres fortes et non élastiques, qui vont directement d'un prisme à l'autre. On a compté, dans chacun des deux organes d'une grande torpille, jusqu'à près de douze cents de ces prismes. Au reste, entre la partie inférieure de l'organe et la peau qui revêt le dessous du corps du poisson, on trouve deux bandes entièrement semblables à celles qui recouvrent les extrémités supérieures des tubes.

Non-seulement la grandeur de ces tuyaux augmente avec l'âge de la torpille, mais encore leur nombre s'accroît à mesure que l'animal se développe.

Chacun de ces prismes creux est d'ailleurs divisé dans son intérieur en plusieurs intervalles par des espèces de cloisons horizontales, composées d'une membrane déliée et très-transparente, paraissant se réunir par leurs bords, attachées dans l'intérieur des tubes par une membrane cellulaire très-fine, communiquant ensemble par de petits vaisseaux sanguins, placées l'une au-dessus de l'autre à de très-petites distances, et formant un grand nombre de petits interstices qui semblent contenir un fluide.

De plus, chaque organe est traversé par des artères, des veines et un grand nombre de nerfs qui se divisent dans toutes sortes de directions entre les tubes, et étendent de petites ramifications sur chaque cloison, où ils disparaissent.

Tel est le double instrument que la Nature a accordé à la torpille; tel est le double siége de sa puissance électrique. Nous venons de voir que lorsque cette raie est parvenue à un certain degré de développement, les deux organes réunis renferment près de deux mille quatre cents tubes : ce grand assemblage de tuyaux représente *les batteries électriques*, si bien connues des physiciens modernes, et que composent *des bouteilles fulminantes*, appelées *bouteilles de Leyde*, disposées dans ces batteries de la même manière que les tubes dans les organes de la torpille, beaucoup plus grandes à la vérité, mais aussi bien moins nombreuses.

Voyons maintenant quels sont les effets de ces instruments fulminants; exposons de quelle manière la torpille jouit de son pouvoir électrique. Depuis très-longtemps on avait observé, ainsi que nous l'avons dit, cette curieuse faculté; mais elle était encore inconnue dans sa nature et dans plusieurs de ses phénomènes, lorsque Redi chercha à en avoir une idée plus nette que les savants qui l'avaient précédé. Il voulut éprouver la vertu d'une torpille que l'on venait de

pêcher. « A peine l'avais-je touchée et serrée avec la main,
» dit cet habile observateur, que j'éprouvai dans cette partie
» un picotement qui se communiqua dans le bras et dans
» toute l'épaule, et qui fut suivi d'un tremblement désa-
» gréable et d'une douleur accablante et aiguë dans le coude,
» en sorte que je fus obligé de retirer aussitôt la main. » Cet
engourdissement a été aussi décrit par Réaumur, qui a fait
plusieurs observations sur la raie torpille. « Il est très-
» différent des engourdissements ordinaires, a écrit ce savant
» naturaliste; on ressent dans toute l'étendue du bras une
» espèce d'*étonnement* qu'il n'est pas possible de bien pein-
» dre, mais lequel (autant que les sentiments peuvent se
» faire connaître par comparaison) a quelque rapport avec la
» sensation douloureuse que l'on éprouve dans le bras lors-
» qu'on s'est frappé rudement le coude contre quelque corps
» dur. »

Redi, en continuant de rendre compte de ses expériences
sur la raie dont nous écrivons l'histoire, ajoute : « La même
» impression se renouvelait toutes les fois que je m'obstinais
» à toucher de nouveau la torpille. Il est vrai que la douleur
» et le tremblement diminuèrent à mesure que la mort de la
» torpille approchait. Souvent même je n'éprouvais plus au-
» cune sensation semblable aux premières; et lorsque la tor-
» pille fut décidément morte, ce qui arriva dans l'espace de
» trois heures, je pouvais la manier en sûreté, et sans res-
» sentir aucune impression fàcheuse. D'après cette observation,
» je ne suis pas surpris qu'il y ait des gens qui révoquent cet
» effet en doute, et regardent l'expérience de la torpille
» comme fabuleuse, apparemment parce qu'ils ne l'ont ja-
» mais faite que sur une torpille morte ou près de mourir. »

Mais ce n'est pas seulement lorsque la torpille est très-
affaiblie et près d'expirer, qu'elle ne fait plus ressentir de
commotion électrique; il arrive assez souvent qu'elle ne
donne aucun signe de sa puissance invisible, quoiqu'elle
jouisse de toute la plénitude de ses forces. Je l'ai éprouvé
à La Rochelle, en 1777, avec trois ou quatre raies de cette
espèce, qui n'avaient été pêchées que depuis très-peu de
temps, qui étaient pleines de vie dans de grands baquets

remplis d'eau, et qui ne me firent ressentir aucun coup que
près de deux heures après que j'eusse commencé de les toucher et de les manier en différents sens. Réaumur rapporte
même, dans les mémoires que je viens de citer, qu'il toucha
impunément et à plusieurs reprises des torpilles qui étaient
encore dans la mer, et qu'elles ne lui firent éprouver leur
vertu engourdissante que lorsqu'elles furent fatiguées en
quelque sorte de ses attouchements réitérés. Mais revenons
à la narration de Redi, et à l'exposition des premiers phénomènes relatifs à la torpille, et bien observés par les physiciens
modernes.

« Quant à l'opinion de ceux qui prétendent que la vertu de
» la torpille agit de loin, a écrit encore Redi, je ne puis pro-
» noncer ni pour ni contre avec la même confiance. Tous les
» pêcheurs affirment constamment que cette vertu se commu-
» nique du corps de la torpille à la main et au bras de celui
» qui la pêche, par l'intermède de la corde du filet, et du
» bâton auquel il est suspendu. L'un d'eux m'assura même
» qu'ayant mis une torpille dans un grand vase, et étant sur
» le point de remplir ce vase avec de l'eau de mer qu'il avait
» mise dans un second bassin, il s'était senti les mains en-
» gourdies, quoique légèrement. Quoi qu'il en soit, je n'ose-
» rais nier le fait; je suis même porté à le croire. Tout ce que
» je puis assurer, c'est qu'en approchant la main de la tor-
» pille sans la toucher, ou en plongeant mes mains dans l'eau
» où elle était, je n'ai ressenti aucune impression. Il peut se
» faire que la torpille, lorsqu'elle est encore pleine de vigueur
» dans la mer et que sa vertu n'a éprouvé aucune dissipation,
» produise tous les effets rapportés par les pêcheurs. »

Redi observa, de plus, que la vertu de la torpille n'est jamais plus active que lorsque cet animal est serré fortement
avec la main, et qu'il fait de grands efforts pour s'échapper.

Indépendamment des phénomènes que nous venons d'exposer, il remarqua les deux organes particuliers situés auprès
du crâne et des branchies, et que nous venons de décrire; et
il conjectura que ces organes devaient être le siége de la
puissance de la torpille. Mais lorsqu'il voulut remonter à la
cause de l'engourdissement produit par cette raie, il ne trouva

pas dans les connaissances physiques de son siècle les secours nécessaires pour la découvrir ; et se conformant, ainsi
que Perrault et d'autres savants, à la manière dont on expli-
quait de son temps presque tous les phénomènes, il eut recours à une infinité de corpuscules qui sortent continuellement, selon lui, du corps de la torpille, sont cependant plus
abondants dans certaines circonstances que dans d'autres, et
engourdissent les membres dans lesquels ils s'insinuent, soit
parce qu'ils s'y précipitent en trop grande quantité, soit parce
qu'ils y trouvent des routes peu assorties à leurs figures.

Quelque inadmissible que soit cette hypothèse, on verra
aisément, pour peu que l'on soit familier avec les théories électriques, qu'elle n'est pas aussi éloignée de la vérité que celle
de Borelli, qui eut recours à une explication plus mécanique.

Ce dernier auteur distinguait deux états dans la torpille :
l'un où elle est tranquille, l'autre où elle s'agite par un violent
tremblement ; et il attribue la commotion que l'on éprouve
en touchant le poisson, aux percussions réitérées que cette
raie exerce à l'aide de son agitation, sur les tendons et les
ligaments des articulations.

Réaumur vint ensuite ; mais ayant observé la torpille avec
beaucoup d'attention, et ne l'ayant jamais vue agitée du
mouvement dont parle Borelli, même dans l'instant où elle
allait déployer sa puissance, il adopta une opinion différente, quoique rapprochée, à beaucoup d'égards, de celle
de ce dernier savant.

« La torpille, dit-il, n'est pas absolument plate : son dos,
» ou plutôt tout le dessus de son corps est un peu convexe.
» Je remarquai que pendant qu'elle ne produisait ou ne
» voulait produire aucun engourdissement dans ceux qui la
» touchaient, son dos gardait la convexité qui lui est natu-
» relle. Mais se disposait-elle à agir, insensiblement elle
» diminuait la convexité des parties de son corps qui sont
» du côté du dos, vis-à-vis de la poitrine ; elle aplatissait ces
» parties ; quelquefois même, de convexes qu'elles sont,
» elle les rendait concaves : alors l'instant était venu où
» l'engourdissement allait s'emparer du bras ; le coup était
» prêt à partir, le bras se trouvait engourdi ; les doigts qui

» pressaient le poisson étaient obligés de lâcher prise ; toute
» la partie du corps de l'animal qui s'était aplatie redevenait
» convexe. Mais, au lieu qu'elle s'était aplatie insensiblement,
» elle devenait convexe si subitement, qu'on n'apercevait
» pas le passage d'un état à l'autre..... Par la contraction
» lente qui est l'effet de l'aplatissement, la torpille bande,
» pour ainsi dire, tous ses ressorts ; elle rend plus courts
» tous ses cylindres ; elle augmente en même temps leurs
» bases. La contraction s'est-elle faite jusqu'à un certain
» point, tous les ressorts se débandent, les fibres longitu-
» dinales s'allongent ; les transversales, ou celles qui forment
» les cloisons, se raccourcissent ; chaque cloison, tirée par
» les fibres longitudinales qui s'allongent, pousse en haut la
» matière molle qu'elle contient, à quoi aide encore beaucoup
» le mouvement d'ondulation qui se fait dans les fibres trans-
» versales lorsqu'elles se contractent. Si un doigt touche
» alors la torpille, dans un instant il reçoit un coup, ou
» plutôt il reçoit plusieurs coups successifs de chacun des
» cylindres sur lesquels il est appliqué..... Ces coups réitérés
» donnés par une matière molle ébranlent les nerfs ; ils sus-
» pendent ou changent le cours des esprits animaux ou de
» quelque fluide équivalent, ou, si on l'aime mieux encore,
» ces coups produisent dans les nerfs un mouvement d'on-
» dulation qui ne s'accommode pas avec celui que nous
» devons leur donner pour mouvoir le bras. De là naît l'im-
» puissance où l'on se trouve d'en faire usage, et le senti-
» ment douloureux. »

Après cette explication, qui, malgré les erreurs qu'elle
renferme relativement à la cause immédiate de l'engourdissement, ou, pour mieux dire, d'une commotion qui n'est
qu'une secousse électrique, montre les mouvements de contraction et d'extension que la torpille imprime à son double
organe lorsqu'elle veut paralyser un être vivant qui la touche,
Réaumur rapporte une expérience qui peut donner une idée
du degré auquel s'élève le plus souvent la force de l'électricité
de la raie dont nous traitons. Il mit une torpille et un canard
dans un vase qui contenait de l'eau de mer, et qui était recouvert d'un linge, afin que le canard ne pût pas s'envoler.

L'oiseau pouvait respirer très-librement, et néanmoins au bout de quelques heures on le trouva mort : il avait succombé sous les coups électriques que lui avait portés la torpille ; il il avait été, pour ainsi dire, foudroyé par elle.

Cependant la science de l'électricité fit des progrès rapides, et fut cultivée dans tout le monde savant. Chaque jour on chercha à en étendre le domaine ; on retrouva la puissance électrique dans plusieurs phénomènes dont on n'avait encore pu donner aucune raison satisfaisante. Le docteur Bancroft soupçonna l'identité de la vertu de la torpille, et de l'action du fluide électrique ; et enfin M. Walsh, de la Société de Londres, démontra cette identité par des expériences très-nombreuses qu'il fit auprès des côtes de France, dans l'île de Ré, et qu'il répéta à La Rochelle, en présence des membres de l'Académie de cette ville. Voici les principales de ces expériences.

On posa une torpille vivante sur une serviette mouillée. On suspendit au plancher, et avec des cordons de soie, deux fils de laiton : tout le monde sait que le laiton, ainsi que tous les métaux, est un très-bon conducteur d'électricité, c'est-à-dire, qu'il conduit ou transmet facilement le fluide électrique, et que la soie est au contraire non conductrice, c'est-à-dire, qu'elle oppose un obstacle au passage de ce même fluide. Les fils de laiton employés par M. Walsh furent donc, par une suite de leur suspension avec de la soie, *isolés*, ou, ce qui est la même chose, séparés de toute substance perméable à l'électricité ; car l'air, au moins quand il est sec, est aussi un très-mauvais conducteur électrique.

Auprès de la torpille étaient huit personnes disposées ainsi que nous allons le dire, et *isolées* par le moyen de tabourets faits de matières non conductrices, et sur lesquels elles étaient montées.

Un bout d'un des fils de laiton était appuyé sur la serviette mouillée qui soutenait la torpille, et l'autre bout aboutissait dans un premier bassin plein d'eau (1). La première personne avait un doigt d'une main dans le bassin où était

_____

(1) Nous n'avons pas besoin d'ajouter que l'eau est un excellent conducteur.

le fil de laiton, et un doigt de l'autre main dans un second bassin également rempli d'eau; la seconde personne tenait un doigt d'une main dans le second bassin, et un doigt de l'autre main dans un troisième; la troisième plongeait un doigt d'une main dans le troisième bassin, et un doigt de l'autre main dans un quatrième, et ainsi de suite, les huit personnes communiquaient l'une avec l'autre par le moyen de l'eau contenue dans neuf bassins. Un bout du second fil de laiton était plongé dans le neuvième bassin; et M. Walsh ayant pris l'autre bout de ce second fil métallique, et l'ayant fait toucher au dos de la torpille, il est évident qu'il y eut à l'instant un cercle conducteur de plusieurs pieds de contour, et formé sans interruption par la surface inférieure de l'animal, la serviette mouillée, le premier fil de laiton, le premier bassin, les huit personnes, les huit autres bassins, le second fil de laiton, et le dos de la torpille. Aussi les huit personnes ressentirent-elles soudain une commotion qui ne différait de celle que fait éprouver une batterie électrique que par sa moindre force; et, de même que dans les expériences que l'on tente avec cette batterie, M. Walsh, qui ne faisait pas partie du cercle déférent ou de la chaîne conductrice, ne reçut aucun coup, quoique beaucoup plus près de la raie que les huit personnes du cercle.

Lorsque la torpille était *isolée*, elle faisait éprouver à plusieurs personnes *isolées* aussi quarante ou cinquante secousses successives dans l'espace d'une minute et demie : ces secousses étaient toutes sensiblement égales; et chaque effort que faisait l'animal pour donner ces commotions était accompagné d'une dépression de ses yeux, qui, très-saillants dans leur état naturel, rentraient alors dans leurs orbites (1), tandis que le reste du corps ne présentait presque aucun mouvement très-sensible.

---

(1) Kæmpfer a écrit que l'on pouvait, en retenant son haleine, se garantir, de la commotion que donne la torpille; mais M. Walsh, et plusieurs autres physiciens qui se sont occupés de l'électricité de cette raie, ont éprouvé que cette précaution ne diminuait en aucune manière la force de la secousse produite par ce poisson électrique.

Si l'on ne touchait que l'un des deux organes de la torpille, il arrivait quelquefois qu'au lieu d'une secousse forte et soudaine on n'éprouvait qu'une sensation plus faible, et, pour ainsi dire, plus lente : on ressentait un engourdissement plutôt qu'un coup; et quoique les yeux de l'animal fussent alors aussi déprimés que dans les moments où il allait frapper avec plus d'énergie et de rapidité, M. Walsh présumait que l'engourdissement causé par cette raie provient d'une décharge successive des tubes très-nombreux qui composent les deux siéges de son pouvoir, tandis que la secousse subite est due à une décharge simultanée de tous ses tuyaux.

Toutes les substances propres à laisser passer facilement le fluide électrique, et qu'on a nommées *conductrices*, transmettaient rapidement la commotion produite par la torpille; et tous les corps appelés *non-conducteurs*, parce qu'ils ne peuvent pas livrer un libre passage à ce même fluide, arrêtaient également la secousse donnée par la raie, et opposaient à sa puissance un obstacle insurmontable. En touchant, par exemple, l'animal avec un bâton de verre, ou de cire d'Espagne, on ne ressentait aucun effet; mais on était frappé violemment lorsqu'on mettait à la place de la cire ou du verre une barre métallique ou un corps très-mouillé.

Tels sont les principaux effets de l'électricité des torpilles, très-bien observés et très-exactement décrits par M. Walsh, et obtenus depuis par un grand nombre de physiciens. Ils sont entièrement semblables aux phénomènes analogues produits par l'électricité naturelle des nuages, ou par l'électricité artificielle des bouteilles de Leyde et des autres instruments fulminants. De même que la foudre des airs, ou la foudre bien moins puissante de nos laboratoires, l'électricité de la torpille, d'autant plus forte que les deux surfaces des batteries fulminantes sont réunies par un contact plus grand et plus immédiat, parcourt un grand cercle, traverse tous les corps conducteurs, s'arrête devant les substances non-conductrices, engourdit ou agite violemment, et met à mort les êtres sensibles qui ne peuvent se soustraire à ses coups que par l'*isolement*, qui les garantit des effets terribles des nuages orageux.

Une différence très-remarquable paraît cependant séparer cette puissance des deux autres : la torpille, par ses contractions, ses dilatations, et les frottements qu'elle doit produire dans les diverses parties de son double organe, charge à l'instant les milliers de tubes qui composent ses batteries ; elle y condense subitement le fluide auquel elle doit son pouvoir, tandis que ce n'est que par des degrés successifs que ce même fluide s'accumule dans les plateaux fulminants, ou dans les batteries de Leyde.

D'un autre côté, on n'a pas pu jusqu'à présent faire subir à des corps légers suspendus auprès d'une torpille les mouvements d'attraction et de répulsion que leur imprime le voisinage d'une bouteille de Leyde ; et le fluide électrique lancé par cette raie n'a pas pu, en parcourant son cercle conducteur, traverser un intervalle assez grand d'une partie de ce cercle à une autre, et être assez condensé dans cet espace pour agir sur le sens de la vue, produire la sensation de la lumière, et paraître sous la forme d'une étincelle. Mais on ne doit pas désespérer de voir de très-grandes torpilles faire naître dans des temps favorables, et avec le secours d'ingénieuses précautions, ces derniers phénomènes que l'on a obtenus d'un poisson plus électrique encore que la torpille, et dont nous donnerons l'histoire en traitant de la famille des gymnotes, à laquelle il appartient. On doit s'attendre d'autant plus à voir ces effets produits par un individu de l'espèce que nous examinons, qu'il est aisé de calculer que chacune des deux principales surfaces de l'organe double et électrique d'une des plus larges torpilles pêchées jusqu'à présent devait présenter une étendue de cent décimètres (près de vingt-neuf pieds) carrés ; et tous les physiciens savent quelle vertu redoutable l'électricité artificielle peut imprimer à un seul plateau fulminant de quatorze décimètres carrés (quatre pieds carrés ou environ) de surface.

Au reste, ce n'est pas seulement dans la Méditerranée, et dans la partie de l'Océan qui baigne les côtes de l'Europe, que l'on trouve la torpille ; on rencontre aussi cette raie dans le golfe Persique, dans la mer Pacifique, dans celle des Indes, auprès du cap de Bonne-Espérance, et dans plusieurs autres mers.

LE SQUALE REQUIN.

Les squales (1) et les raies ont les plus grands rapports
entre eux ; ils ne sont en quelque sorte que deux grandes
divisions de la même famille. Que l'on déplace en effet les
ouvertures des branchies des raies, que ces orifices soient
transportés de la surface inférieure du corps sur les côtés de
l'animal, qu'on diminue la grandeur des nageoires pectorales, qu'on grossisse dans quelques-uns de ces cartilagineux
l'origine de la queue, et qu'on donne à cette origine le même
diamètre qu'à la partie postérieure du corps, et les raies seront entièrement confondues avec les squales. Les espèces
seront toujours distinguées les unes des autres ; mais aucun
caractère véritablement générique ne pourra les diviser en
deux groupes : on comptera le même nombre de petits rameaux ; mais on ne verra plus deux grandes branches principales s'élever séparément sur leur tige commune.

Quelques squales ont, comme les raies, des évents placés
auprès et derrière les yeux ; quelques autres ont, indépendamment de ces évents, une véritable nageoire de l'anus,
très-distincte des nageoires ventrales, et qu'aucune raie ne
présente ; il en est enfin qui sont pourvus de cette même nageoire de l'anus, et qui sont dénués d'évents. Les premiers
ont évidemment plus de conformité avec les raies que les seconds, et surtout que les troisièmes.

Le requin va être, pour ainsi dire, le type de la famille
entière ; nous allons le considérer comme le squale par excel-
lence, comme la mesure générale à laquelle nous rapporterons les autres espèces ; et l'on verra aisément combien cette
sorte de prééminence due à la supériorité de son volume, de

(1) Nous avons préféré, pour le genre dont nous allons traiter, le nom de
squale admis par un très-grand nombre de naturalistes modernes, à celui de
chien de mer, qui est composé, et qui présente une idée fausse. En effet, les
squales sont bien des habitants de la mer, mais sont certainement, dans
l'ordre des êtres, bien éloignés du genre des chiens.

sa force et de sa puissance, est d'ailleurs fondée sur le grand nombre d'observations dont la curiosité et la terreur qu'il inspire l'ont rendu dans tous les temps l'objet.

Ce formidable squale parvient jusqu'à une longueur de plus de dix mètres (trente pieds ou environ); il pèse quelquefois près de cinquante myriagrammes (mille livres); et il s'en faut de beaucoup que l'on ait prouvé que l'on doit regarder comme exagérée l'assertion de ceux qui ont prétendu qu'on avait pêché un requin du poids de plus de cent quatre-vingt-dix myriagrammes (quatre mille livres).

Mais la grandeur n'est pas son seul attribut : il a reçu aussi la force, et des armes meurtrières; et, féroce autant que vorace, impétueux dans ses mouvements, avide de sang, et insatiable de proie, il est véritablement le tigre de la mer. Recherchant sans crainte tout ennemi, poursuivant avec plus d'obstination, attaquant avec plus de rage, combattant avec plus d'acharnement, que les autres habitants des eaux; plus dangereux que plusieurs cétacés, qui presque toujours sont moins puissants que lui; inspirant même plus d'effroi que les baleines, qui, moins bien armées, et douées d'appétits bien différents, ne provoquent presque jamais ni homme ni les grands animaux; rapide dans sa course, répandu sous tous les climats, ayant envahi, pour ainsi dire, toutes les mers; paraissant souvent au milieu des tempêtes; aperçu facilement par l'éclat phosphorique dont il brille, au milieu des ombres des nuits les plus orageuses; menaçant de sa gueule énorme et dévorante les infortunés navigateurs exposés aux horreurs du naufrage, leur fermant toute voie de salut, leur montrant en quelque sorte leur tombe ouverte, et plaçant sous leurs yeux le signal de la destruction, il n'est pas surprenant qu'il ait reçu le nom sinistre qu'il porte, et qui, réveillant tant d'idées lugubres, rappelle surtout la mort, dont il est le ministre. *Requin* est en effet une corruption de *requiem*, qui désigne depuis longtemps, en Europe, la mort et le repos éternel, et qui a dû être souvent, pour des passagers effrayés, l'expression de leur consternation, à la vue d'un squale de plus de trente pieds de longueur, et des victimes déchirées ou englouties par ce tyran des ondes. Terrible en-

core lorsqu'on a pu parvenir à l'accabler de chaînes, se dé-
battant avec violence au milieu de ses liens, conservant une
grande puissance lors même qu'il est déjà tout baigné dans
son sang, et pouvant d'un seul coup de sa queue répandre
le ravage autour de lui, à l'instant même où il est près d'expirer, n'est-il pas le plus formidable de tous les animaux
auxquels la Nature n'a pas départi des armes empoisonnées?
Le tigre le plus furieux au milieu des sables brûlants, le
crocodile le plus fort sur les rivages équatoriaux, le serpent
le plus démesuré dans les solitudes africaines, doivent-ils
inspirer autant d'effroi qu'un énorme requin au milieu des
vagues agitées?

Mais examinons le principe de cette puissance si redoutée,
et la source de cette voracité si funeste.

Le corps du requin est très-allongé, et la peau qui le recouvre est garnie de petits tubercules très-serrés les uns
contre les autres. Comme cette peau tuberculée est très-dure,
on l'emploie, dans les arts, à polir différents ouvrages de
bois et d'ivoire; on s'en sert aussi pour faire des liens et des
courroies, ainsi que pour couvrir des étuis et d'autres meu-
bles : mais il ne faut pas la confondre avec la peau de la *raie
sephen*, dont on fait le galuchat, et qui n'est connue dans
le commerce que sous le faux nom de *peau de requin*, tandis
que la véritable peau de requin porte la dénomination très-
vague de *peau de chien de mer*. La dureté de cette peau, qui
la fait rechercher dans les arts, est aussi très-utile au requin,
et a dû contribuer à augmenter sa hardiesse et sa voracité,
en le garantissant de la morsure de plusieurs animaux assez
forts et doués de dents meurtrières.

La couleur de son dos et de ses côtés est d'un cendré brun;
et celle du dessous de son corps d'un blanc sale.

La tête est aplatie, et terminée par un museau un peu
arrondi. Au-dessous de cette extrémité, et à peu près à une
distance égale du bout du museau et du milieu des yeux,
on voit les narines organisées dans leur intérieur presque de
la même manière que celles de la raie batis, et qui, étant
le siége d'un odorat très-fin et très-délicat, donnent au requin
la facilité de reconnaître de loin sa proie, et de la distinguer

au milieu des eaux les plus agitées par les vents, ou des
ombres de la nuit la plus noire, ou de l'obscurité des abîmes
les plus profonds de l'Océan. Le sens de l'odorat étant dans
le requin, ainsi que dans les raies et dans presque tous les
poissons, celui qui règle les courses et dirige les attaques,
les objets qui répandent l'odeur la plus forte doivent être,
tout égal d'ailleurs, ceux sur lesquels il se jette avec le plus
de rapidité : ils sont pour le requin ce qu'une substance très-
éclatante placée au milieu de corps très-peu éclairés, serait
pour un animal qui n'obéirait qu'au sens de la vue. On ne
peut donc guère se refuser à l'opinion de plusieurs voyageurs
qui assurent que lorsque des blancs et des noirs se baignent
ensemble dans les eaux de l'Océan, les noirs, dont les émanations sont plus odorantes que celles des blancs, sont plus
exposés à la féroce avidité du requin, et qu'immolés les premiers par cet animal vorace, ils donnent le temps aux blancs
d'échapper par la fuite à ses dents acérées.

L'ouverture de la bouche est en forme de demi-cercle, et
placée transversalement au-dessous de la tête et derrière les
narines. Elle est très-grande ; et l'on pourra juger facilement
de ses dimensions, en sachant que nous avons reconnu, d'a-
près plusieurs comparaisons, que le contour d'un côté de la
mâchoire supérieure, mesuré depuis l'angle des deux mâchoires jusqu'au sommet de la mâchoire d'en haut, égale
à peu près le onzième de la longueur totale de l'animal. Le
contour de la mâchoire supérieure d'un requin de trente pieds
(près de dix mètres) est donc environ de six pieds ou deux
mètres de longueur. Quelle immense ouverture ! quel gouffre
pour engloutir la proie du requin ! et comme son gosier est
d'un diamètre proportionné, on ne doit pas être étonné de
lire dans Rondelet et dans d'autres auteurs que les grands
requins peuvent avaler un homme tout entier, et que, lorsque
ces squales sont morts et gisants sur le rivage, on voit quelquefois des chiens entrer dans leur gueule, dont quelque
corps étranger retient les mâchoires écartées, et aller chercher jusque dans l'estomac les restes des aliments dévorés
par l'énorme poisson.

Lorsque cette gueule est ouverte, on voit au-delà des lè-

vres, qui sont étroites et de la consistance du cuir, des dents
plates, triangulaires, dentelées sur leurs bords, et blanches
comme de l'ivoire. Chacun des bords de cette partie émaillée
qui sort hors des gencives, a communément cinq centimètres
(près de deux pouces) de longueur dans les requins de trente
pieds. Le nombre des dents augmente avec l'âge de l'animal.
Lorsque le requin est encore très-jeune, il n'en montre qu'un
rang, dans lequel on n'aperçoit même quelquefois que de bien
faibles dentelures : mais à mesure qu'il se développe, il en
présente un plus grand nombre de rangées; et lorsqu'il a
atteint un degré plus avancé de son accroissement et qu'il
est devenu adulte, sa gueule est armée, dans le haut comme
dans le bas, de six rangs de ces dents fortes, dentelées, et
si propres à déchirer ses victimes. Ces dents ne sont pas enfoncées dans des cavités solides; leurs racines sont uniquement logées dans des cellules membraneuses qui peuvent se
prêter aux différents mouvements que les muscles placés autour de la base de la dent tendent à leur imprimer. Le requin,
par le moyen de ces différents muscles, couche en arrière
ou redresse à volonté les divers rangs de dents dont sa bouche
est garnie; il peut les mouvoir ainsi ensemble, ou séparément, il peut même, selon les besoins qu'il éprouve, relever
une portion d'un rang, et en incliner une autre portion; et,
suivant qu'il lui est possible de n'employer qu'une partie de
sa puissance, ou qu'il lui est nécessaire d'avoir recours à
toutes ses armes, il ne montre qu'un ou deux rangs de ses
dents meurtrières; ou, les mettant toutes en action, il me-
nace et atteint sa proie de tous ses dards pointus et relevés.

Les rangs intérieurs des dents du requin, étant les derniers
formés, sont composés de dents plus petites que celles que
l'on voit dans les rangées extérieures, lorsque le requin est
encore jeune : mais à mesure qu'il s'éloigne du temps où il
a été adulte, les dents des différentes rangées que présente
sa gueule sont à peu près de la même longueur, ainsi qu'on
peut le vérifier en examinant, dans les collections d'histoire
naturelle, de très-grandes mâchoires, c'est-à-dire celles qui
ont appartenu à des requins âgés et surtout en observant les
requins d'une taille un peu considérable que l'on parvient à

prendre. Je ne crois pas en conséquence devoir adopter l'opinion de ceux qui ont regardé les dents intérieures comme destinées à remplacer celles de devant, lorsque le requin est privé de ces dernières par une suite d'efforts violents, de résistances opiniâtres, ou d'autres accidents. Les dents intérieures sont un supplément de puissance pour le requin : elles concourent, avec celles de devant, à saisir, à retenir, à dilacérer la proie dont il veut se nourrir; mais elles ne remplacent pas les dents extérieures : elles agissent avec ces dents plus éloignées du fond de la bouche, et non pas uniquement après la chute de ces dernières : et lorsque celles-ci cèdent leur place à d'autres, elles la laissent à des dents produites auprès de leur base et plus ou moins développées, à de véritables dents de remplacement, très-distinctes de celles que l'on voit dans les six grandes rangées, à des dents qui parviennent plus ou moins rapidement aux dimensions des dents intérieures, et qui cependant très-souvent sont moins grandes que ces dernières, lorsqu'elles sont substituées aux dents extérieures arrachées de la gueule du requin.

Les dents intérieures tombent aussi, et abandonnent, comme les extérieures, l'endroit qu'elles occupaient, à de véritables dents de remplacement formées autour de leur racine.

Les dents de la mâchoire inférieure présentent ordinairement des dimensions moins grandes et une dentelure plus fine que celles de la mâchoire supérieure.

La langue est courte, large, épaisse et cartilagineuse, retenue en dessous par un frein, libre dans ses bords, blanche et rude au toucher comme le palais.

Toute la partie antérieure du museau est criblée par dessus et par dessous, d'une grande quantité de pores répandus sans ordre, très-visibles, et qui, lorsqu'on comprime fortement le devant de la tête, répandent une espèce de gelée épaisse, cristalline, et phosphorique, suivant Commerson, qui, dans ses voyages, a très-bien observé et décrit le requin.

Les yeux sont petits et presque ronds; la cornée est très-dure; l'iris d'un vert foncé et doré; et la prunelle, qui est bleue, consiste dans une fente transversale.

Les ouvertures des branchies sont placées de chaque côté, plus haut que les nageoires pectorales. Ces branchies, semblables à celles des raies, sont engagées chacune dans une membrane très-mince, et toutes présentent deux rangs de filaments sur leur partie convexe, excepté la branchie la plus éloignée du museau, laquelle n'en montre qu'une rangée. Une muscosité visqueuse, sanguinolente, et peut-être phosphorique, dit Commerson, arrose ces branchies, et les entretient dans la souplesse nécessaire aux opérations relatives à la respiration.

Toutes les nageoires sont fermes, raides et cartilagineuses. Les pectorales, triangulaires, et plus grandes que les autres, s'étendent au loin de chaque côté, et n'ajoutent pas peu à la rapidité avec laquelle nage le requin, et dont il doit la plus grande partie à la force et à la mobilité de sa queue.

La première nageoire dorsale, plus élevée et plus étendue que la seconde, placée au-delà du point auquel correspondent les nageoires pectorales, et égalant presque ces dernières en surface, est terminée dans le haut par un bout un peu arrondi.

Plus près de la queue, et au-dessous du corps, on voit les deux nageoires ventrales, qui s'étendent jusques aux deux côtés de l'anus, et l'environnent comme celles des raies.

De chaque côté de cette ouverture on aperçoit, ainsi que dans les raies, un orifice qu'une valvule ferme exactement, et qui, communiquant avec la cavité du ventre, sert à débarrasser l'animal des eaux qui, filtrées par différentes parties du corps, se ramassent dans cet espace vide.

La seconde nageoire du dos et celle de l'anus ont à peu près la même forme et les mêmes dimensions; elles sont les plus petites de toutes, situées presque toujours l'une au-dessus de l'autre, et très-près de celle de la queue.

Au reste, les nageoires pectorales, dorsales, ventrales, et de l'anus, sont terminées en arrière par un côté plus ou moins concave, et ne tiennent point au corps dans toute la longueur de leur base, dont la partie postérieure est détachée et prolongée en pointe plus ou moins déliée.

La nageoire de la queue se divise en deux lobes très-inégaux : le supérieur est deux fois plus long que l'autre, triangulaire, courbé, et augmenté, auprès de sa pointe, d'un petit appendice également triangulaire.

Auprès de cette nageoire se trouve souvent, sur la queue, une petite fossette faite en croissant, dont la concavité est tournée vers la tête. Au reste, le requin a des muscles si puissants dans la partie postérieure de son corps, ainsi que dans sa queue proprement dite, qu'un animal de cette espèce, encore très-jeune, et à peine parvenu à la longueur de deux mètres, ou d'environ six pieds, peut, d'un seul coup de sa queue, casser la jambe de l'homme le plus fort.

Nous avons vu, dans notre *Discours sur la nature des poissons*, que les squales étaient, comme les raies, dénués de cette vésicule aérienne, dont la compression et la dilatation donnent à la plupart des animaux dont nous avons entrepris d'écrire l'histoire, tant de facilité pour s'enfoncer ou s'élever au milieu des eaux ; mais ce défaut de vésicule aérienne est bien compensé dans les squales, et particulièrement dans le requin, par la vigueur et la vitesse avec lesquelles ils peuvent mouvoir et agiter la queue proprement dite, cet instrument principal de la natation des poissons.

Nous avons vu aussi, dans ce même discours, que presque tous les poissons avaient de chaque côté du corps une ligne longitudinale saillante et plus ou moins sensible, à laquelle nous avons conservé le nom de *ligne latérale*, et que nous avons regardée comme l'indice des principaux vaisseaux destinés à répandre à la surface du corps une humeur visqueuse, nécessaire aux mouvements et à la conservation des poissons. Cette ligne, que l'on ne remarque pas sur les raies, est très-visible sur le requin, et elle s'y étend communément depuis les ouvertures des branchies jusqu'au bout de la queue, presque sans se courber, et toujours plus près du dos que de la partie inférieure du corps.

Telles sont les formes extérieures du requin. Son intérieur présente aussi des particularités que nous devons faire connaître.

Le cerveau est petit, gris à sa surface, blanchâtre dans son intérieur, et d'une substance plus molle et plus flasque que le cervelet.

Le cœur n'a qu'un ventricule et une oreillette ; mais cette dernière partie, dont le côté gauche reçoit la veine-cave, a une grande capacité.

A la droite, le cœur se décharge dans l'aorte, dont les parois sont très-fortes. La valvule qui la ferme est composée de trois pièces presque triangulaires, cartilagineuses à leur sommet, par lequel elles se réunissent au milieu de la cavité de l'aorte, et mobiles dans celui de leurs bords qui est attaché aux parois de ce vaisseau.

En s'éloignant du cœur, et en s'avançant vers la tête, l'aorte donne naissance de chaque côté à trois artères qui aboutissent aux trois branchies postérieures ; et, parvenue à la base de la langue, elle se divise en deux branches, dont chacune se sépare en deux rameaux ou artères qui vont arroser les deux branchies antérieures. L'artère, en arrivant à la branchie, parcourt la surface convexe du cartilage qui en soutient les membranes, et y forme d'innombrables ramifications qui, en s'étendant sur la surface de ces mêmes membranes, y produisent d'autres ramifications plus petites, et dont le nombre est, pour ainsi dire, infini.

L'œsophage, situé à la suite d'un gosier très-large, est très-court, et d'un diamètre égal à celui de la partie antérieure de l'estomac.

Ce dernier viscère a la forme d'un sac très-dilatable dans tous les sens, trois fois plus long que large, et qui, dans son état d'extension ordinaire, a une longueur égale au quart de celle de l'animal entier. Dans un requin de dix mètres, ou d'environ trente pieds, l'estomac, lorsqu'il n'est que très-peu dilaté, a donc deux mètres et demi, ou un peu plus de sept pieds et demi, dans sa plus grande dimension ; et voilà comment on a pu trouver dans de très-grands requins des cadavres humains tout entiers.

La tunique intérieure qui tapisse l'estomac est rougeâtre, muqueuse, gluante, et inondée de suc gastric ou digestif.

Le canal intestinal ne montre que deux portions distinctes, dont l'une représente les intestins grêles, et l'autre le gros intestin de l'homme et des quadrupèdes. La première portion de ce canal est très-courte, et n'a ordinairement qu'un peu plus de trois décimètres, ou un pied, de long, dans les requins qui ne sont encore parvenus qu'à une longueur de deux mètres, ou d'environ six pieds ; et comme elle est si étroite, que sa cavité peut à peine, dans les individus dont nous venons de parler, laisser passer *une plume à écrire*, ainsi que le rapporte Commerson, l'on doit penser, avec ce savant naturaliste, que le principal travail de la digestion s'opère dans l'estomac et que les aliments doivent être déjà réduits à une substance fluide, pour pouvoir pénétrer par la première partie du canal jusqu'à la seconde.

Cette seconde portion du tube intestinal, beaucoup plus grosse que l'autre, est très-courte ; mais elle présente une structure très-remarquable, et dont les effets compensent ceux de sa brièveté. Au lieu de former un tuyau continu, et de représenter un simple sac, comme les intestins de presque tous les animaux, elle ne consiste que dans une espèce de toile très-grande, qui s'étend inégalement lorsqu'on la développe, et qui, repliée sur elle-même en spirale, composant ainsi un tube assez allongé, et maintenue dans cette situation uniquement par la membrane interne du péritoine, présente un grand nombre de sinuosités propres à retenir ou à absorber les produits des aliments. Cette conformation, qui équivaut à de longs intestins, a été très-bien observée et très-bien décrite par Commerson.

Le foie se divise en deux lobes très-allongés et inégaux : le lobe droit a communément une longueur égale au tiers de la longueur totale du requin ; le gauche est plus court à peu près d'un quart, et plus large à sa base.

La vésicule du fiel, pliée et repliée en forme d'S, est placée entre les deux lobes du foie, et pleine d'une bile verte et fluide.

La rate, très-allongée, tient par un bout au pylore, et, par l'autre bout, à la fin de l'intestin grêle ; et sa couleur est très-variée par le pourpre et le blanc des vaisseaux sanguins qui en parcourent la surface (1).

_____

(1) Commerson a observé, dans le mâle ainsi que dans la femelle du requin, un viscère particulier, situé dans le bas-ventre, enveloppé et suspendu

La grandeur du foie et d'autres viscères, l'abondance des liquides qu'ils fournissent, la quantité des sucs gastriques qui inondent l'estomac, donnent au requin une force digestive active et rapide : elles sont les causes puissantes de cette voracité qui le rend si terrible, et que les aliments les plus copieux semblent ne pouvoir pas apaiser ; mais elles ne sont pas les seuls aiguillons de cette faim dévorante. Commerson a fait à ce sujet une observation curieuse que nous allons rapporter. Ce voyageur a toujours trouvé dans l'estomac et dans les intestins des requins, un très-grand nombre de tænia, qui non-seulement en infestaient les cavités, mais pénétraient et se logeaient dans les tuniques inférieures de ces viscères. Il a vu plus d'une fois le fond de leur estomac gonflé et enflammé par les efforts d'une multitude de petits vers, de véritables tænia, renfermés en partie dans les cellules qu'ils s'étaient pratiquées entre les membranes internes, et qui, s'y retirant tout entiers lorsqu'on les fatiguait, conservaient encore la vie quelque temps après la mort du requin. Nous n'avons pas besoin de montrer combien cette quantité de piqûres ajoute de vivacité aux appétits du requin. Aussi avale-t-il quelquefois si goulûment, et se presse-t-il tant de se débarrasser d'aliments encore mal digérés, pour les remplacer par une nouvelle proie, que ses intestins, forcés de suivre en partie des excréments imparfaits et chassés trop tôt, sortent par l'anus, et paraissent hors du corps de l'animal, d'une longueur assez considérable.

Lorsque le requin est sorti de son œuf, et qu'il a étendu librement tous ses membres, il n'a encore que près de deux décimètres, ou quelques pouces, de longueur, et nous ignorons quel nombre d'années doit s'écouler avant qu'il présente celle de dix mètres, ou de plus de trente pieds. Mais à peine a-t-il atteint quelques degrés de cet immense développement, qu'il se montre avec toute sa voracité. Il n'arrive que lente-

---

dans la membrane intérieure du péritoine, semblable à la rate par sa couleur et par sa substance, mais très-petit, en forme de cylindre très-étroit et très-allongé, et s'ouvrant par un orifice très-resserré, près de l'anus et dans le gros intestin.

ment, et par des différences très-nombreuses, au plus haut point de sa grandeur et de sa puissance : mais il parvient pour ainsi dire, tout d'un coup à la plus grande intensité de ces appétits véhéments; il n'a pas encore une masse très-étendue à entretenir, ni des armes bien redoutables pour exercer ses fureurs, et déjà il est avide de proie : la férocité est son essence et devance sa force.

Quelquefois le défaut d'aliments plus substantiels l'oblige de se contenter de sépies, de mollusques, ou d'autres vers marins : mais ce sont les plus grands animaux qu'il recherche avec le plus d'ardeur; et par une suite de la perfection de son odorat, ainsi que de la préférence qu'elle lui donne pour la substance dont l'odeur est la plus exaltée, il est surtout très-empressé de courir partout où l'attirent des corps morts de poissons ou de quadrupèdes, et des cadavres humains. Il s'attache, par exemple, aux vaisseaux négriers, qui, malgré les lumières de la philosophie, la voix du véritable intérêt, et le cri plaintif de l'humanité outragée, partent encore des côtes de la malheureuse Afrique (1). Digne compagnon de tant de cruels conducteurs de ces funestes embarcations, il les escorte avec constance, il les suit avec acharnement jusque dans les ports des colonies américaines, et, se montrant sans cesse autour des bâtiments, s'agitant à la surface de l'eau, et, pour ainsi dire, sa gueule toujours ouverte, il y attend, pour les engloutir, les cadavres des noirs qui succombent sous le poids de l'esclavage, ou aux fatigues d'une dure traversée. On a vu un de ces cadavres de noir pendre ou bout d'une vergue élevée de plus de six mètres (vingt pieds) au-dessus de l'eau de la mer, et un requin s'élancer à plusieurs reprises vers cette dépouille, y atteindre enfin, et la dépecer sans crainte, membre par membre. Quelle énergie dans les muscles de la queue et de la partie postérieure du corps ne

(1) La traite des Nègres n'a été définitivement abolie que dans le second quart de ce siècle, mais l'Église avait toujours protesté contre cette pratique inhumaine, et cette protestation, moins vaine que celles de la philosophie, s'était traduite par des actes d'héroïque dévouement au service des noirs.   (N. E.)

doit-on pas supposer, pour qu'un animal aussi gros et aussi pesant puisse s'élever comme une flèche à une si grande hauteur! Quelle preuve de la force que nous avons cru devoir lui attribuer! Comment être surpris maintenant des autres traits de l'histoire de la voracité des requins? Et tous les navigateurs ne savent-ils pas quel danger court un passager qui tombe dans la mer, auprès des endroits les plus infestés par ces animaux? S'il s'efforce de se sauver à la nage, bientôt il se sent saisi par un de ces squales, qui l'entraîne au fond des ondes. Si l'on parvient à jeter jusqu'à lui une corde secourable, et à l'élever au-dessus des flots, le requin s'élance et se retourne avec tant de promptitude, que, malgré la position de l'ouverture de sa bouche au-dessous de son museau, il arrête le malheureux qui se croyait près de lui échapper, le déchire en lambeaux, et le dévore aux yeux de ses compagnons effrayés. Oh! quels périls environnent donc la vie de l'homme, et sur la terre et sur les ondes! et pourquoi faut-il que ses passions aveugles ajoutent à chaque instant à ceux qui le menacent!

On a vu quelquefois cependant des marins surpris par le requin au milieu de l'eau, profiter, pour s'échapper, des effets de cette situation de la bouche de ce squale dans la partie inférieure de sa tête, et de la nécessité de se retourner, à laquelle cet animal est condamné par cette conformation, lorsqu'il veut saisir les objets qui ne sont pas placés au-dessous de lui.

C'est par une suite de cette même nécessité que, lorsque les requins s'attaquent mutuellement, (car comment des êtres aussi atroces, comment les tigres de la mer, pourraient-ils conserver la paix entre eux?) ils élèvent au-dessus de l'eau, et leur tête, et la partie antérieure de leur corps; et c'est alors que, faisant briller leurs yeux sanguinolents et enflammés de colère, ils se portent des coups si terribles, que, suivant plusieurs voyageurs, la surface des ondes en retentit au loin.

Un seul requin a suffi, près du banc de Terre-Neuve, pour déranger toutes les opérations relatives à la pêche de la morue, soit en se nourrissant d'une grande quantité de morues que l'on avait prises, et en éloignant plusieurs des autres, soit en mordant aux appâts, et en détruisant les lignes disposées par les pêcheurs.

Mais quel est donc le moyen qu'on peut employer pour délivrer les mers d'un squale aussi dangereux?

Il y a sur les côtes d'Afrique des nègres assez hardis pour s'avancer en nageant vers un requin, le harceler, prendre le moment où l'animal se retourne, et lui fendre le ventre avec une arme tranchante. Mais, dans presque toutes les mers, on a recours à un procédé moins périlleux pour pêcher le requin. On préfère un temps calme; et sur quelques rivages, comme, par exemple, sur ceux d'Islande, on attend les nuits les plus longues et les plus obscures. On prépare un hameçon garni ordinairement d'une pièce de lard, et attaché à une chaîne de fer longue et forte. Si le requin n'est pas très-affamé, il s'approche de l'appât, tourne autour, l'examine, pour ainsi dire, s'en éloigne, revient, commence de l'engloutir, et en détache sa gueule déjà ensanglantée. Si alors on feint de retirer l'appât hors de l'eau, ses appétits se réveillent, son avidité se ranime, il se jette sur l'appât, l'avale goulument, et veut se replonger dans les abîmes de l'Océan. Mais comme il se sent retenu par la chaîne, il la tire avec violence pour l'arracher et l'entraîner : ne pouvant vaincre la résistance qu'il éprouve, il s'élance, il bondit, il devient furieux; et, suivant plusieurs relations, il s'efforce de vomir tout ce qu'il a pris, et de retourner, en quelque sorte, son estomac. Lorsqu'il s'est débattu pendant longtemps, et que ses forces commencent à être épuisées, on tire assez la chaîne de fer vers la côte ou le vaisseau pêcheur, pour que la tête du squale paraisse hors de l'eau : on approche des cordes avec des nœuds coulants, dans lesquels on engage son corps, que l'on serre étroitement, surtout vers l'origine de la queue; et après l'avoir ainsi entouré de liens, on l'enlève et on le transporte sur le bâtiment ou sur le rivage, où l'on n'achève de le mettre à mort qu'en prenant les plus grandes précautions contre sa terrible morsure et les coups que sa queue peut encore donner. Au reste, ce n'est que difficilement qu'on lui ôte la vie; il résiste sans périr à de larges blessures : et lorsqu'il a expiré, on voit encore pendant longtemps les différentes parties de son corps donner tous les signes d'une grande irritabilité.

La chair du requin est dure, coriace, de mauvais goût, et difficile à digérer. Les nègres de la Guinée, et particulièrement ceux de la Côte-d'Or s'en nourrissent cependant, et ôtent à cet aliment presque toute sa dureté en le gardant très-longtemps. On mange aussi sur plusieurs côtes de la Méditerranée les très-petits requins que l'on trouve dans le ventre de leur mère, et près de venir à la lumière ; et l'on n'y dédaigne pas quelquefois le dessous du ventre des grands requins, auquel on fait subir diverses préparations pour lui ôter sa qualité coriace et son goût désagréable. Cette même chair du bas-ventre est plus recherchée dans plusieurs contrées septentrionales, telles que la Norwége et l'Islande, où on la fait sécher avec soin, en la tenant suspendue à l'air pendant plus d'une année. Les Islandais font d'ailleurs un grand usage de la graisse du requin : comme elle a la propriété de se conserver longtemps, et de se durcir en se séchant, ils s'en servent à la place du lard de cochon, ou la font bouillir pour en tirer de l'huile. Mais c'est surtout le foie du requin qui leur fournit cette huile qu'ils nomment *thran*, et dont un seul foie peut donner un grand nombre de *litres* ou *pintes* (1).

On a écrit que la cervelle des requins séchée et mise en poudre, était apéritive et diurétique. On a vanté les vertus des dents de ces animaux, également réduites en poudre, pour arrêter le cours du ventre, guérir les hémorrhagies, provoquer les urines, détruire la pierre dans la vessie ; et ce sont ces mêmes dents de requin qui, enchâssées dans des métaux plus ou moins précieux, ont été portées en amulettes, pour calmer les douleurs de dents, et préserver du plus grand des maux, de celui de la peur. Ces amulettes ont entièrement perdu leur crédit, et nous ne voyons aucune cause de différence entre les propriétés de la poudre des dents ou de la

---

(1) Suivant Pontoppidan, auteur d'une *Histoire naturelle de la Norwége*, le foie d'un squale de vingt pieds de longueur fournit communément deux tonnes et demie d'huile.

cervelle des requins, et celles de la cervelle desséchée et des dents broyées des autres poissons.

Malgré les divers usages auxquels les arts emploient la peau du requin, ce squale serait donc peu recherché dans les contrées où un climat tempéré, une population nombreuse, et une industrie active, produisent en abondance des aliments sains et agréables, si sa puissance n'était pas très-dangereuse. Lorsqu'on lui tend des piéges, lorsqu'on s'avance pour le combattre, ce n'est pas uniquement une proie utile que l'on cherche à saisir, mais un ennemi acharné que l'on veut anéantir. Il a le sort de tout ce qui inspire un grand effroi : on l'attaque dès qu'on peut espérer de le vaincre ; on le poursuit, parce qu'on le redoute ; il périt, parce qu'il peut donner la mort : et telle est en tout la destinée des êtres dont la force paraît en quelque sorte sans égale. De petits vers, de faibles ascarides tourmentent souvent dans son intérieur le plus énorme requin ; ils déchirent ses entrailles sans avoir rien à craindre de sa puissance. D'autres animaux presque autant sans défense relativement à sa force, des poissons mal armés, tels que l'*échène rémora*, peuvent aussi impunément s'attacher à sa surface extérieure. Presque toujours, à la vérité, sa peau dure et tuberculeuse l'empêche de s'apercevoir de la présence de ces animaux : mais si quelquefois ils s'accrochent à quelque partie plus sensible, le requin fait de vains efforts pour échapper à la douleur ; et le poisson qui n'a presque reçu aucun moyen de nuire est pour lui au milieu des eaux ce que l'aiguillon d'un seul insecte est pour le tigre le plus furieux au milieu des sables ardents de l'Afrique.

Les requins de dix mètres ou d'un peu plus de trente pieds de longueur étant les plus grands des poissons qui habitent la mer Méditerranée, et surpassant par leurs dimensions la plupart des cétacés que l'on voit dans ses eaux, c'est vraisemblablement le squale dont nous essayons de présenter les traits, qu'ont eu en vue les inventeurs des mythologies, ou les auteurs des opinions religieuses adoptées par les Grecs et par les autres peuples placés sur les rivages de cette même mer. Il paraît que c'est dans le vaste estomac d'un immense requin qu'ils ont annoncé qu'un de leurs héros ou de leurs demi-dieux avait vécu pendant trois jours et trois nuits ; et ce qui doit faire croire d'autant plus aisément qu'ils ont dans leur récit voulu parler de ce squale, et qu'ils n'ont désigné aucun des autres animaux marins qu'ils comprenaient avec ce poisson sous la dénomination générale de *cete*, c'est que l'on a écrit qu'un très-long requin pouvait avoir l'œsophage et l'estomac assez étendus pour engloutir de très-grands animaux sans les blesser, et pour les rendre encore en vie à la lumière.

Les requins sont très-répandus dans toutes les mers. Il n'est donc pas surprenant que leurs dépouilles pétrifiées, et plus ou moins entières, se trouvent dans un si grand nombre de montagnes et d'autres endroits du globe autrefois recouverts par les eaux de l'Océan. On a découvert une de ces dépouilles, presque complète, dans l'intérieur du *Monte-Bolca*, montagne volcanique des environs de Vérone. Mais il est rare de voir, dans les différentes couches du globe, des restes un peu entiers de requin ; on n'en trouve ordinairement que des fragments ; et celles des portions de cet animal qui sont répandues presque dans toutes les contrées, sont ses dents amenées à un état de pétrification plus ou moins complet. Ces parties sont les substances les plus dures de toutes celles qui composent le corps du requin ; il est donc naturel qu'elles soient les plus communes dans les couches de la terre.

Il y a dans le Muséum national d'histoire naturelle une très-grande dent fossile et pétrifiée qui réunit à un émail assez bien conservé tous les caractères des dents de requin. Elle a été trouvée aux environs de Dax, auprès des Pyrénées, et envoyée dans le temps au Muséum par M. de Borda. J'ai mesuré avec exactitude la partie émaillée qui, dans l'animal vivant, paraissait hors des alvéoles. J'ai trouvé que le plus grand côté du triangle formé par cette partie émaillée avait cent quinze millimètres (quatre pouces trois lignes) de longueur. J'ai désiré de savoir quelle grandeur on pouvait supposer dans le requin auquel cette dent a appartenu : j'ai, en conséquence, pris avec exactitude, la mesure des dents d'un grand nombre de requins parvenus à différents degrés de développement ; j'ai comparé les dimensions de ces dents

avec celles de ces animaux ; j'ai vu qu'elles ne croissaient pas
dans une proportion aussi grande que la longueur totale des
requins, et que, lorsque ces squales avaient obtenu une taille
un peu considérable, leurs dents étaient plus petites qu'on
ne l'aurait pensé d'après celles des jeunes requins. On ne
pourra déterminer la loi de ces rapports que lorsqu'on aura
observé plusieurs requins beaucoup plus près du dernier
terme de leur croissance que ceux que j'ai examinés. Mais
il me paraît déjà prouvé, par le résultat de mes recherches,
que nous serons en deçà de la vérité, bien loin d'être au-
delà, en attribuant au requin dont une des dents a été découverte auprès des Pyrénées, une longueur aussi supérieure
à celle du plus grand côté de la partie émaillée de cette dent
fossile, que la longueur totale d'un jeune requin que j'ai
mesuré très-exactement l'emportait sur le côté analogue de
ses plus grandes dents. Ce côté analogue avait dans le jeune
requin cinq millimètres de long, et l'animal en avait mille.
Le jeune requin était donc deux cents fois plus long que le
plus grand côté de la partie émaillée de ses dents les plus
développées. On doit donc penser que le requin dont une
portion de la dépouille a été trouvée auprès de Dax était au
moins deux cents fois plus long que le plus grand côté de la
partie émaillée de sa dent fossile. Nous venons de voir que
ce côté avait cent quinze millimètres de longueur : on peut
donc assurer que le requin était long au moins de vingt-trois
mille millimètres, ou, ce qui est la même chose, de vingt-
trois mètres (soixante-dix pieds neuf pouces.) Maintenant,
si nous déterminons les dimensions que sa gueule devait
présenter, d'après celles que nous a montrées la bouche d'un
nombre très-considérable de requins de différentes tailles,
nous verrons que le contour de sa mâchoire supérieure devait
être au moins de treize pieds trois pouces (quatre cent vingt-
huit centimètres) ; et comme les parties molles qui réunissent
les deux mâchoires peuvent se prêter à une assez grande extension, on doit dire que la circonférence totale de l'ouverture de la bouche était au moins de vingt-six pieds, et que
cette même ouverture avait près de neuf pieds de diamètre
moyen.

Quel abîme dévorant! quelle grandeur, quelles armes, quelle puissance présentait donc ce squale géant qui exerçait ses ravages au milieu de l'Océan, à cette époque reculée au-delà des temps historiques, où la mer couvrait encore la France, ou, pour mieux dire, la Gaule méridionale, et baignait de ses eaux les hautes sommités de la chaîne des Pyrénées! Et que l'on ne dise pas que cet animal remarquable était de la famille ou du genre des squales, mais qu'il appartenait à une espèce différente de celle des requins de nos jours : tout œil exercé à reconnaître les caractères distinctifs des animaux, et surtout ceux des poissons, verra aisément sur la dent fossile des environs de Dax, non-seulement les traits de la famille des squales, mais encore ceux des requins proprement dits; et si, rejetant des rapports que l'on regarderait comme trop vagues, on voulait rapporter cette dent de Dax à un des squales dont nous allons nous occuper, on l'attribuerait à une espèce beaucoup plus petite maintenant que celle du requin, et on ne ferait qu'augmenter l'étonnement de ceux qui ne s'accoutument pas à supposer vingt-trois mètres de longueur dans une espèce dont on ne voit aujourd'hui que des individus de dix mètres.

Au reste, dans ces parties de l'Océan qui ne traversent pas les routes du commerce, et dont les navigateurs sont repoussés par l'âpreté du climat, ou par la violence des tempêtes, ne pourrait-on pas trouver d'immenses requins qui, ayant joui, dans ces parages écartés, d'une tranquillité aussi parfaite, ou, pour mieux dire, d'une impunité aussi grande, que ceux qui infestaient, il y a plusieurs milliers d'années, les bords des Pyrénées, y auraient vécu assez longtemps pour y atteindre au véritable degré d'accroissement que la Nature a marqué pour leur espèce. Quoi qu'il en soit, il n'est pas indifférent pour l'histoire des révolutions du globe, de savoir que les animaux marins dont on trouve la dépouille fossile aux environs de Dax étaient de véritables requins, et avaient plus de soixante-dix pieds de longueur.

LES BALISTES.

La nombreuse famille des *squales* et celle des *raies* nous ont présenté la grandeur, la force, des armes terribles, des mouvements rapides, tous les attributs de la puissance. Le genre des *lophies* nous eût montré ensuite les ressources de la ruse qui supplée au pouvoir. Toutes ces finesses d'un instinct assez étendu, et ces armes redoutables d'énormes espèces, nous les eussions vues également employées pour attaquer de nombreux ennemis, pour saisir une proie abondante, pour vaincre des résistances violentes. Le genre des *balistes* va maintenant déployer devant nous des moyens multipliés de défense : mais nous chercherons en vain dans cette famille tranquille cette conformation intérieure qui donne le besoin d'assaillir des adversaires dangereux, et ces formes extérieures qui assurent le succès. En répandant dans le sein des mers les lophies et les squales, la Nature y a semé et des périls cachés, et des dangers évidents, souvent inévitables : on dirait que, suspendant son souffle créateur, et réagissant en quelque sorte contre elle-même, elle a eu la destruction pour but, lorsqu'elle a produit les squales et les lophies. En plaçant au contraire les balistes au milieu de ces mêmes mers, elle paraît avoir repris plus que jamais l'exercice de sa puissance vivifiante, et ne l'avoir dirigée que vers la conservation. Ce ne sont pas des animaux impétueux qu'elle a armés pour les combats, mais des êtres paisibles qu'elle a munis pour leur sûreté. Aussi, lorsque nous retirons nos regards de dessus les genres que nous venons d'examiner, lorsque nous cessons d'observer et leurs diverses embuscades et leurs attaques à force ouverte, lorsque surtout, nous dégageant du milieu des requins et des autres squales très-grands et très-voraces, nous ne voyons plus les flots de la mer rougis par le sang de nombreuses victimes, où les gouffres animés et insatiables engloutissant à chaque instant une nouvelle proie, et que nous arrêtons notre vue sur cette famille des balistes, que la Nature a si favorablement traitée, puisqu'elle a été destinée à ne faire ni recevoir aucune offense, à n'inspirer ni éprouver aucune crainte, nous ressentons une affection un peu voisine du sentiment auquel se livrent avec tant d'attraits ceux qui, parcourant l'histoire des actes de l'espèce humaine, soulagent, par la douce contemplation des époques de vertu et de bonheur, leur cœur tourmenté par le spectacle des temps d'infortunes et de crimes.

Le contraste offert par les genres que nous venons d'examiner, et par celui qui se présente à nous, est d'autant plus marqué, et la sensation qu'il fait naître est d'autant plus vive, que rien ne répugne ni à l'œil ni à l'esprit dans la considération de cette intéressante famille des balistes. Si elle ne recherche pas les combats, elle ne fuit pas lâchement, même devant des ennemis très-supérieurs en force; elle se défend avec courage; elle use de toutes ses ressources avec adresse; et elle a reçu la plus brillante des parures. Nous ferons voir, en décrivant les différentes espèces qui la composent, qu'elle présente les couleurs les plus vives, les plus agréables, et les mieux opposées. En observant même les balistes les mieux traités à cet égard, on dirait que la distribution, la nuance et l'opposition de leurs couleurs ont souvent servi de modèle au goût délicat, préparant pour la beauté les ornements les plus propres à augmenter le don de plaire.

Et que l'on ne soit pas étonné de cette empreinte de la magnificence de la Nature, que l'on voit sur les différentes espèces de balistes : c'est dans les climats les plus chauds qu'elles habitent. Excepté une seule de ces espèces, que l'on trouve dans le bassin de la Méditerranée, elles n'ont été encore vues que dans ces contrées équatoriales, où des flots de lumière et toutes les influences d'une chaleur productive pénètrent, pour ainsi dire, et l'air, et la terre, et les eaux; où volent dans l'atmosphère les oiseaux-mouches, ceux de paradis, les colibris, les perroquets et tant d'autres oiseaux richement décorés; où bourdonnent au milieu des plus belles fleurs tant d'insectes resplendissants d'or, de vert et d'azur; où les teintes de l'arc-en-ciel se déploient avec tant d'éclat sur les écailles luisantes des serpents et des quadrupèdes ovipares, et où, jusqu'au sein de la terre se forment ces diamants et ses pierres précieuses, que l'art sait faire briller de tant de feux diversement colorés. Les balistes ont aussi reçu une part distinguée des dons de la chaleur et de la lumière répandues dans les mers équatoriales, aussi bien que sur les continents dont ces mers arrosent les bords. Ils ajoutent d'autant plus, sur ces plages échauffées par un soleil toujours voisin, à la pompe du spectacle qu'y présentent les eaux et tout ce qu'elles recèlent, qu'ils forment des troupes très-nombreuses. Chaque espèce de baliste renferme en effet beaucoup d'individus ; et le genre entier de ces beaux poissons contient tant d'espèces, qu'un des naturalistes les plus habiles et les plus exercés à ordonner avec convenance et à observer avec fruit des légions d'animaux, le célèbre Commerson, s'écrie, en traitant des balistes : *Quelle vie pourrait suffire pour décrire, pour comparer, pour bien connaître tous ceux que l'on a déjà vus ?*

Mais sachons quelles sont les formes sur lesquelles la Nature a disposé les couleurs diversifiées dont nous venons de parler. Examinons en quoi consistent les moyens de défense dont les balistes sont pourvus.

Leur corps est très-comprimé par les côtés, et se termine le plus souvent, le long du dos et sous le ventre, par un bord aigu que l'on a comparé à une carène. Il est tout couvert de petits tubercules ou d'écailles très-dures, réunis par groupes, distribués par compartiments plus ou moins réguliers, et fortement attachés à un cuir épais. Ce tégument particulier revêt non-seulement le corps proprement dit des balistes, mais encore leur tête, qui paraît le plus souvent peu distincte du corps ; et il cache ainsi tout l'animal sous une sorte de cuirasse et de casque, que des dents très-acérées ont beaucoup de peine à percer. Mais, indépendamment de cette espèce d'armure défensive et complète, ils ont encore, pour protéger leur vie, des moyens puissants de faire lâcher prise aux ennemis qui les attaquent.

Des aiguillons, à la vérité très-petits, mais très-durs, hérissent souvent une partie de leur queue ; et comme ils sont recourbés vers la tête, ils auraient bientôt ensanglanté la gueule des gros poissons qui voudraient saisir et retenir un baliste par la queue.

Les cartilagineux du genre dont nous traitons ont d'ailleurs deux nageoires dorsales ; et la première de ces nageoires présente toujours un rayon très-fort, très-gros, très-long, et souvent garni de pointes, qui, couché dans une fossette placée sur le dos, et se relevant avec vitesse à la volonté de l'animal, pénètre très-avant dans le palais de ceux de leurs ennemis qui les attaquent par la partie supérieure de leur corps, et les contraint bientôt à s'enfuir, ou leur donne quelquefois la mort par une suite de blessures multipliées qu'il peut faire en s'abaissant et se redressant plusieurs fois (1).

Les nageoires inférieures, ou, pour mieux dire, la nageoire thorachique, et improprement appelée *ventrale,* présente dans les balistes une conformation que l'on n'a encore observée dans aucun genre de poissons. Non-seulement les nageoires dites *ventrales* sont ici rapprochées de très-près, comme sur le mâle du squale roussette ; non-seulement elles sont réunies, comme nous le verrons, sur les *cycloptères* parmi les cartilagineux, et sur les *gobies* parmi les poissons osseux, mais encore elles sont confondues l'une dans l'autre, réduites à une seule, et même quelquefois composées d'un seul rayon.

Ce rayon, soit isolé, soit accompagné d'autres rayons plus ou moins nombreux, est presque toujours caché en grande partie sous la peau ; et cependant il est assez gros, assez fort, et souvent assez hérissé de petites aiguilles, pour faire de la nageoire thorachique une arme presque aussi redoutable que la première nageoire dorsale, et mettre le dessous du corps de l'animal à couvert d'une dent ennemie.

Cet isolement, dans certains balistes, du rayon très-allongé que l'on voit à la première nageoire dorsale et à l'inférieure, et sa réunion avec d'autres rayons moins puissants, dans d'autres animaux de la même famille, sont les caractères

---

(1) La manière rapide dont les balistes redressent le rayon long et épineux de leur première nageoire dorsale a été comparée à celle avec laquelle se débandaient autrefois certaines parties d'instruments de guerre propres à lancer des dards ; et voilà d'où vient le nom de ces animaux.

dont nous nous sommes servi pour répandre quelque clarté
dans la description des diverses espèces de ce genre, et pour
en faire retenir les attributs avec plus de facilité. C'est par le
moyen de ces caractères que nous avons établi quatre sous-
genres, dans lesquels nous avons distribué les balistes connus.

Nous avons placé dans le premier ceux de ces poissons qui
ont plus d'un rayon à la première nageoire du dos et à la
nageoire dite ventrale; nous avons mis dans le second les balistes qui, n'ayant qu'un rayon à la première nageoire du dos,
en ont cependant plusieurs à la thorachique; nous avons
compris dans le troisième ceux qui, au contraire, n'ayant
qu'un rayon à la nageoire inférieure, en ont plus d'un à la
première du dos; et enfin nous avons composé le quatrième
sous-genre des balistes qui ne présentent qu'un seul rayon
tant à la nageoire inférieure qu'à la première dorsale.

L'ouverture des branchies est étroite, située au-dessus et
très-près des nageoires pectorales, et garnie d'une membrane
qui est ordinairement soutenue par deux rayons.

L'ouverture de la bouche est aussi très-peu large; et l'on
compte à chaque mâchoire au moins huit dents, dont les deux
antérieures sont les plus longues, qui, étant larges et aplaties
de devant en arrière, ne se terminant pas en pointe, ressemblent beaucoup à celles que l'on a nommées *incisives* dans
l'homme et dans les quadrupèdes vivipares. Elles sont, pour
ainsi dire, fortifiées, au moins le plus souvent, par des dents
à peu près semblables, placées à l'intérieur, et appliquées
contre les intervalles des dents extérieures. Ces dents auxi-
liaires sont quelquefois au nombre de six de chaque côté; et
comme les extérieures et les intérieures sont toutes d'ailleurs
assez grandes et assez fortes par elles-mêmes, il n'est pas
surprenant que les balistes s'en servent avec avantage pour
briser des corps très-durs, et pour écraser non-seulement
les coraux dont ils recherchent les polypes, et l'enveloppe
solide qui revêt les crustacés, dont ils sont plus ou moins
avides, mais encore les coquilles épaisses qui recèlent les animaux marins dont ils aiment à se nourrir.

Des crabes, de petits mollusques, des polypes bien plus
petits encore, tels sont en effet les aliments qui conviennent

aux balistes ; et s'il leur arrive d'employer à attaquer une proie d'une autre nature des armes dont ils se servent pour se défendre avec courage et avec succès, ce n'est que lorsqu'une faim cruelle les presse, et que la nécessité les y contraint.

Au reste, nous avons ici un exemple de ce que nous avons fait remarquer dans notre *Discours sur la nature des poissons*. Nous avons dit que ceux qui se nourrissent de coquillages présentent ordinairement les plus belles couleurs : les balistes, qui préfèrent les animaux des coquilles presque à tout autre aliment, n'offrent-ils pas en effet des couleurs aussi vives qu'agréables?

Il est des saisons et des rivages où ceux qui se sont nourris de balistes en ont été si gravement incommodés, que l'on a regardé ces poissons comme renfermant un poison plus ou moins actif. Que l'on rappelle ce que nous avons dit au sujet des animaux venimeux, dans le discours que nous venons de citer. Il n'est pas surprenant que, dans certaines circonstances de temps ou de lieu, des balistes nourris de mollusques et de polypes dont les sucs peuvent être mortels pour l'homme et pour quelques animaux, aient eu dans leurs intestins quelques restes de ces vers malfaisants qu'on n'aura pas eu le soin d'en ôter, et par le moyen de ce poison étranger, aient causé des accidents plus ou moins funestes à l'homme ou aux animaux qui en auront mangé. Il peut même se faire qu'une longue habitude de ces aliments nuisibles ait détérioré les sucs et altéré les chairs de quelques balistes, au point de leur donner des qualités presque aussi délétères que celles que possèdent ces vers marins : mais les balistes n'en sont pas moins par eux-mêmes dénués de tout venin proprement dit ; et les effets qu'éprouvent ceux qui s'en nourrissent ne peuvent ressembler aux suites d'un poison réel que lorsque ces cartilagineux ont perdu la véritable nature de leur chair et de leurs sucs, ou qu'ils contiennent une substance étrangère et dangereuse. On ne doit donc manger de balistes qu'après les plus grandes précautions, mais il ne faut pas moins retrancher le terrible pouvoir d'empoisonner, des qualités propres à ces animaux.

Les balistes s'aident, en nageant, d'une vessie à air qu'ils ont auprès du dos ; ils ont cependant reçu un autre moyen d'augmenter la facilité avec laquelle ils peuvent s'élever ou s'abaisser au milieu des eaux de la mer. Les téguments qui recouvrent leur ventre sont susceptibles d'une grande extension ; et l'animal peut, quand il le veut, introduire dans cette cavité une quantité de gaz assez considérable pour y produire un gonflement très-marqué. En accroissant ainsi son volume par l'admission d'un fluide plus léger que l'eau, il diminue sa pesanteur spécifique, et s'élève au sein des mers. Il s'enfonce dans leurs profondeurs, en faisant sortir de l'intérieur de son corps le gaz qu'il y avait fait pénétrer ; et, lorsque la crainte produite par quelque attouchement soudain, ou quelque autre circonstance, font naître dans le baliste une compression subite, le gaz qui s'échappe avec vitesse passe avec assez de rapidité et de force au travers des intestins, du gosier, de l'ouverture de la bouche, et de celle des branchies, pour faire entendre une sorte de sifflement. Nous avons déjà vu des effets très-analogues dans les tortues ; et nous en trouverons de presque semblables dans plusieurs genres de poissons osseux, tels que les *zées*, les *trigles* et les *cobites*.

Malgré le double secours d'une vessie aérienne, et de la dilatation du ventre, les balistes paraissent nager avec difficulté : c'est que la peau épaisse, dure et tuberculeuse qui enveloppe la queue, ôte à cette partie la liberté de se mouvoir avec assez de rapidité pour donner à l'animal une grande force progressive ; et ceci confirme ce que nous avons déjà dit sur la véritable cause de la vitesse de la natation des poissons.

Tels sont les caractères généraux qui appartiennent à tous les balistes.

LA CHIMÈRE ARCTIQUE.

C'est un objet très-digne d'attention que ce grand poisson cartilagineux, dont la conformation remarquable lui a fait donner le nom de *chimère*, et même celui de *chimère mons-*

trueuse par Linné et par d'autres naturalistes, et dont les habitudes l'ont fait nommer aussi *le singe de la mer*.

L'agilité et en même temps l'espèce de bizarrerie de ses mouvements, la mobilité de sa queue très-longue et très-déliée, la manière dont il montre fréquemment ses dents, et celle dont il remue inégalement les différentes parties de son museau souples et flexibles, ont, en effet, retracé aux yeux de ceux qui l'ont observé l'allure, les gestes et les contorsions des singes les plus connus. D'un autre côté, tout le monde sait que l'imagination poétique des anciens avait donné à l'animal redoutable qu'ils appelaient *chimère* une tête de lion et une queue de serpent. La longue queue du cartilagineux que nous examinons rappelle celle d'un reptile; et la place ainsi que la longueur des premiers rayons de la nageoire du dos représente, quoique très-imparfaitement, une sorte de crinière, située derrière la tête qui est très-grosse, ainsi que celle du lion, et sur laquelle s'élève dans le mâle, à l'extrémité d'un petit appendice, une petite touffe de filaments déliés. D'ailleurs les différentes parties du corps de cet animal ont des proportions que l'on ne rencontre pas fréquemment dans la classe cependant très-nombreuse des poissons, et qui lui donnent, au premier coup d'œil, l'apparence d'un être monstrueux.

On a assimilé en quelque sorte sa tête à celle du lion : on a voulu, en conséquence, la couronner comme celle de ce dernier et terrible quadrupède. Le lion a été nommé *le roi des animaux :* on a donné aussi un empire à la chimère; et si l'on n'a pu supposer sa puissance établie que sur une seule espèce, on l'a fait régner sur une des plus nombreuses, et plusieurs auteurs l'ont appelée *le roi des harengs*, dont elle agite et poursuit les immenses colonnes.

On ne connaît encore dans le genre de la chimère que deux espèces; l'*arctique* dont nous nous occupons, et celle à laquelle nous avons donné le nom d'*antarctique*. Leurs dénominations indiquent les contrées du globe qu'elles habitent; et c'est encore un fait digne d'être observé, que ces deux espèces, qui ont de très-grands rapports dans leurs formes et dans leurs habitudes, soient séparées sur le globe par les plus grands intervalles ; que l'une ne se trouve qu'au milieu des mers qui environnent le pôle septentrional, et qu'on ne rencontre l'autre que dans les eaux situées auprès du pôle antarctique, et particulièrement dans la partie de la mer du Sud qui avoisine ce dernier pôle. On dirait qu'elles se sont partagé les zones glaciales. Aucune de ces deux espèces ne s'approche que rarement des contrées tempérées ; elles ne se plaisent, pour ainsi dire, qu'au milieu des montagnes de glace, et des tempêtes qui bouleversent si souvent les plages polaires ; et si l'antarctique s'avance, au milieu des flots de la mer du Sud, beaucoup plus près des tropiques, que la chimère arctique au milieu des ondes agitées de l'Océan boréal, c'est que l'hémisphère austral, plus froid que celui que nous habitons, offre une température moins chaude à une égale distance de la ligne équatoriale, et que la chimère antarctique peut trouver dans cet hémisphère, quoiqu'à une plus grande proximité de la zone torride, le même degré de froid, la même nature, ou la même abondance d'aliments, et les mêmes facilités pour la fécondation de ses œufs, que dans l'hémisphère septentrional.

Mais avant de parler plus au long de cette espèce antarctique, continuons de faire connaître la chimère qui habite dans notre hémisphère, qui de loin ressemble beaucoup à un squale, et qui parvient au moins à trois pieds de longueur.

Le corps de la chimère arctique est un peu comprimé par les côtés, très-allongé, et va en diminuant très-sensiblement de grosseur depuis les nageoires pectorales jusqu'à l'extrémité de la queue. La peau qui la revêt est souple, lisse, et présente des écailles si petites, qu'elles échappent, pour ainsi dire, au toucher, et cependant si argentées, que tout le corps de la chimère brille d'un éclat assez vif. Quelquefois des taches brunes, répandues sur ce fond, en relèvent la blancheur.

La tête est grande, et représente une sorte de pyramide, dont le bout du museau forme la pointe, et dont le sommet est presque à la même hauteur que les yeux. Le tégument mou et flexible qui la couvre est plissé dans une très-grande étendue du côté inférieur, et percé dans cette même partie, ainsi que sur les faces latérales, d'un nombre assez considérable de pores arrondis, grands, et destinés à répandre une mucosité plus ou moins gluante.

Les yeux sont très-gros. A une petite distance de ces organes, on voit de chaque côté du corps une ligne latérale blanche, et quelquefois bordée de brun, qui s'étend jusque vers le milieu de la queue, y descend sous la partie inférieure de l'animal, et va s'y réunir à la ligne latérale du côté opposé. Vers la tête, la ligne latérale se divise en plusieurs branches plus ou moins sinueuses, dont une s'élève sur le dos, et va joindre un rameau analogue de la ligne latérale opposée. Deux autres branches entourent l'œil, et se rencontrent à l'extrémité du museau ; une quatrième va à la commissure de la bouche ; et une cinquième, placée au-dessus de cette dernière, serpente sur la portion inférieure du museau, où elle se confond avec une branche semblable, partie du côté correspondant à celui qu'elle a parcouru. Tous ces rameaux forment des sillons plus ou moins profonds et plus ou moins interrompus par des pores arrondis.

Les nageoires pectorales sont très-grandes, un peu en forme de faux, et attachées à une prolongation charnue. Celle du dos commence par un rayon triangulaire très-allongé, très-dur, et dentelé par derrière : sa hauteur diminue ensuite tout d'un coup, mais bientôt après elle se relève, et s'étend jusques assez loin au-delà de l'anus, en montrant toujours à peu près la même élévation. Là un intervalle très-peu sensible la sépare quelquefois d'une espèce de seconde nageoire dorsale, dont les rayons ont d'abord la même longueur que les derniers de la première, et qui s'abaisse ensuite insensiblement jusque vers l'extrémité de la queue, où elle disparaît. D'autres fois cet intervalle n'existe point ; et bien loin de pouvoir compter trois nageoires sur le dos de la chimère arctique ainsi que plusieurs naturalistes l'ont décrit, on n'y en voit qu'une seule.

Le bout de la queue est terminée par un filament très-long et très-délié. Il y a deux nageoires de l'anus : la première, qui est très-courte et un peu en forme de faux, ne commence qu'au-delà de l'endroit où les lignes latérales aboutissent l'une à l'autre; la seconde est très-étroite et se prolonge peu. Les nageoires ventrales environnent l'anus, et tiennent, comme les pectorales, à un appendice charnu.

La bouche est petite; l'on voit à chaque mâchoire deux lames osseuses, à bords tranchants, et sillonnées assez profondément pour ressembler à une rangée de dents incisives, et très-distinctes l'une de l'autre; il y a de plus au palais deux dents communément aplaties et triangulaires.

La chimère arctique, cet animal extraordinaire par sa forme, vit, ainsi que nous l'avons dit au commencement de cet article, au milieu de l'Océan septentrional. Ce n'est que rarement qu'il s'approche des rivages; il se tient presque toujours dans les profondeurs de l'Océan, où il se nourrit le plus souvent de crabes, de mollusques, et des animaux à coquille; et s'il vient à la surface de l'eau, ce n'est guère que pendant la nuit, ses yeux grands et sensibles ne pouvant supporter qu'avec peine l'éclat de la lumière du jour, augmenté par la réflexion des glaces boréales. On l'a vu cependant attaquer ces légions innombrables de harengs dont la mer du Nord est couverte à certaines époques de l'année, les poursuivre, et faire sa proie de plusieurs de ces faibles animaux.

Au reste, les Norwégiens, et d'autres habitants des côtes septentrionales, vers lesquelles il s'avance quelquefois, se nourrissent de ses œufs, et de son foie, qu'ils préparent avec plus ou moins de soin.

LA CHIMÈRE ANTARCTIQUE.

Cette *chimère,* qui se trouve dans les mers de l'hémisphère méridional, et particulièrement dans celles qui baignent les rivages du Chili et les côtes de la Nouvelle-Hollande, ressemble beaucoup, non-seulement par ses habitudes, mais encore par sa conformation, à la chimère arctique. Elle en est cependant séparée par plusieurs différences, que nous allons indiquer en la décrivant d'après un individu apporté de l'Amérique méridionale par le célèbre voyageur Dombey.

La peau qui la recouvre est, comme celle de la chimère arctique, blanche, lisse, et argentée; le corps est également
très-allongé, et plus gros vers les nageoires pectorales que
dans tout autre endroit. Mais la ligne latérale, au lieu de se
réunir à celle du côté opposé, se termine à la nageoire de
l'anus; le filament placé au bout de la queue est plus court
que sur l'arctique; on voit sur le dos trois nageoires très-
distinctes, très-séparées l'une de l'autre, dont la dernière
est très-basse, la seconde en forme de faux, ainsi que la
première, et la première soutenue vers la tête par un rayon
long, très-fort et très-dur. Les nageoires pectorales et ventrales sont attachées à des espèces de prolongations charnues.
La tête est arrondie; elle présente plusieurs branches de deux
lignes latérales qui serpentent sur ses côtés, entourent les
yeux, aboutissent aux lèvres ou au museau, ou se réunissent
les unes aux autres : mais ces rameaux ne sont pas creusés
en sillons, ni disposés de la même manière que sur l'arctique; et ce qui forme véritablement le caractère distinctif de
la chimère antarctique, c'est que le bout de son museau, et
en quelque sorte sa lèvre supérieure, se termine par un appendice cartilagineux, qui s'étend en avant et se recourbe
ensuite vers la bouche. Cette extension, assimilée à une crête
par certains auteurs, a fait nommer la chimère antarctique
le poisson coq, et, comparée à une trompe par d'autres écrivains, a fait appeler la même chimère *poisson éléphant*. La
chair de ce cartilagineux est insipide, mais on en mange
cependant quelquefois. Il parvient ordinairement à la longueur de trois pieds.

L'ACIPENSÈRE ESTURGEON.

L'on doit compter les acipensères parmi les plus grands
poissons. Quelques-uns de ces animaux parviennent, en effet,
à une longueur de plus de vingt-cinq pieds (près de neuf
mètres). Mais s'ils atteignent aux dimensions du plus grand
nombre de squales, avec lesquels leur conformation extérieure leur donne d'ailleurs beaucoup de rapports ; s'ils vo-

guent, au milieu des ondes, leurs égaux en grandeur, ils sont bien éloignés de partager leur puissance. Ayant reçu une chair plus délicate et des muscles moins fermes, ils ont été réduits à une force bien moindre ; et leur bouche, plus petite, ne présente que des cartilages plus ou moins endurcis, au lieu d'être armée de plusieurs rangs de dents aiguës, longues et menaçantes. Aussi ne sont-ils le plus souvent dangereux que pour les poissons mal défendus par leur taille ou par leur conformation ; et, comme ils se nourrissent assez souvent de vers, ils ont même des appétits peu violents, des habitudes douces, et des inclinations paisibles. Extrèmement féconds, ils sont répandus dans toutes les mers et dans presque tous les grands fleuves qui arrosent la surface du globe, comme autant d'agents pacifiques d'une Nature créatrice et conservatrice, au lieu d'être, comme les squales, les redoutables ministres de la destruction. Et comment l'absence seule des dents meurtrières dont la gueule des squales est hérissée ne déterminerait-elle pas cette grande différence ? Que l'on arrache ses armes à l'espèce la plus féroce, et bientôt la nécessité aura amorti cette ardeur terrible qui la dévorait ; obligée de renoncer à une proie qu'elle ne pourra plus vaincre, forcée d'avoir recours à de nouvelles allures, condamnée à des précautions qu'elle n'avait pas connues, contrainte de chercher des asiles qui lui étaient inutiles, imprégnée de nouveaux sucs, nourrie de nouvelles substances, elle sera, au bout d'un petit nombre de générations, assez profondément modifiée dans toute son organisation, pour n'offrir plus que de la faiblesse dans ses appétits, de la réserve dans ses habitudes, et même de la timidité dans son caractère.

Parmi les différentes espèces de ces acipensères, qui attirent l'attention du philosophe, non-seulement par leurs formes, leurs dimensions, leurs affections, et leurs manières de vivre, mais encore par la nourriture saine, agréable, variée et abondante qu'elles fournissent à l'homme, ainsi que par les matières utiles dont elles enrichissent les arts, la mieux connue et la plus anciennement observée est celle de l'esturgeon, qui se trouve dans presque toutes les contrées de l'ancien continent. Elle ressemble aux squales, comme les autres poissons de sa famille, par l'allongement de son corps, la forme de la nageoire caudale qui est divisée en deux lobes inégaux, et celle du museau, dont l'extrémité, plus ou moins prolongée en avant, est aussi plus ou moins arrondie.

L'ouverture de la bouche est placée, comme dans le plus grand nombre de squales, au-dessous de ce museau avancé. Des cartilages assez durs garnissent les deux mâchoires et tiennent lieu de dents : la lèvre supérieure est, ainsi que l'inférieure, divisée au moins en deux lobes ; et l'animal peut les avancer l'une et l'autre, ou les retirer à volonté.

Entre cette ouverture de la bouche et le bout du museau, on voit quatre filaments déliés rangés sur une ligne transversale, aussi éloignés de cette ouverture que de l'extrémité de la tête, et même quelquefois plus rapprochés de cette dernière partie que de la première. Ces barbillons, très-menus, très-mobiles, et un peu semblables à de petits vers, attirent souvent de petits poissons imprudents jusqu'auprès de la gueule de l'esturgeon, qui avait caché presque toute sa tête au milieu des plantes marines ou fluviatiles.

Au-devant des yeux sont les narines, dont l'intérieur présente une organisation un peu différente de celle que nous avons vu dans le siége de l'odorat des raies et des squales, mais qui offre une assez grande étendue de surface pour donner à l'animal un grand nombre de sensations plus ou moins vives. Dix-neuf membranes doubles s'y élèvent en forme de petits feuillets, et aboutissent à un centre commun, comme autant de rayons.

L'ouverture des branchies est fermée de chaque côté par un opercule, dont la surface supérieure montre un grand nombre de stries plus ou moins droites, et réunies presque toutes dans un point commun et à peu près central.

Des stries disposées de même et plus ou moins saillantes paraissent le plus souvent sur les plaques dures que l'on voit former plusieurs rangées sur le corps de l'esturgeon. Ces plaques rayonnées et osseuses, que l'on a nommées de *petits boucliers*, sont convexes par dessus, concaves par dessous, un peu arrondies dans leur contour, relevées dans leur centre, et terminées, dans cette partie exhaussée, par une pointe recourbée et tournée vers la queue. Elles forment cinq rangs longitudinaux qui partent de la tête, et qui s'étendent jusqu'auprès de la nageoire de la queue, excepté celui du milieu, qui se termine à la nageoire dorsale. Cette rangée du milieu est placée sur la partie la plus élevée du dos, et composée des plus grandes pièces ; les deux rangées les plus voisines sont situées un peu sur les côtés de l'esturgeon, et les deux les plus extérieures bordent d'un bout à l'autre le dessous du corps de ce cartilagineux. Ces cinq séries de petits boucliers sont assez élevées pour faire paraître l'ensemble de l'animal comme une sorte de prisme à cinq faces, et par conséquent à cinq arêtes.

Le nombre de ces plaques varie dans chaque rang ; il est quelquefois de onze ou douze dans la rangée du dos, et il n'est pas rare de voir la plus grande de ces pièces avec un diamètre de quatre ou cinq pouces, sur des esturgeons, déjà parvenus à la longueur de dix ou onze pieds. L'épaisseur des boucliers répondant à leur volume, et leur dureté étant très-grande, les cinq rangées qu'ils composent seraient donc une excellente défense pour l'esturgeon, et le rendraient un des mieux cuirassés des poissons, si ces rangées n'étaient pas séparées l'une de l'autre par de grands intervalles.

La nageoire dorsale commence par un rayon très-gros et très-fort, et est située plus loin de la tête que les nageoires ventrales ; celle de l'anus est plus éloignée encore du museau ; et le lobe inférieur de la nageoire caudale est en forme de faux, plus long et surtout plus large que le supérieur.

L'esturgeon a une conformité de plus avec les raies, par deux trous garnis chacun d'une valvule mobile à volonté, et qui, placés dans le rectum, très-près de l'anus, l'un à droite et l'autre à gauche, font communiquer cet intestin avec la cavité de l'abdomen. L'eau de la mer, ou celle des rivières, pénètre dans cette cavité par ces deux ouvertures ; elle s'y mêle avec celle que les vaisseaux sanguins y déposent, ou que d'autres parties du corps peuvent y laisser filtrer, et parvient ensuite jusque dans la vessie.

La couleur de l'esturgeon est bleuâtre, avec de petites taches brunes sur le dos, et noires sur la partie inférieure

du corps. Sa grandeur est très-considérable, ainsi que nous
l'avons déjà annoncé; et lorsqu'il a atteint tout son développement, il a plus de dix-huit pieds, ou six mètres, de longueur.

Cet énorme cartilagineux habite non-seulement dans l'O-
céan, mais encore dans la Méditerranée, dans la mer Rouge,
dans le Pont-Euxin, dans la mer Caspienne. Mais, au lieu
de passer toute sa vie au milieu des eaux salées, comme les
raies, les squales, il recherche les eaux douces comme le
pétromyzon lamproie, lorsque le printemps arrive, qu'une
chaleur nouvelle se fait sentir jusqu'au milieu des ondes, y
ranime le sentiment le plus actif, et que le besoin de pondre
et de féconder ses œufs le presse et l'aiguillonne. Il s'engage
alors dans presque tous les grands fleuves. Il remonte particulièrement dans le Volga, le Tanaïs, le Danube, le Pô, la
Garonne, la Loire, le Rhin, l'Elbe, l'Oder. On ne le voit
même le plus souvent que dans les fleuves larges et profonds,
soit qu'il y trouve avec plus de facilité l'aliment qu'il préfère,
soit qu'il obéisse dans ce choix à d'autres causes presque aussi
énergiques, et que, par exemple, ayant une assez grande
force dans ses diverses parties, dans ses nageoires, et particulièrement dans sa queue, quoique cette puissance mus-
culaire soit inférieure, ainsi que nous l'avons dit, à celle des
squales, il se plaise à vaincre, en nageant, des courants rapides, des flots nombreux, des masses d'eau volumineuses,
et ressente, comme tous les êtres, le besoin d'exercer de
temps en temps, dans toute sa plénitude, le pouvoir qui lui
a été départi. D'ailleurs l'esturgeon présente un grand volume : il lui faut donc une grande place pour se mouvoir
sans obstacle et sans peine; et cette place étendue et favorable, il ne la trouve que dans les fleuves qu'il préfère.

Il grandit et engraisse dans ces rivières fortes et rapides,
suivant qu'il y rencontre la tranquillité, la température et les
aliments qui lui conviennent le mieux; et il est de ces fleuves
dans lesquels il est parvenu à un poids énorme, et jusqu'à
celui de mille livres, ainsi que le rapporte Pline de quelques-uns de ceux que l'on voyait de son temps dans le Pô.

Lorsqu'il est encore dans la mer, ou près de l'embouchure

des grandes rivières, il se nourrit de harengs, ou de maquereaux et de gades; et lorsqu'il est engagé dans les fleuves,
il attaque les saumons, qui les remontent à peu près dans
le même temps que lui, et qui ne peuvent lui opposer qu'une
faible résistance. Comme il arrive quelquefois dans les parties
élevées des rivières considérables avant ces poissons, ou
qu'il se mêle à leurs bandes, dont il cherche à faire sa proie,
et qu'il paraît semblable à un géant au milieu de ces légions
nombreuses, on l'a comparé à un chef, et on l'a nommé *le
conducteur des saumons*.

Lorsque le fond des mers ou des rivières qu'il fréquente
est très-limoneux, il préfère souvent les vers qui peuvent se
trouver dans la vase dont le fond des eaux est recouvert, et
qu'il trouve avec d'autant plus de facilité au milieu de la terre
grasse et ramollie, que le bout de son museau est dur et
un peu pointu, et qu'il sait fort bien s'en servir pour fouiller
dans le limon et dans les sables mous.

Il dépose dans les fleuves une immense quantité d'œufs;
et sa chair y présente un degré de délicatesse très-rare, surtout dans les poissons cartilagineux. Ce goût fin et exquis est
réuni dans l'esturgeon avec une sorte de compacité que l'on
remarque dans ses muscles, et qui les rapproche un peu des
parties musculaires des autres cartilagineux : aussi sa chair
a-t-elle été prise très-souvent pour celle d'un jeune veau, et
a-t-il été de tous les temps très-recherché. Non-seulement on
le mange frais, mais, dans tous les pays où l'on en prend un
grand nombre, on emploie plusieurs sortes de préparations
pour le conserver et pouvoir l'envoyer au loin. On le fait
sécher, ou on le marine, ou on le sale. La laite du mâle est la
portion de cet animal que l'on préfère à toutes les autres.
Mais quelque prix qu'on attache aux diverses parties de l'esturgeon, et même à sa laite, les nations modernes qui en
font la plus grande consommation et le paient le plus cher,
n'ont pas pour les poissons en général un goût aussi vif que
plusieurs peuples anciens de l'Europe et de l'Asie, et particulièrement que les Romains enrichis des dépouilles du globe.
N'étant pas d'ailleurs tombés encore dans ces inconcevables
recherches du luxe, qui ont marqué les derniers degrés de

l'asservissement des habitants de Rome, elles sont bien éloignées d'avoir de la bonté et de la valeur de l'esturgeon une idée aussi extraordinaire que celle qu'on en avait dans la capitale du monde, au milieu des temps de corruption qui ont précipité sa ruine. On n'a pas encore vu, dans nos temps modernes, des esturgeons portés en triomphe sur des tables fastueusement décorées, par des ministres couronnés de fleurs, et au son des instruments, comme on l'a vu dans Rome avilie, esclave de ses empereurs, et expirant sous le poids des richesses excessives des uns, de l'affreuse misère des autres, des vices ou des crimes de tous.

L'esturgeon peut être gardé hors de l'eau pendant plusieurs jours, sans cependant périr; et l'une des causes de cette faculté qu'il a de se passer, pendant un temps assez long, d'un fluide aussi nécessaire que l'eau à la respiration des poissons, est la conformation de l'opercule qui ferme de chaque côté l'ouverture des branchies, et qui, étant bordé dans presque tout son contour d'une peau assez molle, peut s'appliquer plus facilement à la circonférence de l'ouverture, et la clore plus exactement.

Nous pensons que l'acipensère décrit sous le nom de *schypa* par Guldenstaedt, et qui se trouve non-seulement dans la mer Caspienne, mais encore dans le lac Oka en Sibérie, doit être rapporté à l'esturgeon, comme une simple variété, ainsi que l'a soupçonné le professeur Gmelin. Il a en effet les plus grands rapports avec ce dernier poisson, il en représente les principaux caractères, et il ne paraît en différer que par les attributs des jeunes animaux, une taille moins allongée, et une chair plus agréable au goût.

POISSONS OSSEUX.

POISSONS OSSEUX.

LE GYMNOTE ÉLECTRIQUE.

L est bien peu d'animaux que le physicien doive observer avec plus d'attention que le *gymnote* auquel on a donné jusqu'à présent le nom d'*électrique*. L'explication des effets remarquables qu'il produit dans un grand nombre de circonstances se lie nécessairement avec la solution de plusieurs questions des plus importantes pour le progrès de la physiologie et de la physique proprement dite. Tâchons donc, en rapprochant quelques vérités éparses, de jeter un nouveau jour sur ce sujet ; mais pour suivre avec exactitude le plan que nous nous sommes tracé, et pour ordonner nos idées de la manière la plus convenable, commençons par exposer les caractères véritablement distinctifs du genre auquel appartient le poisson dont nous allons écrire l'histoire.

Les *cécilies* ne présentent aucune sorte de nageoires ; les *monoptères* n'en ont qu'une, qui est située à l'extrémité de la queue ; on n'en voit que sur le dos et auprès de l'anus des *leptocéphales*. Les trois genres d'osseux que nous venons de nommer, sont donc dénués de nageoires pectorales. En jetant les yeux sur les gymnotes, nous apercevons ces nageoires latérales pour la première fois. Les *gymnotes* n'ont cependant pas autant de différentes sortes de nageoires que le plus grand nombre des autres poissons osseux qu'il nous reste à examiner. En effet, il n'en ont ni sur le dos, ni au bout de la queue; et c'est ce dénuement, cette espèce de nudité de leur dos, qui leur a fait donner le nom qu'ils portent, et qui vient du mot grec γυμνοτος, *dos nu.*

L'ensemble du corps et de la queue des gymnotes est, comme dans les poissons osseux que nous avons déjà fait connaître, très-allongé, presque cylindrique, et serpentiforme. Les yeux sont voilés par une membrane qui n'est qu'une continuation du tégument le plus extérieur de la tête. Les opercules des branchies sont très-grands; on compte ordinairement cinq rayons à la membrane branchiale. Le corps proprement dit est très-court, souvent un peu comprimé, et quelquefois terminé par dessous en forme de carène : l'anus est par conséquent très-près de la tête; et comme cependant, ainsi que nous venons de le dire, l'ensemble de l'animal, dans le genre des gymnotes, forme une sorte de long cylindre, on voit facilement que la queue proprement dite de tous ces poissons doit être extrêmement longue relativement aux autres parties du corps. Le dessous de cette portion est ordinairement garni, presque dans la totalité de sa longueur, d'une nageoire d'autant plus remarquable, que non-seulement elle s'étend sur une ligne très-étendue, mais qu'elle offre même une largeur assez considérable. De plus, les muscles dans lesquels s'insèrent les ailerons osseux auxquels sont attachés les nombreux rayons qui la composent, et les autres muscles très-multipliés qui sont destinés à mouvoir ces rayons, sont conformés et disposés de manière qu'ils représentent comme une seconde nageoire de l'anus, placée entre la véritable et la queue très-prolongée du poisson, ou, pour mieux dire, qu'ils paraissent augmenter de beaucoup, et souvent même du double, la largeur de la nageoire de l'anus.

Tels sont les traits généraux de tous les vrais gymnotes :
quelles sont les formes qui distinguent celui que l'on a nommé
électrique?

Cette épithète d'*électrique* a déjà été donnée à cinq poissons
d'espèces très-différentes ; à deux cartilagineux et à trois
osseux, à la raie torpille, ainsi qu'à un tétrodon, à un tri-
chiure, à un silure, et au gymnote que nous décrivons.
Mais c'est celui dont nous nous occupons dans cet article,
qui a le plus frappé l'imagination du vulgaire, excité l'admiration des voyageurs, et étonné le physicien. Quelle a
dû être en effet la surprise des premiers observateurs, lorsqu'ils ont vu un poisson en apparence assez faible, assez
semblable, d'après le premier coup d'œil, à une anguille
ou à un congre, arrêter soudain, et malgré d'assez grandes
distances, la poursuite de son ennemi ou la fuite de sa
proie, suspendre à l'instant tous les mouvements de sa victime, la dompter par un pouvoir aussi invisible qu'irrésistible, l'immoler avec la rapidité de l'éclair au travers d'un
très-large intervalle, les frapper eux-mêmes comme par
enchantement, les engourdir, et les enchaîner, pour ainsi
dire, dans le moment où ils se croyaient garantis, par l'éloignement, de tout danger et même de toute atteinte ! Le
merveilleux a disparu même pour les yeux les moins éclairés ;
mais l'intérêt s'est accru et l'attention a redoublé, lorsqu'on a
rapproché de ces effets remarquables les phénomènes de l'électricité, que chaque jour l'on étudiait avec plus de succès.
Peut-être cependant croira-t-on, en lisant la suite de cette
histoire, que cette puissance invisible et soudaine du gymnote
ne peut être considérée que comme une modification de cette
force redoutable et en même temps si féconde, qui brille dans
l'éclair, retentit dans le tonnerre, renverse, détruit, disperse
dans les foudres, et qui, moins resserrée dans ses canaux,
moins précipitée dans ses mouvements, plus douce dans son
action, se répand sur tous les points des êtres organisés, en
pénètre toute la profondeur, en parcourt toutes les sinuosités,
en vivifie tous les éléments. Peut-être faudrait-il, en suivant
ce principe et pour éviter toute erreur, ne donner, avec quelques naturalistes, au poisson que nous examinons, que le

nom de *gymnote engourdissant*, de *gymnote torporifique*, qui
désigne un fait bien prouvé et indépendant de toute théorie.
Néanmoins, comme la puissance qu'il exerce devra être rapportée, dans toutes les hypothèses, à une espèce d'électricité,
comme ce mot *électricité* peut être pris pour un mot générique, commun à plusieurs forces plus ou moins voisines et
plus ou moins analogues; comme les phénomènes les plus
imposants de l'électricité proprement dite sont tous produits
par le gymnote qui fait l'objet de cet article, et enfin comme
le plus grand nombre de physiciens lui ont donné depuis longtemps cette épithète d'*électrique*, nous avons cru devoir,
avec ces derniers savants, la préférer à toute autre dénomination.

Mais avant de montrer en détail ces différents effets, de les
comparer, et d'indiquer quelques-unes des causes auxquelles
il faut les rapporter, achevons le portrait du gymnote électrique : voyons quelles formes particulières lui ont été départies, comment et par quels organes il naît, croît, se meut,
voyage et se multiplie au milieu des grands fleuves qui arrosent les bords orientaux de l'Amérique méridionale, de
ces contrées ardentes et humides, où le feu de l'atmosphère
et l'eau des mers et des rivières se disputent l'empire, où tous
les éléments de la reproduction ont été prodigués, où une
surabondance de force vitale fait naître les végétaux et les
animaux vénéneux; où, si je puis employer cette expression,
les excès de la Nature, indépendamment de ceux de l'homme,
sacrifient chaque jour tant d'individus aux espèces; où tous
les degrés du développement, entassés, pour ainsi dire, les
uns contre les autres, produisent nécessairement toutes les
nuances du dépérissement; où des arbres immenses étendent
leurs branches innombrables, pressées, garnies des fleurs
les plus suaves, et chargées d'essaims d'oiseaux resplendissants des couleurs de l'iris, au-dessus des savanes noyées,
ou d'une vase impure que parcourent de très-grands quadrupèdes ovipares, et que sillonnent d'énormes serpents aux
écailles dorées; où les eaux douces et salées montrent des
légions de poissons dont les rayons du soleil, réfléchis avec
vivacité, changent, en quelque sorte, les lames luisantes en

diamants, en saphirs, en rubis ; où l'air, la terre, les mers, et les êtres vivants, et les corps inanimés, tout attire les regards du peintre, enflamme l'imagination du poëte, élève le génie du philosophe.

C'est, en effet, auprès de Surinam qu'habite le gymnote électrique ; et il paraît même qu'on n'a encore observé de véritable gymnote que dans l'Amérique méridionale, dans quelques parties de l'Afrique occidentale, et dans la Méditerranée, ainsi que nous le ferons remarquer de nouveau en traitant des notoptères.

Le gymnote électrique parvient ordinairement jusqu'à la longueur d'un mètre un ou deux décimètres, et la circonférence de son corps, dans l'endroit le plus gros, est alors de trois à quatre décimètres : il a donc onze ou douze fois plus de longueur que de largeur. Sa tête est percée de petits trous ou pores très-sensibles, qui sont les orifices des vaisseaux destinés à répandre sur sa surface une liqueur visqueuse ; des ouvertures plus petites, mais analogues, sont disséminées en très-grand nombre sur son corps et sur sa queue : il n'est donc pas surprenant qu'il soit enduit d'une matière gluante très-abondante. Sa peau ne présente d'ailleurs aucune écaille facilement visible. Son museau est arrondi ; sa mâchoire inférieure est plus avancée que la supérieure, ainsi qu'on a pu le voir sur le tableau du genre des gymnotes ; ses dents sont nombreuses et acérées, et on voit des verrues sur son palais, ainsi que sur sa langue, qui est large.

Les nageoires pectorales sont très-petites et ovales ; celle de l'anus s'étend jusqu'à l'extrémité de la queue, dont le bout, au lieu de se terminer en pointe, paraît comme tronqué.

La couleur de l'animal est noirâtre, et relevée par quelques raies étroites et longitudinales d'une nuance plus foncée.

Quoique la cavité du ventre s'étende au-delà de l'endroit où est située l'ouverture de l'anus, elle est cependant assez courte relativement aux principales dimensions du poisson ; mais les effets de cette brièveté sont compensés par les replis du canal intestinal, qui se recourbe plusieurs fois.

Je n'ai pas encore pu me procurer des observations bien

sûres et bien précises sur la manière dont le gymnote électrique vient à la lumière : il paraît cependant qu'au moins
le plus souvent la femelle pond ses œufs, et qu'ils n'éclosent
pas dans le ventre de la mère, comme ceux de la torpille, de
plusieurs autres cartilagineux, et même de quelques individus
de l'espèce de l'anguille et d'autres osseux, avec lesquels
le gymnote que nous examinons a de très-grands rapports.

On ignore également le temps qui est nécessaire à ce même
gymnote pour parvenir à son entier développement; mais
comme il n'a pas fallu une aussi longue suite d'observations
pour s'assurer de la manière dont il exécute ses différents
mouvements, on connaît bien les divers phénomènes relatifs
à sa natation, phénomènes qu'il était d'ailleurs aisé d'annoncer d'avance, d'après une inspection attentive de sa conformation extérieure et intérieure.

Nous avons déjà fait voir (1) que la queue des poissons
était le principal instrument de leur natation. Plus cette partie est étendue, et plus, tout égal d'ailleurs, le poisson doit
se mouvoir avec facilité. Mais le gymnote électrique, ainsi
que les autres osseux de son genre, a une queue beaucoup
plus longue que l'ensemble de la tête et du corps proprement
dit; la hauteur de cette partie est assez considérable; cette
hauteur est augmentée par la nageoire de l'anus, qui en gar-
nit la partie inférieure : l'animal a donc à sa disposition une
rame beaucoup plus longue et beaucoup plus haute à proportion de celle de presque tous les autres poissons; cette rame
peut donc agir à la fois sur de grandes lames d'eau. Les
muscles destinés à la mouvoir sont très-puissants; le gymnote
la remue avec une agilité très-remarquable : les deux éléments de la force, la masse et la vitesse, sont donc ici réunis;
et en effet, l'animal nage avec vigueur et rapidité.

Comme tous les poissons très-allongés, plus ou moins cylindriques, et dont le corps est entretenu dans une grande
souplesse par une viscosité copieuse et souvent renouvelée,
il agit successivement sur l'eau qui l'environne par diverses
portions de son corps ou de sa queue, qu'il met en mouve-

(1) *Discours sur la nature des poissons.*

ment les unes après les autres, dans l'ordre de leur moindre éloignement de la tête; il ondule; il partage son action en plusieurs actions particulières, dont il combine les degrés de force et les directions de la manière la plus convenable pour vaincre les obstacles et parvenir à son but; il commence à recourber les parties antérieures de sa queue, lorsqu'il veut aller en avant; il tourne, au contraire, avant toutes les autres, les parties postérieures de cette même queue, lorsqu'il désire d'aller en arrière; et, ainsi que nous l'expliquerons un peu plus en détail en traitant de l'anguille, il se meut de la même manière que les serpents qui rampent sur la terre; il nage comme eux; il serpente véritablement au milieu des eaux.

On a cru pendant quelque temps, et même quelquesnaturalistes très-habiles ont publié, que le gymnote électrique n'avait pas de vessie aérienne ou natatoire. On a pu être induit en erreur par la position de cette vessie dans l'électrique, position sur laquelle nous allons revenir en décrivant l'organe torporifique de cet animal. Mais, quoi qu'il en soit de la cause de cette erreur, cette vessie est entourée de plusieurs rameaux de vaisseaux sanguins que Hunter a fait connaître, et qui partent de la grande artère qui passe au-dessous de l'épine dorsale du poisson; et il nous paraît utile de faire observer que cette disposition de vaisseaux sanguins favorise l'opinion du savant naturaliste Fischer, bibliothécaire de l'école centrale de Mayence, qui, dans un ouvrage très-intéressant sur la respiration des poissons; a montré comment il serait possible que la vessie aérienne de ces animaux servît non-seulement à faciliter leur natation, mais encore à suppléer à leur respiration et à maintenir leur sang dans l'état le plus propre à conserver leur vie.

Il ne manque donc rien au gymnote électrique de ce qui peut donner des mouvements prompts et longtemps soutenus; et, comme parmi les causes de la rapidité avec laquelle il nage, nous avons compté la facilité avec laquelle il peut se lier en différents sens, et par conséquent appliquer des parties plus ou moins grandes de son corps aux divers objets qu'il rencontre, il doit jouir d'un toucher plus délicat et présenter un instinct plus relevé que ceux d'un très-grand nombre de poissons.

Cette intelligence particulière lui fait distinguer aisément les moyens d'atteindre les animaux marins dont il a fait sa nourriture, et ceux dont il doit éviter l'approche dangereuse. La vitesse de sa natation le transporte dans des temps très-courts auprès de sa proie, ou loin de ses ennemis ; et lorsqu'il n'a plus qu'à immoler des victimes dont il s'est assez approché, ou à repousser ceux des poissons supérieurs en force auxquels il n'a point échappé par la fuite, il déploie la puissance redoutable qui lui a été accordée, il met en jeu sa vertu engourdissante, il frappe à grands coups, et répand autour de lui la mort ou la stupeur. Cette qualité torporifique du gymnote électrique découvert, dit-on, auprès de Cayenne, par Van-Berkel, a été observée dans le même pays par le naturaliste Richer, dès 1674. Mais ce n'est que quatre-vingts ans, ou environ, après cette époque, que ce même gymnote a été de nouveau examiné avec attention par La Condamine, Ingram, Gravesand, Allamand, Muschenbroeck, Gronou, Vander-Lott, Fermin, Bankroft, et d'autres habiles physiciens qui l'ont vu dans l'Amérique méridionale, ou l'ont fait apporter avec soin en Europe. Ce n'est que vers 1773 que Williamson à Philadelphie, Garden dans la Caroline, Walsh, Pringle, Magellan, etc., à Londres, ont aperçu les phénomènes les plus propres à dévoiler le principe de la force torporifique de ce poisson. L'organe particulier dans lequel réside cette vertu, et que Hunter a si bien décrit, n'a été connu qu'à peu près dans le même temps, pendant que l'organe électrique de la torpille a été vu par Stenon dès avant 1673, et peut-être vers la même année par Lorenzini. Et l'on ne doit pas être étonné de cette différence entre un gymnote que l'on n'a rencontré, en quelque sorte, que dans une partie de l'Amérique méridionale ou de l'Afrique, et une raie qui habite sur les côtes de la mer d'Europe. D'un autre côté, le gymnote torporifique n'ayant été fréquemment observé que depuis le commencement de l'époque brillante de la physique moderne, il n'a point été l'objet d'autant de théories plus ou moins ingénieuses, et cependant plus ou moins dénuées de preuves, que la torpille. On n'a eu, dans le fond, qu'une même manière de considérer la nature des divers phénomènes présentés par le gymnote : on les a rapportés ou à l'électricité proprement dite, ou à une force dérivée de cette puissance. Et comment des physiciens instruits des effets de l'électricité n'auraient-ils pas été entraînés à ne voir que des faits analogues dans les produits du pouvoir du gymnote engourdissant?

Lorsqu'on touche cet animal avec une seule main, on n'éprouve pas de commotion, ou on n'en ressent qu'une extrêmement faible : mais la secousse est très-forte lorsqu'on applique les deux mains sur le poisson ; et qu'elles sont séparées l'une de l'autre par une distance assez grande. N'a-t-on pas ici une image de ce qui se passe lorsqu'on cherche à recevoir un coup électrique par le moyen d'un plateau de verre garni convenablement de plaques métalliques, et connu sous le nom de *carreau fulminant?* Si l'on n'approche qu'une main et qu'on ne touche qu'une surface, à peine est-on frappé ; mais on reçoit une commotion violente si on emploie les deux mains, et si en s'appliquant aux deux surfaces, elles les déchargent à la fois.

Comme dans les expériences électriques, le coup reçu par le moyen des deux mains a pu être assez fort pour donner aux deux bras une paralysie de plusieurs années.

Les métaux, l'eau, les corps mouillés, et toutes les autres substances conductrices de l'électricité, transmettent la vertu engourdissante du gymnote ; et voilà pourquoi on est frappé au milieu des fleuves, quoiqu'on soit encore à une assez grande distance de l'animal ; et voilà pourquoi encore les petits poissons, pour lesquels cette secousse est beaucoup plus dangereuse, éprouvent une commotion dont ils meurent à l'instant, quoiqu'ils soient éloignés de plus de cinq mètres de l'animal torporifique.

Ainsi qu'avec l'électricité l'espèce d'arc de cercle que forment les deux mains et que parcourt la force engourdissante, peut être très-agrandi, sans que la commotion soit sensiblement diminuée ; et vingt-sept personnes se tenant par la main et composant une chaîne dont les deux bouts aboutissaient à deux points de la surface du gymnote, séparés par un assez grand intervalle, ont ressenti, pour ainsi dire, à la fois, une secousse très-vive. Les différents observateurs, ou les diverses substances facilement perméables à l'électricité, qui sont comme les anneaux de cette chaîne, peuvent même être éloignés l'un de l'autre de près d'un décimètre, sans que cette interruption apparente dans la route préparée arrête la vertu torporifique qui en parcourt également tous les points.

Mais pour que le gymnote jouisse de tout son pouvoir, il faut souvent qu'il se soit, pour ainsi dire, progressivement animé. Ordinairement les premières commotions qu'il fait éprouver ne sont pas les plus fortes; elles deviennent plus vives à mesure qu'il s'évertue, s'agite, s'irrite; elles sont terribles, lorsque, si je puis employer les expressions de plusieurs observateurs, il est livré à une sorte de rage.

Quand il a ainsi frappé à coups redoublés autour de lui, il s'écoule fréquemment un intervalle assez marqué avant qu'il ne fasse ressentir de secousse, soit qu'il ait besoin de donner quelques moments de repos à des organes qui viennent d'être violemment exercés, ou soit qu'il emploie ce temps plus ou moins court à ramasser dans ces mêmes organes une nouvelle quantité d'un fluide foudroyant ou torporifique.

Cependant il paraît qu'il peut produire non-seulement une commotion, mais même plusieurs secousses successives, quoiqu'il soit plongé dans l'eau d'un vase isolé, c'est-à-dire d'un vase entouré de matières qui ne laissent passer dans l'intérieur de ce récipient aucune quantité de fluide propre à remplacer celle qu'on pourrait supposer dissipée dans l'acte qui frappe et engourdit.

Quoi qu'il en soit, on a assuré qu'en serrant fortement le gymnote par le dos, on lui ôtait le libre exercice de ses organes extérieurs, et on suspendait les effets de la vertu dite *électrique* qu'il possède. Ce fait est bien plus d'accord avec les résultats du plus grand nombre d'expériences faites sur le gymnote, que l'opinion d'un savant physicien qui a écrit que l'aimant attirait ce poisson, et que par son contact cette substance lui enlevait sa propriété torporifique. Mais, s'il est vrai que des nègres sont parvenus à manier et à retenir impunément hors de l'eau le gymnote électrique, on pourrait croire, avec plusieurs naturalistes, qu'ils emploient, pour se délivrer ainsi d'une commotion dangereuse, des morceaux de bois qui, par leur nature, ne peuvent pas transmettre la vertu électrique ou engourdissante, qu'ils évitent tout contact immédiat avec l'animal, et qu'ils ne le touchent que par l'intermédiaire de ces bois non conducteurs de l'électricité.

Au reste, le gymnote torporifique présente un autre phénomène bien digne d'attention, que nous tâcherons d'expliquer avant la fin de cet article, et qui ne surprendra pas les physiciens instruits des belles expériences relatives aux divers mouvements musculaires que l'on peut exciter dans les animaux pendant leur vie ou après leur mort, et que l'on a nommées *galvaniques*, à cause de leur premier auteur, M. Galvani. Il est arrivé plusieurs fois qu'après la mort du gymnote, il était encore, pendant quelque temps, impossible de le toucher sans éprouver de secousse.

Mais nous avons à exposer encore de plus grands rapports entre les effets de l'électricité et ceux de la vertu du gymnote engourdissant. Le premier de ces rapports très-remarquables est l'analogie des instruments dont on se sert dans les laboratoires de physique pour obtenir de fortes commotions électriques, avec les organes particuliers que le gymnote emploie pour faire naître des ébranlements plus ou moins violents. Voici en quoi consistent ces organes, que Hunter a très-bien décrits.

L'animal renferme quatre organes torporifiques, deux grands et deux petits. L'ensemble de ces quatre organes est si étendu, qu'il compose environ la moitié des parties musculeuses et des autres parties molles du gymnote, et peut-être le tiers de la totalité du poisson.

Chacun des deux grands organes engourdissants occupe un des côtés du gymnote, depuis l'abdomen jusqu'à l'extrémité de la queue; et comme nous avons déjà vu que cet abdomen était très-court, et qu'on pourrait croire, au premier coup d'œil, que l'animal n'a qu'une tête et une queue très-prolongées, on peut juger aisément de la longueur très-considérable de ces deux grands organes. Ils se terminent vers le bout de la queue comme par un point; et ils sont assez larges pour n'être séparés l'un de l'autre que vers le haut par les muscles dorsaux, vers le milieu du corps par la vessie nata- toire, et vers le bas par une cloison particulière avec laquelle ils s'unissent intimement, pendant qu'ils sont attachés par une membrane cellulaire, lâche, mais très-forte, aux autres parties qu'ils touchent.

De chaque côté du gymnote, un petit organe torporifique, situé au-dessous du grand, commence et finit à peu près aux mêmes points que ce dernier, se termine de même par une sorte de pointe, présente par conséquent la figure d'un long triangle ou, pour mieux dire, d'une longue pyramide trian- gulaire, et s'élargit néanmoins un peu vers le milieu de la queue.

Entre le petit organe de droite et le petit organe de gauche, s'étendent longitudinalement les muscles sous-caudaux, et la longue série d'*ailerons* ou soutiens osseux des rayons très- nombreux de la nageoire de l'anus.

Ces deux petits organes sont d'ailleurs séparés des deux grands organes supérieurs par une membrane longitudinale et presque horizontale, qui s'attache d'un côté à la cloison verticale par laquelle les deux grands organes sont écartés l'un de l'autre dans leur partie inférieure, et qui tient, par le côté opposé, à la peau de l'animal.

De plus, cette disposition générale est telle, que lorsqu'on enlève la peau de l'une des faces latérales de la queue du gymnote, on voit facilement le grand organe, tandis que, pour apercevoir le petit qui est au-dessous, il faut ôter les muscles latéraux qui accompagnent la longue nageoire de l'anus.

Mais quelle est la composition intérieure de chacun de ces quatre organes grands ou petits?

L'intérieur de chacun de ces instruments, en quelque sorte électriques, présente un grand nombre de séparations hori- zontales, coupées presque à angles droits par d'autres sépa- rations à peu près verticales.

Les premières séparations sont non-seulement horizontales, mais situées dans le sens de la longueur du poisson, et pa- rallèles les unes aux autres. Leur largeur est égale à celle de l'organe, et par conséquent, dans beaucoup d'endroits, à la moitié de la largeur de l'animal, ou environ. Elles ont des longueurs inégales. Les plus voisines du bord supérieur sont aussi longues ou presque aussi longues que l'organe; les inférieures se terminent plus près de leur origine; et l'organe finit, vers l'extrémité de la queue, par un bout trop aminci pour qu'on puisse voir s'il y est encore composé de plus d'une de ces séparations longitudinales.

Ces membranes horizontales sont éloignées l'une de l'autre, du côté de la peau, par un intervalle qui est ordinairement de près d'un millimètre; du côté de l'intérieur du corps, on les voit plus rapprochées, et même, dans plusieurs points, réunies deux à deux; et elles sont comme onduleuses dans les petits organes. Hunter en a compté trente-quatre dans un des deux grands organes d'un gymnote de sept décimètres, ou à peu près, de longueur, et quatorze dans un des petits organes du même individu.

Les séparations verticales qui coupent à angles droits les membranes longitudinales sont membraneuses, unies, minces, et si serrées l'une contre l'autre, qu'elles paraissent se toucher. Hunter en a vu environ deux cent quarante dans une longueur de vingt-cinq millimètres, ou à peu près.

C'est avec ce quadruple et très-grand appareil dans lequel les surfaces ont été multipliées avec tant de profusion, que le gymnote parvient à donner des ébranlements violents, et à produire le phénomène qui établit le second des deux principaux rapports par lesquels sa vertu engourdissante se rapproche de la force électrique. Ce phénomène consiste en des étincelles entièrement semblables à celles que l'on doit à l'électricité. On les voit, comme dans un grand nombre d'expériences électriques proprement dites, paraître dans les petits intervalles qui séparent les diverses portions de la chaîne le long de laquelle on fait circuler la force engourdissante. Ces étincelles ont été vues pour la première fois à Londres par Walsh, Pringle et Magellan. Il a suffi à Walsh, pour les obtenir, de composer une partie de la chaîne destinée à être parcourue par la force torporifique, de deux lames de métal, isolées sur un carreau de verre, et assez rapprochées pour ne laisser entre elles qu'un très-petit intervalle; et on a distingué avec facilité ces lueurs, lorsque l'ensemble de l'appareil s'est trouvé placé dans une chambre entièrement dénuée de toute autre lumière. On obtient une lueur semblable, lorsqu'on substitue une grande torpille à un gymnote électrique, ainsi que l'a appris Galvani dans un mémoire que nous avons déjà cité (1); mais elle est plus faible que le petit éclair dû à la puissance du gymnote, et l'on doit presque toujours avoir besoin d'un microscope dirigé vers le petit intervalle dans lequel on l'attend, pour la distinguer sans erreur.

Au reste, pour voir bien nettement comment le gymnote électrique donne naissance et à de petites étincelles et à de vives commotions, formons-nous de ses organes engourdissants la véritable idée que nous devons en avoir.

On peut supposer qu'un grand assemblage de membranes horizontales ou verticales est un composé de substances presque aussi peu capables de transmettre la force électrique que le verre et les autres matières auxquelles on a donné le nom d'*idio-électriques,* ou de *non-conductrices*, et dont on se sert pour former ces vases foudroyants appelés *bouteilles de Leyde*, ou ces carreaux aussi fulminants, dont nous avons déjà parlé plus d'une fois. Il faut considérer les quatre organes du gymnote comme nous avons considéré les deux organes de la torpille; il faut voir dans ces instruments une suite nombreuse de petits carreaux de la nature des carreaux foudroyants, une batterie composée d'une quantité extrêmement considérable de pièces en quelque sorte électriques. Et comme la force d'une batterie de cette sorte doit s'évaluer par l'étendue plus ou moins grande de la surface des carreaux ou des vases qui la forment, j'ai calculé quelle pourrait être la grandeur d'un ensemble que l'on supposerait produit par les surfaces réunies de toutes les membranes verticales et horizontales que renferment les quatre organes torporifiques d'un gymnote long de treize décimètres, en ne comptant cependant pour chaque membrane que la surface d'un des grands côtés de cette cloison : j'ai trouvé que cet ensemble

(1) *Discours sur la nature des poissons.*

présenterait une étendue au moins de treize mètres carrés, c'est-à-dire, à très-peu près, de cent vingt-trois pieds également carrés. Si l'on se rappelle maintenant que nous avons cru expliquer d'une manière très-satisfaisante la puissance de faire éprouver de fortes commotions qu'a reçue la torpille, en montrant que les surfaces des diverses portions de ses deux organes électriques pouvaient égaler par leur réunion cinquante-huit pieds carrés, et si l'on se souvient en même temps des effets terribles que produisent dans nos laboratoires des carreaux de verre dont la surface n'est que de quelques pieds, on ne sera pas étonné qu'un animal qui renferme dans son intérieur et peut employer à volonté un instrument électrique de cent vingt-trois pieds carrés de surface, puisse frapper des coups tels que ceux que nous avons déjà décrits.

Pour rendre plus sensible l'analogie qui existe entre un carreau fulminant et les organes torporifiques du gymnote, il faut faire voir comment cette grande surface de treize mètres carrés peut être électrisée par le frottement, de la même manière qu'un carreau foudroyant ou magique. Nous avons déjà fait remarquer que le gymnote nage principalement par une suite des ondulations successives et promptes qu'il imprime à sa queue, c'est-à-dire, à cette longue partie de son corps qui renferme ses quatre organes. Sa natation ordinaire, ses mouvements extraordinaires, ses courses rapides, ses agitations, l'espèce d'irritation à laquelle il peut se livrer, toutes ces causes doivent produire sur les surfaces des membranes horizontales et verticales un frottement suffisant pour y accumuler d'un côté, et raréfier de l'autre, ou du moins pour y exciter, réveiller, accroître ou diminuer, le fluide unique ou les deux fluides auxquels on a rapporté les phénomènes électriques et tous les effets analogues ; et, comme par une suite de la division de l'organe engourdissant du gymnote en deux grands et en deux petits, et de la sous-division de ces quatre organes en membranes horizontales et verticales, les communications peuvent n'être pas toujours très-faciles ni très-promptes entre les diverses parties de ce grand instrument, on peut croire que le rétablissement du fluide ou des fluides dont nous venons de parler, dans leur

premier état, ne se fait souvent que successivement dans plusieurs portions des quatre organes. Les organes ne se déchargent donc que par des coups successifs ; et voilà pourquoi, indépendamment d'autre raison, un gymnote placé dans
un vase isolé peut continuer, pendant quelque temps, de donner des commotions, et de plus, voilà pourquoi il peut rester
dans les organes d'un gymnote qui vient de mourir assez
de parties chargées pour qu'on en reçoive un certain nombre
de secousses plus ou moins vives (1).

Et ces fluides, quels qu'ils soient, d'où peut-on présumer
qu'ils tirent leur origine? ou, pour éviter le plus possible
toute hypothèse, quelle est la source plus ou moins immédiate
de cette force électrique, ou presque électrique, départie aux
quatre organes dont nous venons d'exposer la structure?

Cette source est dans les nerfs, qui, dans le gymnote engourdissant, ont des dimensions et une distribution qu'il est
utile d'examiner rapidement.

Premièrement, les nerfs qui partent de la moëlle épinière
sont plus larges que dans les poissons d'une grandeur égale,
et plus que cela ne paraît nécessaire pour l'entretien de la vie
du gymnote.

Secondement, Hunter a fait connaître un nerf remarquable
qui, dans plusieurs poissons, s'étend depuis le cerveau jusqu'auprès de l'extrémité de la queue, en donnant naissance à
plusieurs ramifications, passe, à peu près, à une égale distance de l'épine et de la peau du dos dans la *murène anguille*,
et se trouve immédiatement au-dessous de la peau dans le
gade morue. Ce nerf est plus large, tout égal d'ailleurs, et
s'approche de l'épine dorsale dans le gymnote électrique,
beaucoup plus que dans plusieurs autres poissons.

Troisièmement, des deux côtés de chaque vertèbre du
gymnote torporifique, part un nerf qui donne des ramifications

_____

(1) Un des meilleurs moyens de parvenir à la véritable théorie des effets
produits par le gymnote engourdissant et par les autres poissons torporifiques, est d'avoir recours aux belles expériences électriques et aux idées
très-ingénieuses dont on trouvera l'exposition dans une lettre qui m'a été
adressée par M. Aldini, de l'Institut national de Bologne, et que cet habile
physicien a publiée dans cette ville, il y a environ un an (en 1797).

aux muscles du dos. Ce nerf se répand entre ses muscles dorsaux et l'épine ; il envoie de petites branches jusqu'à la surface extérieure du grand organe, dans lequel pénètrent plusieurs de ces rameaux, et sur lequel ces rameaux déliés se distribuent en passant entre cet organe et la peau du côté de l'animal. Il continue cependant sa route, d'abord entre les muscles dorsaux et la vessie natatoire, et ensuite entre cette même vessie natatoire et l'organe électrique. Là il se divise en plusieurs branches. Ces branches vont vers la cloison verticale que nous avons déjà indiquée, et qui est située entre les deux grands organes électriques. Elles s'y séparent en branches plus petites qui se dirigent vers les ailerons et les muscles de la nageoire de l'anus, et se perdent, après avoir répandu des ramifications dans cette même nageoire, dans ses muscles, dans le petit organe et dans le grand organe électrique.

Les rameaux qui entrent dans les organes électriques sont, à la vérité, très-petits, mais cependant ils le sont moins que ceux de toute autre partie du système sensitif.

Tels sont les canaux qui font circuler dans les quatre instruments du gymnote, le principe de la force engourdissante, et ces canaux le reçoivent eux-mêmes du cerveau d'où tous les nerfs émanent. Et comment en effet ne pas considérer, dans le gymnote ainsi que dans les autres poissons engourdissants, le cerveau comme la première source de la vertu particulière qui les distingue, lorsque nous savons, par les expériences d'un habile physicien, que la soustraction du cerveau d'une torpille anéantit l'électricité ou la force torporifique de ce cartilagineux, lors même qu'il paraît encore aussi plein de vie qu'avant d'avoir subi cette opération, pendant qu'en arrachant le cœur de cette raie, on ne la prive pas, avant un temps plus ou moins long, de la faculté de faire éprouver des commotions et des tremblements ?

Au reste, ne perdons jamais de vue que, si nous ne voyons pas de mammifère, de cétacé, d'oiseau, de quadrupède ovipare, ni de serpent, doués de cette faculté électrique ou engourdissante, que l'on a déjà bien constatée au moins dans deux poissons cartilagineux et dans trois poissons osseux, c'est parce qu'il faut, pour donner naissance à cette faculté, et l'abondance d'un fluide ou d'un principe quelconque que les nerfs paraissent posséder et fournir, et un ou plusieurs instruments organisés de manière à présenter une très-grande surface, capables par conséquent d'agir avec efficacité sur des fluides voisins (1), et composés d'ailleurs d'une substance peu conductrice d'électricité, telle, par exemple, que des matières visqueuses, huileuses et résineuses. Or, de tous les animaux qui ont un sang rouge et des vertèbres, aucun, tout égal d'ailleurs, ne présente, comme les poissons, une quantité plus ou moins grande d'huile et de liqueurs gluantes et visqueuses.

On remarque surtout dans le gymnote engourdissant une très-grande abondance de cette matière huileuse, de cette substance non conductrice, ainsi que nous l'avons déjà observé. Cette onctuosité est très-sensible, même sur la membrane qui sépare de chaque côté le grand organe du petit; et voilà pourquoi, indépendamment de l'étendue de la surface de ses organes torporifiques, bien supérieure à celle des organes analogues de la torpille, il paraît posséder une plus grande vertu électrique que cette dernière. D'ailleurs il habite un climat plus chaud que celui de cette raie, et par conséquent dans lequel toutes les combinaisons et toutes les décompositions intérieures peuvent s'opérer avec plus de vitesse et de facilité : et de plus, quelle différence entre la fréquence et l'agilité des évolutions du gymnote, et la nature ainsi que le petit nombre des mouvements ordinaires de la torpille!

Mais si les poissons sont organisés d'une manière plus favorable que les autres animaux à vertèbres et à sang rouge, relativement à la puissance d'ébranler et d'engourdir, étant doués d'une très-grande irritabilité, ils doivent être aussi beaucoup plus sensibles à tous les effets électriques, beaucoup plus soumis au pouvoir des animaux torporifiques, et par

_____

(1) J'ai publié, en 1781, que l'on devait déduire l'explication du plus grand nombre de phénomènes électriques, de l'accroissement que produit dans l'affinité que les corps exercent sur les fluides qui les environnent, la division de ces mêmes corps en plusieurs parties, et par conséquent l'augmentation de leur surface.

conséquent plus exposés à devenir la victime du gymnote de Surinam (1).

Cette considération peut servir à expliquer pourquoi certaines personnes, et particulièrement les femmes qui ont une fièvre nerveuse, peuvent toucher un gymnote électrique sans ressentir de secousse; et ces faits curieux, rapportés par le savant et infatigable Frédéric-Alexandre Humboltz, s'accordent avec ceux qui ont été observés dans la Caroline méridionale par Henri Collins Flagg. D'après ce dernier physicien, on ne peut pas douter que plusieurs Nègres, plusieurs Indiens, et d'autres personnes, ne puissent arrêter le cours de la vertu électrique ou engourdissante du gymnote de Surinam, et interrompre une chaîne préparée pour son passage; et cette interruption a été produite spécialement par une femme que l'auteur connaissait depuis longtemps, et qui avait la maladie à laquelle plusieurs médecins donnent le nom de *fièvre hectique*.

C'est en étudiant les ouvrages de Galvani, de Humboltz, et des autres observateurs qui s'occupent de travaux analogues à ceux de ces deux physiciens, qu'on pourra parvenir à avoir une idée plus précise des ressemblances et des différences qui existent entre la vertu engourdissante du gymnote, ainsi que des autres poissons appelés *électriques*, et l'électricité proprement dite. Mais pourquoi faut-il qu'en terminant cet article, j'apprenne que les sciences viennent de perdre l'un de ces savants justement célèbres. M. Galvani, pendant que Humboltz, commençant une longue suite de voyages lointains, utiles et dangereux, nous force de mêler l'expression de la crainte que le sentiment inspire, à celle des grandes espérances que donnent ses lumières, et de la reconnaissance que l'on doit à son zèle toujours croissant!

---

(1) C'est par une raison semblable que, lorsqu'une torpille ne donne plus de commotion sensible, on obtient des signes de la vertu qui lui reste encore, en soumettant à son action une grenouille préparée comme pour les expériences galvaniques.

LA MURÈNE ANGUILLE (1).

Il est peu d'animaux dont on doive se retracer l'image avec autant de plaisir que celle de la *murène anguille*. Elle peut être offerte, cette image gracieuse, et à l'enfance folâtre, que la variété des évolutions amuse, et à la vive jeunesse, que la rapidité des mouvements enflamme, et à la beauté, que la grâce, la souplesse, la légèreté, intéressent et séduisent, et à la sensibilité, que les affections douces et constantes touchent si profondément, et à la philosophie même, qui se plaît à contempler et le principe et l'effet d'un instinct supérieur. Nous l'avons déjà vu, cet instinct supérieur, dans l'énorme et terrible requin : mais il y était le ministre d'une voracité insatiable, d'une cruauté sanguinaire, d'une force dévastatrice. Nous avons trouvé dans les poissons électriques une puissance, pour ainsi dire, magique; mais ils n'ont pas eu la beauté en partage. Nous avons eu à représenter des formes remarquables; presque toujours leurs couleurs étaient ternes et obscures. Des nuances éclatantes ont frappé nos regards; rarement elles ont été unies avec des proportions agréables; plus rarement encore elles ont servi de parure à un être d'un instinct élevé. Et cette sorte d'intelligence, ce mélange de l'éclat des métaux, et des couleurs de l'arc céleste, cette rare conformation de toutes les parties qui forment un même tout et qu'un heureux accord a rassemblées, quand les avons-nous vus départis avec des habitudes, pour ainsi dire, sociales, des affections douces, et des jouissances, en quelque sorte, sentimentales? C'est cette réunion si digne d'intérêt que nous allons cependant montrer

(1) *Murœna anguille; margaignox* (anguille mâle), *fine* (anguille femelle), dans plusieurs départements méridionaux de France; *paglietane, gavonchi musini,* dans plusieurs contrées d'Italie; *miglioramenti,* lorsqu'elle pèse six kilogrammes, auprès des lacs ou marais de Commachio, d'Orbitello, etc., en Italie; *capitoni,* lorsqu'elle a le même poids; *rocche,* lorsque son poids est de deux kilogrammes; *anguillacci,* lorsque son poids n'est que d'un kilogramme et demi; *prescialti,* lorsqu'elle est très-petite. *Ahl,* en allemand; *al,* en suédois; *ecl,* en anglais.

dans l'anguille. Et lorsque nous aurons compris sous un seul
point de vue sa forme déliée, ses proportions sveltes, ses
couleurs élégantes, ses flexions gracieuses, ses circonvolutions faciles, ses élans rapides, sa natation soutenue, ses
mouvements semblables à ceux du serpent, son industrie, son
instinct, son affection pour sa compagne, son espèce de socia-
bilité, et les avantages que l'homme en retire chaque jour, on
ne sera pas surpris que les Grecques et les Romaines les plus
fameuses par leurs charmes aient donné sa forme à un de
leurs ornements les plus recherchés, et que l'on doive en
reconnaître les traits, de même que ceux des *murénophis*,
sur de riches bracelets antiques, peut-être aussi souvent que
ceux des couleuvres venimeuses dont on a voulu pendant
longtemps retrouver exclusivement l'image dans ces objets
de luxe et de parure; on ne sera pas même étonné que ce
peuple ancien et célèbre qui adorait tous les objets dans lesquels il voyait quelque empreinte de la beauté, de la bonté,
de la prévoyance, du pouvoir ou du courroux célestes, et
qui se prosternait devant les *ibis* et les *crocodiles*, eût aussi
accordé les honneurs divins à l'animal que nous examinons.
C'est ainsi que nous avons vu l'énorme serpent devin obliger,
par l'effroi, des nations encore peu civilisées des deux continents, à courber une tête tremblante devant sa force redoutable, que l'ignorance et la terreur avaient divinisée; et c'est
ainsi encore que par l'effet d'une mythologie plus excusable
sans doute, mais bien plus surprenante, car, fille cette fois
de la reconnaissance et non pas de la crainte, elle consacrait
l'utilité et non pas la puissance, les premiers habitants de
l'île Saint-Domingue, de même que les Troglodytes dont
Pline a parlé dans son *Histoire naturelle*, vénéraient leur
dieu sous la forme d'une tortue (1).
   On ne s'attendait peut-être pas à trouver dans l'anguille

_____

(1) M. François (de Neufchâteau), membre de l'Institut national, m'écri-
vait le 16 germinal de l'an VI, pendant qu'il était encore membre du Direc-
toire exécutif, et dans une lettre savante et philosophique : « J'ai vu à
» Saint-Domingue des vases qui servaient dans les cérémonies des premiers
» habitants de l'île. Ces vases, composés d'une sorte de lave grossièrement
» taillée, figurent des tortues. »

tant de droits à l'attention. Quel est néanmoins celui qui n'a pas vu cet animal? Quel est celui qui ne croit pas être bien instruit de ce qui concerne un poisson que l'on pêche sur tant de rivages, que l'on trouve sur tant de tables frugales ou somptueuses, dont le nom est si souvent prononcé, et dont la facilité à s'échapper des mains qui le retiennent avec trop de force est devenue un objet de proverbe pour le sens borné du vulgaire, aussi bien que pour la prudence éclairée du sage? Mais, depuis Aristote jusqu'à nous, les naturalistes, les Apicius, les savants, les ignorants, les têtes fortes, les esprits faibles, se sont occupés de l'anguille; et voilà pourquoi elle a été le sujet de tant d'erreurs séduisantes, de préjugés ridicules, de contes puérils, au milieu desquels très-peu d'observateurs ont distingué les formes et les habitudes propres à inspirer ainsi qu'à satisfaire une curiosité raisonnable.

Tâchons de démêler le vrai d'avec le faux, représentons l'anguille telle qu'elle est.

Ses nageoires pectorales sont assez petites, et ses autres nageoires assez étroites pour qu'on puisse la confondre de loin avec un véritable serpent : elle a de même le corps très-allongé et presque cylindrique. Sa tête est menue, le museau un peu pointu, et la mâchoire inférieure plus avancée que la supérieure.

L'ouverture de chaque narine est placée au bout d'un très-petit tube qui s'élève au-dessus de la partie supérieure de la tête; et une prolongation des téguments les plus extérieurs s'étend en forme de membranes au-dessus des yeux, et les couvre d'un voile demi-transparent comme celui que nous avons observé sur les yeux des gymnotes, des ophisures et des aptéronotes.

Les lèvres sont garnies d'un grand nombre de petits orifices par lesquels se répand une liqueur onctueuse; une rangée de petites ouvertures analogues compose, de chaque côté de l'animal, la ligne que l'on a nommée *latérale;* et c'est ainsi que l'anguille est perpétuellement arrosée de cette substance qui la rend si visqueuse. Sa peau est, sur tous les points de son corps, enduite de cette humeur gluante qui

la fait paraître comme vernie. Elle est pénétrée de cette sorte
d'huile qui rend ses mouvements très-souples; et l'on voit
déjà pourquoi elle glisse si facilement au milieu des mains
inexpérimentées qui, la serrant avec trop de force, augmentent le jeu de ses muscles, facilitent ses efforts, et, ne pouvant la saisir par aucune aspérité, la sentent couler et s'é-
chapper comme un fluide (1). A la vérité, cette même peau
est garnie d'écailles dont on se sert même, dans plusieurs
pays du Nord, pour donner une sorte d'éclat argentin au
ciment dont on enduit les édifices : mais ces écailles sont si
petites, que plusieurs physiciens en ont nié l'existence; et
elles sont attachées de manière que le toucher le plus délicat
ne les fait pas reconnaître sur l'animal vivant, et que même
un œil perçant ne les découvre que lorsque l'anguille est
morte, et la peau assez desséchée pour que les petites lames
écailleuses se séparent facilement.

On aperçoit plusieurs rangs de petites dents, non-seulement aux deux mâchoires, à la partie antérieure du palais,
et sur deux os situés au-dessus du gosier, mais encore sur
deux autres os un peu plus longs, et placés à l'origine des
branchies.

L'ouverture de ces branchies est petite, très-voisine de
la nageoire pectorale, verticale, étroite, et un peu en croissant.

On a de la peine à distinguer les dix rayons que contient
communément la membrane destinée à fermer cette ouverture; et les quatre branchies de chaque côté sont garnies de
vaisseaux sanguins dans leur partie convexe, et dénuées de
toute apophyse et de tout tubercule dans leur partie concave.

Les nageoires du dos et de l'anus sont si basses, que la
première s'élève à peine au-dessus du dos d'un soixantième
de la longueur totale. Elles sont d'ailleurs réunies à celle de
la queue, de manière qu'on a bien de la peine à déterminer
la fin de l'une et le commencement de l'autre; et on peut les

---

(1) Le mot *murœna*, qui vient du mot grec μύρειν, lequel signifie *couler,
s'échapper,* désigne cette faculté de l'anguille et des autres poissons de son
genre.

considérér comme une bande très-étroite qui commence sur le dos à une certaine distance de la tête, s'étend jusqu'au bout de la queue, entoure cette extrémité, y forme une pointe assez aiguë, revient au-dessous de l'animal jusqu'à l'anus, et présente toujours assez peu de hauteur pour laisser subsister les plus grands rapports entre le corps du serpent et celui de l'anguille.

L'épaisseur de la partie membraneuse de ces trois nageoires réunies fait qu'on ne compte que très-difficilement les petits rayons qu'elles renferment, et qui sont ordinairement au nombre de plus de mille, depuis le commencement de la nageoire dorsale jusqu'au bout de la queue.

Les couleurs que l'anguille présente sont toujours agréables, mais elles varient assez fréquemment; et il paraît que leurs nuances dépendent beaucoup de l'âge de l'animal (1), et de la qualité de l'eau au milieu de laquelle il vit. Lorsque cette eau est limoneuse, le dessus du corps de la murène que nous décrivons est d'un beau noir, et le dessous, d'un jaune plus ou moins clair. Mais si l'eau est pure et limpide, si elle coule sur un fond de sable, les teintes qu'offre l'anguille sont plus vives et plus riantes : sa partie supérieure est d'un vert nuancé, quelquefois même rayé d'un brun qui le fait ressortir; et le blanc du lait, ou la couleur de l'argent, brillent sur la partie inférieure du poisson. D'ailleurs la nageoire de l'anus est communément lisérée de blanc, et celle du dos de rouge. Le blanc, le rouge et le vert, ces couleurs que la Nature sait marier avec tant de grâce et fondre les unes dans les autres par des nuances si douces, composent donc l'une des parures élégantes que l'espèce de l'anguille a reçues; et celle qu'elle déploie lorsqu'elle passe sa vie au milieu d'une eau claire, vive et pure.

Au reste, les couleurs de l'anguille paraissent quelquefois d'autant plus variées par les différents reflets rapides et successifs de la lumière plus ou moins intense qui parvient jus-

(1) *Voyage de Spallanzani dans les Deux-Siciles*, traduction du savant et élégant écrivain M. Toscan, bibliothécaire du Muséum national d'histoire naturelle.

qu'aux diverses parties de l'animal, que les mouvements très-prompts et très-multipliés de cette murène peuvent faire changer à chaque instant l'aspect de ces mêmes portions colorées. Cette agilité est secondée par la nature de la charpente osseuse du corps et de la queue de l'animal. Ses vertèbres, un peu comprimées et par conséquent un peu étroites à proportion de leur longueur, pliantes et petites, peuvent se prêter aux diverses circonvolutions qu'elle a besoin d'exécuter. A ces vertèbres, qui communément sont au nombre de cent seize, sont attachées des côtes très-courtes, retenues par une adhérence très-légère aux apophyses des vertèbres, et très-propres à favoriser les sinuosités nécessaires à la natation de la murène. De plus, les muscles sont soutenus et fortifiés dans leur action par une quantité très-considérable de petits os disséminés entre leurs divers faisceaux, et connus sous le nom d'*arêtes* proprement dites, ou de *petites arêtes*. Ces os intermusculaires, que l'on ne voit dans aucune autre classe d'animaux que dans celle des poissons, et qui n'appartiennent même qu'à un certain nombre de poissons osseux, sont d'autant plus grands qu'ils sont placés plus près de la tête; et ceux qui occupent la partie antérieure de l'animal sont communément divisés en deux petites branches.

Un instinct relevé ajoute aussi à la fréquence des mouvements; et nous avons déjà indiqué (1) que l'anguille, ainsi que les autres poissons osseux et serpentiformes, avait le cerveau plus étendu, plus allongé, composé de lobes moins inégaux, plus développés et plus nombreux, que le cerveau de la plupart des poissons dont il nous reste à parler, et particulièrement de ceux qui ont le corps très-aplati, comme les pleuronectes.

Le cœur est quadrangulaire; l'aorte grande; le foie rougeâtre, divisé en deux lobes, dont le gauche est le plus volumineux; la vésicule du fiel séparée du foie comme dans plusieurs espèces de serpents; la rate allongée et triangulaire; la vessie natatoire très-grande, attachée à l'épine et garnie par devant d'un long conduit à gaz; le canal intestinal dénué de

(1) *Discours sur la nature des poissons.*

ces appendices que l'on remarque auprès du pylore de plusieurs espèces de poissons, et presque sans sinuosités, ce qui indique la force des sucs digestifs de l'anguille, et en général l'activité de ses humeurs et l'intensité de son principe vital.

Les murènes anguilles parviennent à une grandeur très-considérable : il n'est pas très-rare d'en trouver en Angleterre, ainsi qu'en Italie, du poids de huit à dix kilogrammes. Dans l'Albanie, on en a vu dont on a comparé la grosseur a celle de la cuisse d'un homme ; et des observateurs très-dignes de foi ont assuré que, dans les lacs de la Prusse, on en avait pêché qui étaient longues de trois à quatre mètres. On a même écrit que le Gange en avait nourri de plus de dix mètres de longueur ; mais ce ne peut être qu'une erreur, et l'on aura vraisemblablement donné le nom d'*anguille* à quelque grand serpent, à quelque boa devin que l'on aura aperçu de loin, nageant au-dessus de la surface du grand fleuve de l'Inde.

Quoi qu'il en soit, la croissance de l'anguille se fait très-lentement ; et nous avons sur la durée de son développement quelques expériences précises et curieuses qui m'ont été communiquées par un très-bon observateur, M. Septfontaines, auquel j'ai eu plusieurs fois, en écrivant cette *Histoire naturelle*, l'occasion de témoigner ma juste reconnaissance.

Au mois de juin 1779, ce naturaliste mit soixante anguilles dans un réservoir ; elles avaient alors environ vingt-neuf centimètres. Au mois de septembre 1783, leur longueur n'était que de quarante à quarante-trois centimètres ; au mois d'octobre 1786, cette même longueur n'était que de cinquante et un centimètres ; et enfin, en juillet 1788, ces anguilles n'étaient longues que de cinquante-cinq centimètres au plus. Elles ne s'étaient donc allongées en neuf ans que de vingt-six centimètres.

Avec de l'agilité, de la souplesse, de la force dans les muscles, de la grandeur dans les dimensions, il est facile à la murène que nous examinons de parcourir des espaces étendus, de surmonter plusieurs obstacles, de faire de grands voyages, de remonter contre des courants rapides. Aussi va-t-elle périodiquement, tantôt des lacs ou des rivages voisins de la source des rivières vers les embouchures des fleuves, et tantôt de la mer vers les sources ou les lacs. Mais, dans ces migrations régulières, elle suit quelquefois un ordre différent de celui qu'observent la plupart des poissons voyageurs. Elle obéit aux mêmes lois ; elle est régie de même par les causes dont nous avons tâché d'indiquer la nature dans notre premier Discours. Mais tel est l'ensemble de ses organes extérieurs et de ceux que son intérieur renferme, que la température des eaux, la qualité des aliments, la tranquillité ou le tumulte des rivages, la dureté du fluide, exercent, dans certaines circonstances, sur ce poisson vif et sensible, une action très-différente de celle qu'ils font éprouver au plus grand nombre des autres poissons non sédentaires. Lorsque le printemps commence de régner, ces derniers remontent des embouchures des fleuves vers les points les plus élevés des rivières ; quelques anguilles, au contraire, s'abandonnant alors au cours des eaux, vont des lacs dans les fleuves qui en sortent, et des fleuves vers les côtes maritimes.

Dans quelques contrées, et particulièrement auprès des lagunes de Venise, les anguilles remontent, dans le printemps, ou à peu près, de la mer Adriatique, vers les lacs et les marais, et notamment vers ceux de Commachio, que la pêche des anguilles a rendus célèbres. Elles y arrivent par le Pô, quoique très-jeunes ; mais elles n'en sortent pendant l'automne pour retourner vers les rivages de la mer, que lorsqu'elles ont acquis un assez grand développement, et qu'elles sont devenues presque adultes. La tendance à l'imitation, cette cause puissante de plusieurs actions, très-remarquables des animaux, et la sorte de prudence qui paraît diriger quelques-unes des habitudes des anguilles, les déterminent à préférer la nuit au jour pour ces migrations de la mer dans les lacs, et pour ces retours des lacs dans la mer. Celles qui vont, vers la fin de la belle saison, des marais de Commachio dans la mer de Venise, choisissent, même pour leur voyage, les nuits les plus obscures, et surtout celles dont les ténèbres sont épaisses par la présence des nuages orageux. Une clarté plus ou moins vive, la lumière de la lune, des feux allumés sur le rivage, suffisent souvent pour les arrêter dans leur natation vers les côtes marines. Mais lorsque ces lueurs qu'elles redoutent ne suspendent pas leurs mouvements, elles sont poussées vers la mer par un instinct si fort, ou, pour mieux dire, par une cause si énergique, qu'elles s'engagent entre des rangées de roseaux que les pêcheurs disposent au fond de l'eau pour les conduire à leur gré, et que, parvenant sans résistance et par le moyen de ces tranchées aux enceintes dans lesquelles on a voulu les attirer, elles s'entassent dans ces espèces de petits parcs, au point de surmonter la surface de l'eau, au lieu de chercher à revenir dans l'habitation qu'elles viennent de quitter.

Pendant cette longue course, ainsi que pendant le retour des environs de la mer vers les eaux douces élevées, les anguilles se nourrissent, aussi bien que pendant qu'elles sont stationnaires, d'insectes, de vers, d'œufs et de petites espèces de poissons. Elles attaquent quelquefois les animaux un peu plus gros. M. Septfontaines en a vu une de quatre-vingt-quatre centimètres présenter un nouveau rapport avec les serpents, en se jetant sur deux jeunes canards éclos de la veille, et en les avalant assez facilement pour qu'on pût les retirer presque entiers de ses intestins. Dans certaines circonstances, elles se contentent de la chair de presque tous les animaux morts qu'elles rencontrent au milieu des eaux; mais elles causent souvent de grands ravages dans les rivières. M. Noël nous écrit que dans la basse Seine elles détruisent beaucoup d'éperlans, de clupées feintes, et de brèmes.

Ce n'est pas cependant sans danger qu'elles recherchent l'aliment qui leur convient le mieux : malgré leur souplesse, leur vivacité, la vitesse de leur fuite, elles ont des ennemis auxquels il leur est très-difficile d'échapper. Les loutres, plusieurs oiseaux d'eau et les grands oiseaux de rivage, tels que les grues, les hérons et les cigognes, les pêchent avec habileté et les retiennent avec adresse ; les hérons surtout ont dans la dentelure d'un de leurs ongles des espèces de crochets qu'ils enfoncent dans le corps de l'anguille, et qui rendent inutiles tous les efforts qu'elle fait pour glisser au milieu de leurs doigts. Les poissons qui parviennent à une longueur un peu considérable, et, par exemple, le brochet et l'acipensère esturgeon, en font aussi leur proie; et comme les esturgeons

l'avalent tout entière et souvent sans la blesser, il arrive que,
déliée, visqueuse et flexible, elle parcourt toutes les sinuosités de leur canal intestinal, sort par leur anus, et se dérobe,
par une prompte natation, à une nouvelle poursuite. Il n'est
presque personne qui n'ait vu un lombric avalé par des canards sortir de même des intestins de cet oiseau, dont il avait
suivi tous les replis; et cependant c'est le fait que nous venons d'exposer qui a donné lieu à un conte absurde accrédité
pendant longtemps à l'opinion de quelques observateurs très-
peu instruits de l'organisation intérieure des animaux, et
qui ont dit que l'anguille entrait ainsi volontairement dans
le corps de l'esturgeon, pour aller y chercher des œufs dont
elle aimait beaucoup à se nourrir.

Mais voici un trait très-remarquable dans l'histoire d'un
poisson, et qui a été vu trop de fois pour qu'on puisse en
douter. L'anguille, pour laquelle les petits vers des prés, et
même quelques végétaux, comme, par exemple, les pois
nouvellement semés, sont un aliment peut-être plus agréable
encore que des œufs ou des poissons, sort de l'eau pour se
procurer ce genre de nourriture. Elle rampe sur le rivage par
un mécanisme semblable à celui qui la fait nager au milieu
des fleuves; elle s'éloigne de l'eau à des distances assez considérables, exécutant avec son corps serpentiforme tous les
mouvements qui donnent aux couleuvres la faculté de s'avancer ou de reculer; et après avoir fouillé dans la terre avec
son museau pointu, pour se saisir des pois ou des petits vers,
elle regagne en serpentant le lac ou la rivière dont elle était
sortie, et vers lequel elle tend avec assez de vitesse, lorsque
le terrain ne lui oppose pas trop d'obstacles, c'est-à-dire, de
trop grandes inégalités.

Au reste, pendant que la conformation de son corps et de
sa queue lui permet de se mouvoir sur la terre sèche, l'organisation de ses branchies lui donne la faculté d'être pendant un temps assez long hors de l'eau douce ou salée sans
en périr. En effet, nous avons vu qu'une des grandes causes
de la mort des poissons que l'on retient dans l'atmosphère,
est le grand dessèchement qu'éprouvent leurs branchies, et
qui produit la rupture des artères et des veines branchiales,

dont le sang, qui n'est plus alors contre-balancé par un fluide aqueux environnant, tend d'ailleurs sans contrainte à rompre les membranes qui le contiennent. Mais l'anguille peut conserver plus facilement que beaucoup d'autres poissons l'humidité et par conséquent la ductilité et la tenacité des vaisseaux sanguins de ses branchies ; elle peut clore exactement l'ouverture de sa bouche ; l'orifice branchial, par lequel un air desséchant paraîtrait devoir s'introduire en abondance, est très-étroit et peu allongé ; l'opercule et la membrane sont placés et conformés de manière à fermer parfaitement cet orifice ; et de plus la liqueur gluante et copieuse dont l'animal est imprégné entretient la mollesse de toutes les portions des branchies. Nous devons encore ajouter que, soit pour être moins exposée aux attaques des animaux qui cherchent à la dévorer, et à la poursuite des pêcheurs qui veulent en faire leur proie ; soit pour obéir à quelque autre cause que l'on pourrait trouver sans beaucoup de peine, et qu'il est, dans ce moment, inutile de considérer, l'anguille ne va à terre, au moins le plus fréquemment, que pendant la nuit. Une vapeur humide est très-souvent alors répandue dans l'atmosphère ; le desséchement de ses branchies ne peut avoir lieu que plus difficilement ; et l'on doit voir maintenant pourquoi, dès le temps de Pline, on avait observé en Italie que l'anguille peut vivre hors de l'eau jusqu'à six jours, lorsqu'il ne souffle pas un vent méridional, dont l'effet le plus ordinaire, dans cette partie de l'Europe, est de faire évaporer l'humidité avec beaucoup de vitesse.

Pendant le jour, la murène anguille, moins occupée de se procurer l'aliment qu'elle désire, se tient presque toujours dans un repos réparateur, et dérobée aux yeux de ses ennemis par un asile qu'elle prépare avec soin. Elle se creuse avec son museau une retraite plus ou moins grande dans la terre molle du fond des lacs et des rivières ; et, par une attention particulière, résultat remarquable d'une expérience dont l'effet se maintient de génération en génération, cette espèce de terrier a deux ouvertures, de telle sorte que, si elle est attaquée d'un côté, elle peut s'échapper de l'autre. Cette industrie, pareille à celle des animaux les plus précau-

tionnés, est une nouvelle preuve de cette supériorité d'instinct
que nous avons dû attribuer à l'anguille dès le moment où
nous avons considéré dans ce poisson le volume et la forme
du cerveau, l'organisation plus soignée des siéges de l'odorat,
et enfin la flexibilité et la longueur du corps et de la queue,
qui, souples et continuellement humectés, s'appliquent dans
toute leur étendue à presque toutes les surfaces, en reçoivent
des impressions que des écailles presque insensibles ne peuvent ni arrêter, ni en quelque sorte diminuer, et doivent
donner à l'animal un toucher assez vif et assez délicat.

Il est à remarquer que les anguilles, qui, par une suite de
la longueur et de la flexibilité de leur corps, peuvent, dans
tous les sens, agir sur l'eau presque avec la même facilité
et par conséquent reculer presque aussi vite qu'elles avancent,
pénètrent souvent la queue la première dans les trous qu'elles
forment dans la vase, et qu'elles creusent quelquefois cette
cavité avec cette même queue, aussi bien qu'avec leur tête.

Lorsqu'il fait très-chaud, ou dans quelques autres circonstances, l'anguille quitte cependant quelquefois, même vers
le milieu du jour, cet asile qu'elle sait se donner. On la voit
très-souvent alors s'approcher de la surface de l'eau, se placer
au-dessous d'un amas de mousse flottante ou de plantes aquatiques, y demeurer immobile, et paraître se plaire dans cette
sorte d'inaction et sous cet abri passager. On serait même
tenté de croire qu'elle se livre quelquefois à une espèce de
demi-sommeil sous ce toit de feuilles et de mousse. M. Septfontaines nous a écrit, en effet, dans le temps, qu'il avait
vu plusieurs fois une anguille dans la situation dont nous
venons de parler; qu'il était parvenu à s'en approcher, à
élever progressivement la voix, à faire tinter plusieurs clés
l'une contre l'autre, à faire sonner très-près de la tête du
poisson plus de quarante coups d'une montre à répétition,
sans produire dans l'animal aucun mouvement de crainte,
et que la murène ne s'était plongée au fond de l'eau que lorsqu'il s'était avancé brusquement vers elle, ou qu'il avait
ébranlé la plante touffue sous laquelle elle goûtait le repos.

De tous les poissons osseux, l'anguille n'est cependant pas
celui dont l'ouïe est la moins sensible. On sait depuis long-

temps qu'elle peut devenir familière au point d'accourir vers la voix ou l'instrument qui l'appelle et qui lui annonce la nourriture qu'elle préfère.

Les murènes anguilles sont en très-grand nombre partout où elles trouvent l'eau, la température, l'aliment qui leur conviennent, et où elles ne sont pas privées de toute sûreté. Voilà pourquoi, dans plusieurs des endroits où l'on s'est occupé de la pêche de ces poissons, on en a pris une immense quantité. Pline a écrit que dans le lac Benaco des environs de Vérone, les tempêtes qui, vers la fin de l'automne, en bouleversaient les flots, agitaient, entraînaient et roulaient, pour ainsi dire, un nombre si considérable d'anguilles, qu'on les prenait par milliers à l'endroit où le fleuve venait sortir du lac. Martini rapporte, dans son *Dictionnaire*, qu'autrefois on en pêchait jusqu'à soixante mille dans un seul jour et avec un seul filet. On lit dans l'ouvrage de Redi sur les animaux vivants dans les animaux vivants, que lors du second passage des anguilles dans l'Arno, c'est-à-dire lorsqu'elles remontent de la mer vers la source de ce fleuve de Toscane, plus de deux cent mille peuvent tomber dans les filets, quoique dans un très-court espace de temps. Il y en a une si grande abondance dans les marais de Commachio, qu'en 1782 on en pêcha 990,000 kilogrammes. Dans le Jutland, il est des rivages vers lesquels, dans certaines saisons, on prend quelquefois d'un seul coup de filet plus de neuf mille anguilles, dont quelques-unes pèsent de quatre à cinq kilogrammes. Et nous savons, par M. Noël, qu'à Cléon près d'Elbeuf, et même auprès de presque toutes les rives de la basse Seine, il passe des troupes ou plutôt des légions si considérables de petites anguilles, qu'on en remplit des sceaux et des baquets.

Cette abondance n'a pas empêché le goût le plus difficile en bonne chère, et le luxe même le plus somptueux, de rechercher l'anguille, et de la servir dans leurs banquets. Cependant sa viscosité, le suc huileux dont elle est imprégnée, la difficulté avec laquelle les estomacs délicats en digèrent la chair, sa ressemblance avec un serpent, l'on fait regarder dans certains pays comme un aliment un peu malsain par les médecins, et comme un être impur par les esprits superstitieux. Elle est comprise parmi les poissons en apparence dénués d'écailles, que les lois religieuses des Juifs interdisaient à ce peuple; et les règlements de Numa ne permettaient pas de les servir dans les sacrifices, sur les tables des dieux. Mais les défenses de quelques législateurs, et les recommandations de ceux qui ont écrit sur l'hygiène, ont été peu suivies et peu imitées; la saveur agréable de la chair de l'anguille, et le peu de rareté de cette espèce, l'ont emporté sur ces ordres ou ces conseils : on s'est rassuré par l'exemple d'un grand nombre d'hommes, à la vérité laborieux, qui, vivant au milieu des marais, et ne se nourrissant que d'anguilles, comme les pêcheurs des lacs de Commachio auprès de Venise, ont cependant joui d'une santé assez forte, présenté un tempérament robuste, atteint une vieillesse avancée; et l'on a, dans tous les temps et dans presque tous les pays, consacré d'autant plus d'instants à la pêche assez facile de cette murène, que sa peau peut servir à beaucoup d'usages, que dans plusieurs contrées on en fait des liens assez forts, et que dans d'autres, comme, par exemple, dans quelques parties de la Tartarie, et particulièrement dans celles qui avoisinent la Chine, cette même peau remplace, sans trop de désavantage, les vitres des fenêtres.

Dans plusieurs pays de l'Europe, et notamment aux environs de l'embouchure de la Seine, on prend les anguilles avec des *haims* ou *hameçons*. Les plus petites sont attirées par des lombrics ou vers de terre, plus que par toute autre amorce; on emploie contre les plus grandes des haims garnis de moules, d'autres animaux à coquille, ou de jeunes éperlans. Lorsqu'on pêche les anguilles pendant la nuit, on se sert d'un filet nommé *seine drue*, et pour la description duquel nous renvoyons le lecteur à l'article de la *raie bouclée*. On substitue quelquefois à cette *seine* un autre filet appelé, dans la rivière de Seine, *dranguet*, ou *dranguet dru*, dont les mailles sont encore plus serrées que celles de la *seine drue*; et M. Noël nous fait observer, dans une note qu'il nous a adressée, que c'est par une suite de cette substitution, et parce qu'en général on exécute mal les lois relatives à la police des pêches, que les pêcheurs de la Seine détruisent une grande quantité d'anguilles du premier âge et qui n'ont encore atteint qu'une longueur d'un ou deux décimètres, pendant qu'ils prennent peut-être plus inutilement encore, dans ce même dranguet, beaucoup de frai de barbeau, de vandoise, de brême, et d'autres poissons recherchés. Mais l'usage de ce filet à mailles très-serrées n'est pas la seule cause contraire à l'avantageuse reproduction, ou, pour mieux dire, à l'accroissement convenable des anguilles dans la Seine : M. Noël nous en fait remarquer deux autres dans la note que nous venons de citer. Premièrement, les pêcheurs de cette rivière ont recours quelquefois, pour la pêche de ces murènes, à la *vermille*, sorte de corde garnie de vers, à laquelle les très-jeunes individus de cette espèce viennent s'attacher très-fortement, et par le moyen de laquelle on enlève des milliers de ces petits animaux. Secondement, les fossés qui communiquent avec la basse Seine ont assez peu de pente pour que les petites anguilles, poussées par le flux dans ces fossés, y restent à sec lorsque la marée se retire, et y périssent en nombre extrèmement considérable, par l'effet de la grande chaleur du soleil de l'été.

Au reste, c'est le plus souvent depuis le commencement du printemps jusque vers la fin de l'automne, qu'on pêche les murènes anguilles avec facilité. On a communément assez de peine à les prendre au milieu de l'hiver, au moins à des latitudes un peu élevées ; elles se cachent, pendant cette saison, ou dans les terriers qu'elles se sont creusés, ou dans quelques autres asiles à peu près semblables. Elles se réunissent même en assez grand nombre, se serrent de très-près, et s'amoncellent dans ces retraites, où il paraît qu'elles s'engourdissent lorsque le froid est rigoureux. On en a quelquefois trouvé cent quatre-vingts dans un trou de quarante décimètres cubes : et M. Noël nous mande qu'à Aisiey, près de Quillebeuf, on en prend souvent, pendant l'hiver de très-grandes quantités, en fouillant le sable, entre les pierres du rivage. Si l'eau dans laquelle elles se trouvent est peu profonde ; si, par ce peu d'épaisseur des couches du fluide, elles sont moins à couvert des impressions funestes du froid, elles périssent dans leur terrier, malgré toutes leurs précautions ; et le savant Spallanzani rapporte qu'un hiver fit périr, dans les marais de Commachio une si grande quantité d'anguilles, qu'elles pesaient 1,800,000 kilogrammes.

Dans toute autre circonstance, une grande quantité d'eau n'est pas aussi nécessaire aux murènes dont nous nous occupons que plusieurs auteurs l'ont prétendu. M. Septfontaines a pris dans une fosse qui contenait à peine quatre cent décimètres cubes de ce fluide, une anguille d'une grosseur très-considérable ; et la distance de la fosse à toutes les eaux de l'arrondissement, ainsi que le défaut de toute communication entre ces mêmes eaux et la petite mare, ne lui ont pas permis de douter que cet animal n'eût vécu très-longtemps dans cet étroit espace, des effets duquel l'état de sa chair prouvait qu'il n'avait pas souffert.

Nous devons ajouter néanmoins que si la chaleur est assez vive pour produire une très-grande évaporation et altérer les plantes qui croissent dans l'eau, ce fluide peut être corrompu au point de devenir mortel pour l'anguille, qui s'efforce en vain, en s'abritant alors dans la fange, de se soustraire à l'influence funeste de cette chaleur desséchante.

On a écrit aussi que l'anguille ne supportait pas des changements rapides et très-marqués dans la qualité des eaux au milieu desquelles elle habitait. Cependant M. Septfontaines a prouvé plusieurs fois qu'on pouvait la transporter, sans lui faire courir aucun danger, d'une rivière bourbeuse dans le vivier le plus limpide, du sein d'une eau froide dans celui d'une eau tempérée. Il n'est assuré que des changements inverses ne nuisaient pas davantage à ce poisson, et sur trois cents individus qui ont éprouvé sous ses yeux ces diverses transmigrations, et qui les ont essuyées dans différentes saisons, il n'en a péri que quinze qui lui ont paru ne succomber qu'à la fatigue du transport, et aux suites de leur réunion et de leur séjour très-prolongé dans un vaisseau trop peu spacieux.

Néanmoins, lorsque leur passage d'un réservoir dans un autre, quelle que soit la nature de l'eau de ces viviers, a lieu pendant des chaleurs excessives, il arrive souvent que

les anguilles gagnent une maladie épidémique pour ces animaux, et dont les symptômes consistent dans les taches
blanches qui leur surviennent. Nous verrons, dans notre Discours sur la manière de multiplier et de conserver les individus des diverses espèces de poissons, quels remèdes on peut
opposer aux effets de cette maladie, dont des taches blanches
et accidentelles dénotent la présence.

Les murènes dont nous parlons sont sujettes, ainsi que plusieurs autres poissons, et particulièrement ceux que l'homme
élève avec plus ou moins de soins, à d'autres maladies dont
nous traiterons dans la suite de cet ouvrage, et dont quelques-
unes peuvent être causées par une grande abondance de vers
dans quelque partie inférieure de leur corps, comme, par
exemple, dans leurs intestins.

Pendant la plupart de ces dérangements, lorsque les suites
peuvent en être très-graves, l'anguille se tient renfermée dans
son terrier, ou, si elle manque d'asile, elle remonte souvent
vers la superficie de l'eau ; elle s'y agite, va, revient sans but
déterminé, tournoie sur elle-même, ressemble par ses mouvements à un serpent prêt à se noyer et luttant encore un peu
contre les flots. Son corps enflé d'un bout à l'autre, et par là
devenu plus léger relativement au fluide dans lequel elle nage,
la soulève et la retient ainsi vers la surface de l'eau. Au bout
de quelque temps sa peau se flétrit et devient blanche ; et
lorsqu'elle éprouve cette altération, signe d'une mort pro-
chaine, on dirait qu'elle ne prend plus de soin de conserver
une vie qu'elle sent ne pouvoir plus retenir. Ses nageoires se
remuent encore un peu ; ses yeux paraissent encore se tourner vers les objets qui l'entourent : mais sans force, sans
précaution, sans intérêt inutile pour sa sûreté ; elle s'abandonne pour ainsi dire, et souffre qu'on la touche, qu'on l'enlève même sans qu'elle cherche à s'échapper.

Au reste, lorsque des maladies ne dérangent pas l'organisation intérieure de l'anguille, lorsque sa vie n'est attaquée
que par des blessures, elle la perd assez difficilement ; le
principe vital paraît disséminé d'une manière assez indépendante, si je puis employer ce mot, dans les diverses parties
de cette murène, pour qu'il ne puisse être éteint que lorsqu'on

cherche à l'anéantir dans plusieurs points à la fois, et de même que dans plusieurs serpents, et particulièrement dans la vipère, une heure après la séparation du tronc et de la tête ; l'une et l'autre de ces portions peuvent donner encore des signes d'une grande irritabilité.

Cette vitalité tenace est une des causes de la longue vie que nous croyons devoir attribuer aux anguilles, ainsi qu'à la plupart des autres poissons. Toutes les analogies indiquent cette durée considérable, malgré ce qu'ont écrit plusieurs auteurs, qui ont voulu limiter la vie de ces murènes à quinze ans, et même à huit années : et d'ailleurs nous savons, de manière à ne pouvoir pas en douter, qu'au bout de six ans une anguille ne pèse quelquefois que cinq hectogrammes ; que des anguilles conservées pendant neuf ans n'ont acquis qu'une longueur de vingt-six centimètres ; que ces anguilles, avant d'être devenues l'objet d'une observation précise, avaient déjà vingt-neuf centimètres, et par conséquent devaient être âgées de cinq ou six ans ; qu'à la fin de l'expérience elles avaient au moins quatorze ans ; qu'à cet âge de quatorze ans elles ne présentaient encore que le quart ou tout au plus le tiers de la longueur des grandes anguilles pêchées dans les lacs de la Prusse, et qu'elles n'auraient pu parvenir à cette dernière dimension qu'après un intervalle de quatre-vingts ans. Les anguilles de trois ou quatre mètres de longueur, vues dans les lacs de la Prusse par des observateurs dignes de foi, avaient donc au moins quatre-vingt-quatorze ans : nous devons dire que des preuves de fait et des témoignages irrécusables se réunissent aux probabilités fondées sur les analogies les plus grandes, pour nous faire attribuer une longue vie à la murène anguille.

Mais comment se perpétue cette espèce utile et curieuse ? L'anguille vient d'un véritable œuf, comme tous les poissons. L'œuf éclôt le plus souvent dans le ventre de la mère, comme celui des raies, des squales, de plusieurs blennies, de plusieurs silures ; la pression sur la partie inférieure du corps de la mère facilite la sortie des petits déjà éclos. Ces faits, bien vus, bien constatés par les naturalistes récents, sont simples et conformes aux vérités physiologiques les mieux

prouvées, aux résultats les plus sûrs des recherches anato-
miques sur les poissons, et particulièrement sur l'anguille :
et cependant combien depuis deux mille ans, ils ont été altérés et dénaturés par une trop grande confiance dans des observations précipitées et mal faites, qui ont séduit les plus
beaux génies, parmi lesquels nous comptons non-seulement
Pline, mais même Aristote! Lorsque les anguilles mettent
bas leurs petits, communément elles reposent sur la vase du
fond des eaux ; c'est au milieu de cette terre ou de ce sable
humecté qu'on voit frétiller les murènes qui viennent de paraître à la lumière : Aristote a pensé que leur génération
était due à cette fange. Les mères vont quelquefois frotter
leur ventre contre des rochers ou d'autres corps durs, pour
se débarrasser plus facilement des petits déjà éclos dans leur
intérieur ; Pline a écrit que par ce frottement elles faisaient
jaillir des fragments de leur corps, qui s'animaient, et que
telle était la seule origine des jeunes murènes dont nous exposons la véritable manière de naître. D'autres anciens auteurs ont placé cette même origine dans les chairs corrompues
des cadavres des chevaux ou d'autres animaux jetés dans
l'eau, cadavres autour desquels doivent souvent fourmiller
de très-jeunes anguilles, forcées de s'en nourrir par le défaut
de tout autre aliment placé à leur portée. A des époques bien
plus rapprochées de nous, Helmont a cru que les anguilles
venaient de la rosée du mois de mai ; et Leuwennoeck a pris
la peine de montrer la cause de cette erreur, en faisant voir
que dans cette belle partie du printemps, lorsque l'atmosphère
est tranquille et que le calme règne sur l'eau, la portion de
ce fluide la plus chaude est la plus voisine de la surface, et
que c'est cette couche plus échauffée, plus vivifiante, et plus
analogue à leur état de faiblesse, que les jeunes anguilles
peuvent alors préférer. Schwenckfeld, de Breslaw en Silésie,
a fait naître les murènes anguilles des branchies du cyprin
bordelière ; Schoneveld, de Kiel dans le Holstein, a voulu
qu'elles vinssent à la lumière sur la peau des gades morues,
ou des salmones éperlans. Ils ont pris l'un et l'autre pour de
très-petites murènes anguilles, des gourdins, des sangsues,
ou d'autres vers qui s'attachent à la peau ou aux branchies

de plusieurs poissons. Eller, Charleton, Fahlberg, Gesner, Birckholtz, ont connu, au contraire, la véritable manière dont se reproduit l'espèce que nous décrivons. Plusieurs observateurs des temps récents sont tombés, à la vérité, dans une erreur combattue même par Aristote, en prenant les vers qu'ils voyaient dans les intestins des anguilles qu'ils disséquaient pour des fœtus de ces animaux. Leuwennhoeck a eu tort de chercher les œufs de ces poissons dans leur vessie urinaire, et Vallisnieri dans leur vessie natatoire : mais Muller, et peut-être Mondini, ont vu les ovaires ainsi que les œufs de la femelle, et la laite du mâle a été également reconnue.

D'après toutes ces considérations, on doit éprouver un assez grand étonnement, et ce vif intérêt qu'inspirent les recherches et les doutes d'un des plus habiles et des plus célèbres physiciens, lorsqu'on lit dans le *Voyage de Spallanzani,* que des millions d'anguilles ont été pêchées dans les marais, les lacs ou les fleuves de l'Italie et de la Sicile, sans qu'on ait vu dans l'intérieur ni œufs ni fœtus. Ce savant observateur explique ce phénomène, en disant que les anguilles ne multiplient que dans la mer ; et voilà pourquoi, continue-t-il, on n'en trouve pas, suivant Senebier, dans le lac de Genève, jusque auquel la chute du Rhône ne leur permet pas de remonter, tandis qu'on en pêche dans le lac de Neufchâtel, qui communique avec la mer par le Rhin et le lac de Brenna. Il invite, en conséquence, les naturalistes à faire de nouvelles recherches sur les anguilles qu'ils rencontreront au milieu des eaux salées, et de la mer proprement dite, dans le temps du frai de ces animaux, c'est-à-dire vers le milieu de l'automne ou le commencement de l'hiver.

Dans l'anguille, comme dans tous les autres poissons qui éclosent dans le ventre de leur mère, les œufs renfermés dans l'intérieur de la femelle sont beaucoup plus volumineux que ceux qui sont pondus par les espèces de poissons auxquelles on n'a pas donné le nom de *vivipares* ou de *vipères* : le nombre de ces œufs doit donc être beaucoup plus petit dans les premiers que dans les seconds ; et c'est ce qui a été reconnu plus d'une fois.

L'anguille est féconde au moins dès sa douzième année. M. Septfontaines a trouvé des petits bien formés dans le ventre d'une femelle qui n'avait encore que trente-cinq centimètres de longueur, et qui, par conséquent, pouvait n'être âgée que de douze ans. Cette espèce croissant au moins jusqu'à sa quatre-vingt-quatorzième année, chaque individu femelle peut produire pendant un intervalle de quatre-vingt-deux ans; et ceci sert à expliquer la grande quantité d'anguilles que l'on rencontre dans les eaux qui leur conviennent. Cependant, comme le nombre de petits qu'elles peuvent mettre au jour chaque année est très-limité, et que, d'un autre côté, les accidents, les maladies, l'activité des pêcheurs, et la voracité des grands poissons, des loutres, et des oiseaux d'eau, en détruisent fréquemment une multitude, on ne peut se rendre raison de leur multiplication qu'en leur attribuant une vie et même un temps de fécondité beaucoup plus longs qu'un siècle, et beaucoup plus analogues à la nature des poissons, ainsi qu'à la longévité qui en est la suite.

Au reste, il paraît que dans certaines contrées, et dans quelques circonstances, il arrive aux œufs de l'anguille ce qui survient quelquefois à ceux des raies, des squales, des blennies, des silures, etc.; c'est que la femelle s'en débarrasse avant que les petits ne soient éclos; et l'on peut le conclure des expressions employées par quelques naturalistes en traitant de cette murène, et notamment par Redi dans son ouvrage des animaux vivant dans les animaux vivants.

Tous les climats peuvent convenir à l'anguille : on la pêche dans des contrées très-chaudes, à la Jamaïque, dans d'autres portions de l'Amérique voisines des tropiques, dans les Indes-Orientales; elle n'est point étrangère aux régions glacées, à l'Islande, au Groënland; et on la trouve dans toutes les contrées tempérées, depuis la Chine, où elle a été figurée très-exactement pour l'intéressante suite de dessins donnés par la Hollande à la France et déposés dans le Muséum d'Histoire naturelle, jusqu'aux côtes occidentales du royaume et à ses départements méridionaux, dans lesquels les murènes de cette espèce deviennent très-belles et très-bonnes, particuliè-

rement celles qui vivent dans le bassin si célèbre de la poétique fontaine de Vaucluse (1).

Dans des temps plus reculés et antérieurs aux dernières
catastrophes que le globe a éprouvées, ces mêmes murènes
ont dû être aussi très-répandues en Europe, ou du moins
très-multipliées dans un grand nombre de contrées, puisqu'on
reconnaît leurs restes, ou leur empreinte, dans presque tous
les amas de poissons pétrifiés ou fossiles que les naturalistes
ont été à portée d'examiner, et surtout dans celui que l'on a
découvert à Æningen, auprès du lac de Constance, et dont
une notice a été envoyée dans le temps par le célèbre Lavater
à l'illustre Saussure.

Nous ne devons pas cesser de nous occuper de l'anguille,
sans faire mention de quelques murènes que nous considérons
comme de simples variétés de cette espèce, jusqu'au moment
où de nouveaux faits nous les feront regarder comme consti-
tuant des espèces particulières. Ces variétés sont au nombre
de cinq : deux diffèrent par leur couleur de l'anguille commune; les autres trois en sont distinguées par leur forme.
Nous devons la connaissance de la première à Spallanzani, et
la notice des autres nous a été envoyée par M. Noël, de Rouen,
que nous avons si souvent le plaisir de citer.

Premièrement, celle de ces variétés qui a été indiquée par
Spallanzani se trouve dans les marais de Chiozza auprès de
Venise. Elle est jaune sous le ventre, constamment plus
petite que l'anguille ordinaire; et ses habitudes ont cela de
remarquable, qu'elle ne quitte pas périodiquement ses marais, comme l'espèce commune, pour aller, vers la fin de la
saison des chaleurs, passer un temps plus ou moins long
dans la mer. Elle porte un nom particulier : on la nomme
acerine.

Secondement, des pêcheurs de là Seine disent avoir remarqué que les premières anguilles qu'ils prennent sont plus
blanches que celles qui sont pêchées plus tard. Selon d'autres,
de même que les anguilles sont communément plus rouges

(1) Note communiquée vers 1788, par l'évêque d'Uzès, ami très-zélé et
très-éclairé des sciences naturelles.

sur les fonds de roche, et deviennent en peu de jours d'une teinte plus foncée lorsqu'on les a mises dans des réservoirs, elles sont plus blanches sur des fonds de sable. Mais, indépendamment de ces nuances plus ou moins constantes que présentent les anguilles communes, on observe dans la Seine une anguille qui vient de la mer lorsque les marées sont fortes, et qui remonte dans la rivière en même temps que les merlans. Sa tête est un peu menue. Elle est d'ailleurs très-belle et communément assez grosse. On la prend quelquefois avec la *seine;* mais le plus souvent on la pêche avec une ligne dont les appâts sont des éperlans et d'autres petits poissons.

Troisièmement, le *pimperneau* est, suivant plusieurs pêcheurs, une autre anguille de la Seine, qui a la tête menue comme l'anguille blanche, mais qui de plus l'a très-allongée, et dont la couleur est brune.

Quatrièmement, une autre anguille de la même rivière est nommée *guiseau*. Elle a la tête plus courte et un peu plus large que l'anguille commune. Le guiseau a d'ailleurs le corps plus court; son œil est plus gros, sa chair plus ferme, sa graisse plus délicate. Sa couleur varie du noir au brun, au gris sale, au roussâtre.

On le prend depuis *le Hoc* jusqu'à *Villequier*, et rarement au-dessus. M. Noël pense que le bon goût de sa chair est dû à la nourriture substantielle et douce qu'il trouve sur les bancs de l'embouchure de la Seine, ou au grand nombre de jeunes et petits poissons qui pullulent sur les fonds voisins de la mer. Il croit aussi que cette murène a beaucoup de rapports, par la délicatesse de sa chair, avec l'anguille que l'on pêche dans l'Eure, et que l'on désigne par le nom de *breteau*. Les troupes de guiseaux sont quelquefois *détrillées*, suivant l'expression des pêcheurs, c'est-à-dire qu'ils ne sont, dans certaines circonstances, mêlés avec aucune autre murène; et d'autres fois on pêche, dans le même temps, des quantités presque égales d'anguilles communes et de guiseaux. Un pêcheur de Villequier a dit à M. Noël qu'il avait pris, un jour, d'un seul coup de filet, cinq cents guiseaux, au pied du château d'Orcheb.

Cinquièmement, l'*anguille chien* a la tête plus longue que la commune, comme le pimperneau, et plus large, comme le guiseau. Cette partie du corps est d'ailleurs aplatie. Ses yeux sont gros. Ses dimensions sont assez grandes; mais son ensemble est peu agréable à la vue, et sa chair est filamenteuse. On dit qu'elle a des barbillons à la bouche. Je n'ai pas été à même de vérifier l'existence de ces barbillons, qui peut-être ne sont que les petits tubes à l'extrémité desquels sont placés les orifices des narines. L'*anguille chien* est très-goulue; et de là vient le nom qu'on lui a donné. Elle dévore les petits poissons qu'elle peut saisir dans les nasses, déchire les filets, ronge même les fils de fer des lignes. Lorsqu'elle est prise à l'hameçon, on remarque qu'elle a avalé l'haim de manière à le faire parvenir jusqu'à l'œsophage, tandis que les anguilles ordinaires ne sont retenues avec l'hameçon que par la partie antérieure de leur palais. On la pêche avec plus de facilité vers le commencement de l'automne; elle paraît se plaire beaucoup sur les fonds qui sont au-dessus de Candeleu. Dans l'automne de l'an VI de l'ère française, une troupe d'*anguilles chiens* remonta jusqu'au passage du Croisset; elle y resta trois ou quatre jours; et, n'y trouvant pas apparemment une nourriture suffisante ou convenable, elle redescendit vers la mer.

LE GADE MORUE [1].

Parmi tous les animaux qui peuplent l'air, la terre ou les eaux, il n'est qu'un très-petit nombre d'espèces utiles dont l'histoire puisse paraître aussi digne d'intérêt que celle de la morue, à la philosophie attentive et bienfaisante qui médite sur la prospérité des peuples. L'homme a élevé le cheval pour la guerre, le bœuf pour le travail, la brebis pour l'industrie,

---

(1) *Morhuel*, dans plusieurs pays septentrionaux de l'Europe ; *molue, cabiliau, cabillau*, dans quelques contrées de France ; *cablilaud*, dans le même pays, et particulièrement dans les départements les plus septentrionaux ; *kablag* en Danemarck ; *ciblia*, en Suède,

l'éléphant pour la pompe, le chameau pour l'aider à traverser les déserts, le dogue pour sa garde, le chien courant pour la chasse, le barbet pour le sentiment, la poule pour sa table, le cormoran pour la pêche, l'aigrette pour sa parure, le serin pour ses plaisirs, l'abeille pour remplacer le jour ; il a donné la morue au commerce maritime ; et en répandant, par ce seul bienfait, une nouvelle vie sur un des grands objets de la pensée, du courage et d'une noble ambition, il a doublé les liens fraternels qui unissaient les différentes parties du globe.

Dans toutes les contrées de l'Europe, et dans presque toutes celles de l'Amérique, il est bien peu de personnes qui ne connaissent le nom de la morue, la bonté de son goût, la nature de ses muscles, et les qualités qui distinguent sa chair suivant les diverses opérations que ce gade a subies : mais combien d'hommes n'ont aucune idée précise de la forme extérieure, des organes intérieurs, des habitudes de cet animal fécond, ni des diverses précautions que l'on a imaginées pour le pêcher avec facilité ! Et parmi ceux qui s'occupent avec le plus d'assiduité d'étudier ou de régler les rapports politiques des nations, d'augmenter leurs moyens de subsistance, d'accroître leur population, de multiplier leurs objets d'échange, de créer ou de ranimer leur marine ; parmi ceux même qui ont consacré leur existence aux voyages de long cours, ou aux vastes spéculations commerciales, n'est-il pas plusieurs esprits élevés et très-instruits, aux yeux desquels cependant une histoire bien faite du gade morue dévoilerait des faits importants pour le sujet de leurs estimables méditations?

Aristote, Pline, ni aucun des anciens historiens de la Nature, n'ont connu le gade morue ; mais les naturalistes récents, les voyageurs, les pêcheurs, les préparateurs, les marins, les commerçants, presque tous les habitants des rivages, et même de l'intérieur des terres de l'Europe, ainsi que de l'Amérique, particulièrement de l'Amérique et de l'Europe septentrionales, se sont occupés si fréquemment et sous tant de rapports de ce poisson, ils l'ont vu, si je puis employer cette expression, sous tant de faces et sous tant de formes, qu'ils ont dû nécessairement donner à cet animal un très-grand nombre de dénominations différentes. Néanmoins sous ces divers noms, aussi bien que sous les déguisements que l'art a pu produire, et même sous les dissemblances plus ou moins variables et plus ou moins considérables que la Nature a créées dans les différents climats, il sera toujours aisé de distinguer la morue non-seulement des autres jugulaires de la première division des osseux, mais encore de tous les autres gades, pour peu qu'on veuille rappeler les caractères que nous allons indiquer.

Comme tous les poissons de son genre, la morue a la tête comprimée ; les yeux, placés sur les côtés, sont très-peu rapprochés l'un de l'autre, très-gros, voilés par une membrane transparente, et cette dernière conformation donne à l'animal la faculté de nager à la surface des mers septentrionales, au milieu des montagnes de glace, auprès des rivages couverts de neige congelée et resplendissante, sans être ébloui par la grande quantité de lumière réfléchie sur ces plages boréales : mais hors de ces régions voisines du cercle polaire, la morue doit voir avec plus de difficulté que la plupart des poissons, dont les yeux ne sont pas ainsi recouverts par une pellicule diaphane ; et de là est venue l'expression d'*yeux de morue* dont on s'est servi pour désigner des yeux grands, à fleur de tête, et cependant mauvais.

Les mâchoires sont inégales en longueur : la supérieure est plus avancée que l'inférieure, au bout de laquelle on voit pendre un assez grand barbillon. Elles sont armées toutes les deux de plusieurs rangées de dents fortes et aiguës. La première rangée en présente de beaucoup plus longues que les autres ; et toutes ne sont pas articulées avec l'un des os maxillaires, de manière à ne se prêter à aucun mouvement. Plusieurs de ces dents sont au contraire très-mobiles, c'est-à-dire, peuvent être, comme celles des squales, couchées et relevées sous différents angles, à la volonté de l'animal, et lui donner ainsi des armes plus appropriées à la nature, au volume et à la résistance de la proie qu'il cherche à dévorer.

La langue est large, arrondie par devant, molle et lisse : mais on voit des dents petites et serrées au palais et auprès du gosier.

Les opercules des branchies sont composés chacun de trois pièces, et bordés d'une bande souple et non ciliée. Sept rayons soutiennent chaque membrane branchiale.

Le corps est allongé, légèrement comprimé et revêtu d'écailles plus grandes que celles qui recouvrent presque tous les autres gades. La ligne latérale suit à peu près la courbure du dos jusque vers les deux tiers de la longueur totale du poisson.

On voit sur la morue trois grandes nageoires dorsales. Ce nombre de trois dans les nageoires du dos distingue les gades du premier et du second sous-genre ; et il est d'autant plus remarquable, qu'excepté les espèces renfermées dans ces deux sous-genres, les eaux douces, aussi bien que les eaux salées, doivent comprendre un très-petit nombre de poissons osseux ou cartilagineux dont les nageoires dorsales soient plus que doubles, et qu'on n'en trouve particulièrement aucun à trois nageoires dorsales parmi les habitants des mers ou des rivières que nous avons déjà décrits dans cet ouvrage.

Les poissons qui ont trois nageoires du dos ont deux nageoires de l'anus placées, comme les dorsales, à la suite l'une de l'autre. La morue a donc deux nageoires anales comme tous les gades du premier et du second sous-genre (1).

Les nageoires jugulaires sont étroites et terminées en pointe, comme celles de presque tous les gades ; la caudale est un peu fourchue.

Les morues parviennent très-souvent à une grandeur assez considérable pour peser un myriagramme : mais ce n'est pas ce poids qui indique la dernière limite de leurs dimensions. Suivant le savant Pennant, on en a vu, auprès des côtes d'Angleterre, une qui pesait près de quatre myriagrammes, et qui avait plus de dix-huit décimètres de longueur, sur seize décimètres de circonférence, à l'endroit le plus gros du corps.

---

(1) A la première nageoire du dos, 15 rayons ; — à la seconde, 19 ; — à la troisième, 21 ; — à chacune des nageoires pectorales, 16 ; — à chacune des jugulaires, 6 ; — à la première de l'anus, 17 ; — à la seconde, 16 ; — à la nageoire de la queue, 30.

L'espèce que nous décrivons est d'ailleurs d'un gris cendré, tacheté de jaunâtre sur le dos. La partie inférieure du corps est blanche, et quelquefois rougâtre, avec des taches couleur d'or dans les jeunes individus. Les nageoires pectorales sont jaunâtres ; une teinte grise distingue les jugulaires, ainsi que la seconde de l'anus. Toutes les autres nageoires présentent des taches jaunes.

C'est principalement en examinant avec soin les organes intérieurs de la morue que Camper, Monro, et d'autres habiles anatomistes, sont parvenus à jeter un grand jour sur la structure interne des poissons, et particulièrement sur celle de leurs sens. On peut voir, par exemple, dans Monro, une très-belle description de l'ouïe de la morue : mais nous nous sommes déjà assez occupé de l'organe auditif des poissons, pour devoir nous contenter d'ajouter à tout ce que nous avons dit, et relativement au gade morue, que le grand os auditif contenu dans un sac placé à côté des canaux appelés *demi-circulaires*, et le petit os renfermé dans la cavité qui réunit le canal supérieur au canal moyen, présentent un volume assez considérable, proportionnellement à celui de l'animal ; que c'est à ces deux os qu'il faut rapporter les petits corps que l'on trouve dans les cabinets d'histoire naturelle ; sous le nom de *pierres de morue* ; qu'un troisième os que l'on a découvert aussi dans l'anguille et dans d'autres osseux dont nous traiterons avant de terminer cet ouvrage, est situé dans le creux qui sert de communication aux trois canaux demi-circulaires ; et que la grande cavité qui comprend ces mêmes canaux est remplie d'une matière visqueuse, au milieu de laquelle sont dispersés de petits corps sphériques auxquels aboutissent des ramifications nerveuses.

De petits corps semblables sont attachés à la cervelle et aux principaux rameaux des nerfs.

Si de la considération de l'ouïe de la morue nous passons à celle de ses organes digestifs, nous trouverons qu'elle peut avaler dans un très-court espace de temps une assez grande quantité d'aliments. Elle a en effet un estomac très-volumineux, et l'on voit auprès du pylore six appendices ou petits canaux branchus. Elle est très-vorace ; elle se nourrit de pois-

sons, de mollusques et de crabes. Elle a des sucs digestifs
si puissants et d'une action si prompte, qu'en moins de six
heures un petit poisson peut être digéré en entier dans son
canal intestinal. De gros crabes y sont aussi bientôt réduits
en chyle; et avant qu'ils ne soient amenés à l'état de bouillie
épaisse, leur têt s'altère, rougit comme celui des écrevisses
que l'on met dans de l'eau bouillante, et devient très-mou.

La morue est même si goulue, qu'elle avale souvent des
morceaux de bois ou d'autres substances qui ne peuvent pas
servir à sa nourriture : mais elle jouit de la faculté qu'ont
reçue les squales, d'autres poissons destructeurs, et les oiseaux de proie; elle peut rejeter facilement les corps qui l'in-
commodent.

L'eau douce ne paraît pas lui convenir, on ne la voit jamais
dans les fleuves ou les rivières : elle ne s'approche même des
rivages, au moins ordinairement, que dans le temps du frai;
pendant le reste de l'année, elle se tient dans les profondeurs
des mers, et par conséquent elle doit être placée parmi les
véritables poissons pélagiens. Elle habite particulièrement
dans la portion de l'Océan septentrional comprise entre le
quarantième degré de latitude et le soixante-sixième : plus
au nord ou plus au sud, elle perd de ses qualités, et voilà
pourquoi apparemment elle ne doit pas être comptée parmi
les poissons de la Méditerranée ou des autres mers intérieures, dont l'entrée, plus rapprochée de l'équateur que le
quarantième degré, est située hors des plages qu'elle fréquente.

On la pêche dans la Manche. et on la prend auprès des
côtes du Kamtschatka, vers le soixantième degré : mais dans
la vaste étendue de l'Océan boréal qu'occupe cette espèce, on
peut distinguer deux grands espaces qu'elle semble préférer.
Le premier de ces espaces remarquables peut être conçu
comme limité d'un côté par le Groënland et par l'Islande de
l'autre, par la Norwége, les côtes du Danemarck, de l'Allemagne, de la Hollande, de l'est et du nord de la Grande-
Bretagne, ainsi que des îles Orcades; il comprend les endroits désignés par les noms de *Dogger-bank*, *Welbank* et
Cromer; et on peut y rapporter les petits lacs d'eau salée des

îles de l'ouest de l'Écosse, où des troupes considérables de grandes morues attirent, principalement vers Gareloch, les pêcheurs des Orcades, de Peterhead, de Portsoy, de Firth et de Murray.

Le second espace, moins anciennement connu, mais plus célèbre parmi les marins, renferme les plages voisines de la Nouvelle-Angleterre, du cap Breton, de la Nouvelle-Écosse, et surtout de l'île de Terre-Neuve, auprès de laquelle est ce fameux banc de sable désigné par le nom de *Grand-Banc*, qui a près de cinquante myriamètres de longueur sur trente ou environ de largeur, au-dessus duquel on trouve depuis vingt jusqu'à cent mètres d'eau, et près duquel les morues forment des légions très-nombreuses, parce qu'elles y rencontrent en très-grande abondance les harengs et les autres animaux marins dont elles aiment à se nourrir.

Lorsque, dans ces deux immenses portions de mer, le besoin de se débarrasser de la laite ou des œufs, ou la nécessité de pourvoir à leur subsistance, chassent les morues vers les côtes, c'est principalement près des rives et des bancs couverts de crabes ou de moules qu'elles se rassemblent; et elles déposent souvent leurs œufs sur des fonds rudes au milieu des rochers.

Ce temps du frai, qui entraîne les morues vers les rivages, est très-variable, suivant les contrées qu'elles habitent, et l'époque à laquelle le printemps ou l'été commence à régner dans ces mêmes contrées. Communément c'est vers le mois de pluviôse (1) que ce frai a lieu auprès de la Norwége, du Danemarck, de l'Angleterre, de l'Écosse, etc. : mais comme l'île de Terre-Neuve appartient à l'Amérique septentrionale, et par conséquent à un continent beaucoup plus froid que l'ancien, l'époque de la ponte et de la fécondation des œufs y est reculée jusqu'en germinal (2).

Il est évident, d'après tout ce que nous venons de dire, que cette époque du frai est celle que l'on a dû choisir pour

---

(1) On sait que le mois de germinal, dans le *calendrier révolutionnaire*, répondait à la période qui, suivant le calendrier grégorien, va du 20 janvier au 19 février.   (N. E.)

(2) 21 mars — 20 avril.

celle de la pêche. Il y a donc eu diversité de temps pour cette grande opération de la recherche des morues, selon le lieu où on a désiré de les prendre; et de plus, il y a eu différence dans les moyens de parvenir à les saisir, suivant les nations qui se sont occupées de leur poursuite : mais depuis plusieurs siècles les peuples industrieux et marins de l'Europe ont senti l'importance de la pêche des morues, et s'y sont livrés avec ardeur. Dès le quatorzième siècle, les Anglais et les habitants d'Amsterdam ont entrepris cette pêche, pour laquelle les Islandais, les Norwégiens, les Français et les Espagnols ont rivalisé avec eux plus ou moins heureusement; et vers le commencement du seizième, les Français ont envoyé sur le grand banc de Terre-Neuve les premiers vaisseaux destinés à en rapporter des morues. Puisse cet exemple mémorable n'être pas perdu pour les descendants de ces Français! et lorsque la grande nation verra luire le jour fortuné où l'olivier de la paix balancera sa tête sacrée, au milieu des lauriers de la victoire et des palmes éclatantes du génie, au-dessus des innombrables monuments élevés à sa gloire, qu'elle n'oublie pas que son zèle éclairé pour les entreprises relatives aux pêches importantes sera toujours suivi de l'accroissement le plus rapide de ses subsistances, de son commerce, de son industrie, de sa population, de sa marine, de sa puissance, de son bonheur!

Dans la première des deux grandes surfaces où l'on rencontre des troupes très-nombreuses de morues, et par conséquent dans celle où l'on s'est livré plus anciennement à leur recherche, on n'a pas toujours employé les moyens les plus propres à atteindre le but que l'on aurait dû se proposer. Il a été un temps, par exemple, où sur les côtes de Norwége on s'était servi de filets composés de manière à détruire une si grande quantité de jeunes morues, et à dépeupler si vite les plages qu'elles avaient affectionnées, que, par une suite de ce sacrifice mal entendu de l'avenir au présent, un bateau monté de quatre hommes ne rapportait plus que six ou sept cents de ces poissons, de tel endroit où il en aurait pris, quelques années auparavant, près de six mille.

Mais rien n'a été négligé pour les pêches faites dans les

dix-septième et dix-huitième siècles, aux environs de l'île de Terre-Neuve.

Premièrement, on a recherché avec le plus grand soin les temps les plus favorables; c'est d'après les résultats des observations faites à ce sujet que, vers ces parages, il est très-rare qu'on continue la poursuite des morues après le mois de prairial (1), époque à laquelle les gades 'dont nous écrivons l'histoire s'éloignent à de grandes distances de ces plages, pour chercher une nourriture plus abondante, ou éviter la dent meurtrière des squales et d'autres habitants des mers redoutables par leur férocité. Les morues reparaissent auprès des côtes dans le mois de vendémiaire (2), ou aux environs de ce mois : mais dans cette saison, qui touche d'un côté à l'équinoxe de l'automne, et de l'autre aux frimas de l'hiver, et d'ailleurs auprès de l'Amérique septentrionale, où les froids sont plus rigoureux et se font sentir plus tôt que sous le même degré de la partie boréale de l'ancien continent, les tempêtes et même les glaces peuvent rendre très-souvent la pêche trop incertaine et trop dangereuse, pour qu'on se détermine à s'y livrer de nouveau, sans attendre le printemps suivant.

En second lieu, les préparatifs de cette importante et lointaine recherche des morues qui se montrent auprès de Terre-Neuve ont été faits, depuis un très-grand nombre d'années, avec une prévoyance très-attentive. C'est dans ces opérations préliminaires qu'on a suivi avec une exactitude remarquable le principe de diviser le travail pour le rendre plus prompt et plus voisin de la perfection que l'on désire; et ce sont les Anglais qui ont donné à cet égard l'exemple à l'Europe commerçante.

La force des cordes ou lignes, la nature des hameçons, les dimensions des bâtiments, tous ces objets ont été déterminés avec précision. Les lignes ont eu depuis un jusqu'à deux centimètres, ou à peu près, de circonférence, et quelquefois cent quarante-cinq mètres de longueur : elles ont été faites

(1) 20 mai — 19 juin.
(2) 22 septembre — 22 octobre.

d'un très-bon chanvre, et composées de fils très-fins, et cependant très-forts, afin que les morues ne fussent pas trop effrayées, et que les pêcheurs pussent sentir aisément l'agitation du poisson pris, relever avec facilité les cordes et les retirer sans les rompre.

Le bout de ces lignes a été garni d'un plomb qui a eu la forme d'une poire ou d'un cylindre, a pesé deux ou trois kilogrammes, selon la grosseur de ces cordes, et a soutenu une empile longue de quatre à cinq mètres (1). Communément les vaisseaux employés pour la pêche des morues ont été de cent cinquante tonneaux au plus, et de trente hommes d'équipage. On a emporté des vivres pour deux, trois et jusqu'à huit mois, selon la longueur du temps que l'on a cru devoir consacrer au voyage. On n'a pas manqué de se pourvoir de bois pour aider le desséchement des morues, de sel pour les conserver, de tonnes et de petits barils pour y renfermer les différentes parties de ces animaux déjà préparées.

Des bateaux particuliers ont été destinés à aller pêcher, même au loin, les mollusques et les poissons propres à faire des appâts, tels que des cépies, des harengs, des éperlans, des trigles, des maquereaux, des capelans, etc.

On se sert de ces poissons, quelquefois lorsqu'ils sont salés, d'autres fois lorsqu'ils n'ont pas été imprégnés de sel. On en emploie souvent avec avantage de digérés à demi. On remplace avec succès ces poissons corrompus par des fragments d'écrevisses ou d'autres crabes, du lard et de la viande gâtée. Les morues sont même si imprudemment goulues qu'on les trompe aussi en ne leur présentant que du plomb ou de l'étain façonné en poisson, et des morceaux de drap rouge semblables par la couleur à de la chair ensanglantée ; et si l'on a besoin d'avoir recours aux appâts les plus puissants, on attache aux hameçons le cœur de quelque oiseau d'eau, ou même une jeune morue encore saignante ; car la voracité des gades que nous décrivons est telle, que, dans les moments où

(1) Nous avons vu, dans l'article de la *raie bouclée,* que l'empile est un fil de chanvre, de crin, ou de métal, auquel le *haim* ou *hameçon* est attaché.

la faim les aiguillonne, ils ne sont retenus que par une force supérieure à la leur, et n'épargnent pas leur propre espèce.

Lorsque les précautions convenables n'ont pas été oubliées, que l'on n'est contrarié ni par de gros temps ni par des circonstances extraordinaires, et qu'on a bien choisi le rivage ou le banc, quatre hommes suffisent pour prendre par jour cinq ou six cents morues.

L'usage le plus généralement suivi sur le grand banc, est que chaque pêcheur établi dans un baril dont les bords sont garnis d'un bourrelet de paille, laisse plus ou moins filer sa ligne, en raison de la profondeur de l'eau, de la force du courant, de la vitesse de la dérive, et fasse suivre à cette corde les mouvements du vaisseau, en la traînant sur le fond contre lequel elle est retenue par les poids de plomb dont elle est lestée. Néanmoins d'autres marins halent ou retirent de temps en temps leur ligne de quelques mètres, et la laissent ensuite retomber tout à coup, pour empêcher les morues de flairer les appâts et de les éviter, et pour leur faire plus d'illusion par les divers tournoiements de ces mêmes appâts, qui dès lors ont plus de rapport avec leur proie ordinaire.

Les morues devant être consommées à des distances immenses du lieu où on les pêche, on a été obligé d'employer divers moyens propres à garantir de toute altération leur chair et plusieurs autres de leurs parties. Ces moyens se réduisent à les faire saler ou sécher. Ces opérations sont souvent exécutées par les pêcheurs, sur les vaisseaux qui les ont amenés; et on imagine bien, surtout d'après ce que nous avons déjà dit, qu'afin de ne rien perdre de la durée ni des objets du voyage, on a établi sur ces bâtiments le plus grand ordre dans la disposition du local, dans la succession des procédés, et dans la distribution des travaux entre plusieurs personnes dont chacune n'est jamais chargée que des mêmes détails.

Les mêmes arrangements ont lieu sur la côte, mais avec de bien plus grands avantages, lorsque les marins occupés de la pêche des morues ont à terre, comme les Anglais, des établissements plus ou moins commodes, et dans lesquels on est garanti des effets nuisibles que peuvent produire les vicissitudes de l'atmosphère.

Mais soit à terre, soit sur les vaisseaux, on commence
ordinairement toutes les préparations de la morue par détacher la langue et couper la tête de l'animal. Lorsqu'ensuite on veut saler ce gade, on l'ouvre dans sa partie inférieure ; on met à part le foie ; et si c'est une femelle qu'on
a prise, on ôte les œufs de l'intérieur du poisson : on *ha-
bille* ensuite la morue, c'est-à-dire, en termes de pêcheur,
on achève de l'ouvrir depuis la gorge jusqu'à l'anus, que
les marins nomment *nombril*, et on sépare des muscles, dans
cette étendue, la colonne vertébrale, ce qu'on nomme *désosser*
la morue.

Pour mettre les gades dont nous nous occupons, dans leur
premier sel, on remplit le plus qu'on peut, l'intérieur de leur
corps de sel marin, ou muriate de soude ; on en frotte leur
peau ; on les range par lits dans un endroit particulier de
l'établissement construit à terre, ou de l'entrepont, ou encore
de la cale du bâtiment, si elles sont préparées sur un vaisseau, et on place une couche de sel au-dessus de chaque lit.
Les morues restent ainsi en piles pendant un, deux ou plusieurs jours, et quelquefois aussi entassées sur une sorte de
gril, jusqu'à ce qu'elles aient jeté leur sang et leur eau ; puis
on les place, et on les sale à demeure, en les arrangeant une
seconde fois par lits, entre lesquels on étend de nouvelles
couches de sel.

Lorsqu'en habillant les morues, on se contente de les ouvrir depuis la gorge jusqu'à l'anus, ainsi que nous venons
de le dire, elles conservent une forme arrondie du côté de la
queue, et on les nomme *morues rondes*. Mais le plus grand
nombre des marins occupés de la pêche de Terre-Neuve remplacent cette opération par la suivante, surtout lorsqu'ils
salent de grands individus. Ils ouvrent la morue dans toute
sa longueur, enlèvent la colonne vertébrale tout entière, habil-
lent le poisson à plat ; et la morue ainsi habillée se nomme
morue plate.

Si, au lieu de saler les gades morues, on veut les faire sécher, on emploie tous les procédés que nous avons exposés,
jusqu'à celui par lequel elles reçoivent leur premier sel. On
es lave alors, et on les étend une à une sur la grève ou sur

des rochers (1), la chair en haut, de manière qu'elles ne se touchent pas; quelques heures après on les retourne. On recommence ces opérations pendant plusieurs jours, avec cette différence, qu'au lieu d'arranger les morues une à une on les met par piles, dont on accroît successivement la hauteur, de telle sorte que, le sixième jour, ces paquets sont de cent cinquante, ou deux cents, et même quelquefois de cinq cents myriagrammes. On empile de nouveau les morues à plusieurs reprises, mais à des intervalles de temps beaucoup plus grands, et qui croissent successivement; et le nombre ainsi que la durée de ces reprises sont proportionnés à la nature du vent, à la sécheresse de l'air, à la chaleur de l'atmosphère, à la force du soleil.

Le plus souvent, avant chacune de ces reprises, on étend les morues une à une, et pendant quelques heures. On désigne les divers empilements, en disant que les morues sont *à leur premier, à leur second, à leur troisième soleil*, suivant qu'on les met en tas pour la première, la seconde ou la troisième fois; et communément les morues reçoivent dix soleils avant d'être entièrement séchées.

Lorsque l'on craint la pluie, on les porte sur des tas de pierres placés dans des cabanes, ou, pour mieux dire, sous des hangars qui n'arrêtent point l'action des courants d'air.

Quelques peuples du nord de l'Europe emploient, pour préparer ces poissons, quelques procédés, dont un des plus connus consiste à dessécher ces gades sans sel, en les suspendant au-dessus d'un fourneau, ou en les exposant aux vents qui règnent dans leurs contrées pendant le printemps. Les morues acquièrent par cette opération une dureté égale à celle du bois, d'où leur est venu le nom de *stock-fish* (poisson en bâton); dénomination qui, selon quelques auteurs, dérive aussi de l'usage où l'on est, avant d'apprêter du *stock-fish* pour le manger, de le rendre plus tendre en le battant sur un billot.

_____

(1) Le nom allemand de *klipfisch* (poisson de rocher), que l'on donne aux morues sèches, vient de la nature du terrain sur lequel elles sont souvent desséchées.

Les commerçants appellent, dans plusieurs pays, *morue blanche*, celle qui a été salée, mais séchée promptement, et sur laquelle le sel a laissé une sorte de croûte blanchâtre. La *morue noire, pinnée* ou *brumée*, est celle qui, par un desséchement plus lent, a éprouvé un commencement de décomposition, de telle sorte qu'une partie de sa graisse, se portant à la surface, et s'y combinant avec le sel, y a produit une espèce de poussière grise ou brune, répandue par taches.

On donne aussi le nom de *morue verte* à la morue salée, de *merluche* à la morue sèche, et de *cabillaud* à la morue préparée et arrangée dans des barils du poids de dix à quinze myriagrammes, et dont une douzaine s'appelle un *leth* dans plusieurs ports septentrionaux d'Europe.

Mais d'ailleurs un grand nombre de places de commerce ont eu, ou ont encore, différentes manières de désigner les morues distribuées en assortiments, d'après les divers degrés de leurs dimensions ou de leur bonté. A Nantes, par exemple, on appelait *grandes morues*, les morues salées qui étaient assez longues pour que cent de ces poissons pesassent quarante-cinq myriagrammes; *morues moyennes*, celles dont le cent ne pesait que trente myriagrammes; *raguets*, ou *petites morues*, celles de l'assortiment suivant; et *rebuts, lingues*, ou *très-petites morues*, celles d'un assortiment plus inférieur encore.

Sur quelques côtes de la Manche, le nom de *morue gaffe* indiquait les très-grandes morues; cinq autres assortiments inférieurs étaient indiqués par les dénominations de *morue marchande*, de *morue trie*, de *raguet* ou *lingue*, de *morue valide* ou *patelet*, et de *morue viciée*, appellation qui appartenait en effet à la plus mauvaise qualité.

Dans ce même port de Nantes dont nous venons de parler, les morues sèches étaient divisées en sept assortiments, dont les noms étaient, suivant l'ordre de la supériorité des uns sur les autres, *morue pivée, morue grise, grand marchand, moyen marchand, petit marchand* ou *fourillon, grand rebut* et *petit rebut*.

A Bordeaux, à Bayonne, et dans plusieurs ports de l'Espagne occidentale, on ne distinguait que trois assortiments de morue, le *marchand*, le *moyen*, le *rebut*.

Au reste, les muscles des morues ne sont pas les seules portions de ces poissons dont on fasse un grand usage; il n'est presque aucune de leurs parties qui ne puisse servir à la nourriture de l'homme ou des animaux.

Leur langue fraîche et même salée est un morceau délicat; et voilà pourquoi on la coupe avec soin, dès le commencement de la préparation de ces poissons.

Les branchies de la morue peuvent être employées avec avantage comme appât dans la pêche que l'on fait de ce gade.

Son foie peut être mangé avec plaisir : mais d'ailleurs il est très-grand relativement au volume de l'animal, comme celui de presque tous les poissons; et on en retire une huile plus utile dans beaucoup de circonstances que celle des baleines, laquelle cependant est très-recherchée dans le commerce. Elle conserve bien plus longtemps que ce dernier fluide la souplesse des cuirs qui en ont été pénétrés ; et lorsqu'elle a été clarifiée, elle répand, en brûlant, une bien moindre quantité de vapeurs.

On obtient avec la vessie natatoire de la morue une colle qui ne le 'cède guère à celle de l'*acipensère huso*, que l'on fait venir de Russie dans un si grand nombre de contrées d'Europe (1). Pour la réduire ainsi en colle, on la prépare à peu près de la même manière que celle du huso; on la détache avec attention de la colonne vertébrale, on en sépare toutes les parties étrangères, on en ôte la première peau, on la met dans de l'eau de chaux pour achever de la dégraisser, on la lave, on la ramollit, on la pétrit, on la façonne, on la fait sécher avec soin; on suit enfin tous les procédés que nous avons indiqués dans l'histoire du huso : et si des circonstances de temps et de lieu ne permettent pas aux pêcheurs, comme, par exemple, à ceux de Terre-Neuve, de s'occuper de tous ces détails immédiatement après la prise de la morue, on mange la vessie natatoire, dont le goût n'est pas désagréable, ou bien on la sale; on la transporte ainsi imprégnée de muriate de soude à des distances plus ou moins grandes; on la conserve plus ou moins longtemps; et lorsqu'on veut

(1) Voyez, dans cette Histoire, l'article de l'*acipensère huso*.

en faire usage, il suffit presque toujours de la faire dessaler et ramollir, pour la rendre susceptible de se prêter aux mêmes opérations que lorsqu'elle est fraîche.

La tête des morues nourrit les pêcheurs de ces gades et leurs familles. En Norwége, on la donne aux vaches : et on y a éprouvé, que mêlée avec des plantes marines, elle augmente la quantité du lait de ces animaux, et doit être préférée, pour leur aliment, à la paille et au foin.

Les vertèbres, les côtes et les autres os ou arêtes des gades morues, ne sont pas non plus inutiles : ils servent à nourrir le bétail des Islandais. On en donne à ces chiens de Kamtschatka que l'on attèle aux traîneaux destinés à glisser sur la glace, dans cette partie septentrionale de l'Asie, et dans d'autres contrées boréales, ils sont assez imprégnés de substance huileuse pour être employés à faire du feu, surtout lorsqu'ils ont été séchés au point convenable.

On ne néglige même pas les intestins de la morue, que l'on a nommés dans plusieurs endroits, *noues* ou *nos;* et enfin on prépare avec soin, et on conserve pour la table, les œufs de ce gade, auxquels on a donné la dénomination de *rogues* ou de *raves*.

Tels sont les procédés et les fruits de ces pêches importantes et fameuses qui ont employé dans la même année jusqu'à vingt mille matelots d'une seule nation (1).

On aura remarqué sans doute que nous n'avons parlé que des pêcheries établies dans l'hémisphère boréal, soit auprès des côtes de l'ancien continent, soit auprès de celles du nouveau. A mesure que l'on connaîtra mieux la nature des rivages des îles ou des continents particuliers de l'hémisphère austral, et particulièrement de ceux de l'Amérique méridionale, tant du côté de l'orient que du côté de l'occident, il est à présumer que l'on découvrira des plages où la température de la mer, la profondeur des eaux, la nature du fond, l'abondance des petits poissons, l'absence d'animaux dangereux, et la rareté de tempêtes très-violentes et de très-grands bouleversements de l'Océan, ont appelé, nourrissent et multiplient l'espèce de

(1) La nation anglaise.

la morue, que certains peuples pourraient y aller pêcher avec
moins de peine et plus de succès que sur les rives boréales
de l'hémisphère arctique.

De nouveaux pays profiteraient ainsi d'un des plus grands
bienfaits de la Nature; et l'espèce de la morue, qui alimente
une si grande quantité d'hommes et d'animaux en Islande,
en Norwége, en Suède, en Russie, et dans d'autres régions
asiatiques ou européennes, pourrait d'autant plus suffire
aussi aux besoins des habitants des rives antarctiques, qu'elle
est très-remarquable par sa fécondité. L'on est étonné du
nombre prodigieux d'œufs que portent les poissons femelles;
aucune de ces femelles n'a cependant été favorisée à cet égard
comme celle de la morue. Ascagne parle d'un individu de
cette dernière espèce qui avait treize décimètres de longueur
et pesait vingt-cinq kilogrammes; l'ovaire de ce gade en
pesait sept, et renfermait neuf millions d'œufs. On en a
compté neuf millions trois cent quarante quatre mille dans
une autre morue. Quelle immense quantité de reproduction!
Si le plus grand nombre de ces œufs n'étaient ni privés de
la laite fécondante du mâle, ni détruits par divers accidents,
ni dévorés par différents animaux, on voit aisément combien
peu d'années il faudrait pour que l'espèce de la morue eût,
pour ainsi dire, comblé le vaste bassin des mers.

Quelque agréables au goût que l'on puisse rendre les diverses préparations de la morue séchée ou de la morue salée,
on a toujours préféré, avec raison, de la manger fraîche.
Pour jouir de ce dernier avantage sur plusieurs côtes de
l'Europe et particulièrement sur celles d'Angleterre et de
France, on ne s'est pas contenté d'y pêcher les morues que
l'on y voit de temps en temps; mais afin d'être plus sûr d'en
avoir de plus grandes à sa disposition, on est parvenu à y
apporter en vie un assez grand nombre de celles que l'on
avait prises sur les bancs de Terre-Neuve : on les a placées,
pour cet objet, dans de grands vases fermés, mais attachés
aux vaisseaux, plongés dans la mer, et percés de manière
que l'eau salée pût aisément parvenir dans leur intérieur.
Des pêcheurs anglais ont ajouté à cette précaution un procédé dont nous avons déjà parlé dans notre premier Dis-

cours : ils ont adroitement fait parvenir une anguille jusqu'à la vessie natatoire de la morue, et l'ont percée, afin que l'animal, ne pouvant plus se servir de ce moyen d'ascension, demeurât plus longtemps au fond du vase, et fût moins exposé aux divers accidents funestes à la vie des poissons.

Au reste, il est convenable d'observer ici que, dans quelques gades, Monro n'a pas pu trouver la communication de la vessie natatoire avec l'estomac ou quelque autre partie du canal intestinal, mais qu'il a vu autour de cette vessie un organe rougeâtre composé d'un très-grand nombre de membranes pliées et extensibles, et qu'il le croit propre à la sécrétion de l'air ou des gaz de la vessie ; sécrétion qui aurait beaucoup de rapports, selon ce célèbre naturaliste anglais, avec celle qui a lieu pour les vésicules à gaz ou aériennes des œufs d'oiseaux, ou des plantes aquatiques. Cet organe rougeâtre ne pourrait-il pas au contraire être destiné à recevoir et transmettre, par les diverses ramifications du système artériel et veineux que sa couleur seule indiquerait, une portion des gaz de la vessie natatoire, dans les différentes parties du corps de l'animal? ce qui, réuni aux résultats d'observations très-voisines de celles de Monro, faites sur d'autres poissons que des gades, et que nous rapporterons dans la suite, confirmerait l'opinion de M. Fischer, bibliothécaire de Mayence, sur les usages de la vessie natatoire, qu'il considère comme étant, dans plusieurs circonstances, un supplément des branchies, et un organe auxiliaire de respiration.

On trouve dans les environs de l'île de Man, entre l'Angleterre et l'Irlande, un gade que l'on y nomme *red cod* ou *rock-cod* (morue rouge et morue de roche). Nous pensons avec M. Noël de Rouen, qui nous a écrit au sujet de ce poisson, que ce gade n'est qu'une variété de la morue grise ou ordinaire que nous venons de décrire ; mais nous croyons devoir insérer dans l'article que nous allons terminer l'extrait suivant de la lettre de M. Noël.

« J'ai lu, dit cet observateur, dans un ouvrage sur l'île de » Man, que la couleur de la peau du *red cod* est d'un rouge » de vermillon. Quelques habitants de l'île de Man pensent » que cette morue acquiert cette couleur brillante parce qu'elle

» se nourrit de jeunes écrevisses de mer ; mais les écrevisses
» de mer sont, dans l'eau, d'une couleur noirâtre : elles ne
» deviennent rouges qu'après avoir été cuites. La morue
» rouge n'est qu'une variété de l'espèce commune : je suis
» disposé à croire que la couleur rouge qui la distingue lui
» est communiquée par les algues et les mousses marines
» qui couvrent les rochers sur lesquels on la pêche, puisque
» ces mousses sont de couleur rouge ; je le crois d'autant
» plus volontiers, que les baies de l'île de Man ont aussi une
» variété de *mules* et de *gourneaux* dont la couleur est rouge...
» Cette morue rouge est très-estimée pour l'usage de la
» table. »

LE GADE MERLAN.

DE toutes les espèces de gades, le merlan est celle dont le
nom et la forme extérieure sont le mieux connus dans une
grande partie de l'Europe, et particulièrement dans la plupart
des départements septentrionaux de France. La morue même
n'y est pas un objet aussi familier, à tous égards, que le poisson dont il est question dans cet article ; on l'y nomme souvent ; on la sert sur toutes les tables, et cependant sa véritable figure y est ignorée dans les endroits éloignés des rivages
de la mer, parce qu'elle n'y parvient presque jamais que
préparée, salée, ou séchée, altérée, déformée, et souvent
tronquée. Le merlan, au contraire, est transporté entier dans
ces mêmes endroits ; et la grande consommation qu'on en a
faite l'a mis si souvent sous les yeux, et l'a fait examiner si
fréquemment, qu'il a frappé l'imagination des personnes
même les moins instruites, et que ses attributs, principalement sa couleur, sont devenus des sujets de proverbes vul-
gaires. Les nuances qu'il présente sont en effet très-brillantes :
presque tout son corps resplendit de la blancheur de l'argent ;
et l'éclat de cette couleur est relevé, au lieu d'être affaibli,
par l'olivâtre qui règne quelquefois sur le dos, par la teinte
noirâtre qui distingue les nageoires pectorales, ainsi que celle
de la queue, et par une tache noire que l'on voit sur quelques
individus, à l'origine de ces mêmes pectorales.

Tout le monde sait d'ailleurs que le corps du merlan est allongé, et revêtu d'écailles petites, minces et arrondies; que ses nageoires dorsales sont au nombre de trois; qu'il n'a pas de barbillons; que sa mâchoire supérieure est plus avancée que l'inférieure. Il nous suffira d'ajouter, relativement à ses formes extérieures, que cette même mâchoire d'en haut est armée de plusieurs rangs de dents, dont les antérieures sont les plus longues; qu'on n'en voit qu'une rangée à la mâchoire d'en bas, qui d'ailleurs montre de chaque côté neuf ou dix points ou très-petits enfoncements; que l'on aperçoit sur le palais deux os triangulaires, et auprès du gosier quatre os arrondis ou allongés, lesquels sont tous les six hérissés de petites dents ou aspérités; et enfin que la ligne latérale est presque droite (1).

Si nous jetons maintenant un coup d'œil par l'intérieur du merlan, nous verrons que ce poisson a cinquante-quatre vertèbres. Nous en avons compté cent seize dans l'anguille, mais aussi, quelque allongé que soit le merlan, il présente une forme bien éloignée de celle que montre le corps très-délié des murènes.

Le cœur a la figure d'un quadrilatère, avec des angles très-obtus. L'oreillette est grande, ainsi que l'aorte.

L'estomac est allongé, assez large, un peu recourbé vers le pylore, autour duquel un très-grand nombre d'appendices intestinaux, ou de petits cœcums, forment une sorte de couronne. Le canal intestinal proprement dit est presque de la longueur de l'animal; il se réfléchit vers le diaphragme, va de nouveau vers la queue, se recourbe du côté de l'œsophage, et tend ensuite directement vers l'anus, où il parvient très-élargi.

Le foie, dont la couleur est blanchâtre, se divise en deux lobes principaux: le droit est court et étroit; le second très-long et répandu dans une très-grande partie de l'abdomen.

La vésicule du fiel communique par un canal avec le foie,

(1) A la membrane des branchies, 7 rayons; — à la première dorsale, 16; — à la seconde, 18; — à la troisième, 19; — à chacune des pectorales, 20; — à chacune des jugulaires, 6; — à la première de l'anus, 30; — à la seconde, 20; — à celle de la queue, 31.

et par un canal plus grand, avec le tube intestinal auprès des appendices.

Un viscère triangulaire et analogue à la rate est situé au-dessous de l'estomac.

Les reins, d'une couleur sanguinolente, et étendus le long de l'épine du dos, se déchargent dans une vessie urinaire double, voisine de l'anus, et que l'on a souvent trouvée remplie d'une eau claire.

La vessie natatoire est visqueuse, longue, simple, attachée à l'épine du dos. Le canal pneumatique, par lequel elle communique à l'extérieur, part de la partie la plus antérieure de cette vessie, et aboutit à l'œsophage.

Enfin on voit dans les femelles deux ovaires très-longs, et remplis, lors de la saison convenable, d'un très-grand nombre de petits œufs ordinairement jaunâtres.

Le merlan habite dans l'Océan qui baigne les côtes européennes. Il se nourrit de vers, de mollusques, de crabes, de jeunes poissons. Il s'approche souvent des rivages, et voilà pourquoi on le prend pendant presque toute l'année : mais il abandonne particulièrement la haute mer, non-seulement lorsqu'il va se débarrasser du poids de ses œufs ou les féconder ; mais encore lorsqu'il est attiré vers la terre par une nourriture plus agréable et plus abondante, et lorsqu'il y cherche un asile contre les gros animaux marins qui en font leur proie ; et comme ces diverses circonstances dépendent des saisons, il n'est pas surprenant que, suivant les pays, le temps de le pêcher avec succès soit plus ou moins avancé. On a préféré pour cet objet, sur certaines côtes de France, les mois de nivôse (1) et de pluviôse ; et sur plusieurs de celles d'Angleterre ou de Hollande, on a choisi les mois de l'été.

On le trouve très-gras lorsque les harengs ont déposé leurs œufs, et qu'il a pu en dévorer une grande quantité (2). Mais, excepté dans le temps où il fraie lui-même, sa chair écailleuse est agréable au goût : elle n'a pas de qualité malfaisante ; et comme elle est molle, tendre et légère, on la digère avec

(1) Lettre de M. Noël, de Rouen, à M. Lacépède, du 21 brumaire an VII.
(2) 21 décembre — 20 janvier.

facilité, et elle est un des aliments que l'on peut donner avec le moins d'inconvénients à ceux qui éprouvent un grand besoin de manger, sans avoir cependant des sucs digestifs très-puissants.

Dans quelques endroits de l'Angleterre et des environs d'Ostende, de Bruges et de Gand, on a fait sécher et saler des merlans après les avoir vidés; et on les a rendus, par cette préparation, au moins suivant le témoignage de plusieurs observateurs, un mets très-délicat.

On a écrit qu'il y avait des merlans hermaphrodites. On en a vu, en effet, dont l'intérieur présentait en même temps un ovaire rempli d'œufs, et un corps assez semblable, au premier coup d'œil, à la laite des poissons mâles : mais cet aspect n'est qu'une fausse apparence; l'on s'est assuré que cette prétendue laite n'était que le foie, qui est très-gros dans tous les merlans, et particulièrement dans ceux qui sont très-gras.

On prend quelquefois des merlans avec des filets, et notamment avec celui que l'on a nommé *drége*, et dont nous avons fait connaître la forme dans l'article de la *trachine vive*. Le plus souvent néanmoins on pêche le gade dont nous parlons avec une vingtaine de lignes, dont chacune, garnie de deux cents hameçons, est longue de plus de cent mètres, et qu'on laisse au fond de l'eau environ pendant trois heures.

Au reste, non-seulement la qualité de la chair du merlan varie suivant les saisons et les parages qu'il fréquente, mais encore ses caractères extérieurs sont assez différents, selon les eaux qu'il habite, pour qu'on ait compté dans cette espèce plusieurs variétés remarquables et constantes. Nous pouvons en donner un exemple, en rapportant une observation très-intéressante qui nous a été transmise au sujet des merlans que l'on trouve sur les côtes du département de la Seine-Inférieure, par un naturaliste habile et très-zélé, M. Noël, de Rouen, que j'ai déjà eu occasion de citer dans cet ouvrage.

Cet ichthyologiste m'a écrit qu'on apercevait une assez grande différence entre les merlans que l'on prend sur les fonds voisins d'Yport et des Dalles, près de Fécamp, et ceux

---

(1) Lettre de M. Noël à M. Lacépède, du 21 brumaire an VII.

que l'on pêche depuis la pointe de d'Ailly, jusqu'au Tréport et au-delà. Les merlans d'Yport et des Dalles sont plus courts, leur ventre est plus large, leur tête plus grosse, leur museau moins aigu ; la ligne que décrit leur dos, légèrement courbée en dedans, au lieu d'être droite ; la couleur des parties voisines du museau et de la nageoire de la queue, plus brunâtre ; la chair plus ferme, plus agréable et plus recherchée (1).

M. Noël pense, avec raison, qu'on doit attribuer cette diversité dans les qualités de la chair, ainsi que dans les nuances et les formes extérieures, à la nature des fonds au-dessus desquels les merlans habitent, et par conséquent à celle des aliments qu'ils trouvent à leur portée. Auprès d'Yport et de Fécamp, les fonds sont presque tous de roche, tandis que ceux des eaux de d'Ailly, de Dieppe et du Tréport sont presque tous de vase ou de gravier. En général, M. Noël pense que le merlan est plus petit et plus délicat sur les bas-fonds très-voisins des rivages, que sur les bancs que l'on trouve à de grandes distances des côtes.

LE SCOMBRE THON (1).

L'IMAGINATION s'élève à une bien grande hauteur, et les jouissances de l'esprit deviennent bien vives, toutes les fois que l'étude des productions de la Nature conduit à une contemplation plus attentive de la vaste étendue des mers. L'antique Océan nous commande l'admiration et une sorte de recueillement religieux, lorsque ses eaux paisibles n'offrent à nos yeux qu'une immense plaine liquide. Le spectacle de ses ondes bouleversées par la tempête, et de ses abîmes entr'ouverts au pied des montagnes écumantes formées par ses flots amoncelés, nous pénètre de ce sentiment profond qu'inspire une grande et terrible catastrophe. Et quel ravissement n'éprouve-t-on pas, lorsque ce même Océan, ne présen-

---

(1) *Ton*, sur quelques rivages de France ; *athon*, dans quelques départements méridionaux ; *toun*, auprès de Marseille ; *tonno*, sur les côtes de la Ligurie ; *tunny fish*, *spanish mackrell*, en Angleterre ; *orcynus*, *albacore*, dans quelques contrées d'Europe ; *talling talling*, aux Maldives.

tant plus ni l'uniformité du calme, ni les horreurs des orages
conjurés, mollement agité par des vents doux et légers, et
resplendissant de tous les feux de l'astre du jour, nous
montre toutes les scènes variées des courses, des jeux, des
combats et des amours des êtres vivants qu'il renferme dans
son sein! Ce sont principalement les poissons auxquels on
a donné le nom de *pélagiques*, qui animent ainsi par leurs
mouvements rapides et multipliés la mer qui les nourrit. On
les distingue par cette dénomination, parce qu'ils se tiennent
pendant une grande partie de l'année à une grande distance
des rivages. Et parmi ces habitants des parties de l'Océan les
plus éloignées des côtes, on doit surtout remarquer les thons
dont nous écrivons l'histoire.

Les divers attributs qu'ils ont reçus de la Nature, leur
donnent une grande prééminence sur le plus grand nombre
des autres poissons. C'est presque toujours à la surface des
eaux qu'ils se livrent au repos, ou qu'ils s'abandonnent à
l'action des diverses causes qui peuvent les déterminer à se
mouvoir. On les voit, réunis en troupes très-nombreuses,
bondir avec agilité, s'élancer avec force, cingler avec la vé-
locité d'une flèche. La vivacité avec laquelle ils échappent,
pour ainsi dire, à l'œil de l'observateur, est principalement
produite par une queue très-longue, et qui, frappant l'onde
salée par une face très-étendue, ainsi que par une nageoire
très-large, est animée par des muscles vigoureux, et soutenue de chaque côté par un cartilage qui accroît l'énergie de
ces muscles puissants (1).

Lorsque, dans certaines saisons, et particulièrement dans
celle de la ponte et de la fécondation des œufs, une nécessité
impérieuse les amène vers quelque plage, ils serrent leurs
rangs nombreux, ils se pressent les uns contre les autres;
et les plus forts ou les plus audacieux précédant leurs compagnons à des distances déterminées par les degrés de leur
vigueur et de leur courage, pendant que des nuances différentes composent une sorte d'arrière-garde, [plus ou moins

_____

(1) Voyez, dans le *Discours sur la nature des poissons*, ce que nous avons
dit de la natation de ces animaux.

prolongée, des individus les plus faibles et les plus timides, on ne doit pas être surpris que la légion forme une sorte de grand parallélogramme animé, que l'on aperçoit naviguant sur la mer, ou qui, nageant au milieu des flots qui le couvrent encore et le dérobent à la vue, s'annonce cependant de loin par le bruit des ondes rapidement refoulées devant ces rapides voyageurs. Des échos ont quelquefois répété cette espèce de bruissement, ou de murmure lointain, qui, se propageant alors de rocher en rocher, et multiplié de rivage en rivage, a ressemblé à ce retentissement sourd, mais imposant, qui, au milieu du calme sinistre des journées brûlantes de l'été, annonce l'approche des nuées orageuses.

Malgré leur multitude, leur grandeur, leur force et leur vitesse, ces éléments des succès dans l'attaque ou dans la défense, un bruit soudain a souvent suspendu une tribu voyageuse de thons au milieu de sa course : on les a vus troublés, arrêtés et dispersés par une vive décharge d'artillerie, ou par un coup de tonnerre subit. Le sens de l'ouïe n'est même pas, dans ces animaux, le seul que des impressions inattendues ou extraordinaires plongent dans une sorte de terreur : un objet d'une forme ou d'une couleur singulière suffit pour ébranler l'organe de leur vue, de manière à les effrayer et à interrompre leurs habitudes les plus constantes. Ces derniers effets ont été remarqués par plusieurs voyageurs modernes, et n'avaient pas échappé aux navigateurs anciens. Pline rapporte, par exemple, que, dans le printemps, les thons passaient en troupes composées d'un grand nombre d'individus, de la Méditerranée dans le Pont-Euxin ou mer Noire; que dans le bosphore de Thrace, qui réunit la Propontide à l'Euxin, et dans le détroit même qui sépare l'Europe de l'Asie, un rocher d'une blancheur éblouissante et d'une grande hauteur s'élevait auprès de Chalcédoine sur le rivage asiatique; que l'éclat de cette roche, frappant subitement les légions de thons, les effrayait au point de les contraindre à se précipiter vers le cap de Byzance, opposé à la rive de Chalcédoine; que cette direction forcée dans le voyage de ces scombres en rendait la pêche très-abondante auprès de ce cap de Byzance, et presque nulle dans les environs des

plages opposées; et que c'est à cause de ce concours des
thons auprès de ce promontoire qu'on lui avait donné le nom
de χρυςοκερας ou de *corne d'or*, ou de *corne d'abondance*.

Ces scombres sont cependant très-courageux dans la plupart
des circonstances de leur vie. Un seul phénomène le prou-
verait, c'est l'étendue et la durée des courses qu'ils entreprennent. Pour en connaître nettement la nature, il faut
rappeler la distinction que nous avons faite, en traitant des
poissons en général, entre leurs voyages périodiques et réguliers, et ceux qui ne présentent aucune régularité, ni dans
les circonstances de temps, ni dans celles de lieu. Les migrations régulières et périodiques des thons sont celles auxquelles
ils s'abandonnent, lorsqu'à l'approche de chaque printemps,
ou dans une saison plus chaude, suivant le climat qu'ils habitent, ils s'avancent vers la température, l'aliment, l'eau,
l'abri, la plage, qui conviennent le mieux au besoin qui les
presse, pour y déposer leurs œufs, ou pour les arroser de
leur liqueur vivifiante, ou lorsqu'après s'être débarrassés d'un
fluide trop stimulant ou d'un poids trop incommode, et avoir
repris des forces nouvelles dans le repos et l'abondance, ils
quittent les côtes de l'Océan avec les beaux jours, regagnent
la haute mer, et rentrent dans les profonds asiles qu'elle leur
offre. Leurs voyages irréguliers sont ceux qu'ils entreprennent
à des époques dénuées de tout caractère de périodicité, qui
sont déterminées par la nécessité d'échapper à un danger
apparent ou réel, de fuir un ennemi, de poursuivre une proie,
d'apaiser une faim cruelle, et qui, ne se ressemblant ni par
l'espace parcouru, ni par la vitesse employée à le franchir,
ni par la direction des mouvements, sont aussi variables et
aussi variés que les causes qui les font naître. Dans leurs
voyages réguliers, ils ne vont pas communément chercher
bien loin, ni par de grands détours, la rive qui leur est nécessaire, ou la retraite pélagienne qui remplace cette rive
pendant le règne des hivers : mais, dans leurs migrations
irrégulières, ils parviennent souvent à de très-grandes distances, ils traversent avec facilité, dans ces circonstances
non-seulement des golfes et des mers intérieures, mais même
l'antique Océan. Un intervalle de plusieurs centaines de lieues

ne les arrête pas ; et, malgré leur mobilité naturelle, fidèles
à la cause qui a déterminé leur départ, ils continuent avec
constance leur course lointaine. Nous lisons dans l'intéressante relation rédigée et publiée par le général Milet-Mureau,
du voyage de notre célèbre et infortuné navigateur La Pé-
rouse, que des scombres, à la vérité, de l'espèce appelée
bonite, mais bien moins favorisés que les thons, relativement
à la faculté de nager avec vitesse et avec constance, suivirent
les bâtiments commandés par cet illustre voyageur, depuis
les environs de l'île de Pâque, jusqu'à l'île *Mowée*, l'une des
îles Sandwich. La troupe de ces scombres, ou le *banc* de ces
poissons, pour employer l'expression de nos marins, fit
quinze cents lieues à la suite de nos frégates : plusieurs de
ces animaux, blessés par les *foènes*, ou *tridents* des matelots
français, portaient sur le dos une sorte de signalement qu'il
était impossible de ne pas distinguer ; et l'on reconnaissait
chaque jour les mêmes poissons qu'on avait vus la veille (1).

Quelque longue que puisse être la durée de cette puissance
qui les maîtrise, plusieurs marins allant d'Europe en Amérique, ou revenant d'Amérique en Europe, ont vu des thons
accompagner pendant plus de quarante jours les vaisseaux
auprès desquels ils trouvaient avec facilité une partie de l'aliment qu'ils aiment; et cette avidité pour les diverses substances nutritives que l'on peut jeter d'un navire dans la mer,
n'est pas le seul lien qui les retienne pendant un très-grand
nombre de jours auprès des bâtiments. L'attentif Commerson
a observé une autre cause de leur assiduité auprès de certains
vaisseaux, au milieu des mers chaudes de l'Asie, de l'Afrique
et de l'Amérique, qu'il a parcourues. Il a écrit, dans ses ma-
nuscrits, que dans ces mers dont la surface est inondée des
rayons d'un soleil brûlant, les thons, ainsi que plusieurs
autres poissons, ne peuvent se livrer, auprès de cette même
surface des eaux, aux différents mouvements qui leur sont
nécessaires, sans être éblouis par une lumière trop vive, ou
fatigués par une chaleur trop ardente : ils cherchent alors le

(1) Voyez ce que nous avons écrit sur la vitesse des poissons dans notre
Discours préliminaire sur la nature de ces animaux.

voisinage des rivages escarpés, des rochers avancés, des promontoires élevés, de tout ce qui peut les dérober, pendant
leurs jeux et leurs évolutions, aux feux de l'astre du jour.
Une escadre est pour eux comme une forêt flottante qui leur
prête son ombre protectrice : les vaisseaux, les mâts, les
voiles, les antennes, sont un abri d'autant plus heureux pour
les scombres, que, perpétuellement mobile, il les suit, pour
ainsi dire, sur le vaste Océan, s'avance avec une vitesse assez
égale à celle de ces poissons agiles, favorise toutes leurs manœuvres, ne retarde en quelque sorte aucun de leurs mouvements; et voilà pourquoi, suivant Commerson, dans la zone
torride, et vers le temps des plus grandes chaleurs, les thons
qui accompagnent les bâtiments se rangent, avec une attention facile à remarquer, du côté des vaisseaux, qui n'est pas
exposé aux rayons du soleil.

Au reste, cette habitude de chercher l'ombre des navires
peut avoir quelque rapport avec celle de suspendre leurs
courses pendant les brumes, qui leur est attribuée par quelques voyageurs. Ils interrompent leurs voyages pour plusieurs
mois, aux approches du froid; et, dès le temps de Pline, on
disait qu'ils hivernaient dans l'endroit où la mauvaise saison
les surprenait. On prétend que, pendant cette saison rigou-
reuse, ils préfèrent pour leur habitation les fonds limoneux :
ils s'y nourrissent de poissons, ou d'autres animaux de la
mer plus faibles qu'eux; ils se jettent particulièrement sur
les *exocets* et sur les *clupées;* les petits scombres deviennent
aussi leur proie; ils n'épargnent pas même les jeunes animaux de leur espèce; et comme ils sont très-goulus, et d'ailleurs tourmentés, dans certaines circonstances, par une faim
qui ne leur permet pas d'attendre les aliments les plus analogues à leur organisation, ils avalent souvent avec avidité,
dans ces retraites vaseuses et d'hiver, aussi bien que dans
les autres portions de la mer qu'ils fréquentent, des fragments de diverses espèces d'algues.

Ils ont besoin d'une assez grande quantité de nourriture,
parce qu'ils présentent communément des dimensions considérables. Pline et les autres auteurs anciens qui ont écrit sur
les thons les ont rangés parmi les poissons les plus remar-

quables par leur volume. Le naturaliste romain dit qu'on en avait vu du poids de quinze talents (1), et dont la nageoire de la queue avait de largeur, ou, pour mieux dire, de hauteur, deux coudées et un palme. Les observateurs modernes ont mesuré et pesé des thons de trois cent vingt-cinq centimètres de longueur, et du poids de cinquante-cinq ou soixante kilogrammes; et cependant ces poissons, ainsi que tous ceux qui n'éclosent pas dans le ventre de leur mère, proviennent d'œufs très-petits : on a comparé la grosseur de ceux du thon à celle des graines de pavot.

Le corps de ce scombre est très-allongé, et semblable à une sorte de fuseau très-étendu. La tête est petite; l'œil gros; l'ouverture de la bouche très-large; la mâchoire inférieure plus avancée que la supérieure, et garnie, comme cette dernière, de dents aiguës; la langue courte et lisse; l'orifice branchial très-grand; l'opercule composé de deux pièces; le tronc épais, et couvert, ainsi que la queue, d'écailles petites, minces et faiblement attachées. Les petites nageoires du dessus et du dessous de la queue sont communément au nombre de huit (2). Quelques observateurs en ont compté neuf dans la partie supérieure et dans la partie inférieure de cette portion de l'animal; et d'après ce dernier nombre, on pourrait être tenté de croire que l'on peut quelquefois confondre l'espèce du thon avec celle du germon, dont la queue offre aussi par dessus et par dessous huit petites nageoires : mais la proportion des dimensions des pectorales avec la longueur totale du scombre suffira pour séparer avec facilité les germons des poissons que nous tâchons de bien faire connaître.

(1) Ce poids de quinze talents attribué à un thon nous paraît bien supérieur à celui qu'ont dû présenter les gros poissons de l'espèce que nous décrivons. En effet, le talent des Romains, leur *centumpondium* était égal, selon Paucton (*Métrologie*, pag. 761), à 68 49/100 livres de France, poids de marc, et le petit talent d'Égypte, d'Arabie, etc., égalait 45 65/100 ou 66/100 livres de France. Un thon aurait donc pesé au moins 675 livres; ce qui ne nous semble pas admissible.

(2) A la première nageoire dorsale, 15 rayons; — à la seconde, 12; — à chacune des pectorales, 22; — à chacune des thoracines, 6; — à celle de l'anus, 13; — à celle de la queue, 25.

Dans les germons, ces pectorales s'étendent jusqu'au-delà de l'orifice de l'anus ; et dans les thons, elles ne sont jamais assez grandes pour y parvenir ; elles se terminent à peu près au-dessous de l'endroit du dos où finit la première dorsale. La nageoire de la queue est figurée en croissant : nous avons fait remarquer son étendue dès le commencement de cet article.

Nous avons eu occasion , dans une autre portion de cet ouvrage (1), de parler de ces petits os auxquels on a particulièrement donné le nom d'*arêtes*, qui, placés entre les muscles, ajoutent à leur force, que l'on n'aperçoit pas dans toutes les espèces de poissons, mais que l'on n'a observés jusqu'à présent que dans ces habitants des eaux. Ces arêtes sont simples ou fourchues. Nous avons dit de plus, que, dans certaines espèces de poissons, elles aboutissaient à l'épine du dos , quoiqu'elles ne fissent pas véritablement partie de la charpente osseuse proprement dite. Nous avons ajouté que, dans d'autres espèces, non-seulement ces arêtes n'étaient pas liées avec la grande charpente osseuse, mais qu'elles en étaient séparées par différents intervalles. Les scombres, et par conséquent les thons, doivent être comptés parmi ces dernières espèces.

Telles sont les particularités de la conformation extérieure et intérieure du thon, que nous avons cru convenable d'indiquer. Les couleurs qui le distinguent ne sont pas très-variées, mais agréables et brillantes : les côtés et le dessous de l'animal présentent l'éclat de l'argent ; le dessus a la nuance de l'acier poli ; l'iris est argenté, et sa circonférence dorée ; toutes les nageoires sont jaunes ou jaunâtres, excepté la première du dos, les thoracines et la caudale, dont le ton est d'un gris plus ou moins foncé.

Les anciens donnaient différents noms aux scombres qui sont l'objet de cet article, suivant l'âge et par conséquent le degré de développement de ces animaux. Pline rapporte qu'on nommait *cordyles* les thons très-jeunes qui , venant d'éclore dans la mer Noire, repassaient, pendant l'automne, dans l'Hellespont et dans la Méditerranée , à la suite des lé-

---

(1) *Discours sur la nature des poissons.*

gions nombreuses des auteurs de leurs jours. Arrivés dans
la Méditerranée, ils y portaient le nom de *pélamides* pendant les premiers mois de leur croissance; ce n'était qu'a
près un an que la dénomination de *thon* leur était appliquée.

Nous avons cru d'autant plus utile de faire mention ici de
cet antique usage des Grecs ou Romains, que ces expressions
de *cordyle* et de *pélamide* ont été successivement employées
par plusieurs auteurs anciens et modernes dans des sens très-
divers; qu'elles servent maintenant à désigner deux espèces
de scombres, le *guare* et la *bonite*, très-différentes du véritable thon; et qu'on ne saurait prendre trop de soin pour
éviter la confusion qui n'a régné que trop longtemps dans
l'étude de l'histoire naturelle.

Des animaux marins très-grands et très-puissants, tels que
des squales et des xiphias, sont pour les thons des ennemis
dangereux, contre les armes desquels leur nombre et leur
réunion ne peuvent pas toujours les défendre. Mais, indépendamment de ces adversaires remarquables par leur force
ou par leurs dimensions, le thon expire quelquefois victime
d'un être bien petit et bien faible en apparence, mais qui,
par les piqûres qu'il lui fait et les tourments qu'il lui cause,
l'agite, l'irrite, le rend furieux, à peu près de la même manière que le terrible insecte ailé qui règne dans les déserts
brûlants de l'Afrique, est le fléau le plus funeste des pan-
thères, des tigres et des lions. Pline savait qu'un animal dont
il compare le volume à celui d'une araignée, et la figure à
celle du scorpion, s'attachait au thon, se plaçait auprès ou
au-dessous de l'une de ses nageoires pectorales, s'y cram-
ponnait avec force, le piquait de son aiguillon, et lui causait
une douleur si vive, que le scombre, livré à une sorte de
délire, et ne pouvant, malgré tous ses efforts, ni immoler ni
fuir son ennemi, ni apaiser sa souffrance cruelle, bondissait
avec violence au-dessus de la surface des eaux, la parcourait
avec rapidité, s'agitait en tout sens, et ne résistant plus à
son état affreux, ne connaissant plus d'autre danger que la
durée de son angoisse, excédé, égaré, transporté par une
sorte de rage, s'élançait sur le rivage ou sur le pont d'un

vaisseau, où bientôt il trouvait dans la mort la fin' de son
tourment (1).

C'est parce qu'on a bien observé dans les thons cette nécessité funeste de succomber sous les ennemis que nous venons
d'indiquer, l'habitude du succès contre d'autres animaux
moins puissants, le besoin d'une grande quantité de nourriture, la voracité qui les précipite sur des aliments de différente nature, leur courage habituel, l'audace qu'ils montrent
dans certains dangers, la frayeur que leur inspirent cependant quelques objets, la périodicité d'une partie de leurs
courses, l'irrégularité de plusieurs de leurs voyages et pour
les temps et pour les lieux, la durée de leurs migrations, et
la facilité de traverser d'immenses portions de la mer, qu'on
a très-bien choisi les époques, les endroits et les moyens les
plus propres à procurer une pêche abondante des scombres
qui nous occupent dans ce moment.

En effet, on peut dire, en général, qu'on trouve le thon
dans presque toutes les mers chaudes ou tempérées de l'Europe, de l'Asie, de l'Afrique et de l'Amérique; mais on ne
rencontre pas un égal nombre d'individus de cette espèce
dans toutes les saisons, ni dans toutes les portions des mers
qu'ils fréquentent. Depuis les siècles les plus reculés de ceux
dont l'histoire nous a transmis le souvenir, on a choisi certaines plages et certaines époques de l'année pour la recherche des thons. Pline dit qu'on ne pêchait ces scombres
dans l'Hellespont, la Propontide et le Pont-Euxin, que depuis le commencement du printemps jusque vers la fin de
l'automne. Du temps de Rondelet, c'est-à-dire, vers le milieu
du seizième siècle, c'était au printemps, en automne, et quelquefois pendant l'été, qu'on prenait une grande quantité de
thons près des côtes d'Espagne, et particulièrement vers le
détroit de Gibraltar (2). On s'occupe de la pêche de ces animaux sur plusieurs rivages de France et d'Espagne voisins

(1) Rondelet a fait représenter sur la figure du thon qu'il a publiée le petit
animal dont Pline a parlé.

(2) On a quelquefois pris un assez grand nombre de thons auprès de Conil,
village voisin de Cadix, pour qu'on ait écrit que la pêche de ces animaux
donnait au duc de Medina Sidonia un revenu de 8,000 ducats.

de l'extrémité occidentale de la chaîne des Pyrénées, depuis les premiers jours de floréal (1) jusqu'en brumaire (2) ; et on regarde comme assez assuré sur les autres parties du territoire français qui sont baignées par l'Océan, que l'arrivée des maquereaux annonce celle des thons, qui les poursuivent pour les dévorer.

Ces derniers scombres montrent en effet une si grande avidité pour les maquereaux, qu'il suffit, pour les attirer dans un piége, de leur présenter un leurre qui en imite grossièrement la forme. Ils se jettent avec la même voracité sur plusieurs autres poissons et particulièrement sur les sardines ; et voilà pourquoi une image même très-imparfaite d'un de ces derniers animaux est, entre les mains des marins, un appât qui entraîne les thons avec facilité. On s'est servi de ce moyen avec beaucoup d'avantage dans plusieurs parages, et principalement auprès de Bayonne, ou un bateau allant à la voile traînait des lignes dont les haims étaient recouverts d'un morceau de linge, ou d'un petit sac de toile en forme de sardine, et ramenait ordinairement plus de cent cinquante thons.

Mais ce n'est pas toujours une vaine apparence que l'on présente à ces scombres pour les prendre à la ligne : de petits poissons réels, ou des portions de poissons assez grands, sont souvent employés pour garnir les haims. On proportionne d'ailleurs la grandeur de ces haims, ainsi que la grosseur des cordes ou des lignes, aux dimensions et à la force des thons que l'on s'attend à rencontrer ; et de plus, en se servant de ces haims et de ces lignes, on cherche à prendre ces animaux de diverses manières, suivant les différentes circonstances dans lesquelles on se trouve.

Mais parlons rapidement de procédés plus compliqués dont se composent les pêches des scombres thons faites de concert par un grand nombre de marins. Exposons d'abord celle qui a lieu avec des *thonnaires;* nous nous occuperons un instant,

---

(1) 20 avril-20 mai.

(2) 22 octobre-21 novembre. Pour comprendre le soin que Lacépède a de se conformer au calendrier révolutionnaire, il est bon de se rappeler la notice que nous avons placée en tête du volume des *Quadrupèdes ovipares*. (N. E.)

ensuite, de celle pour laquelle on construit des *madragues*.

On donne le nom de *thonnaire* ou *tonnaire* à une enceinte de filets que l'on forme promptement dans la mer pour arrêter les *thons* au moment de leur passage. On a eu pendant longtemps recours à ce genre d'industrie auprès de Collioure, où on le pratiquait, et où peut-être on le pratique encore, chaque année, depuis le mois de prairial jusqu'au commencement de celui de vendémiaire. Pour favoriser la prise des thons, les habitants de Collioure entretenaient, pendant la belle saison, deux hommes expérimentés qui, du haut de deux promontoires, observaient l'arrivée de ces scombres vers la côte. Dès qu'ils apercevaient de loin ces poissons qui s'avançaient par bandes de deux ou trois mille, elles en avertissaient les pêcheurs en déployant un pavillon, par le moyen duquel ils indiquaient de plus l'endroit où ces animaux allaient aborder. A la vue de ce pavillon, de grands cris de joie se faisaient entendre, et annonçaient l'approche d'une pêche dont les résultats importants étaient toujours attendus avec une grande impatience. Les habitants couraient alors vers le port, où les patrons des bâtiments pêcheurs s'empressaient de prendre les filets nécessaires, et de faire entrer dans leurs bateaux autant de personnes que ces embarcations pouvaient en contenir, afin de ne pas manquer d'aides dans les grandes manœuvres qu'ils allaient entreprendre. Quand tous les bateaux étaient arrivés à l'endroit où les thons étaient réunis, on jetait à l'eau des pièces de filets, *lestées* et *flottées*, et on en formait une enceinte demi-circulaire, dont la concavité était tournée vers le rivage, et dont l'intérieur était appelé *jardin*. Les thons renfermés dans ce jardin s'agitaient entre la rive et les filets, et étaient si effrayés par la vue seule des barrières qui les avaient subitement environnés, qu'ils osaient à peine s'en approcher à la distance de six ou sept mètres.

Cependant, à mesure que ces scombres s'avançaient vers la plage, on resserrait l'enceinte, ou plutôt on en formait une nouvelle intérieure et concentrique à la première, avec des filets qu'on avait tenus en réserve. On laissait une ouverture à cette seconde enceinte jusqu'à ce que tous les thons eussent passé dans l'espace qu'elle embrassait; et en continuant de diminuer ainsi, par des clôtures successives, et toujours d'un plus petit diamètre, l'étendue dans laquelle les poissons étaient enfermés, on parvenait à les retenir sur un fond recouvert uniquement par quatre brasses d'eau : alors on jetait dans ce parc maritime un grand boulier (1), espèce de *seine*, dont le milieu est garni d'une manche. Les thons, après avoir tourné autour de ce filet, dont les ailes sont courbes, s'enfonçaient dans la poche ou manche : on amenait, à force de bras, le boulier sur le rivage; on prenait les petits poissons avec la main, les gros avec des crochets; on les chargeait sur les bateaux pêcheurs, et on les transportait au port de Collioure. Une seule pêche produisait quelquefois plus de quinze mille myriagrammes de thons; et pendant un printemps dont on a conservé avec soin le souvenir, on prit dans une seule journée seize mille thons, dont chacun pesait de dix à quinze kilogrammes.

Il est des parages dans la Méditerranée où l'on se sert, pour prendre des thons, d'un filet auquel on a donné le nom de *scombrière*, de *combrière*, de *courantile*, qu'on abandonne aux courants, et qui va, pour ainsi dire, au-devant de ces scombres, lesquels s'engagent et s'embarrassent dans ses mailles. Mais hâtons-nous de parler du moyen le plus puissant de s'emparer d'une grande quantité de ces animaux si recherchés; occupons-nous d'une des pêches les plus im-

---

(1) On appelle *boulier,* sur la côte voisine de Narbonne, et sur plusieurs autres côtes de la Méditerranée, un filet semblable à l'*aissaugue* *, et formé de deux bras qui aboutissent à une manche. Son ensemble est composé de plusieurs pièces dont les mailles sont de différentes grandeurs. Pour faire les bras on assemble, premièrement, douze pièces, dites *atlas*, dont les mailles sont de cinq centimètres en carré; secondement, quatorze pièces dites *de deux doigts*, dont les mailles ont trente-sept millimètres en carré; et troisièmement, dix pièces de *pousal, pouseaux, pouceaux*, dont les mailles ont près de deux centimètres d'ouverture. Tout cet assemblage a depuis cent vingt jusqu'à cent quatre-vingt brasses de longueur. Quant au corps de la *manche*, qu'on nomme aussi *bourse*, ou *coup*, il est composé de six pièces, dites *de quinze-vingts*, dont chaque maille a douze millimètres d'ouverture, et secondement, de huit pièces appelées *de brassade*, dont les mailles sont à peu près de huit millimètres.

* Assaugue, ou *essaugue*, sorte de *seine* ou de filet en nappe, en usage dans la Méditerranée, et qui a, au milieu de sa largeur, une espèce de sac ou de poche.

portantes de celles qui ont lieu dans la mer ; jetons les yeux
sur la pêche pour laquelle on emploie *la madrague*.

On a donné le nom de *madrague* (1) à un grand parc qui
reste construit dans la mer, au lieu d'être établi pour chaque
pêche, comme les thonnaires. Ce parc forme une vaste enceinte distribuée en plusieurs chambres, dont les noms varient suivant les pays : les cloisons qui forment ces chambres
sont soutenues par des flottes de liége, étendues par un lest
de pierres, et maintenues par des cordes dont une extrémité
est attachée à la tête du filet, et l'autre amarrée à une ancre.

Comme les madragues sont destinées à arrêter les grandes
troupes de thons, au moment où elles abandonnent les rivages pour voguer en pleine mer, on établit entre la rive et
la grande enceinte une de ces longues allées que l'on appelle
chasses : les thons suivent cette allée, arrivent à la madrague, passent de chambre en chambre, parcourent quelquefois de compartiment en compartiment, une longueur de
plus de mille brasses, et parviennent enfin à la dernière
chambre, que l'on nomme *chambre de la mort*, ou *corpon*, ou
corpou. Pour forcer ces scombres à se rassembler dans ce
corpou qui doit leur être si funeste, on les pousse et les
presse, pour ainsi dire, par un filet long de plus de vingt
brasses (2), que l'on tient tendu derrière ces poissons par le
moyen des deux bateaux, dont chacun soutient un des angles
supérieurs du filet, et que l'on fait avancer vers la chambre
de la mort. Lorsque les poissons sont ramassés dans ce corpou, plusieurs barques chargées de pêcheurs s'en approchent ; on soulève les filets qui composent cette enceinte
particulière, on fait monter les scombres très-près de la surface de l'eau, on les saisit avec la main, ou on les enlève
avec des crocs.

La curiosité attire souvent un grand nombre de specta-
teurs autour de la madrague ; on y accourt comme à une fête ;

(1) Le mot de *madrague*, ou de *mandrague* doit avoir été employé par les
Marseillais descendus des Phocéens, à cause du mot grec μανδρα, *mandra*,
qui signifie *parc, enclos, enceinte*.

(2) On nomme ce filet *engarre*.

on rassemble autour de soi tout ce qui peut augmenter la vivacité du plaisir; on s'entoure d'instruments de musique : et quelles sensations fortes et variées ne font pas en effet éprouver l'immensité de la mer, la pureté de l'air, la douceur de la température, l'éclat d'un soleil vivifiant que les flots mollement agités réfléchissent et multiplient, la fraîcheur des zéphirs, le concours des bâtiments légers, l'agilité des marins, l'adresse des pêcheurs, le courage de ceux qui combattent contre d'énormes animaux rendus plus dangereux par leur rage désespérée, les élans rapides de l'impatience, les cris de la joie, les acclamations de la surprise, le son harmonieux des cors, le retentissement des rivages, le triomphe des vainqueurs, les applaudissements de la multitude ravie!

Mais nous, qui écrivons dans le calme d'une retraite silencieuse l'histoire de la Nature, n'abandonnons point notre raison au charme d'un spectacle enchanteur; osons, au milieu des transports de la joie, faire entendre la voix sévère de la philosophie; et si les lois conservatrices de l'espèce humaine nous commandent des sacrifices sans cesse renouvelés de milliers de victimes, n'oublions jamais que ces victimes sont des êtres sensibles; ne cédons à la dure nécessité que ce qu'il nous est impossible de lui ravir; n'augmentons pas, par des séductions que des jouissances plus douces peuvent si facilement remplacer, le penchant encore trop dangereux qui nous entraîne vers une des passions les plus hideuses, vers une cruelle insensibilité; effaçons, s'il est possible, du cœur de l'homme, cette empreinte encore trop profonde de la féroce barbarie dont il a eu tant de peine à secouer le joug; enchaînons cet instinct sauvage qui le porte encore à ne voir la conservation de son existence que dans la destruction; que les lumières de la civilisation l'éclairent sur sa véritable félicité; que ses regards avides ne cherchent jamais les horreurs de la guerre au milieu des plaisirs de la paix, les agitations de la souffrance à côté du calme du bonheur, la rage de la douleur auprès du délire de la joie; qu'il cesse d'avoir besoin de ces contrastes horribles; et que la tendre pitié ne soit jamais contrainte de s'éloigner, en gémissant, de la pompe de ses fêtes.

Au reste, il n'est pas surprenant que, depuis un grand nombre de siècles, on ait cherché et employé un grand nombre de procédés pour la pêche des thons : ces scombres, en procurant un aliment très-abondant, donnent une nourriture très-agréable. On a comparé le goût de la chair de ces poissons à celui des acipencères esturgeons, et par conséquent à celui du veau. Ils engraissent avec facilité; et l'on a écrit qu'il se ramassait quelquefois une si grande quantité de substance adipeuse dans la partie inférieure de leur corps, que les téguments de leur ventre en étaient étendus au point d'être aisément déchirés par de légers frottements. Ces poissons avaient une grande valeur chez les Grecs et chez les autres anciens habitants des rives de la Méditerranée, de la Propontide, de la mer Noire; et voilà pourquoi, dès une époque bien reculée, ils avaient été observés avec assez de soin pour que leurs habitudes fussent bien connues. Les Romains ont attaché particulièrement un grand prix à ces scombres, surtout lorsque, asservis sous leurs empereurs, ils ont voulu remplacer par les jouissances du luxe les plaisirs de la gloire et de la liberté; et comme nous ne croyons pas inutile aux progrès de la morale et de l'économie publique, d'indiquer à ceux qui cultivent ces sciences si importantes toutes les particularités de ce goût si marqué que nous avons observé dans les anciens pour les aliments tirés des poissons, nous ne passerons pas sous silence les petits détails que Pline nous a transmis sur la préférence que les Romains de son temps donnaient à telle ou telle portion des scombres auxquels cet article est consacré. Ils estimaient beaucoup la tête et le dessous du ventre; ils recherchaient aussi le dessous de la poitrine, qu'ils regardaient cependant comme difficile à digérer, surtout quand il n'était pas très-frais; ils ne faisaient presque aucun cas des morceaux voisins de la nageoire caudale, parce qu'ils ne les trouvaient pas assez gras; et ce qu'ils préféraient à plusieurs autres aliments, était la portion la plus proche du gosier ou de l'œsophage. Ces mêmes Romains savaient fort bien conserver les thons, en les coupant par morceaux, et en les renfermant dans des vases remplis de sel; et ils donnaient à cette préparation le nom de *mélandrye* (*melandrya*), à cause de sa ressemblance avec des copeaux un peu noircis de chêne, ou d'autres arbres. Les modernes ont employé le même procédé. Rondelet dit que ses contemporains coupaient les thons qu'ils voulaient garder par tranches ou *darnes*, et qu'on donnait à ces darnes imbibées de sel le nom de *thonnine* ou de *tarentella*, parce qu'on en apportait beaucoup de Tarente. Très-souvent, au lieu de se contenter de saler les thons par des moyens à peu près semblables à ceux que nous avons exposés en traitant du gade morue, on les marine après les avoir coupés par tronçons, et en les préparant avec de l'huile et du sel. On renferme les thons marinés dans des barils, et on distingue avec beaucoup de soin ceux qui contiennent la chair du ventre, préférée aujourd'hui par les Européens comme autrefois par les Romains, et nommée *panse de thon*, de ceux dans lesquels on a mis la chair du dos, que l'on appelle *dos de thon*, ou simplement *thonnine* (1).

Comme les thons sont ordinairement très-gras, il se détache de ces poissons, lorsqu'on les lave et qu'on les presse pour les saler, une huile communément assez abondante, qui surnage promptement, que l'on ramasse avec facilité, et qui est employée par les tanneurs.

Il est des mers dans lesquelles ces scombres se nourrissent de mollusques assez malfaisants pour faire éprouver des accidents graves à ceux qui mangent de ces poissons, sans avoir pris la précaution de les faire vider avec soin, et même pour contracter dans des portions de leur corps réparées pendant longtemps par des substances (2) vénéneuses, des qualités très-funestes : tant il semble que sur toutes ses productions, comme dans tous ses phénomènes, la Nature préservatrice ait voulu placer un emblème de la prudence tutélaire, en nous montrant sans cesse l'aspic sous les fleurs, et l'épine sur la tige de la rose.

---

(1) Les anciens faisaient saler les intestins du thon, ainsi que les œufs de ce scombre, qui servent encore de nos jours, sur plusieurs côtes, et particulièrement sur celles de la Grèce, à faire une sorte de *poutargue*.

(2) Consultez, au sujet des poissons vénéneux, le *Discours sur la nature de ces animaux*.

LE MULLE ROUGET [1].

Avec quelle magnificence la nature n'a-t-elle pas décoré ce poisson! Quels souvenirs ne réveille pas ce *mulle* dont le nom se trouve dans les écrits de tant d'auteurs célèbres de la Grèce et de Rome! De quelles réflexions, de quels mouvements, de quelles images son histoire n'a-t-elle pas enrichi la morale, l'éloquence et la poésie! C'est à sa brillante parure qu'il a dû sa célébrité. Et en effet, non-seulement un rouge éclatant le colore en se mêlant à des teintes argentines sur ses côtés et sur son ventre; non-seulement ses nageoires resplendissent des divers reflets de l'or; mais encore le rouge dont il est peint, appartenant au corps proprement dit du poisson, et paraissant au travers des écailles très-transparentes qui revêtent l'animal, reçoit par sa transmission et le passage que lui livre une substance diaphane, polie et luisante, toute la vivacité que l'art peut donner aux nuances qu'il emploie, par le moyen d'un vernis habilement préparé. Voilà pourquoi le rouget montre encore la teinte qui le distingue lorsqu'il est dépouillé de ses écailles; et voilà pourquoi encore les Romains, du temps de Varron, gardaient les rougets dans leurs viviers, comme un ornement qui devient bientôt si recherché, que Cicéron reproche à ses compatriotes l'orgueil insensé auquel ils se livraient, lorsqu'ils pouvaient montrer de beaux mulles dans les eaux de leurs habitations favorites.

La beauté a donc été l'origine de la captivité de ces mulles; elle a donc été pour eux, comme pour tant d'autres êtres dignes d'un intérêt bien plus vif, une cause de contrainte, de gêne et de malheur. Mais elle leur a été bien plus funeste encore par un effet bien éloigné de ceux qu'elle fait naître le

---

[1] *Barbet, petit surmulet,* dans plusieurs contrées de France; *red surmulet, smaller red-beard,* en Angleterre; *der kleine roth-bart, die rothe see barbe,* en Allemagne; *nagarey,* par les Tamules; *tekyr,* par les Turcs; *triglia,* en Italie; *triglia verace,* sur les rivages de la Ligurie; *barboni,* à Venise; *barbarin,* en Portugal.

plus souvent; elle les a condamnés à toutes les angoisses
d'une mort lente et douloureuse; elle a produit dans l'âme de
leurs possesseurs une cruauté d'autant plus révoltante, qu'elle
était froide et vaine. Sénèque et Pline rapportent que les Romains, fameux par leurs richesses, et abrutis par leurs dé-
bauches, mêlaient à leurs dégoûtantes orgies le barbare plaisir de faire expirer entre leurs mains un des mulles rougets,
afin de jouir de la variété des nuances pourpres, violettes ou
bleues, qui se succédaient depuis le rouge du cinabre jusqu'au blanc le plus pâle, à mesure que l'animal, passant par
tous les degrés de la diminution de la vie, et perdant peu à
peu les forces nécessaires pour faire circuler dans les ramifications les plus extérieures de ses vaisseaux le fluide auquel il
avait dû ses couleurs en même temps que son extstence (1),
parvenait enfin au terme de ses souffrances longuement prolongées. Des mouvements convulsifs marquaient seuls, avec
les dégradations des teintes, l'approche de la fin des tourments du rouget. Aucun son, aucun cri plaintif, aucune sorte
d'accent touchant, n'annonçaient ni la vivacité des douleurs,
ni la mort qui allait les faire cesser. Les mulles sont muets
comme les autres poissons; et nous aimons à croire, pour
l'honneur de l'espèce humaine, que ces Romains, malgré
leur avidité pour de nouvelles jouissances qui échappaient
sans cesse à leurs sens émoussés par l'excès des plaisirs,
n'auraient pu résister à la plainte la plus faible de leur malheureuse victime : mais ses tourments n'en étaient pas moins
réels; ils n'en étaient pas moins les précurseurs de la mort.
Et cependant le goût de ce spectacle cruel ajouta une telle
fureur pour la possession des mulles, au désir raisonnable,
s'il eût été modéré, de voir ces animaux animer par leurs
mouvements et embellir par leur éclat les étangs et les viviers, que leur prix devint bientôt excessif : on donnait quelquefois de ces osseux leur poids en argent (2). Le Coliodore,
objet d'une des satires de Juvénal, dépensa 400 sesterces

---

(1) Voyez le *Discours sur la nature des poissons.*

(2) Des rougets ont pesé deux kilogrammes. Le kilogramme d'argent vaut
à peu près 200 francs.

pour quatre de ces mulles. L'empereur Tibère vendit 4,000 sesterces un rouget du poids de deux kilogrammes, dont on lui avait fait présent. Un ancien consul, nommé Célère, en paya un 8,000 sesterces ; et selon Suétone, trois mulles furent vendus 30,000 sesterces. Les Apicius épuisèrent les ressources de leur art pour parvenir à trouver la meilleure manière d'assaisonner les mulles rougets, et c'est au sujet de ces animaux que Pline s'écrie : « On s'est plaint de voir des cuisi- » niers évalués à des sommes excessives. Maintenant c'est au » prix des triomphes qu'on achète et les cuisiniers et les pois- » sons qu'ils doivent préparer. » Et que ce luxe absurde, ces plaisirs féroces, cette prodigalité folle, ces abus sans repro- duction, cette ostentation sans goût, ces jouissances sans délicatesse, cette vile débauche, cette plate recherche, ces appétits de brute, qui se sont engendrés mutuellement, qui n'existent presque jamais l'un sans l'autre, et que nous rap- pellent les traits que nous venons de citer, ne nous étonnent point. De Rome républicaine il ne restait que le nom ; toute idée libérale avait disparu ; la servitude avait brisé tous les ressorts de l'âme ; les sentiments généreux s'étaient éteints ; la vertu, qui n'est que la force de l'âme, n'existait plus ; le goût, qui ne consiste que dans la perception délicate de con- venances que la tyrannie abhorre, chaque jour se dépravait ; les arts, qui ne prospèrent que par l'élévation de la pensée, la pureté du goût, la chaleur du sentiment, éteignaient leurs flambeaux ; la science ne convenait plus à des esclaves dont dont elle ne pouvait éclairer que les fers ; des joies fausses, mais bruyantes et qui étourdissent, des plaisirs grossiers qui enivrent, des jouissances sensuelles qui amènent tout oubli du passé, toute considération du présent, toute crainte de l'ave- nir, des représentations vaines de ces trésors trompeurs, en- tassés à la place des vrais biens que l'on avait perdus, plu- sieurs recherches barbares, tristes symptômes de la férocité, dernier terme d'un courage abâtardi, devaient donc convenir à des Romains avilis, à des citoyens dégradés, à des hommes abrutis. Quelques philosophes dignes des respects de la pos- térité s'élevaient encore au milieu de cette tourbe asservie : mais plusieurs furent immolés par le despotisme ; et dans leur lutte trop inégale contre une corruption trop générale, ils éternisèrent par leurs écrits la honte de leurs contemporains, sans pouvoir corriger leurs vices funestes et contagieux.

Les poissons dont le nom se trouve lié avec l'histoire de ces Romains dégénérés ont fixé l'attention de plusieurs écrivains. Mais, comme la plupart de ces auteurs étaient peu versés dans les sciences naturelles ; comme d'ailleurs le surmulet a été, ainsi que le rouget, l'objet de la recherche prodigue et de la curiosité cruelle que nous venons de retracer, et comme ces deux osseux ont les mêmes habitudes, et assez de formes et de qualités communes pour qu'on ait souvent appliqué les mêmes dénominations à l'un et à l'autre, on est tombé dans une telle confusion d'idées au sujet de ces deux mulles, que d'illustres naturalistes très-récents les ont rapportés à la même espèce, sans supposer même qu'ils formassent deux variétés distinctes.

Le devant de la tête du rouget paraît comme tronqué, ou, pour mieux dire, le sommet de la tête de cet osseux est très-élevé. Les deux mâchoires, également avancées, sont, de plus, garnies d'une grande quantité de petites dents. De très-petites aspérités hérissent le devant du palais, et quatre os placés auprès du gosier. Deux barbillons assez longs pour atteindre à l'extrémité des opercules pendent au-dessous du museau. Chaque narine n'a qu'une ouverture. Deux pièces composent chaque opercule, au-dessous duquel la membrane branchiale peut être cachée presque en entier (1). La ligne latérale est voisine du dos ; l'anus plus éloigné de la tête que la nageoire de la queue, qui est fourchue ; et tous les rayons de la première dorsale, ainsi que le premier des pectorales, de l'anale et des thoracines, sont aiguillonnés.

Les écailles qui recouvrent la tête, le corps et la queue, se détachent facilement (2).

(1) A la membrane branchiale, 3 rayons ; — à la première nageoire du dos, 7 ; — à la seconde, 9 ; — à chacune des pectorales, 15 ; — à chacune des thoracines, 6 ; — à celle de l'anus, 7 ; — à celle de la queue, 17.

(2) L'estomac est composé d'une membrane mince ; vingt-six cœcums sont placés auprès du pylore ; le foie est divisé en deux lobes, et la vésicule du fiel petite.

Le rouget vit souvent de crustacées. Il n'entre que rarement dans les rivières ; et il est des contrées où on le prend dans toutes les saisons. On le pêche non-seulement à la ligne, mais encore au filet. On ne devine pas pourquoi un des plus célèbres interprètes d'Aristote, Alexandre d'Aphrodisée, a écrit que ceux qui tenaient ce mulle dans la main, étaient à l'abri de la secousse violente que la raie torpille peut faire éprouver.

On trouve le rouget dans plusieurs mers, dans le canal de la Manche, dans la Baltique près du Danemarck, dans la mer d'Allemagne vers la Hollande, dans l'Océan atlantique auprès des côtes du Portugal, de l'Espagne, de la France, et particulièrement à une petite distance de l'embouchure de la Gironde, dans la Méditerranée, aux environs de la Sardaigne, de Malte, du Tibre et de l'Hellespont, et dans les eaux qui baignent les rivages des îles Moluques.

Quoique nous ayons vu que l'empereur Tibère vendit un rouget du poids de deux kilogrammes, ce mulle ne parvient ordinairement qu'à la longueur de trois décimètres. Il a la chair blanche, ferme, et de très-bon goût, particulièrement lorsqu'il vit dans la partie de l'Océan qui reçoit les eaux réunies de la Garonne et de la Dordogne.

LE DACTYLOPTÈRE PIRAPÈDE.

PARMI les traits remarquables qui distinguent ce grand poisson volant et les autres osseux qui doivent appartenir au même genre, il faut compter particulièrement les dimensions de ses nageoires pectorales. Elles sont assez étendues pour qu'on ait dû les désigner par le nom d'*ailes* : et ces instruments de natation, et principalement de vol, étant composés d'une large membrane soutenue par de longs rayons articulés que l'on a comparés à des doigts comme les rayons des pectorales de tous les poissons, les ailes de la pirapède ont beaucoup de rapports dans leur conformation avec celles des chauves-souris, dont on leur a donné le nom dans plusieurs contrées, et nous avons cru devoir leur appliquer la dénomination générique de *dactyloptère*, qui a été souvent employée pour ces chauves-souris, aussi bien que celle de *cheiroptère*, et qui signifie *aile attachée aux doigts*, ou *formée par les doigts* (1).

La pectorale des pirapèdes est d'ailleurs double, et présente par conséquent un caractère que nous n'avons encore vu que dans le lépadogastère gouan. A la base de cette aile, on voit en effet un assemblage de six rayons articulés réunis par une membrane, et composant par conséquent une véritable nageoire qu'il est imposssible de nc pas considérer comme pectorale.

De plus, l'aile des poissons que nous examinons offre une grande surface; elle montre, lorsqu'elle est déployée, une figure assez semblable à celle d'un disque, et elle atteint le plus souvent au-delà de la nageoire de l'anus et très-près de celle de la queue. Les rayons qu'elle renferme étant assez écartés l'un de l'autre lorsqu'elle est étendue, et n'étant liés ensemble que par une membrane souple qui permet facilement leur rapprochement, il n'est pas surprenant que l'animal puisse donner aisément et rapidement à la surface de ces ailes cette alternative d'épanouissement et de contraction, ces inégalités successives, qui, produisant des efforts alternativement inégaux contre l'air de l'atmosphère, et le frappant dans un sens plus violemment que dans un autre, font changer de place à l'animal lancé et suspendu, pour ainsi dire, dans ce fluide, et le douent véritablement de la faculté de voler (2).

Voilà pourquoi la pirapède peut s'élever au-dessus de la mer, à une assez grande hauteur pour que la courbe qu'elle décrit dans l'air ne la ramène dans les flots que lorsqu'elle a franchi un intervalle égal, suivant quelques observateurs, au moins à une trentaine de mètres; et voilà pourquoi encore, depuis Aristote jusqu'à nous, elle a porté le nom de *faucon de la mer*, et surtout d'*hirondelle marine*.

Elle traverserait au milieu de l'atmosphère des espaces bien

(1) Δαχτυλος veut dire *doigt*, et πτερον *aile*.

(2) *Discours sur la nature des poissons.*

plus grands encore, si la membrane de ses ailes pouvait
conserver sa souplesse au milieu de l'air chaud et quelquefois
même brûlant des contrées où on la trouve : mais le fluide
qu'elle frappe avec ses grandes nageoires les a bientôt desséchées, au point de rendre très-difficiles le rapprochement et
l'écartement alternatifs de leurs rayons; et alors le poisson
que nous décrivons, perdant rapidement sa faculté distinc-
tive, retombe vers les ondes au-dessus desquelles il s'était
soutenu, et ne peut plus s'élancer de nouveau dans l'atmosphère que lorsqu'il a plongé ses ailes dans une eau réparatrice, et que, retrouvant ses attributs par son immersion
dans son fluide natal, il offre une sorte de petite image de
cet Antée que la mythologie grecque nous représente comme
perdant ses forces dans l'air, et ne les retrouvant qu'en touchant de nouveau la terre qui l'avait nourri.

Les pirapèdes usent d'autant plus souvent du pouvoir de
voler qui leur a été départi, qu'elles sont poursuivies dans le
sein des eaux par un grand nombre d'ennemis. Plusieurs gros
poissons, et particulièrement les dorades et les scombres,
cherchent à les dévorer; et telle est la malheureuse destinée
de ces ainmaux qui, poissons et oiseaux, sembleraient avoir
un double asile, qu'ils ne trouvent de sûreté nulle part, qu'ils
n'échappent aux périls de la mer que pour être exposés à
ceux de l'atmosphère, et qu'ils n'évitent la dent des habitants des eaux que pour être saisis par le redoutable bec des
frégates, des phaétons, des mauves, et de plusieurs autres
oiseaux marins.

Lorsque des circonstances favorables éloignent de la partie
de l'atmosphère qu'elles traversent des ennemis dangereux,
on les voit offrir au-dessus de la mer un spectacle assez
agréable. Ayant quelquefois un demi-mètre de longueur, agitant vivement dans l'air de larges et longues nageoires, elles
attirent d'ailleurs l'attention par leur nombre, qui souvent
est de plus de mille. Mues par la même crainte, cédant au
même besoin de se soustraire à une mort inévitable dans
l'Océan, elles s'envolent en grandes troupes; et lorsqu'elles
se sont confiées ainsi à leurs ailes au milieu d'une nuit
obscure, on les a vues briller d'une lumière phosphorique,

semblable à celle dont resplendissent plusieurs autres poissons, et à l'éclat que jettent, pendant de belles nuits des pays
méridionaux, les insectes auxquels le vulgaire a donné le nom
de *vers luisants*. Si la mer est alors calme et silencieuse, on
entend le petit bruit que font naître le mouvement rapide de
leurs ailes et le choc de ces instruments contre les couches
de l'air, et on distingue aussi quelquefois un bruissement
d'une autre nature, produit au travers des ouvertures branchiales par la sortie accélérée du gaz que l'animal exprime,
pour ainsi dire, de diverses cavités intérieures de son corps,
en rapprochant vivement leurs parois. Ce bruissement a lieu
d'autant plus facilement, que ces ouvertures branchiales,
étant très-étroites, donnent lieu à un frôlement plus considérable, et c'est parce que ces orifices sont très-petits, que
les pirapèdes, moins exposées à un desséchement subit de
leurs organes respiratoires, peuvent vivre assez longtemps
hors de l'eau (1).

On rencontre ces poissons dans la Méditerranée et dans
presque toutes les mers des climats tempérés ; mais c'est principalement auprès des tropiques qu'ils habitent. C'est surtout
auprès de ces tropiques qu'on a pu contempler leurs manœuvres et observer leurs évolutions. Aussi leur nom et leur
histoire ne sont-ils jamais entendus avec indifférence par ces
voyageurs courageux qui, loin de l'Europe, ont affronté les
tempêtes de l'Océan, et ses calmes, souvent plus funestes
encore. Ils retracent à leur souvenir, leurs peines, leurs plaisirs, leurs dangers, leurs succès. Ils nous ramènent, nous
qui tâchons de dessiner leurs traits, vers ces compagnons de
nos travaux, qui, dévoués à la gloire de leur pays, animés
par un ardent amour de la science, dirigés par un chef habile,
conduits par le brave navigateur Baudin, et réunis par les
liens d'une amitié touchante ainsi que d'une estime mutuelle,
quittent, dans le moment même où mon cœur s'épanche vers
eux, les rivages de leur patrie, se séparent de tout ce qu'ils
ont de plus cher, et vont braver sur des mers lointaines la
rigueur des climats et la fureur des ondes, pour ajouter à la

(1) *Discours sur la nature des poissons.*

prospérité publique par l'accroissement des connaissances humaines. Noble dévouement, généreux sacrifices! la reconnaissance des hommes éclairés, les applaudissements de l'Europe, les lauriers de la gloire, les embrassements de l'amitié, seront leur douce et brillante récompense.

Cependant quelles sont les formes de ces poissons ailés dont l'image rappelle des objets si chers, des entreprises si utiles, des efforts si dignes d'éloges?

La tête de la pirapède ressemble un peu à celle du céphalacanthe spinarelle. Elle est arrondie par devant et comme renfermée dans une sorte de casque ou d'enveloppe osseuse à quatre faces, terminée par quatre aiguillons larges et allongés, et chargée de petits points arrondis et disposés en rayons. La mâchoire supérieure est plus avancée que l'inférieure. Plusieurs rangs de dents très-petites garnissent l'une et l'autre de ces deux mâchoires, et l'ouverture de la bouche est très-large, ce qui donne à la pirapède un rapport avec une hirondelle. La langue est courte, épaisse, et lisse comme le palais. Le dessous du corps présente une surface presque plate. Les écailles qui couvrent le dos et les côtés sont relevées par une arête longitudinale.

Le rougeâtre domine sur la partie supérieure de l'animal, le violet sur la tête, le bleu céleste sur la première nageoire du dos et sur celle de la queue, le vert sur la seconde nageoire dorsale; et, pour ajouter à cet élégant assortiment de bleu très-clair, de violet, de vert et de rouge, les grandes ailes ou nageoires pectorales de la pirapède sont couleur d'olive, et parsemées de taches rondes et bleues, qui brillent, pour ainsi dire, comme autant de saphirs, lorsque les rayons du soleil des tropiques sont vivement réfléchis par ces larges ailes étendues avec force et agitées avec vitesse.

On compte plusieurs appendices ou cœcums auprès du pylore; et les œufs que renferment les doubles ovaires des femelles sont ordinairement très-rouges.

La chair des pirapèdes est maigre; elle est aussi un peu dure, à moins qu'on ne puisse la conserver pendant quelques jours.

TABLE DES MATIÈRES.

Pages.

Avis au lecteur.................................... 1

GÉNÉRALITÉS.

Discours sur la nature des poissons..................... 5
Discours sur la pêche, sur la connaissance des poissons fossi-
    les, et sur quelques attributs généraux des poissons........ 87
Des effets de l'art de l'homme sur la nature des poissons...... 109

POISSONS CARTILAGINEUX.

Le pétromyzon lamproie............................. 145
La raie batis.................................... 152
La raie torpille.................................. 172
Le squale requin................................. 185
Les balistes..................................... 204
La chimère arctique............................... 210
La chimère antarctique............................. 214
L'acipensère esturgeon............................. 215

POISSONS OSSEUX.

Le gymnote électrique.............................. 225
La murène anguille................................ 244
Le gade morue................................... 267
Le gade merlan................................... 285
Le scombre thon.................................. 289
Le mulle rouget.................................. 306
Le dactyloptère pirapède........................... 310

BAR-LE-DUC, IMPRIMERIE CONTANT-LAGUERRE.

BIBLIOTHÈQUE DES CHEFS-D'ŒUVRE

Formats in-8° et grand in-12.

~~~~~~~~~

Ouvrages parus :

Bernardin de Saint-Pierre. Études de la Nature, 1 vol.

Boileau. Œuvres poétiques choisies, 1 vol.

Bossuet. Discours sur l'Histoire universelle, 1 vol.

Buffon. Les Quadrupèdes. Animaux domestiques et Animaux sauvages en France, 1 vol.

— Les Animaux carnassiers, nouvelle édition revue et annotée, 1 vol.

— Les Oiseaux de proie et les Oiseaux qui ne peuvent voler, 1 vol.

Buffon & Lacépède. Les Amphibies et les Cétacés, 1 vol.

Châteaubriand. Génie du Christianisme, nouvelle édition, avec une Notice préliminaire et des Notes 2 vol.

— Itinéraire de Paris a Jérusalem, nouvelle édition revue et annotée, 2 vol.

Corneille. Œuvres choisies, comprenant : une Notice; — le Cid, — les Horaces; — Cinna, ou la clémence d'Auguste; — Polyeucte, martyr; — Pompée; — Rodogune; — Sertorius, 1 vol.

Fénelon. Aventures de Télémaque, précédées d'un Avant-Propos, 1 vol.

— Traité de l'existence et des Attributs de Dieu, suivi de Lettres sur divers sujets de métaphysique et de religion, 1 vol.

La Bruyère. Œuvres, comprenant : les Caractères de Théophraste; — les Caractères, ou les Mœurs du siècle; — le Discours prononcé dans l'Académie françoise le lundi 15 juin 1693, précédé d'une Préface, 1 vol.

Lacépède. Les Quadrupèdes ovipares; précédés d'une Notice, 1 vol.

— Les Serpents, 1 vol.

La Rochefoucauld. Réflexions ou Sentences et Maximes morales. — **Vauvenargues.** Œuvres choisies; — avec des Notices sur leur vie et leurs ouvrages, 1 vol.

Molière. Œuvres choisies, comprenant : une Notice; — le Misanthrope (fragments); — le Médecin malgré lui; — l'Avare (fragments); — Monsieur de Pourceaugnac; — le Bourgeois gentilhomme; — les Femmes savantes; — le Malade imaginaire; 1 vol.

Montesquieu. Considérations sur les causes de la grandeur et de la décadence des Romains, 1 vol.

Racine (Jean). Œuvres choisies, comprenant : Andromaque (fragments); — les Plaideurs; — Britannicus; — Mithridate; — Iphigénie; — la Mort d'Hippolyte (extrait de *Phèdre*); — Esther; — Athalie, 1 vol.

Sévigné (Mme de). Lettres a Madame de Grignan, précédées d'une Notice, 2 vol.

Un grand nombre d'autres ouvrages
sont en préparation.

BAR-LE-DUC, IMPRIMERIE CONTANT-LAGUERRE.

www.ingramcontent.com/pod-product-compliance
Lightning Source LLC
Chambersburg PA
CBHW072351030726

47505CB00014B/1469